Theresa Czerny

Die wilden Pferde von Rydal Hill

Glühende Sterne

Band 2

Die wilden Pferde von Rydal Hill

Band 1: Leuchtende Hügel
Band 2: Glühende Sterne

Theresa Czerny

Die Wilden Pferde von

Rydal Hill

Glühende Sterne

magellan

1

»Das war's.«

Ein letztes Mal ließen wir unseren Blick durch den Schäferwagen schweifen. Anfangs hatte alles darin ein wenig unpersönlich gewirkt, aber jetzt, nach drei Monaten, entdeckte ich überall Bens Spuren. Die Kiste mit Putzzeug unter dem Tisch, Fachbücher über Pferde in einem Korb neben dem Bett, Führstricke an dem Haken hinter der Tür. Hier und da hingen Schnappschüsse von uns an den Wänden. Ben hatte den Sommer über hier gewohnt und Fairview war für uns beide eine Zuflucht geworden.

Einatmend drehte er sich zu mir um und lächelte ein bisschen wacklig. Auch wenn sich Albie neben mir lautstark durch ein paar letzte saftige Grasbüschel arbeitete, ließ ich ihm seinen Willen und schlang stattdessen die Arme um Ben.

»Wir kommen zurück«, nuschelte ich in seine Jacke. Er brummte zustimmend und zog mich nah an sich.

In den letzten Wochen war er mir so vertraut geworden. Nicht nur, wie er seine Arme um meine Schultern legte oder wie gut mein Kopf in die Kuhle an seinem Hals passte, wie er unter der Seife und dem Waschmittel roch und wie sich die Schwielen an seinen Händen anfühlten, wenn er mein Gesicht umfasste. Ich wusste auch, was ihm jetzt durch den Kopf ging: die Nachmittage, die wir in der Spätsommersonne auf der Bank vor dem Schäferwagen verbracht hatten, neben uns je eine Tasse Tee und ein Stapel Bücher. Die Abende, an denen wir aneinandergekuschelt auf seinem Bett lagen und die Schatten beobachteten, die das Feuer in seinem kleinen Holzofen an die Wände warf, und über unsere Pläne, unsere Wünsche und Träume redeten. Die Momente im grauen Morgenlicht, in denen wir lächelnd aufwachten, einfach nur, weil wir zusammen waren.

Denn dass ich hier war, war noch vor wenigen Wochen alles andere als selbstverständlich gewesen. Nach langen Diskussionen hatte sich meine Mutter letztlich einverstanden erklärt und jetzt würde ich meinen Schulabschluss in England und nicht an meiner alten Schule in Deutschland ablegen. Dass ich dabei nicht nur meine beste Freundin, sondern auch eine Menge andere Leute vor den Kopf gestoßen hatte, wusste ich. Ich war dabei, Abbitte zu leisten, aber es war nicht leicht. Nicht nur, weil sich Jette meine Entscheidung mehr zu Herzen genommen hatte, als ich geglaubt hätte, sondern auch, weil es mir schwerfiel, mich für etwas zu rechtfertigen oder gar zu entschuldigen, was sich so richtig anfühlte.

Doch daran wollte ich jetzt nicht denken. Ich wollte ein letztes Mal den Sommer mit Ben hier auf den Fells aufleben lassen, und sei es nur in meinem Kopf: die sonnenbeschienenen Hügel, die violette Heide, Baum und Fels und Weite und die Ponys. Vor allem die Ponys. Um sie drehte sich seit Wochen jeder Gedanke, für den wir neben der Schule Zeit hatten. Um sie und das furchtbare Erbe, das Ben in die Wiege gelegt worden war.

Albie zupfte an seinem Führstrick, anscheinend hatte er alles Gras in Reichweite aufgefressen. Als das Zupfen in ein energischeres Ziehen überging, löste ich mich seufzend von Ben.

Sein Blick streifte das schwarze Fell-Pony mit einem leisen Vorwurf, aber dann glitt er weiter über den Schäferwagen, dunkelgrau mit roten Fensterrahmen, der einen ganzen Sommer lang Freiheit für ihn bedeutet hatte. Jetzt war Oktober, der Wind fegte raschelnd durch die braunen Farnwedel an den Hängen und bald würde es nachts in den Bergen empfindlich kalt werden. Es war Zeit, zurück nach Renwick zu ziehen, in das Haus seines Vaters.

»Dann los.« Ben nahm meine Hand und wir kehrten Fairview den Rücken zu. Ein neuer Sommer würde kommen, einer, der hoffentlich weniger Streit brachte und weniger Sorgen.

Während wir Albie zu dem Pfad führten, der nach ein paar Hundert Metern Richtung Rosley abzweigte, fiel mir auf, dass Bens Bewegungen ihre alte Energie zurückgewonnen hatten. Bei einem Sturz Ende August hatte er sich eine Rippe angeknackst, aber die Vorsicht, die er sich daraufhin angewöhnt hatte, war verschwunden. Ich drückte seine Hand und lächelte ihn an. Wie so oft zog sich mein Herz zusammen, als seine grünbrauen Augen auf meine trafen.

Wir liefen am nördlichen Rand von Ellondale entlang. Das Tal hatte auch nach Monaten nichts von seinem Zauber verloren. Der Bach, der sich zwischen lichten Wäldchen hindurchschlängelte, die Schafweiden, die kleinen Tümpel, die Mauern und Hecken – ich schien mich nie an ihnen sattzusehen. Ein Stück weiter westlich lag der Bauernhof meines Bruders und seiner Freundin. Von hier aus konnte ich die ersten Wiesen, die zu Ellonby gehörten, schon erkennen. Und hinter ein paar hohen Bäumen versteckte sich das alte Farmhaus, das so schnell zu meinem neuen Zuhause geworden war.

Eine Bewegung rechts von uns erregte meine Aufmerksamkeit. Auf einem Hang ein Stück von uns entfernt waren Ponys aufgetaucht. Ich stutzte, doch im nächsten Moment begriff ich, dass es nicht Bens Herde war.

Natürlich hatte er die Tiere längst bemerkt.

»Weißt du, wem die gehören?«, fragte ich. Es kam nicht oft vor, dass in Ellondale eine fremde Gruppe auftauchte, aber da es in den Höhenlagen der Fells keine Zäune oder Mauern gab, wanderten manche Herden hin und wieder über ihre üblichen Routen hinaus.

Ben nickte. »Das sind die Blencarn-Ponys.« Er sah mich an. »Die Herde von Lainis Eltern.«

Ich grinste. »Dann gehören sie ja praktisch zur Familie.«

Er lachte leise. »Deine Schwägerin teilt ja vielleicht ihr Haus mit dir, aber bei ihren Ponys wäre ich vorsichtig.«

»Ach, bisher gab's noch keine Klagen.« Ich klopfte Albies Hals. Sein linkes Ohr, das auf die anderen Ponys gerichtet gewesen war, drehte sich zu mir, und er schnaubte.

In den vergangenen Wochen waren Albie und ich zu einem Team zusammengewachsen. Ich hatte begonnen, mich mehr um Lainis kleine Ponyherde zu kümmern. Neben der Farmarbeit war ihr dafür immer weniger Zeit geblieben, und jetzt, als ihr Babybauch enorme Ausmaße angenommen hatte, war es selbstverständlich, dass wir die Aufgaben auf Ellonby neu verteilten. Nur dass ich die Ponys versorgte, war nicht selbstverständlich. Noch vor wenigen Monaten hätte mich allein die Vorstellung ins Schwitzen gebracht.

Ben griff hinter meinem Rücken nach Albies Widerrist und kraulte ihn an einer Stelle, die er besonders mochte. »Ich find's gut, dass die Hammonds das durchziehen. Es werden sowieso immer weniger Züchter, die ihre Ponys noch auf den Fells halten.«

Während mein Blick der kleinen Herde folgte, fragte ich mich bestimmt zum hundertsten Mal, wieso diese uralte Tradition langsam ausstarb. Es gab nichts Schöneres, als den schwarzen Ponys dabei zuzusehen, wie sie sich ihren Weg über die Berge suchten, auf sich allein gestellt, unabhängig und selbstbewusst. Sie lebten, wie die Natur es vorgab und nicht die Bequemlichkeit der Menschen.

Seufzend wandte ich mich ab. Da hatte ich meine Antwort. Es gehörte viel Wissen – und Vertrauen – dazu, eine Herde in den Bergen zu halten. Und für Pferde, mit denen gearbeitet wurde, war es einfach zu unpraktisch.

Ben holte mich aus meinen trüben Gedanken. »Sollen wir morgen ganz früh zur Herde? Nächste Woche schlägt das Wetter um.«

Er lächelte mich ein bisschen bedauernd an. »So oft werden wir das dieses Jahr nicht mehr machen können.«

Während wir die Abzweigung hinunter nach Ellonby nahmen und Albie voller Vorfreude auf seine Kumpel und einen Armvoll Heu seine Schritte beschleunigte, sah ich Ben an. »Du glaubst doch nicht, dass ich mir das entgehen lasse, oder?«

Auf Ellonby half mir Ben, Albies Packzeug abzuladen und in den Schuppen zu verfrachten. Den Rucksack nahm er selbst, den Rest seiner Sachen würde die Gutsverwalterin seines Vaters, Jo, in den nächsten Tagen abholen.

»Bis morgen«, flüsterte er, nachdem wir uns so ausgiebig verabschiedet hatten, wie Albie es in seiner Ungeduld, auf die Weide zu kommen, zugelassen hatte. Dann schwang er sich auf sein Rad und winkte mir an der letzten Kurve, wo ich ihn noch sehen konnte.

Lächelnd kratzte ich Albies Hufe aus und führte ihn zum Gatter, wo ihn sein bester Kumpel Ray schon erwartete.

»Aber mich beim Knutschen stören«, murmelte ich, während die beiden sich begrüßten, als wären sie drei Jahre statt drei Stunden getrennt gewesen.

Neugierig, wie sie war, trottete Bee aus dem Schatten der großen Esche herüber, um nachzusehen, was der Tumult zu bedeuten hatte. Nell und Penny hatten anscheinend Angst, etwas zu verpassen, wenn sie sich nicht auch zu uns gesellten, und plötzlich stand ich umringt von fünf Ponys da, tätschelte Nasen und kraulte Widerriste.

Und das Beste war: Es ging mir gut dabei.

Als klar war, dass ich außer Streicheleinheiten nichts zu bieten hatte, zockelte erst Bee davon, dicht gefolgt von den beiden anderen Stuten, und schließlich trollten sich auch die Wallache. Penny ließ sich von den Jungs zu einem kleinen Wettrennen überreden, und ich musste lachen, als sie zu dritt über die Wiese bockten wie eine Bande Fohlen.

Immer noch lächelnd wandte ich mich nach Westen, schloss die Augen und genoss die Abendsonne auf meinem Gesicht, dann öffnete ich das Gatter und schlüpfte hindurch.

Unentschlossen blieb ich stehen. Mein Magen knurrte, und in meinem Zimmer warteten Hausaufgaben auf mich, aber ich wollte noch nicht hineingehen. Ben hatte gesagt, dass bald das Wetter umschlagen würde. Es würde nicht mehr viele goldene Abende wie diesen geben.

In meiner Tasche vibrierte mein Handy. Als ich es herauszog, musste ich schlucken. Eine Nachricht von Jette.

Ich atmete tief ein und öffnete sie.

Nach den ersten Vorwürfen Anfang September, als ich ihr gebeichtet hatte, dass ich in England bleiben würde, war sie recht schnell dazu übergegangen, mir kommentarlos Fotos oder Videos zu schicken von Dingen, die ich verpasste. Am schlimmsten waren die von ihrem achtzehnten Geburtstag gewesen, an dem sie sich geweigert hatte, meine Glückwünsche entgegenzunehmen. Stattdessen hatte ich Unmengen an Selfies bekommen von ihr und all unseren Freunden und mit einem Jungen, den sie wild küsste. Ich wusste bis heute nicht, wie er hieß und ob es etwas Ernstes zwischen den beiden war.

Trotzdem konnte ich ihr nicht böse sein. Mir war klar, dass ich sie enttäuscht und viele unserer gemeinsamen Pläne zunichtegemacht hatte.

Und das ließ sie mich auch heute wieder spüren.

Das Video, das sie geschickt hatte, zeigte einen Prospekt. Sie blätterte darin, und auch ohne den Text hätte ich an den Bildern sofort erkannt, worum es sich handelte: Die Fotos in der Broschüre zeigten Oslo und verschiedene norwegische Fjorde. Über einem Bild blieb die Videoaufnahme hängen: Ein Orca erhob sich halb aus dem Meer.

Wieder schluckte ich. »Du hast es geschafft!«, tippte ich als Antwort. »Herzlichen Glückwunsch! Drück dich!«

Die Antworthäkchen blieben transparent. Also steckte ich das Handy wieder ein, straffte die Schultern und lächelte Zach entgegen, der über den Hof zu mir schlenderte.

»Schlechte Nachrichten?«, fragte er in seinem australischen Akzent, der mich immer wieder zum Schmunzeln brachte, weil er zwischen all der nordenglischen Knurrigkeit wirkte wie ein Strandurlaub.

Ich brummte unbestimmt und lehnte mich neben ihm ans Gatter.

»Nur Jette. Meine beste Freundin aus Deutschland, du weißt schon.« Er nickte und sah mich auffordernd an. Ich hatte ihm erzählt, dass sie noch immer nicht mit mir redete. »Wir wollten nach dem Abi ein halbes Jahr für eine Walschutzorganisation in Norwegen arbeiten. Sie hat mir gerade geschrieben, dass sie das jetzt allein macht.«

Zach stupste mich mit dem Ellbogen an und seufzte. »Manche Leute kommen nicht gut klar mit Entfernungen. Gib ihr noch eine Weile.«

Ich schob die Unterlippe nach vorn. »Bei deiner Freundin hat das auch nicht geholfen.«

Er lachte. »Nein. Aber mit Cassie wäre es früher oder später sowieso vorbei gewesen.«

Ich hob die Augenbrauen. Als er mir die Geschichte erzählt hatte, hatte das noch anders geklungen. Er war verständlicherweise ziemlich verletzt gewesen, dass Cassie, nur eine Woche nachdem er auf

Europareise gegangen war, per Nachricht mit ihm Schluss gemacht hatte. Anscheinend war er mittlerweile über sie hinweg.

»Was ist?« Fragend sah er mich an. Ich hatte zu grinsen begonnen.

Ich deutete Richtung Haus, wo hoffentlich das Abendessen schon auf uns wartete. Gemächlich schlenderten wir los. »Du kennst doch Darcie, oder?«

»Die vom Buchladen?«

Ich nickte. »Sie hat mit ihrem Freund Schluss gemacht.«

Zach presste die Lippen aufeinander. »Und was willst du mir damit sagen?«

Ich wiegte den Kopf. »Gar nichts.«

Jetzt musste er lachen. »Ich glaube nicht, dass so eine kluge Frau was mit einem Farmgehilfen anfangen kann.«

»Awww.« Ich zog ein mitleidiges Gesicht. »Muss ich dein Selbstbewusstsein aufpäppeln?«

Kopfschüttelnd betrachtete Zach mich. »Wann bist du so frech geworden?«

Ich grinste. »War ich schon immer.« Dann streckte ich die Hand aus und drückte seinen muskulösen Oberarm. »Und zufällig weiß ich, dass Bücher verdammt schwer sind.«

»Sag mal!« Er blieb stehen, aber ich wartete nicht auf seine Antwort, sondern rannte lachend zum Haus.

»Händewaschen nicht vergessen!«, rief ich noch, dann war ich sicher außer Reichweite.

Die Küche auf Ellonby war so gemütlich, wie man es sich nur vorstellen konnte. Vor den Fenstern hingen karierte Vorhänge, auf der Eckbank lagen haufenweise Kissen, und in den Regalen stapelten sich Lebensmittel, die auf die sehr unterschiedlichen Essgewohnheiten der englischen und deutschen Bewohner hindeuteten.

Laini und Silas standen an der Arbeitsplatte. Als ich die Tür aufriss, trat Silas hastig einen Schritt zurück und widmete sich betont konzentiert der Salatschüssel.

»Es ist euer Haus«, sagte ich, während ich den Küchenschrank öffnete und Geschirr herausnahm. »Lasst euch von mir nicht stören.«

»Zu gnädig«, antwortete Laini, aber ihre Ohren waren rosa angelaufen. Ehrlich, wie oft hatten die beiden Ben und mich schon zusammen erlebt? Konnte ihnen da wirklich noch etwas peinlich sein?

»Wir haben heute eure Ponys gesehen. Oben auf dem Fell«, erzählte ich munter, um das Gespräch in eine unverfängliche Richtung zu lenken.

Zach betrat die Küche, hielt die Hände hoch und wackelte mit den Fingern. Wir mussten beide grinsen, als ich anerkennend einen Daumen in die Höhe hielt. Er nahm mir die Teller ab und begann, den Tisch zu decken.

»Die Blencarn-Herde?« Laini sah von dem Kartoffelgratin auf. »Diese alten Streuner. Wenn Gracie sie erwischt, gibt's Ärger.«

Hastig trat ich zur Seite, als Laini die heiße Auflaufform zum Tisch trug. »Wenn du mit den Stuten wirklich züchtest, lässt du sie dann auch auf den Fells laufen?«

Während sie das Gratin auf vier Teller verteilte, antwortete sie: »Das muss ich mir noch überlegen. Vielleicht.« Sie sah mich an. »Es ist eine große Verantwortung. Du hast es im Sommer selbst erlebt, wie unvernünftig manche Leute sind. Irgendein Wanderer kommt vorbei, steckt den Ponys Futter zu und schon haben sie eine Kolik. Oder Schlimmeres.«

Ich erinnerte mich. Während ich auf meinen Platz rutschte und wir zu essen begannen, versuchte ich, nicht an die grauenvollen

Stunden zu denken, als Ben und ich befürchteten, Viv würde nicht überleben.

Anscheinend hatte meine Frage Laini ins Grübeln gebracht.

»Ich fände es ja wichtig«, fuhr sie nach einer Minute fort. »Die Fell-Haltung gehört zu der Gegend, genauso wie die Seen und die Schafe …«

»… und die schlechten Straßen«, murmelte Silas. Zach grinste zustimmend.

»… aber es gibt immer mehr Widerstände. Viele Umweltschützer wollen die Ponys gar nicht mehr in den Bergen haben.«

»Echt?« Davon hatte ich noch nie gehört. »Warum denn das?«

Laini schenkte sich ein Glas Wasser ein. »Es hat was mit dem Klimaschutz zu tun. Die offenen Flächen auf den Fells sind ja erst durch Viehhaltung entstanden. Aber um den natürlichen Zustand wiederherzustellen, müssten die Hochtäler aufgeforstet werden. Mit Ponys – und Schafen – ist das schwierig.«

»Weil sie die jungen Bäume fressen würden?«

Sie nickte. »Das ist ein ewiger Streit zwischen Ponyhaltern und den Behörden.«

»Hast du nicht auch mal erzählt, dass es Diebstähle gab?«, fragte Silas an Laini gewandt. Auffordernd hielt er mir die Salatschüssel hin und ich griff danach.

»Im Ernst? Hier in den Lakes?«

Laini schmunzelte. Sie fand es witzig, dass mir der Lake District immer noch wie das Paradies auf Erden vorkam. Ich zog eine Grimasse.

»Ja, hier in den Lakes. Es ist schon ein paar Jahre her. In der Nähe von Kendal war das. Zumindest haben sie die Diebe damals geschnappt.«

Nachdenklich starrte ich meinen Kopfsalat an. Es gab noch eine

Menge mehr Gefahren auf den Fells, als mir bewusst gewesen war. Ich musste Bens Vertrauen wirklich bewundern, dass er seiner Herde trotz allem ihre Freiheit ließ.

Das Gespräch nahm eine andere Richtung, und ich bekam kaum mit, worum es ging, bis Silas mich fragte: »Willst du morgen nach Sedgwick mitkommen?«

Ich sah auf und schluckte. »Kann nicht, ich bin …«

»… mit Ben unterwegs«, beendeten die drei meinen Satz wie aus einem Mund.

Bestimmt lief ich jetzt knallrot an, und es dauerte einen Moment, bis ich in das Lachen der anderen einstimmen konnte.

2

Es war ein Tag wie verzaubert. Die Sonne war gerade aufgegangen, als Ben und ich die letzte Steigung nahmen und den Fell erreichten. Vor uns breitete sich glitzerndes Gras aus, sanft gewelltes Heideland, wo in den Kuhlen noch silberblaue Schatten ruhten, aber als wir uns umdrehten, blickten wir hinunter auf eine dichte Wolkendecke, die Ellonby, Rosley und Whinfell Water vor uns verbarg.

Inversionswetterlagen, hatte Ben mir erklärt, kamen im Herbst in den Lakes häufig vor. Während es im Tal trist und grau war, schien auf den Gipfeln die Sonne.

»Dann bin ich am liebsten hier oben«, sagte er leise, während wir beobachteten, wie die Sonne an den Rändern der Wolken knabberte und den Dunst allmählich auflöste. »Im Tal ahnt niemand, was für ein schöner Tag es ist, dass die Ponys in der Sonne dösen und der ganze Stress meilenweit entfernt ist. Die Fells gehören praktisch mir allein. Es ist wie eine andere Welt.«

Lächelnd zog ich eine Schnute und schlang die Arme um seine Mitte. »Und jetzt musst du das alles mit mir teilen.«

Sein Griff um meine Schultern wurde einen Moment fester, so als wolle er mich tadeln, dann lehnte er seinen Kopf an meinen. »Mit dir würde ich alles teilen.«

Jetzt zog ich ihn näher an mich. Das hier, das war unser Zauberreich. Die Wolken verbargen uns vor den Blicken der Welt, und einen Moment lang wünschte ich, es könne immer so bleiben. Da fiel mir wieder ein, dass die Welt uns vielleicht nicht finden würde, aber der Fluch – der Fluch würde uns einholen. Auch hier oben. Gerade hier oben.

Ich verdrängte die dunklen Gedanken, zumindest eine kleine Weile. Dafür waren das Herbstlicht zu golden, die Hänge auf der anderen Seite des Tals zu malerisch und das Wolkendach zu wattig.

Doch wir konnten nicht ewig hier stehen bleiben. Immerhin wollten wir nach der Herde sehen. Es war erstaunlich, dass die Ponys nicht schon längst aufgetaucht waren.

Ben schien zu derselben Erkenntnis zu kommen, denn er seufzte leise und schob mich von sich weg. Ohne ein Wort hielt er mir die Hand hin, und wir wandten uns Richtung Südosten, wo wir die Herde heute Morgen vermuteten.

Nach einigen Minuten erreichten wir eine der wenigen geschützten Stellen der Hochebene. Ein Dornengestrüpp hielt den schlimmsten Wind von einer kleinen Kuhle ab und mehrere Bäume boten Schutz vor Regen. Je näher wir kamen, desto länger wurden Bens Schritte.

»Was ist?«, fragte ich, als mir sein Stirnrunzeln auffiel.

»Weiß nicht. Hab ein komisches Gefühl.« Er kniff die Augen zusammen. »Siehst du, wie zertrampelt das Gras ist? Und da an der Esche … liegt da was?« Einen Moment zögerte er, dann fluchte er: »Scheiße.«

Er ließ mich los und begann zu rennen. Verwirrt starrte ich ihm nach, dann kam ich in die Gänge und folgte ihm. Ben steuerte einen Punkt ein wenig abseits der Kuhle an, wo ich jetzt einen dunklen Fleck auf dem Boden erkannte. Eine Krähe pickte daran herum. Als sie Ben bemerkte, flog sie krächzend auf. Mir wurde kalt.

Sekunden später erreichte Ben die Stelle, guckte und wandte sich wieder ab. Er legte den Kopf in den Nacken und fuhr sich wild durch die Haare. Als ich an ihm vorbeiwollte, hielt er mich am Arm zurück.

»Val, es ist nicht schön.«

Wir schauten uns an. Nach einer Sekunde kam die Botschaft an, er nickte und ließ mich los.

Schön war es wirklich nicht. Im Gegenteil: Auf dem Boden lag ein blutiger Klumpen, vielleicht so groß wie ein Kaninchen. Aber es war kein Kaninchen. Obwohl es noch so klein war, konnte ich die Beine, den Kopf und den Hals gut erkennen.

Es war ein winziges Pony. Ein Fohlen, viel zu früh geboren.

»Oh, Ben.« Ich drehte mich zu ihm um und nahm ihn in die Arme. Er fühlte sich ganz steif an, so als hätte der Schock jetzt eingesetzt, und er gab keinen Ton von sich. Während mir die Tränen übers Gesicht rannen, hielt ich ihn, wiegte ihn hin und her, einfach nur, um ihm zu zeigen, dass ich da war.

Irgendwann lehnte er sich nach hinten und betrachtete mein Gesicht. »Bist du okay?«, flüsterte er.

»Ich schon.« Forschend sah ich ihm in die Augen. Er wirkte schockiert, traurig, alles, was ich auch war, aber dahinter lag noch etwas. Panik flackerte in seinem Blick. Da endlich stellte ich die Verbindung her, die er längst gezogen hatte. »Du glaubst, es hängt mit dem Fluch zusammen!«

Hilflos zuckte er mit den Schultern. »Ich kenne die Herde seit sechs Jahren. In der ganzen Zeit gab es keine Fehlgeburt und Henry hat nie von einer erzählt.« Er schluckte. »Du weißt, was Dad gesagt hat: Diese schlimmen Dinge passieren erst, seit die Ponys mir gehören.«

Mein Herz schlug schmerzhaft schnell, und ich erkannte, dass Ben dieselben Gedanken umtrieben.

Schon als er es fragte, schüttelte ich den Kopf. »Glaubst du, es wäre besser gewesen, die Herde an Lady Sibyll zu verkaufen?«

»Nein!«, antwortete ich heftig. Ich legte eine Hand an seine Wange und sagte ruhiger: »Nein. Diese Ponys gehören zu dir. Sie vertrauen dir. Und du weißt nicht, ob die Stute vielleicht krank war. Fehlgeburten kommen vor.« Er wollte widersprechen, doch mit aller Überzeugung schloss ich: »Wir werden diesen Fluch brechen. Und in der Zwischenzeit tun wir alles, um die Herde zu beschützen.«

»Aber du siehst doch, dass es nicht reicht!«

Gegen meinen Willen wanderte mein Blick zu dem blutigen Häufchen im Schatten der Esche. »Was wäre die Alternative, Ben? Wenn die Herde im Tal gewesen wäre, jedes Pony für sich in einer Box, vielleicht wäre dir aufgefallen, dass etwas mit der Stute nicht stimmt.« Ich sah ihn an. Ich dachte an das Gespräch gestern beim Abendessen und wusste, dass das, was ich sagen musste, hart klingen würde. »Aber hier oben? Du hast dich entschieden, ihnen ein freies Leben zu ermöglichen. Dafür zahlst du einen Preis. Du bist der Einzige, der entscheiden kann, ob er zu hoch ist.«

Bens Lippen waren schmal. Ein paar Herzschläge vergingen, dann schloss er für einen Moment die Augen und stieß den Atem aus. »Okay.« Vorsichtig ließ er mich los und ging ein paar Schritte auf und ab. »Aber wir brauchen Ergebnisse! Wir suchen seit Wochen und sind nicht schlauer als im Sommer. Bisher haben wir gar nichts!«

Leider stimmte das, beinahe zumindest.

Er atmete tief ein, als ich nichts darauf entgegnete. »Du musst allein zurück. Ich sehe nach der Herde und dann bringe ich das … das Fohlen zur Tierklinik. Die müssen untersuchen, ob ein Virus die Ursache war.«

»Könnten sonst noch mehr Fohlen in Gefahr sein?« Daran hatte ich noch gar nicht gedacht.

Ben wirkte plötzlich müde. »Ja. Aber hoffen wir das Beste.«

»Ich begleite dich. Keine Widerrede. Wir müssen dafür nach

Sedgwick. Die Praxis in Rosley hat am Sonntag bestimmt nicht geöffnet.« Ich nahm meinen Rucksack ab und griff in eine der Seitentaschen.

»Was hast du vor?«

Ich zog die Regenhülle aus dem Fach und sah zu Ben hoch. »Du willst das Fohlen doch wohl nicht in deiner Jacke rumschleppen, oder?«

Bens Mundwinkel hob sich, dann nahm er mir die Hülle aus der Hand. »Lass mich.«

Dagegen hatte ich nichts einzuwenden. Allein der Gedanke, den kalten Klumpen durch das Plastik zu spüren, jagte mir eine Gänsehaut über den Rücken.

»Welche der Stuten war es, glaubst du?«, fragte ich, als wir uns auf die Suche nach der Herde machten.

Ben richtete den Blick in den Himmel, wo eine Krähe kreischend über uns hinwegflog. »Wir werden es bestimmt gleich wissen.«

Es war Molly. Ihre Hinterbeine waren voller Blut, aber auch ohne dieses untrügliche Zeichen wäre ich mir ziemlich sicher gewesen. Sie wirkte benommen und gleichzeitig aufgedreht, so als habe sie etwas verlegt und könne es jetzt nicht finden. Ihr Schweif schlug unruhig, und jedes Mal, wenn eine der anderen Stuten Kontakt aufnehmen wollte, legte sie die Ohren an und scheuchte sie weg.

Es war herzzerreißend.

Ich hielt mich im Hintergrund, und nach einer Weile gelang es Ben, auf ein paar Meter an sie heranzukommen. Er betrachtete sie lang, und schließlich hatte ich den Eindruck, als würden sich seine Schultern senken. Doch meine Aufmerksamkeit wurde abgelenkt, denn Fern kam zu mir und drängte sich an mich, so als wüsste sie genau, dass einer von ihnen heute etwas Schlimmes zugestoßen war.

Kurz darauf folgte Millie. Ich streichelte und kraulte sie, und ich war mir nicht sicher, wer daraus mehr Trost zog, sie oder ich.

Beinahe eine ganze Woche verging, ohne dass wir etwas aus der Tierklinik hörten. Zumindest blieb uns nicht viel Zeit, über die möglichen Ergebnisse nachzudenken, weil der Schulstoff ungeahnte Ausmaße annahm. Das hielt Ben natürlich nicht davon ab, sich Sorgen zu machen. Er ging fast die Wände hoch, weil er nur am Mittwoch Zeit fand, die Herde zu besuchen. Wir waren beide erleichtert, dass Molly gesund wirkte, auch wenn sie Ben noch immer nicht an sich heranließ.

Am Freitag allerdings war das Stirnrunzeln auf Bens Gesicht tiefer, als ich bei der Aussicht aufs Wochenende erwartet hätte. Er lächelte, als er mich am Tor zum Schulhof auftauchen sah, doch mir war sofort klar, dass etwas passiert sein musste.

»Hey«, begrüßte er mich, bevor er mich küsste.

»Guten Morgen«, gab ich zurück. »Was ist los?«

Sein Lächeln vertiefte sich, auch wenn der aufgewühlte Ausdruck in seinen Augen blieb. »Dir entgeht nichts, was?«

Ich brummte unbestimmt. »Abgesehen von der Hausaufgabe für Englisch.« Ben hob eine Augenbraue, aber ich winkte ab. »Hab ich beim Frühstück erledigt. Schieß los.«

Eine Gruppe Jungs lief an uns vorbei. Sie nickten uns zu, einer hob sogar grüßend die Hand und ich lächelte. Das war definitiv eine Verbesserung zu den ersten Schultagen, als Ben von allen Seiten skeptisch beäugt worden war.

Ben zog mich zu der Eiche, die in einer ruhigen Ecke des Schulhofs stand. Ein paar Zwölfjährige sahen uns kommen und räumten zügig ihre Plätze auf der Holzbank darunter, sodass wir uns setzen konnten.

»Hast du heute Nachmittag was vor?«, fragte Ben leise.

Ich schüttelte den Kopf. Es gab da zwar noch diesen Aufsatz in Französisch, aber den würde ich garantiert nicht an einem Freitag erledigen. Wir konnten also tun, worauf wir Lust hatten.

Oder was nötig war, wie sich herausstellte.

»Gut. Dann lass uns zur Historischen Gesellschaft gehen. Heute Nachmittag ist das Archiv geöffnet.«

»Von zwei bis sechs. Ich weiß.« Prüfend musterte ich Ben. Die Dringlichkeit in seiner Stimme und die Art, wie seine Haare wirr vom Kopf abstanden, konnten nur eins bedeuten. »Hat die Klinik angerufen?«

Ben nickte.

Mit einem Mal war ich hellwach. »Und?«

Er zuckte mit den Schultern. »Nichts. Sie konnten keine krankhafte Veränderung feststellen. Was die Ursache für die Fehlgeburt war, wissen sie nicht. Vielleicht hat Molly etwas Giftiges gefressen oder sich überanstrengt.« Er seufzte. »Oder vielleicht war es der Fluch.«

Ich setzte mich so hin, dass ich mich ebenfalls anlehnen konnte. Der Schulhof war beinahe leer, viel Zeit bis zum Klingeln blieb uns nicht mehr. »Und deswegen probieren wir es heute noch mal im Archiv?«

Ben sah mich an. »Wenn du willst. Ich weiß, dass die Chancen minimal sind, dass wir etwas finden.«

Ich griff nach seiner Hand. »Natürlich will ich.« Ich drückte seine Finger. »Es muss eine Lösung geben.«

Er schnaubte. »Ja, aber wie soll die aussehen? Wo sollen wir noch suchen? Und wer sagt uns, dass wir sie rechtzeitig finden? Bevor die Herde …«

Er beendete den Satz nicht, aber das war auch nicht nötig. So gern ich eine Antwort gehabt hätte, ich konnte nichts darauf antworten. All diese Fragen hatten wir uns schon hundertmal vergeblich gestellt.

Ben schnaubte. »Wir haben einfach keine Ahnung, Val. Wenn es so weitergeht, suchen wir noch, wenn wir in Rente gehen. Mum hat jahrelang recherchiert.«

Ich stand auf und hielt ihm eine Hand hin. »Vielleicht. Aber deine Mutter war auch allein.«

Langsam hoben sich Bens Mundwinkel, dann ließ er sich auf die Füße ziehen.

»Müssen wir jetzt wirklich in Mathe?«, fragte er leise, als er einen Arm um meine Taille schlang und mich an sich zog. Seine Stimme war ein bisschen heiser und hatte genau den Tonfall angenommen, der mir zuverlässig eine Gänsehaut verpasste. Und leider wusste er das.

Mit äußerster Willensanstrengung schob ich ihn von mir weg. »Ja, mein Lieber. Daran führt kein Weg vorbei. Aber …«, fuhr ich fort, als er ein übertrieben enttäuschtes Gesicht aufsetzte. »… das Archiv der Historischen Gesellschaft ist nicht besonders gut beleuchtet. Bestimmt findet sich da ein schnuckeliger dunkler Winkel.«

Ben lachte leise. »Man kann von deinem Pflichtbewusstsein ja halten, was man will. Aber mir gefällt, dass du das Angenehme mit dem Nützlichen verbindest.«

Seit vier Wochen ging ich jetzt auf eine englische Schule, komplett mit Uniform und allem Pipapo, und nach den ersten holprigen Tagen hatte ich mich ziemlich schnell eingewöhnt. Das lag an Ben, natürlich, aber auch Emmy, Grayson und der Rest ihrer Clique sorgten dafür, dass ich mich zurechtfand. Ich hatte keinen einzigen Kurs, in dem ich niemanden kannte.

Dafür waren die Anforderungen mörderisch. Das ganze System

war so anders als in Deutschland, dass der Einstieg im Abschlussjahr nicht gerade ein Zuckerschlecken war. Aber ich hatte nicht vor, mich davon entmutigen zu lassen. Jetzt, da meine Sportkurse wegfielen, hatte ich viel mehr Zeit für den Schulstoff. Es würde schon klappen.

Das hoffte ich auch in anderer Hinsicht. Als ich nach Schulschluss in den Geografieflur bog, wo unsere Schließfächer waren, stand Ben mit mehreren Jungs aus dem Rugby-Team zusammen. Sie wechselten ein paar Sätze, dann nickten sie sich zu und die vier wandten sich Richtung Ausgang. Sofort wurde ihre Unterhaltung lauter.

Ich seufzte leise. Als ich Ben kennengelernt hatte, war er mir wie ein Außenseiter vorgekommen – unnahbar, aufbrausend und ein bisschen trotzig. Dass hinter dieser Fassade so viel mehr steckte, hatte ich erst verstanden, als wir gemeinsam Zeit bei den Ponys verbrachten.

Doch meine Meinung zählte hier nicht. Obwohl er sich der Clique gegenüber wieder etwas mehr geöffnet hatte, schien er seinen Platz an der Schule noch nicht wieder gefunden zu haben. Es fühlte sich falsch an, dass Ben, der für mich so sehr zu diesem Ort, dieser Gegend gehörte, immer irgendwie am Rand zu stehen schien.

»Alles in Ordnung?« Ben sah mir stirnrunzelnd entgegen.

Schnell lächelte ich. »Na klar.« Ich trat zu ihm und gab ihm einen schnellen Kuss, dann drehte ich mich weg, öffnete meinen Spind, legte meine Bücher hinein und sah ihn wieder an. Nach einem kurzen Rundumblick, um mich zu vergewissern, dass wir mittlerweile fast allein waren, zog ich ihn am Hemd zu mir.

»Alles in bester Ordnung«, flüsterte ich, als ich mich an ihn schmiegte und tief ausatmete.

Ich konnte seine Verwirrung spüren, aber sie dauerte nur einen Moment, bevor er die Arme um mich schlang und näher an sich zog. So blieben wir stehen, auch als jemand vorbeiging und ein würgendes Geräusch machte, sogar noch, als der Hausmeister einen Karren vorbeirollte und sich räusperte.

Es spielte keine Rolle, was die Leute von uns dachten. Nicht solange wir zusammen waren.

Irgendwann lehnte ich mich zurück und sah ihm ins Gesicht. »Ich wäre dann so weit«, sagte ich mit meiner muntersten Stimme. »Sollen wir los?«

Von der Schule bis zum Archiv der Historischen Gesellschaft brauchten wir keine fünf Minuten. Wir hielten uns gar nicht mit dem eisernen Türklopfer auf, sondern gingen ohne Ankündigung hinein.

In der Eingangshalle saß – wie meist am Freitag – Mrs Bader hinter dem überladenen Schreibtisch und warf uns nur einen flüchtigen Blick über ihre Lesebrille zu.

»Ihr wisst, wo ihr alles findet, ja?«, fragte sie, wandte sich aber schon wieder einer ihrer endlosen Listen zu.

Zumindest wussten wir, wo wir suchen mussten. Gefunden hatten wir in den vergangenen Wochen, in denen wir das Archiv unsicher gemacht hatten, noch nichts Bahnbrechendes. Doch das konnte Mrs Bader natürlich nicht wissen. Sie glaubte, wir würden Bens Familiengeschichte recherchieren, und ganz falsch lag sie damit auch nicht. Bisher hatte in all den Artikeln über die Aldringhams, die wir in der Lokalzeitung gefunden hatten, nichts über einen Fluch oder irgendetwas in die Richtung gestanden. Verwunderlich war das nicht, aber wir hatten unsere Suche auch weiter gefasst – Todesfälle, Unglücke, seltsame Vorkommnisse, wir sammelten alles. Bisher ergab nur nichts einen Sinn.

Immer wieder hatten wir uns deswegen gefragt, ob wir nicht einfach nur unsere Zeit verschwendeten. Immerhin hatten wir keinen einzigen Beweis, und nur durch Bens Vater wussten wir überhaupt davon, dass er und seine Pferde in Gefahr schwebten. Sicher, Gordon war nicht der Typ, der sich Dinge zusammenspann. Aber ein Fluch? So etwas gab es nicht, nicht außerhalb von Märchen und Filmen. Zufall, Pech, unglückliche Umstände – wir hätten viele Namen finden können für all die schrecklichen Dinge, die Bens Familie und seinen Ponys zugestoßen waren, hätten mit den Schultern zucken und nie wieder an den Abend auf dem Carrock denken können. Und trotzdem blieben wir dran. Trotzdem erlaubten wir uns den Gedanken, dass sein Vater die Wahrheit gesagt hatte. Denn gegen Zufälle war man machtlos … aber einen Fluch konnte man brechen.

Deswegen schob ich Ben einige Minuten später seufzend von mir. Er hielt die Augen geschlossen und murmelte etwas von »Noch nicht«, doch wir konnten nicht den ganzen Nachmittag hier in dieser schummrigen Nische herumstehen und knutschen. Zumindest nicht, wenn wir Fortschritte machen wollten.

Ich wollte mich an ihm vorbeiquetschen, aber Ben hielt mich fest und lehnte die Stirn gegen meine. »Danke«, flüsterte er. »Dass du den Fokus behältst. Ohne dich hätte ich längst alles hingeschmissen.«

»Blödsinn. Es geht um deine Zukunft. Um deine Ponys. Natürlich würdest du dich kümmern.« Ich begann zu grinsen. »Ohne mich wärst du vielleicht ein bisschen weniger abgelenkt.«

Ich nahm seine Hand und zog ihn hinter mir her.

»Aber ich lasse mich gern von dir ablenken.«

Ich warf einen Blick über meine Schulter. »Eins meiner vielen Talente.«

Seine Arme schlossen sich von hinten um mich. Einen Moment lehnte ich mich an ihn und er hielt mich. Der kahle, düstere Kellerraum schrumpfte auf ihn und mich zusammen, eingehüllt in … Ich wusste nicht, wie ich es nennen sollte. Oder vielleicht wusste ich es, aber ich traute mich nicht, zu groß klang das Wort. Ich wusste nur, es war warm und golden und größer als Ben oder ich. Aber zu Ben und mir, zu uns zusammen, da passte es.

Er ließ mich los. Als ich an das Regal trat, wo wir beim letzten Mal mit unserer Suche aufgehört hatten, fing ich seinen Blick auf, und wie ein gleißender Lichtblitz breitete sich das Wissen in meinem Körper aus, dass ich alles, *alles* tun würde, um den Fluch, wenn es ihn gab, zu brechen. Niemand schrieb uns vor, was wir zu fürchten hatten.

Eine Stunde später saßen wir vor unseren aufgeschlagenen Archivordnern und blätterten Zeitungsseite um Zeitungsseite um. Wir waren auf ein paar Erwähnungen von Bens Familie gestoßen, aber meist drehten sie sich um Wohltätigkeitsveranstaltungen oder Schirmherrschaften der Aldringhams. Ich verstand völlig, warum Bens Haare mittlerweile wirr vom Kopf abstanden und seine Hand immer öfter ihren Weg in die Chipstüte fand, die wir neben uns auf den Tisch gelegt hatten. Denn die Wahrheit war: Wir waren nicht einmal sicher, ob wir am richtigen Ende anfingen. Wer sagte uns, seit wann der angebliche Fluch auf den Aldringhams lag? Wie sollten wir das herausfinden? Unsere Erkenntnisse konnten längst die Antwort beinhalten oder, im Gegenteil, komplett nutzlos sein. Wir wussten einfach viel zu wenig.

Meine Aufmerksamkeit hatte nachgelassen, sodass ich mich bei einem Bericht festlas, der von einer Pferdeauktion handelte, und auch Ben war mit den Gedanken woanders, sonst hätten wir vielleicht gehört, dass sich Schritte näherten.

Stattdessen fuhren wir beide zusammen, als jemand rief: »Aha!«

Bens Hand steckte gerade in der Chipstüte, sodass er vor Schreck den Inhalt über den halben Tisch verteilte. Im nächsten Moment kapierte ich, wer sich da angeschlichen hatte.

»Seid ihr wahnsinnig?« Sarah kreischte fast, dabei waren höchstens ein oder zwei Chips auf den Zeitungsseiten gelandet. Hastig wischten wir sie weg.

»Entspann dich«, meinte Ben daher auch, aber Sarah dachte nicht daran.

»Leute, im Ernst? Was, wenn das alle machen würden? Man kann doch nichts essen, wenn man wertvolle historische Dokumente liest!«

Ob sich uralte Ausgaben des Sedgwick Herald als *wertvolle historische Dokumente* qualifizierten, bezweifelte ich, aber wir verstanden ihr Argument. Wortlos griff sich Ben die Tüte und fegte die Chips hinein, während ich mit einem Taschentuch auch den letzten Fettfleck von der Tischoberfläche polierte. Dann lehnte ich mich zurück und musterte Sarah. Schließlich war Angriff die beste Verteidigung.

»Was machst du überhaupt hier?«, fragte ich sie.

So richtig ging die Taktik nicht auf, immerhin verbrachte sie mehr Zeit in der Historischen Gesellschaft als sonst irgendjemand, den ich kannte. Mrs Bader eingeschlossen.

Dementsprechend maß sie mich auch mit einem selbstgefälligen Blick. »Die Frage ist doch eher: Was macht ihr hier? Und fangt gar nicht erst davon an, dass ihr für ein Projekt recherchiert. Mrs Bader hat erzählt, dass ihr seit Wochen immer wieder da wart.«

Gab es nicht so was wie eine Schweigepflicht für Archivarinnen? Das konnte doch nicht erlaubt sein, dass unsere Privatsphäre so rücksichtslos verletzt wurde.

Aber letztlich lag es jetzt an Ben. Er musste entscheiden, ob er

Sarah und damit auch Emmy und Grayson einweihen wollte. Das war eine Frage, die uns seit dem Ende der Ferien umtrieb.

Als er den Mund aufmachte, erwartete ich schon, dass er sie mit einem knappen »Das geht dich nichts an« abkanzeln würde, stattdessen hörte ich: »Das ist eine ziemlich lange Geschichte. Aber kurz gesagt: Auf meiner Familie liegt ein Fluch, und wir suchen einen Weg, um ihn zu brechen.«

»Witzig.«

Als weder Ben noch ich etwas erwiderte, verzog Sarah das Gesicht.

»Okay, dann behaltet eure Geheimnisse für euch.« Sie deutete auf die Chipstüte. »Aber bitte, bitte esst hier unten nichts mehr.«

Für Ben war es anscheinend wichtig, dass sie uns glaubte. Es lag eine neue Dringlichkeit in seiner Stimme, als er beteuerte: »Ich mein's ernst, Sarah. Auch wenn es unwahrscheinlich klingt: Wir versuchen, einen Fluch zu brechen.«

Ihre Augenlider flatterten. Sprachlos starrte sie Ben an, als wartete sie auf die Pointe, dann schaute sie zu mir, bittend fast, als könnte ich zurücknehmen, was Ben gerade gesagt hatte. Ich erinnerte mich genau an den Moment auf dem Carrock, als wir auf Renwick hinuntergesehen hatten und Gordon uns von dem Fluch erzählt hatte. Die vergebliche Hoffnung, dass jemand zu lachen anfing und sich über meine Gutgläubigkeit lustig machte …

Aber wir fingen nicht an zu lachen.

Sarah schluckte, dann zog sie einen Stuhl vom Tisch weg und ließ sich schwer darauf fallen. »Ein Fluch?«, krächzte sie.

Ben nickte.

»So richtig mit schwarzer Magie und hundert Jahre schlafen und in wilde Tiere verwandeln?«

Ich konnte fühlen, dass Ben genauso erstarrte wie ich. Wir sahen uns an und da, endlich, lachten wir los. Wir mussten so sehr lachen, dass uns die Tränen kamen.

Als ich wieder einigermaßen klar sehen konnte, erkannte ich Sarahs Verwirrung.

»Im Prinzip schon«, japste ich, »auch wenn die Gefahr, dass Ben sich in ein zottliges Ungeheuer verwandelt, eher gering ist.«

Sarah lehnte sich in ihrem Stuhl zurück. »Was dann?«, fragte sie leise, und ich rechnete es ihr hoch an, dass sie so schnell bereit war, uns zu glauben.

»Wir wissen es nicht«, antwortete Ben, leider ziemlich wahrheitsgemäß. »Es hat mit den Ponys zu tun. Aber wie und warum? Keine Ahnung.«

Eine Weile ruhte Sarahs Blick auf ihm. Dass die Ponys betroffen waren, schien ihre letzten Zweifel auszuräumen. Ben machte keine Witze auf Kosten seiner Herde, das war ihr ebenso klar wie mir. Schließlich ging ein Ruck durch sie. Sie deutete auf die Zeitungen, die aufgeschlagen vor uns lagen.

»Und was macht ihr da?«

Ben seufzte schwer. »Wir suchen nach Erwähnungen meiner Familie. Skandale, Streitigkeiten, Ärger unter Nachbarn. Irgendetwas muss den Fluch ja ausgelöst haben.«

»Flüche werden nicht ausgelöst, aber lassen wir es mal so stehen.« Sarah verschränkte die Arme und hob eine Augenbraue, also schien sie wieder in ihrem Element zu sein. Ihr Blick wanderte zu mir. »Ben weiß so was nicht, dafür müsste er ja mal was recherchieren, aber du? Wieso vergrabt ihr euch hier unten, wenn es die Zeitung auch digital gibt?«

Ben, der einen Moment etwas genervt gewirkt hatte, fing an zu grinsen und drehte sich zu mir. »Ja, Val, wieso vergraben wir uns hier unten?«

Ich boxte ihn gegen die Schulter, schaute aber Sarah weiter an. »Was meinst du?«

»Na, ich erinnere mich genau, dass du dabei warst, als uns Mrs Bader erzählt hat, dass der Herald digitalisiert wurde.«

»Und das digitale Archiv ist frei zugänglich?«

Sie nickte. »Mit einem Suchwort bist du dabei.«

Einatmend lehnte ich mich zurück und wandte die Augen zur Decke. Also hätten wir uns Stunden in diesem Kellerverlies sparen und die Recherche bequem vom Sofa aus erledigen können.

Ben lehnte sich zu mir und drückte mir einen Kuss auf die Wange. »Mach dir nichts draus. Ich erkunde gern alte Gemäuer mit dir.«

Trotz allem musste ich lachen. »Okay. Dann brechen wir hier die Zelte ab. Über deinen Laptop …« Ich grinste Ben an. »… können wir jederzeit Chips krümeln.«

Ben lächelte schmal, während sein Blick zurück zu Sarah wanderte. »Also glaubst du uns?«

Sie verzog den Mund. »Na ja, glauben … Das klingt schon abenteuerlich. Aber ihr beide … Wenn das von Emmy käme, wäre ich deutlich skeptischer.« Nach einer kleinen Pause fragte sie: »Soll ich euch helfen? Die Onlineabfrage kriege ich allein hin und die Ergebnisse kann ich euch schicken. Es sei denn … es sei denn, ihr wollt das zu zweit durchziehen.«

Ben schüttelte den Kopf. »Das war nicht der Grund, warum wir nichts gesagt haben. Aber ein Fluch? Wir dachten, ihr glaubt uns eher, wenn wir schon was dazu in der Hand haben.«

»Und bisher habt ihr nichts gefunden?«

Ich schüttelte den Kopf. »Wir haben einfach zu wenig Ansatzpunkte. Nichts Konkretes, nur Vermutungen. Wenn wir irgendwo mal etwas als gesetzt festlegen könnten …«

Sarah nickte und stand auf. »Gebt mir bis morgen. Ich bringe die Zeitungsberichte mit, und dann erzählt ihr mir, was ihr wisst. Einverstanden?«

Ben und ich sahen uns an, dann nickte er. »Morgen um zwei auf Renwick? Und …« Er zögerte einen Moment. »… am besten gebe ich Emmy und Grayson Bescheid. Es ist sowieso nur eine Frage der Zeit, bis Emmy merkt, dass was im Busch ist.«

3

Braucht ihr noch was?« Charlottes Hand lag am Türknauf. Wie immer wirkte sie mühelos stylish in ihrem langen, schmalen Rock und einem Wollpullover, dem man ansah, dass er teuer gewesen war.

Bens Blick glitt über die Snackauswahl, die Flapjacks, den Tee und die Getränke, die gerade so auf den Sofatisch passten. Er schüttelte den Kopf. »Glaube nicht. Danke.«

Das glaubte ich auch nicht. Selbst mit doppelt so vielen Leuten wären wir mit den Bergen an Essen ausgekommen. Aber Ben und Charlotte, Gordons Freundin, hatten gerade zu einer vorsichtigen Höflichkeit gefunden, die keiner von ihnen aufs Spiel setzen wollte. Das galt vor allem, seit Charlotte von dem Fluch der Aldringhams erfahren hatte. Genau wie wir schien sie nun besser zu verstehen, was Gordon umtrieb, und seine beinahe krampfhafte Vorsicht, was Ben anging, in einem neuen Licht zu sehen. Gordon selbst war kein geborener Aldringham, also betraf ihn der Fluch nicht. Aber dass er Angst um seinen Sohn hatte, erklärte sich nun nicht mehr nur aus dem frühen Unfalltod seiner Frau, Bens Mutter.

Charlotte nickte uns zu, dann schloss sie die Tür hinter sich und ihre Schritte entfernten sich.

Aufatmend drehte sich Ben zu mir um. »Meinst du, es ist richtig, die anderen einzuweihen?«, fragte er, während er die Arme um mich schlang.

Da musste ich nicht überlegen. »Ja. Du hast Sarah gehört. Wochenlang haben wir gesucht und nichts gefunden. Allein kommen wir nicht weiter. Und zwar nicht nur, weil Sarah das Recherche-

Mastermind ist.« Ich sah ihm ins Gesicht. »Wir haben uns schon festgedacht, ein paar frische Meinungen können nur helfen.«

Ein Schauer lief durch Bens Körper und erschrocken legte ich eine Hand an seine Wange.

»Was ist?«

Er schüttelte den Kopf, aber ich konnte den Schatten in seinen Augen sehen. »Ich weiß nicht ... Eigentlich sollte ich froh sein, dass wir nichts finden«, begann er zögernd. »Das müsste doch heißen, dass Dad einen an der Waffel hat und an der ganzen Sache nichts dran ist.« Dass ich darauf nicht antwortete, deutete er richtig. »Genau. Ich wünschte, ich könnte das glauben, aber dafür ... dafür ist im Sommer zu viel passiert. Zu viel, wofür es keine Erklärung gibt.«

Ich war mir sicher, dass seine Gedanken genau wie meine zu dem Tag Ende August wanderten, als wir ein zappelndes Fohlen von einem Geröllfeld gerettet hatten. Vorsichtig strich ich über seine Seite, wo gerade eine angebrochene Rippe verheilt war. Er lächelte.

»Und da ist noch mehr«, flüsterte er. Er suchte meinen Blick. »Val ... irgendwie weiß ich es. Natürlich sind mehr Fragen entstanden, als er mit der Geschichte beantwortet hat, aber ...« Er suchte nach Worten. »Je länger ich darüber nachdenke, desto mehr merkwürdige Dinge fallen mir ein. Einmal ... Das ist Jahre her, damals waren wir vielleicht acht oder neun, da wollten Grayson und ich ausreiten. Ich hatte mein Pony schon fertig gemacht, als Grayson aufgefallen ist, dass der Sattelgurt zur Hälfte durchgerissen war. Wahrscheinlich wäre ich gestürzt, im besten Fall schon beim Aufsteigen, aber wenn es dumm gelaufen wäre, mitten auf den Fells im Galopp.«

Es war eine der wenigen Gelegenheiten, dass er über seine frühere Freundschaft mit Grayson sprach, doch ich hakte nicht nach. Ich wusste, dass sich die beiden entfremdet hatten, aber warum, würde er mir sicher noch erzählen. Mit den Gedanken war er sowieso schon weiter.

»Und einmal hat Henry gerade noch verhindert, dass ich ein paar Zweijährige mit Rattengift füttere.«

Verblüfft starrte ich ihn an. »Was?«

Ben nickte. »Es war keine Absicht. Natürlich nicht«, schob er grinsend hinterher, als er mein Gesicht sah. »Am Tag zuvor war die Dose mit dem Rattengift kaputtgegangen und Henry hatte es in einen leeren Behälter für Mineralfutter umgefüllt. Ich war total erkältet, sodass ich nicht gemerkt habe, dass das Pulver nicht im Geringsten nach Futter roch. Und gerade als ich es in die Raufen kippen wollte, fiel mir Henry in den Arm und nahm mir den Eimer weg.«

»Puh.« Das war wirklich eine heftige Geschichte, aber ob übernatürliche Kräfte dahintersteckten? »Solche Fehler passieren überall, Ben. Da muss es keinen Zusammenhang geben.«

Eine Weile betrachtete er mich. Es war dieser Blick, den ich mittlerweile gut kannte – so intensiv, dass ich beinahe sehen konnte, was er wahrnahm: blaue Augen, dunkle Haare, eine Nase, die direkt unter der Wurzel einen winzigen Höcker hatte. Ein Mund, der hier im Lake District immer ein bisschen röter war, als ich das von Deutschland gewohnt war. Es war, als müsse er sich mein Gesicht immer wieder von Neuem einprägen, damit er es auf keinen Fall vergaß.

»Und wenn doch?«, flüsterte er schließlich.

Ich wusste nichts zu antworten, deswegen war ich fast erleichtert, als es an der Eingangstür läutete.

Ben holte Luft und brüllte: »Kommt rein!«

Keine Sekunde später hörten wir Emmys leicht kratzige Stimme, die aber gleich verstummte.

»Wir sind im Salon!«, rief Ben Richtung Halle.

Ich grinste in mich hinein. Salon. Auf Englisch *drawing room.* Beim nächsten Mal durfte ich mein Stickzeug nicht vergessen.

Emmys dunkler Schopf mit den blauen Spitzen tauchte in der Tür auf. »Hey.« Sie winkte uns zu, dann wanderte ihre Augenbraue nach oben.

Im selben Moment ging mir auf, dass Ben mich noch immer in den Armen hielt. Ich räusperte mich und trat ein Stück zurück, Ben ließ mich los und fuhr sich grinsend durch die Haare.

»Ach, lasst euch doch von uns nicht stören«, meinte Emmy im Plauderton, als sie hereintrat und hinter ihr Sarah und Grayson auftauchten.

Ben fing sich gleich wieder. »Seit wann klingelst du eigentlich?«, fragte er.

Emmy zuckte mit den Schultern. »Das klang heute so nach offizieller Zusammenkunft. Da wollte ich mich dem Anlass entsprechend benehmen.«

Sie ließ sich auf das große dunkelrote Sofa gegenüber dem offenen Kamin fallen und griff in die Schale mit den Weingummis. Anders als sie wirkten Sarah und Grayson wenig entspannt. Sarah wickelte sich eine ihrer blonden Locken um den Finger. Sie schien noch nie hier gewesen zu sein, zumindest nicht im Salon. Langsam glitt ihr Blick über die großen Sprossenfenster, den Stuck an der Decke, den riesigen Teppich, der die Hälfte des honigfarbenen Parketts bedeckte, und die Gemälde und Skulpturen, die Wände und Möbel schmückten. Ich konnte sie verstehen – es war leicht, von Renwick überwältigt zu sein.

Grayson dagegen drückte sich ganz gegen seine Gewohnheit in der Nähe der Tür herum. Seine Nasenflügel flatterten, und er wusste nicht, wohin mit seinen Händen. Er kannte Renwick, zumindest von früher, aber nach all den Jahren im Streit mit Ben fühlte er sich anscheinend gar nicht wohl in seiner Haut.

Ben merkte ihm sein Unbehagen an.

»Hey«, begrüßte er ihn, dann deutete er auf den Korb hinter sich. »Kannst du schnell ein paar Holzscheite nachlegen? Ich will Sarah was zeigen.«

Überwältigt vom Feingefühl meines Freundes setzte ich mich neben Emmy und schenkte mir eine Tasse Tee ein. Grayson schien kurz zu überlegen, ob sich in Bens Worten eine Beleidigung versteckte, doch er kam wohl genau wie ich zu dem Schluss, dass Ben eine seiner sensiblen Sternstunden hatte, und nickte.

Sarah dagegen trat mit gerunzelter Stirn auf Ben zu. »Was willst du mir zeigen?«

Emmys und mein Kopf drehten sich, als Ben sie zu der Ecke neben dem Frontfenster führte. Er deutete auf ein kleines, schlicht gerahmtes Gemälde. »Das ist von …«

»… Fran«, fiel ihm Sarah ins Wort.

Leise ächzte ich. Ich hatte Fran nie kennengelernt, aber ich wusste, dass sie die Frau von Bens Freund und Mentor Henry gewesen war. Ihr hatte Fairview gehört und sie war Künstlerin gewesen.

»Ich vermisse sie«, sagte Sarah so leise, dass ich ihre Worte kaum verstand, und Ben streckte die Hand aus und drückte ihren Arm.

»Ich auch«, antwortete er genauso leise.

War es möglich, sich noch einmal ganz von Neuem zu verlieben? Mir kam es gerade so vor. Mein Herz schmolz und sammelte sich in einer warmen, wohligen Pfütze in meinem Bauch. War das der Junge, den alle vor wenigen Monaten noch für einen sonderbaren Eigenbrötler gehalten hatten?

»Er ist kein Hundebaby«, flüsterte Emmy mir zu, »auch wenn er süß aussieht.«

Ich riss meinen Blick von Ben los, der noch immer neben Sarah stand und mit ihr Frans Bild betrachtete, und schaute in blitzende hellgrüne Augen und ein breites Grinsen. Wenn wir allein gewesen wären, hätte ich ihren Spott vielleicht ignoriert und ihr von meinen romantischen Gefühlen erzählt, aber so streckte ich ihr die Zunge raus und lud mir ein Stück Kuchen auf einen Teller. Emmy lachte in sich hinein.

Schließlich setzte sich Sarah in den Sessel links vom Kamin, Grayson nahm den gegenüber und Ben ließ sich neben mich auf das Sofa fallen. Ich konnte nicht anders, als ihn zu küssen, auch wenn mir das einen verwunderten Blick von Ben, ein angewidertes Geräusch von Grayson und von Sarah eine laute Erklärung einbrachte: »Fran hat mir Unterricht gegeben, weißt du? Sie hat mir sogar ihren Brennofen und die Töpferscheibe vererbt.«

Überrascht drehte ich mich zu Sarah um. »Dann sind die Tassen in Fairview von Fran? Die mit den schönen Glasuren?«

Sarah nickte und bekam ganz rote Wangen, so sehr war sie in ihrem Element. »Ja, Taubenblau und Salbeigrün waren ihre Lieblingsfarben. Ich hab schon versucht, die Glasuren genauso gut hinzubekommen, aber so richtig klappt es nicht.«

Einen Moment hing sie ihren Gedanken nach, so als müsse sie ein gewichtiges Problem lösen, und in den paar Sekunden glitt mein Blick zu ihren Händen. Ich erinnerte mich, dass ich im Sommer immer wieder Tonreste unter ihren Fingernägeln bemerkt hatte, doch anscheinend hatte sie, seit die Schule wieder begonnen hatte, nicht mehr so viel Zeit für ihre Kunst.

Die Jungs hatten sich in der Zwischenzeit mit Getränken und Snacks eingedeckt, sodass Emmy jetzt fragte: »Es ist ja wirklich gemütlich hier, aber ihr habt uns doch nicht herbestellt, um über die alten Zeiten zu quatschen, oder?«

Ben, Sarah und ich tauschten einen Blick, dann nickte ich Ben zu. Wie schon bei Sarah war es seine Aufgabe, Emmy und Grayson einzuweihen.

Zwei Minuten später saßen die beiden da wie vom Donner gerührt.

»Ein Fluch?«, krächzte Emmy. »Das ist ein Scherz, oder?«

Ben rieb sich übers Gesicht. »Wenn du wüsstest, wie sehr ich mir das wünsche.«

Sie blinzelte und drehte sich zu Sarah. »Und du kaufst ihnen das ab?«

Unwillkürlich musste ich lächeln. Sarah war unser Glaubwürdigkeitsmarker, besonders für Emmy, und wenn sie die Geschichte für möglich hielt, war es für Emmy wie ein Prüfsiegel.

Sarah zögerte. »Es klingt verrückt, ich weiß, aber … Gordon denkt sich doch so was nicht aus.«

»Nicht?« Grayson sah von Sarah zu Emmy, dann zu mir und schließlich zu Ben. Sein Gesicht verriet nicht, was er dachte. »Gordon hat sich schon alles Mögliche einfallen lassen, um dich von Pferden fernzuhalten. Ein Fluch wäre mal was anderes.«

Ben hielt seinen Blick einen Moment, doch bevor er antworten konnte, sagte Sarah: »Gehen wir doch mal durch, was ihr über die Sache wisst. Was hat euch Gordon erzählt? Was hat eure Recherche ergeben?«

Bens Mundwinkel zuckte, so als würde ihn die ganze Angelegenheit auf verdrehte Weise amüsieren.

»Unsere Recherche … die hat bisher nicht das Geringste ergeben. Wir wissen ja auch nicht, wonach wir suchen. ›Der Tod und die Ponys, für die Aldringhams sind sie eins‹, mehr hat Dad zu dem Fluch nicht gesagt.« Er ignorierte das verächtliche Geräusch, das aus Graysons Richtung kam. »Meine Mutter wusste davon. Sie hat Jahre damit zugebracht, mehr darüber herauszufinden. Offensichtlich ohne Erfolg.«

Jetzt war Grayson still.

Emmy war blass geworden. »Meinst du … meinst du, ihr Tod hatte mit dem Fluch zu tun?«

Ben zuckte mit den Schultern. »Das kannst du dir selber zusammenreimen. Aber wenn es mit diesem Spruch irgendwas auf sich hat, dann ja.«

Sarah klang wie eine sehr freundliche, verständnisvolle Ärztin, als sie weiterfragte: »Und woher wusste Kit von dem Fluch? Wird dieses Wissen bei euch in der Familie weitergegeben?«

»Kann sein.« Ben sah sie entschuldigend an. »Sie hatte wohl schon jede Menge Material gesammelt, aber mein Dad hat nach ihrem Tod alles vernichtet.«

»Es gibt also was zu recherchieren.« Einen Moment schwieg Sarah nachdenklich. »Und dein Dad weiß überhaupt nicht mehr, was sie herausgefunden hatte?«

Ben suchte meinen Blick. »Ich glaube nicht. Aber ich kann ihn noch mal fragen.«

Sarah nickte energisch. »Mach das bitte. Auf so eine Idee kommt man ja nicht von allein. Das heißt, jemand muss es auch Kit erzählt haben. Und wenn wir Glück haben …«

»… ist dieser Mensch heute noch am Leben.« Emmy hatte ihre Sprache wiedergefunden.

Ich spürte die Energie, die plötzlich von Ben ausging. Daran hatten wir noch gar nicht gedacht: dass es jemanden geben könnte, der mehr über den Fluch wusste als Gordon. Und wenn wir diese Person fanden …

Es war also tatsächlich die richtige Entscheidung gewesen, Sarah und Emmy einzuweihen.

Bei Grayson war ich mir noch nicht so sicher. Er hatte seine Augenbrauen so sehr zusammengezogen, dass sie wie ein einzelner Strich aussahen. Jetzt setzte er sich in seinem Sessel auf.

»Ihr solltet euch mal hören!«, polterte er los. »Flüche und Leute, die jahrzehntelang Geheimnisse bewahren! Ponys, die den Tod bringen! Das ist doch alles kompletter Schwachsinn! Gordon nimmt dich auf den Arm, das ist alles.«

Kurz herrschte Stille. Ich wollte schon Luft holen und Grayson die Meinung geigen, ihm alles erzählen, was im Sommer passiert war, von Mollys Fehlgeburt berichten, aber Ben kam mir zuvor.

»Ja, vielleicht ist es Schwachsinn.« Er sah Grayson fest in die Augen. »Ich hoffe, es ist Schwachsinn. Aber eines weiß ich sicher: dass mein Dad mich nicht angelogen hat. Val war dabei, frag sie, wenn du mir nicht glaubst. Für meinen Vater ist der Fluch real.«

Graysons Blick huschte zu mir, dann fixierte er wieder Bens Gesicht. »Okay. Gordon ist also von der Sache überzeugt. Aber damit ich euch diesen Mist abkaufe, braucht's noch ein paar Beweise.«

Langsam begann Ben zu grinsen. »Und genau dafür sitzen wir hier zusammen.«

Als wäre das ihr Stichwort, schaltete sich Sarah ein: »Und weil beim Rumsitzen noch selten jemand was herausgefunden hat, sollten wir uns endlich an die Arbeit machen.«

»Was schlägst du vor?«, fragte ich.

Sie tippte sich mit dem Zeigefinger an die Oberlippe. »Ihr habt euch Bens Vorfahren angesehen, oder? Welche Skandale sie verursacht haben, ob jemand Grund gehabt hätte, ihnen zu schaden.«

Grayson prustete, aber sie ging nicht darauf ein.

»Am besten macht ihr damit weiter. Geht die Zeitungsartikel durch, die ich euch geschickt habe, aber versucht auch, andere Quellen zu finden. Meint ihr nicht, Gordon kann euch mehr erzählen?«

Ben gab ein unbestimmtes Geräusch von sich. »Kann sein.«

»Gut, dann frag ihn. In der Zwischenzeit …« Sie legte eine kleine Pause ein. »… lese ich mich ein, was ein Fluch eigentlich ist.«

»Das, was passiert, wenn man keinen goldenen Teller für die böse Fee übrig hat?«, schlug Grayson in sarkastischem Ton vor und handelte sich dafür ein genervtes Kopfschütteln von Emmy ein.

Sarah ließ sich nicht aus der Ruhe bringen. »›Flüche in Märchen‹. Ich meine, dazu habe ich neulich erst was gelesen.«

Ich streckte die Hand aus und brach mir ein Stück Schokolade von der Tafel ab. Genau wie Ben lehnte ich mich auf dem Sofa zurück. Wir hatten unser Geheimnis geteilt. Und schon jetzt fühlte es sich leichter an.

G

»Tadaa!« Die Klasse stöhnte auf, als Mr Bissessar einen echten Bowler unter seinem Schreibtisch hervorzog. »Nicht so viel Begeisterung, Leute, ich habe am Freitag angekündigt, dass der fabelhafte *Sorting Hat* wieder zum Einsatz kommt.«

Er wackelte mit den Augenbrauen und Grayson warf mir einen amüsierten Seitenblick zu. Er hatte schon erzählt, dass Mr Biss, wie wir ihn meist nannten, es gern dem Zufall überließ, wer in einer Referatsgruppe zusammenarbeitete. Und ich hoffte sehr, dass der Zufall mich in die Gruppe mit Grayson loste. Geschichte war das einzige Fach, in dem ich mit den anderen Leuten noch nicht warm geworden war. Und da diese Präsentation einen Großteil der Trimesternote ausmachen und dementsprechend viel Arbeit verursachen würde, wollte ich die Zeit lieber mit Grayson verbringen als mit irgendwelchen Mädchen, die in den letzten Wochen nicht mehr als »Hi« zu mir gesagt hatten.

»In unserem schlauen Hut findet ihr sechs verschiedene Projekte, die sich mit Oral History beschäftigen. Manche Themen sind eher theoretisch, da werdet ihr euch stärker mit dem Für und Wider der Befragung von Zeitzeugen befassen. Bei anderen werdet ihr euch Methoden der Interviewführung aneignen, die ihr hier vor Ort in Rosley anwendet.« Erwartungsvoll sah Mr Biss in die Runde. »Jetzt ist der Zeitpunkt für zustimmenden Applaus.«

Ich fand seinen Enthusiasmus ja drollig, aber offenbar kapierte er auch nach mehreren Jahren Berufserfahrung noch nicht, dass es nicht auf die Referatsthemen ankam, sondern ausschließlich auf die Gruppe, in der man landete. Und solange er seinen Loshut nicht herumreichte, würden die Gesichter in der Klasse angespannt bleiben.

Angesichts der allgemeinen Lustlosigkeit seufzte Mr Biss und stand von seinem Stuhl auf. »Also gut. Gehen wir es an. Die Regeln sind folgende: Die Gruppen bleiben fest zugeteilt, Themen werden nicht getauscht. Ihr könnt euch bei der Recherche aufteilen, aber die Präsentationen gebt ihr gemeinsam. Kapiert?«

Müdes Nicken war zu sehen und wieder seufzte Mr Biss. Er trat an die ersten Pulte und ließ einen nach dem anderen einen Zettel ziehen. Sofort begann die Unruhe.

»First Nations in Kanada sind hier!«, rief Noah, während Mason in leicht verzweifeltem Ton verkündete: »Ich hab die Ukraine!«

Mr Biss grinste uns an, als er uns den Bowler hinhielt, und Grayson und ich entfalteten unsere Zettel.

»Bergbau in Cumbria«, las Grayson vor und sah mich erwartungsvoll an.

»Rosley Young Ladies' Society«, gab ich mit einem bedauernden Schulterzucken zurück.

Seufzend wandte er sich nach rechts, wo sich Lauren, Dan und Luke nach ihrem vierten Gruppenmitglied umschauten. Lauren war Kapitänin von drei Teams und hatte jetzt schon ein Stipendium eines amerikanischen Sport-College sicher und Dan und Luke zockten vor, nach und manchmal auch während des Unterrichts »Fortnite«. Es war absehbar, dass Grayson die Arbeit ziemlich allein erledigen würde.

Ich klopfte ihm auf die Schulter und blickte mich suchend um, dann konnte auch ich ein Seufzen nicht unterdrücken. Schwerfällig stand ich auf und ging zu Chloe, Mia und Jess hinüber.

»Habt ihr die Ladies' Society?«, fragte ich, aber bevor eine der drei antworten konnte, klatschte Mr Biss in die Hände.

»Okay, Leute, ihr habt den Rest der Stunde Zeit, um euch mit der Aufgabe in den Umschlägen vertraut zu machen, die ich euch gleich geben werde. Bei Fragen kommt ihr zu mir. Viel Spaß.«

Wir zogen uns Stühle heran, und Chloe öffnete den Umschlag, den Mr Biss uns reichte. Sie teilte die vier Blätter aus, die darin waren.

Während ich mir die Aufgabenbeschreibung und Fragen durchlas, erinnerte ich mich wieder, wo ich von der Rosley Young Ladies' Society schon gehört hatte: Sarah hatte mir im Sommer erzählt, dass der Verein Stipendien an junge Frauen vergab. Und er war – und das versetzte mir einen unerwarteten Adrenalinstoß – von Edith Morland gegründet und lange finanziell unterstützt worden. Edith war längst verstorben, doch ihr Name war mir im Sommer einige Male begegnet. Ich wollte es den drei nicht sagen, aber ich war ziemlich zufrieden mit unserem Referatsthema.

»Mal sehen«, begann Chloe in einem so unschuldigen Ton, dass ich stutzig hätte werden müssen. »Edith Morlands Biografie. Willst du die übernehmen, Valerie?«

Jess runzelte die Stirn und holte Luft, aber Chloe verpasste ihr einen Rempler in die Seite. Nach einem Moment klappte Jess ihren Mund wieder zu.

Doch ich war so aufgeregt, dass ich den wortlosen Austausch gar nicht richtig registrierte. Und ob ich das wollte! Ich hatte die Frau von der ersten Minute an faszinierend gefunden. Dass ich mich jetzt intensiver mit ihr beschäftigen konnte, fühlte sich plötzlich gar nicht mehr an wie Arbeit.

»Klar«, sagte ich, bemühte mich aber um einen neutralen Tonfall. Ich wollte Chloe nicht das Gefühl geben, dass sie mir einen Gefallen tat.

Jess bekam die Geschichte und bisherigen Nutznießerinnen des

Clubs aufs Auge gedrückt, während Chloe und Mia den eigentlichen Oral-History-Teil übernehmen und die jetzigen Mitglieder interviewen wollten. Jess schien froh zu sein, dass sie mit keiner von uns zusammenarbeiten musste, also waren wir nach ein paar Minuten mit der Verteilung der Aufgaben fertig.

Leider bedeutete das, dass wir uns jetzt den informellen Themen widmen konnten.

»Was sagt Ben eigentlich dazu, dass du mit seinem Erzfeind abhängst?«, fragte mich Chloe, nachdem sie mich ein paar Sekunden nachdenklich betrachtet hatte.

Oh bitte.

»Ich glaube nicht, dass Ben dich als seinen Erzfeind bezeichnen würde.«

Jess kicherte, aber Chloe schnaubte und deutete mit dem Kinn auf Grayson. »Du weißt genau, was ich meine.«

»Du wärst überrascht, wie viel Zeit die beiden miteinander verbringen.«

Skeptisch hob Chloe die Augenbrauen, und zum hundertsten Mal fragte ich mich, was zwischen Ben und Grayson vorgefallen war. Aber dazu würde ich sicher nicht Chloe ausquetschen.

»Und selbst wenn Ben etwas dagegen hätte«, erklärte ich mit fester Stimme, »ich war schon mit Grayson befreundet, bevor ich mit Ben zusammengekommen bin. Wenn ihm das nicht passt, ist es sein Problem.«

»Wenn du das sagst.« Chloes Blick glitt spekulierend zwischen Grayson und mir hin und her, so als überlege sie, wie sie Unruhe stiften konnte. »Ich an deiner Stelle hätte mich an den Netten gehalten, aber auf manche Leute wirkt Geld ja unwiderstehlich.«

Jetzt keuchte sogar Mia auf, doch bevor ich meinen Schock überwunden hatte, warf Jess ein: »So wie auf deine Mutter? Hast du nicht letztes Jahr erzählt, dass sie dich nach London holt, wo du mit ihr im Penthouse dieses Immobilienmaklers wohnen sollst?«

Drei Sekunden lang herrschte geschockte Ruhe. Genau in dem Moment, in dem sich Chloe wegdrehte, weil ihr Tränen in die Augen stiegen, klatschte Mr Biss wieder in die Hände.

Er gab uns weitere Anweisungen und beantwortete ein paar Fragen aus den anderen Gruppen, aber wir vier saßen mit versteinerten Mienen da. Das war nicht der Start in unsere Gruppenarbeit, den ich mir vorgestellt hatte. Und auch wenn ich Jess dankbar war, dass sie mir beigesprungen war, hoffte ich, dass es Chloe nun nicht erst recht auf mich abgesehen hatte.

5

Der Westwind schob hellgraue Wolken über den Himmel. Hin und wieder brachten sie ein paar Regentropfen mit, aber längst nicht genug, um uns nach Hause zu treiben. Dafür war der Herbsttag zu schön: Durch die Wolkenlücken spitzte die Sonne und ließ die Hänge und Gipfel der Fells aufleuchten. Längst hatte das Purpur der Heide den Ockertönen von trockenem Farn Platz gemacht, doch hier am Bachufer wuchs das Gras noch immer üppig.

Die Stuten waren also abgelenkt, sodass Ben mit seinem Training weitermachen konnte. Nach ihrem ersten Sommer in Freiheit war es für die Fohlen an der Zeit, ein paar Manieren zu lernen. Oder zumindest das, was Menschen unter Manieren verstanden – Pferdemanieren hatten ihnen ihre strengen Mütter längst beigebracht.

»Brav.« Ben sprach so leise, dass ich es aus fünf Metern Entfernung kaum hörte. River dagegen verstand ihn anscheinend ziemlich gut, und er schien auch zu begreifen, dass Ben ihn gelobt hatte, denn er leckte sich über die Lippen. Er war ein hübscher kleiner Kerl. Genau wie Winnie, seine Mutter, hatte er einen leichten braunen Einschlag und fiel damit zwischen den übrigen pechschwarzen Fohlen des Jahrgangs auf. Jetzt lief er mit gespitzten Ohren und aufgestelltem Schweif neben Ben her. Er wusste noch nicht genau, was er von dem Halfter halten sollte, das Ben mit wenigen Handgriffen aus einem Strick geknüpft hatte, aber die Aufgaben, die Ben ihm stellte, fand er anscheinend lustig. Stehenbleiben und Nach-rechts-Abbiegen klappten schon super.

Ich konnte sehen, dass Ben die Energie in seinem Körper reduzierte, mit der er River ermuntert hatte, ihm zu folgen. Langsam ging ich in die Hocke. Das Hengstfohlen sollte sich entspannen, also sorgte ich dafür, dass es mich gar nicht mehr beachtete.

Bens Körpersprache war weich, fast nachlässig. Er blieb einfach stehen und wartete, bis River neben ihm aufhörte herumzuzappeln. Hin und wieder wanderte Rivers Aufmerksamkeit zu seinen Spielgefährtinnen, die in der Nähe herumtollten, dann holte Ben ihn mit sanftem Zug am Strick zurück.

Schließlich kam das Signal, auf das Ben gewartet hatte: River schnaubte. Es war ein niedlicher, zarter Laut, und ich musste schmunzeln, als ich Bens Lächeln sah. Er drehte sich zu River und strich mit der rechten Hand über seinen Hals. Das Fohlen kannte diese Berührungen, den ganzen Sommer über hatte es zusammen mit seinen Freundinnen oft unsere Nähe gesucht. Aber jetzt beließ es Ben nicht bei Streicheleinheiten. Seine Hand glitt weiter über Rivers Schulter bis zu seinem Bein. Bevor der Hengst wusste, was geschah, hatte Ben seinen linken Vorderhuf angehoben.

Das kam ihm anscheinend doch zu unheimlich vor, denn er machte einen Satz und sah Ben aus sicherer Entfernung mit großen Augen an.

Ben wartete ein paar Sekunden, dann fing er wieder an, beruhigende Belanglosigkeiten zu murmeln. Stück für Stück verringerte er die Länge des Führstricks, sodass River ein wenig näher kam. Das reichte Ben schon als Zeichen des Vertrauens. Er begann von vorn.

Gerade als es sich River gefallen ließ, dass Ben über sein Vorderbein strich, verlor ich das Gleichgewicht und landete mit dem Hintern im Gras.

»Hey!«, protestierte ich, weil Raven mich ansah, als sei ich selbst schuld, wenn ich mich umwerfen ließ. Ich schob ihren Kopf zur Seite, aber richtig streng konnte ich mit ihr nicht sein. Im Sommer hatte ich zu viel Angst um sie gehabt, um jetzt böse zu werden.

Doch meine Nachsicht hatte Folgen. Statt sich zu trollen, schien Raven aufzufallen, dass es bei uns ziemlich ernst zuging. Sie beschloss, ein wenig Leben in die Bude zu bringen, und hüpfte in Bocksprüngen zwischen Ben und mir hin und her.

Mit Rivers Konzentration war es natürlich vorbei. Wann immer Raven sich auch nur bewegte, drehten sich seine Ohren zu ihr.

Ben versuchte ein paarmal, seine Aufmerksamkeit wieder auf sich zu ziehen, aber ich konnte es River nicht verdenken, dass er das Konkurrenzprogramm um einiges spannender fand.

»Val«, wandte Ben sich leise an mich. »Im Rucksack ist noch ein Strick. Du kannst mit Raven arbeiten.«

Ich zog die Augenbrauen hoch. Konnte ich das? Für Ben stand es anscheinend außer Frage, denn er hatte noch nicht mal einen Blick für mich übrig.

Also atmete ich tief ein. Mal sehen, was ich gelernt hatte.

Eine Weile kämpfte ich mit dem Strick. Bei Ben hatte es so einfach ausgesehen, doch es dauerte, bis aus dem Seil und ein paar Schlaufen ein einfaches Halfter geworden war.

Raven kannte das Spiel schon. Mit ihrem Training hatte Ben letztes Wochenende begonnen, und sie reckte den Hals, als ich mich ihr zuwandte. Bevor ich reagieren konnte, wendete sie und rannte davon, hielt aber nach nur wenigen Galoppsprüngen an und wartete, ob ich ihr folgte.

Das tat ich nicht. Ich blieb, wo ich war, und lud sie zu mir ein.

Die langen Sommertage, an denen wir mit den Jungtieren gespielt hatten, zahlten sich jetzt aus. Ich hätte Raven nie einfangen können, dafür war sie zu schnell, doch sie entschloss sich, zu mir zu kommen. Mit gesenktem Kopf und langen Schritten ging sie auf mich zu.

Ich hielt unsere Routine aufrecht: Ich ließ sie an meiner Hand schnuppern, und als sie sich neben mich stellte, begann ich, ihren

Hals und ihre Brust zu kraulen. Anscheinend machte ich es richtig, denn sie wandte den Kopf und rieb ihn an meiner Seite.

Nach einer Weile nahm ich das Strickhalfter und rubbelte Raven damit über die Brust. Es schien sie nicht zu stören, also war ihr die letzte Trainingseinheit nicht in schlechter Erinnerung. Vorsichtig griff ich unter ihrem Hals hindurch und zog ihr das Halfter über Maul und Ohren. Ganz kurz wirkte sie verwundert, dann schaute sie mich erwartungsvoll an. Offenbar hatte sie schon gelernt, was das Aufhalftern bedeutete.

Das nahm ich gern als Einladung an. Wie zuvor Ben und River übten wir Folgen und Stehenbleiben. Raven war ein bisschen übereifrig und überholte immer wieder, doch nach einer Weile akzeptierte sie, dass sie hinter mir zurückbleiben musste. Ab und zu seufzte sie leise, so als wäre es eine Zumutung, einem langsamen Zweibeiner hinterherzockeln zu müssen, aber die ausgiebigen Streicheleinheiten schienen sie zu entschädigen.

Ich war mir nicht sicher gewesen, ob ich es mir zutraute, sie die Hufe geben zu lassen, doch nach ein paar Runden kam es mir ganz natürlich vor, dass wir uns noch an eine Herausforderung wagten.

Auf der kleinen Anhöhe rechts neben dem Farnfeld hielt ich Raven an. Wie zuvor kraulte ich sie, dann strich ich über ihre Vorderbeine. Und als ich mich hinunterbeugte und ihren Huf umfasste, ließ sie zu, dass ich ihn hochhob.

»Brav«, flüsterte ich, immer wieder, bis wir beide Vorderhufe geschafft hatten. »Brav.«

Damit ließ ich es gut sein. Ich führte Raven den Hang hinunter und zog ihr das Halfter vom Kopf. Als sie verstand, dass sie entlassen war, drehte sie sich um und galoppierte zu Molly, die auch heute wieder etwas abseits der anderen Stuten graste.

Ziemlich zufrieden mit mir rollte ich den Strick zusammen und wandte mich ab. Erst als ich aufsah, bemerkte ich Ben. Er hatte sich auf einen Felsbrocken gesetzt und grinste mir entgegen.

»Da hat aber jemand aufgepasst«, sagte er, als ich in Hörweite war.

Ich zuckte mit den Schultern. »Oder ich bin ein Naturtalent.«

Sein Grinsen wurde breiter. »Das in jedem Fall«, antwortete er und streckte die Arme nach mir aus.

Langsam ging ich zu ihm.

»Das war ziemlich beeindruckend«, flüsterte er, während er mich an sich zog.

Ich gab die Coolness auf und grinste zurück. Es war schwer, unbeeindruckt zu tun, wenn Ben Aldringham einem Komplimente machte. In meinem Fall war es vielleicht sogar unmöglich.

Ein paar Minuten blieben wir so, eng umschlungen, mit geschlossenen Augen, und nahmen den Herbsttag in uns auf. Die Luft hatte sich verändert, sie schmeckte süß und schwer, und der Wind brachte schon einen Hauch des kommenden Winters mit. Doch die Sonne hatte noch immer Kraft, und es tat gut, einfach nur die Wärme, die auf meine Schultern fiel, in mich einsickern zu lassen. Obwohl die Berge Gefahren bargen – Gefahren, deren Natur wir noch immer nicht verstanden –, waren diese Stunden hier oben friedlich und kostbar. In den wenigen Monaten, seit ich hier im Lake District lebte, waren mir die sanften Täler mit ihren Wäldchen und Seen und die schroffen, kargen Höhen der Fells so sehr ans Herz gewachsen, als hätte ich schon mein ganzes Leben hier verbracht. Ich konnte verstehen, dass es Ben nicht leichtfiel, das alles für den Winter hinter sich zu lassen.

Aber ein neues Frühjahr würde kommen und mit ihm längere Tage, frisches Gras und junge Fohlen. Wir mussten nur warten und geduldig sein.

»Hey, Ben, alles klar? Kannst gleich hochgehen, sie ist in ihrem Zimmer.«

Mit halbem Ohr hörte ich, dass Silas und Ben noch ein paar Sätze wechselten, dann knarrte die Treppe unter Bens Schritten.

In meiner offenen Zimmertür blieb er stehen. »Sexy«, kommentierte er, und es klang, als würde er es ernst meinen.

Zweifelnd sah ich von dem aufgeschlagenen Buch auf meinem Schoß hoch. Ich saß inmitten meiner Schulbibliotheksausbeute auf dem Boden, hinter mir stapelten sich Kopien, die ich im Archiv gemacht hatte, und auf meinem Schreibtisch lagen die beiden Bände, in die ich im Book in the Nook vierzig Pfund investiert hatte. Alles Reinfälle.

Ich strich mir die wirren Haare aus dem Gesicht und zupfte das Shirt zurecht, das mir über die Schulter gerutscht war. »Wenn du pure Verzweiflung sexy findest …«

Ben lächelte leicht und kniete sich auf den Boden. Er beugte sich vor und seine Lippen streiften meinen Mund.

Mhmm … Schon fühlte ich mich ein kleines bisschen weniger verzweifelt.

Weil ich etwas Trost verdient hatte, legte ich eine Hand in seinen Nacken und forderte einen richtigen Kuss ein. Nur Sekunden später landete das Buch auf dem Boden und ich auf Bens Schoß.

»Leute, macht die Tür zu«, brummte Silas, als er an meinem Zimmer vorbei zum Schlafzimmer ging.

Mir entwischte ein kleines Lachen, als ich mich in Bens Umarmung ein wenig nach hinten lehnte. Ich hatte nicht mal gehört, dass Silas die Treppe heraufgekommen war.

Ben strich über meine Wange. Sein Blick erforschte mein Gesicht. »Besser?«

»Besser.« Ich deutete mit dem Daumen hinter mich. »Aber es

bleibt ein Desaster. Kein Wunder, dass Chloe den Teil mit Ediths Biografie an mich abgetreten hat.«

Denn was anscheinend alle in meiner Referatsgruppe – außer mir – gewusst hatten, war, dass es zu Edith kaum Informationen gab. Sie war hier geboren und aufgewachsen, aber mit achtzehn aus Rosley weggegangen und erst Jahrzehnte später wieder hergezogen. Ihre letzten Jahre waren gut dokumentiert, doch was sie dazwischen gemacht hatte – Fehlanzeige.

Ben drehte sich so, dass wir bequem nebeneinandersitzen konnten, und zog eins der aufgeschlagenen Bücher zu sich. »Aber irgendwie ist es auch spannend, oder?«

»Ja, schon«, stimmte ich widerwillig zu. »Sie erinnert mich ein bisschen an Rose aus ›Titanic‹.«

Verständnislos sah er mich an.

»Nicht dein Ernst, oder?« Ich musste lachen. »Du hast ›Titanic‹ nicht gesehen?« Als er den Kopf schüttelte, beschloss ich: »Das schreit nach einem Filmabend. Den Film kann man nicht *nicht* kennen.«

Zumindest nicht, wenn man eine Mutter hatte, die die Dialoge auswendig mitsprechen konnte. Mama hatte immer Berge an Popcorn gemacht und sich jedes Mal darüber empört, dass die armen Passagiere in den Unterdecks eingesperrt wurden.

»Ich dachte, das ist der, in dem sich die Schauspielerin an einer Tür festklammert.«

Wieder lachte ich. »Ja, das stimmt. Aber es gibt eine Rahmenhandlung viele Jahre später. Rose hat den Untergang als Ausweg aus einer unglücklichen Beziehung genutzt und danach ein ziemlich abenteuerliches Leben geführt. Sie ist aus allen gesellschaftlichen Zwängen ausgebrochen. Vielleicht war es bei Edith auch so.«

Ben wirkte nachdenklich. Es gab eine Redewendung in Rosley – »wild wie Kits Haare« –, und ich fragte mich, ob er in der Geschichte Ähnlichkeiten zum Leben seiner Mutter sah. Oder dem Leben, das sie hätte haben sollen. Kits Eltern waren wohl ziemlich konservativ gewesen, das wusste ich von Emmy.

Bens nächste Frage bekräftigte meine Vermutung. »War Edith eine … wie hat man damals gesagt? Höhere Tochter?«

Ich nickte. »Sie war eine Morland. Erinnerst du dich? Die Morlands waren über lange Zeit die dritte der einflussreichen Familien hier in Rosley, neben den Fultons und …«

»… den Aldringhams. Ich weiß.« Er seufzte, dann überlegte er kurz. »Wie lang ist Edith denn schon tot? Es gibt doch sicher noch Leute, die sie gekannt haben. Vielleicht wissen die, was Edith gemacht hat, nachdem sie von hier weggegangen ist.«

Gedankenverloren ließ ich meinen Blick über die gesammelten Abhandlungen zu Rosley und der Ladies' Society wandern. »Du hast recht. Mr Biss wollte Oral History. Dann soll er Oral History bekommen.«

6

Ich versuchte, mich nicht darüber zu ärgern, dass mich dieses Geschichtsprojekt um einen Samstag auf den Fells mit Ben und der Herde brachte. Zumindest war das Wetter nicht übermäßig gut. Während ich am Friedhof von Rydal vorbei auf Georgies Cottage zusteuerte, fiel fahles Licht durch den Dunst, der die Berggipfel einhüllte. Hinter mir verschwand Rydal Hill fast vollständig in den Wolken.

Wie auch bei meinen letzten Besuchen trug ich einen Korb, in dem Laini alle möglichen leckeren Dinge verstaut hatte – Käse, eine Pastete und zwei Gläser mit eingelegten Kürbissen. Obendrauf hatte ich den Kirschgugelhupf gepackt, den ich gestern Abend noch für Georgie gebacken hatte.

Ihr Cottage wirkte heute noch verwunschener als sonst. Die Rosen waren beinahe alle verblüht, aber der wilde Wein, der sich um die Mauern rankte, hatte sich rot verfärbt, und zwischen seinen Blättern hingen Spinnweben wie silbern schimmernde Perlennetze. Ich stellte den Korb auf die Bank neben der Haustür und klopfte.

Niemand öffnete.

Gerade als ich an das Fenster rechts neben der Tür getreten war und in die Küche blinzelte, krachte hinter dem Haus etwas Großes dumpf auf den Boden. Jemand fluchte unterdrückt.

»Georgie?«

Hastig bahnte ich mir einen Weg durch die Büsche, die rund um das Häuschen wuchsen, und war innerhalb von Sekunden auf der anderen Seite. Mit einem Blick erfasste ich den Obstgarten: Hinter mehreren Reihen mit Beerensträuchern stand ein halbes Dutzend Bäume. Und an einem lehnte eine Leiter.

»Georgie!«

Ich lief hinüber. Ganz oben auf der Leiter in dem Birnbaum stand sie und sah mir entgegen. In der Hand hielt sie eine Säge, auf dem Boden unter dem Baum lag ein großer Ast.

Sie deutete darauf. »Jetzt ist er mir abgebrochen.«

Ich blickte von dem Ast hinauf in die Krone und entdeckte die Stelle, wo eine saubere Schnittfläche in einen ausgefransten Bruch überging.

»War er zu schwer mit dem ganzen Laub?«, fragte ich vorsichtig, auch wenn ich viel lieber etwas dazu gesagt hätte, dass sie ohne Hilfe und meilenweit von anderen Menschen entfernt Bäume zuschnitt.

Erstaunlich behände kletterte Georgie Sprosse um Sprosse die Leiter herunter. Wieder einmal fragte ich mich, wie alt sie eigentlich war.

»Jaja, ich weiß«, zeterte sie. »Es ist noch zu früh im Jahr für einen Rückschnitt. Aber der Ast trägt seit Jahren nicht mehr und nimmt meinem Winterbeet alles Licht.«

Sie deutete auf ein Stück umgegrabene Erde, aus dem erste grüne Pflänzchen spitzten.

Weil mir dazu nichts einfiel, nickte ich nur. »Kann dir bei solchen Arbeiten nicht jemand aus dem Dorf helfen?«, fragte ich dann vorsichtig.

»Jemand Junges?« Ihre Augen blitzten und ich grinste entschuldigend. »Ja, vielleicht wäre das schlauer. Aber jetzt bist du ja da. Pack mal mit an.«

Gemeinsam schleppten wir den Ast über die Wiese bis zu einer Hecke am Ende des Grundstücks.

»Hier kann er erst mal bleiben«, meinte Georgie und klopfte sich die Hände an ihrer Hose ab. »Ich schätze, du bist nicht gekommen, um mir bei der Gartenarbeit zu helfen.«

Ein paar Minuten später saßen wir in ihrer gemütlichen Küche, jede mit einer Tasse Tee und einem Stück Kirschgugelhupf.

»Den hatte ich seit Jahren nicht mehr«, erzählte Georgie, als sie ihre Kuchengabel hineinstach.

»Ach, du kennst das Rezept auch?« Überrascht sah ich sie an.

Als Oma angefangen hatte zu backen, war das der erste Kuchen gewesen, den sie ausprobierte, und ich mochte ihn so gern, dass wir ihn gemeinsam backten, bis ich die Anleitung auswendig kannte. Sie behauptete, es sei ein altes Familienrezept, aber das kauften Mama und ich ihr nicht ab. Keine der Frauen in meiner Familie neigte zu Rezeptsammlungen.

Von der frischen Luft hatten sich Georgies Wangen rosa gefärbt. Sie wedelte mit der Hand über dem Kuchen herum.

»Zumindest ein ähnliches«, antwortete sie ein wenig atemlos. »Davon gibt's ja sicher hundert Varianten.«

Wahrscheinlich hatte man in Georgies Jugend in England noch ganz anders gebacken, denn aus den Cafés hier in Rosley kannte ich eher Muffins und Brownies und Zitronenkuchen. Da freute ich mich umso mehr, dass ich etwas mitgebracht hatte, was sie von früher kannte.

Schließlich saßen wir bei der zweiten Tasse Tee und Georgie blickte mich erwartungsvoll aus ihren klaren graublauen Augen an. »Also?«

Ich fühlte mich ein bisschen schäbig, dass ich sie nicht längst besucht hatte, ohne dabei einen Hintergedanken zu haben, aber jetzt war ich ja schon da.

»Es ist so«, begann ich. »Ich muss für die Schule einen Vortrag über die Rosley Young Ladies' Society halten. Bist du da Mitglied?«, fragte ich spontan.

Georgie schnaubte. »Mit Sicherheit nicht.«

»Ach so.« Ich räusperte mich. »Na ja, eigentlich habe ich die Aufgabe, über Edith Morlands Rolle bei der Gründung und ihren Lebenslauf zu sprechen. Du kanntest sie doch gut, oder?«

Georgies Augen waren schmal geworden. »Besser als die meisten, würde ich meinen.«

»Ah.« Aufatmend lehnte ich mich zurück. »Es ist so … Ich habe natürlich gelesen, dass Edith in Rydal aufgewachsen ist und auch ihren Lebensabend hier verbracht hat, aber ich habe überhaupt nichts zu der Zeit gefunden, nachdem sie von hier weggegangen ist. Weißt du vielleicht etwas darüber?«

»Nein.« Georgie schenkte sich Tee nach und stellte die Kanne so heftig ab, dass der Deckel schepperte. »Wieso sollte ich?«

»Na ja, weil ihr doch befreundet wart … Sie hat dir vertraut, oder?« Ich erinnerte mich an das Fotoalbum, das Georgie mir gezeigt hatte, von Edith und ihrem Mann John. Damals hatte ich den Eindruck gehabt, dass sich die beiden Frauen sehr nahegestanden hatten.

Der Zug um Georgies Mund war ein wenig weicher geworden. »Ja. Sie hat mir vertraut.« Sie goss ein wenig Milch in ihre Tasse, dann sah sie mich an. »Aber das bedeutet nicht, dass sie mir viel über ihre Vergangenheit erzählt hat. Miss Edith war eine Dame. Jemanden wie sie gibt es heute nicht mehr. Da können sich diese alten Schachteln ›Ladies‹ nennen, so viel sie wollen.«

Überrascht lachte ich auf und trank schnell einen Schluck Tee. Wenn ich mich nicht täuschte, waren die »alten Schachteln« der Society mindestens zehn Jahre jünger als Georgie.

»Und in ihren Fotoalben? Die hat sie dir hinterlassen, oder? Meinst du, ich finde darin etwas, was mir weiterhilft?«

Georgie kippte ihren Tee hinunter, nahm ihre Tasse und stand auf. »Nein. Aus diesen Jahren habe ich nichts, was dir helfen würde. Und es wird jetzt auch Zeit, dass du gehst. Ich habe noch zu tun.«

Hui. Das war mal ein Rauswurf. Hatte ich etwas Falsches gesagt?

Schweigend schob ich meinen Stuhl zurück und wollte mein Geschirr zur Spüle tragen, doch Georgie machte eine ungeduldige Handbewegung. »Lass das ruhig stehen. Ich erledige das schon.«

Ich straffte die Schultern und griff nach meiner Jacke, die ich über eine Stuhllehne gelegt hatte. »In Ordnung. Auf Wiedersehen. Und danke für den Tee.«

Georgie scheuchte mich beinahe zur Tür. Ich nahm den leeren Korb von der Bank, und ohne mich noch einmal umzudrehen, lief ich über den schmalen Gartenweg zur Straße.

Hinter mir fiel die Tür ins Schloss.

Kaum war ich außer Sichtweite, blieb ich stehen und atmete tief durch. Zweimal, dreimal – erst beim fünften Mal merkte ich, dass meine Wut etwas abflaute. Unhöflichkeit war in Deutschland ja an der Tagesordnung, aber hier in England? Georgie war eindeutig zu viel allein.

Grübelnd ging ich weiter. Das war ja mal ein Totalreinfall gewesen. Edith war eine Dame gewesen, aha. Und was bedeutete das? Hatte sie sich nur mit bestickten Taschentüchern die Nase geputzt oder was?

Hinter der Kapelle bog ich rechts ab, doch an der Friedhofspforte hielt ich abrupt an. Georgie hatte zwar meine Oral-History-Pläne durchkreuzt, aber das bedeutete nicht, dass mir gar keine Optionen mehr blieben.

Langsam schaute ich über meine Schulter. Das Cottage war von hier aus nicht mehr zu sehen. Das bedeutete, Georgie würde auch nicht mitbekommen, dass ich mich nicht sofort auf den Heimweg machte. Kurz entschlossen drehte ich um und lief die Dorfstraße entlang nach Osten. Ich hatte das Haus noch nie in echt gesehen, aber ich kannte ein Foto …

Und da war es. Ediths Haus.

Anders als viele Gebäude hier in Rydal stand es nicht direkt an der Straße, sondern war wie Georgies Cottage ein Stück nach hinten versetzt. Hinter einer niedrigen Natursteinmauer erstreckte sich ein weitläufiger Garten. Er war verwildert, es war kaum noch etwas zu sehen von den Dahlien und Rosen, die zu Ediths Zeiten hier gewachsen waren, doch das Haus wirkte so solide wie auf dem Foto in Georgies Album. Ein weiteres Mal blickte ich mich um, dann stieg ich über das niedrige Tor, das schief in den Angeln hing, und lief über den vermoosten Pfad zur Haustür.

Ruckartig blieb ich wieder stehen. Der schmale Weg hatte mich um eine Hecke herumgeführt, sodass ich freien Blick auf das angrenzende Grundstück hatte. Dort stand kein weiteres Cottage, sondern zwei nicht mehr allzu stabile Unterstände. Das Holz war vom Wetter silbern geworden, einige Latten hatten sich gelöst oder waren verfault, doch ich erkannte es auch so: Es waren Offenställe, geschützt nach drei Seiten und umgeben von zwei großzügigen Weiden. Nicht für Schafe – sondern für Pferde.

Mein Herz schlug schneller. Gehörten diese Ställe zu Ediths Anwesen? Hatte ich doch etwas Neues entdeckt? Dass Edith Pferde gehalten, vielleicht sogar Fell-Ponys gezüchtet hatte, hatte ich bisher nirgends gelesen.

Aber ich wollte meine Begeisterung nicht überhandnehmen lassen, nicht bevor ich einen Beweis dafür fand, dass diese Wiesen

Edith gehört hatten. Ich beschleunigte meine Schritte und stand innerhalb von Sekunden vor dem Eingang.

Aus der Nähe betrachtet wirkte das Haus nicht mehr ganz so gut erhalten. Die Tür und die Fensterrahmen waren weiß gestrichen, doch an vielen Stellen blätterte die Farbe ab und gab den Blick auf verwittertes Holz frei. Das Schild mit der Aufschrift »Cragwood« war moosbewachsen und nur noch schlecht zu entziffern. An der Südostecke schloss eine Holzveranda an das Haus an und auch dort entdeckte ich durchgebrochene Bretter und morsche Sprossen. Bei dem, was ich vorhatte, hoffte ich, dass es im Haus trocken geblieben war und der Boden mein Gewicht tragen würde. Die Veranda würde ich jedenfalls meiden.

Eines war mir mittlerweile klar: Das hier war kein Farmhaus. Vermutlich hatte früher der Pfarrer darin gewohnt oder vielleicht die Lehrersfamilie.

Der Gedanke enttäuschte mich ein wenig, denn wenn das stimmte, war es unwahrscheinlich, dass die Offenställe zum Haus gehörten. Vielleicht grenzte einfach ein kleiner Bauernhof an das Grundstück.

Ich richtete meine Aufmerksamkeit auf ein ganz anderes Problem: In meinem Ärger über Georgie hatte ich nicht bedacht, dass Ediths Haus ja wahrscheinlich nicht offen stehen würde. Ich würde nicht einfach hineinspazieren können. Probehalber streckte ich die Hand aus und drehte am Knauf. Er bewegte sich nicht.

So schnell wollte ich nicht aufgeben. Ich stellte den Korb auf der Eingangstreppe ab und wandte mich nach rechts, um einmal um das Haus herumzulaufen. Ich hielt nach Kellerfenstern Ausschau oder zerbrochenen Scheiben, durch die ich hindurchgreifen konnte. Doch das Haus war wie eine Festung. Nicht einmal ein Baum wuchs in der Nähe, sodass ich auf einen Ast hätte klettern können.

Mit einer Leiter wäre es wohl gegangen, an eines der Fenster zu gelangen, aber wo sollte ich auf die Schnelle eine auftreiben?

Ratlos bog ich um die letzte Ecke und lief an der Südseite entlang. Vor den Stufen zur Veranda blieb ich stehen. Nur fünf Minuten zuvor hatte ich beschlossen, sie nicht zu betreten, doch da hatte ich auch noch geglaubt, andere Optionen zu haben. Also holte ich Luft, setzte den Fuß auf die unterste Stufe und belastete ihn.

Die Stufe hielt.

Schritt für Schritt tastete ich mich voran, hielt Abstand zu dem klaffenden Loch auf der linken Seite und erreichte schließlich die zweiflügelige Glastür, hinter der ich schemenhaft einen Esstisch entdeckte.

Und diesmal hatte ich Glück. Der Holzrahmen der Tür hatte sich etwas verzogen, mit ein bisschen Rütteln und Ruckeln konnte ich sie gerade so viel nach innen drücken, dass ich durch den Spalt passte. Mit angehaltenem Atem schlüpfte ich hindurch.

Im Haus roch es besser, als ich befürchtet hatte. Ein bisschen staubig und abgestanden, aber nicht im Geringsten modrig. Eher wie eine Ferienwohnung, die nach dem Winter zum ersten Mal wieder bezogen wurde. Dabei stand es seit über zwanzig Jahren leer.

Der Raum, in dem ich stand, war wohl wirklich das Esszimmer gewesen. Auf einer Anrichte reihten sich flache Schalen und eine Etagere aneinander, doch das Herzstück des Zimmers war der ovale Esstisch mit den vielen Stühlen. Als hätte Edith oft und gern Gäste bewirtet.

Der Eindruck verfestigte sich, als ich an dem Tisch vorbei zur Tür ging, durch die ich auf der anderen Seite des Flurs die geräumige Küche erkennen konnte. Neugierig schaute ich hinein.

Es war eine Wohnküche, mit einem Tisch in der einen Ecke

und einem riesigen, altmodischen Herd in der anderen. In einem offenen Regal standen große Töpfe und Suppenschüsseln. All das war nicht für zwei Personen gedacht, sondern für fröhliche Runden und ausgelassene Feste. Aber sagte es mir etwas darüber, wie Edith gelebt hatte, bevor sie zurück nach Rydal gekommen war? Wohl kaum.

Also ging ich weiter. Neben dem Esszimmer lag ein hübsch eingerichtetes Wohnzimmer, in dem es dunkler war als in den anderen Räumen, weil die schweren Vorhänge zugezogen waren. Langsam ließ ich meinen Blick über die Wände und Bücherregale gleiten. Landschaftsaufnahmen aus der Gegend hingen über dem Sofa, daneben hatten kleinere Bilderrahmen helle Flecken hinterlassen, aber wohin sie verschwunden waren, konnte ich nicht sagen. In den Regalen drängten sich Klassiker neben Unterhaltungsromanen, Reisebildbänden und Landwirtschaftszeitschriften. Doch nichts von alldem deutete auf ein Leben außerhalb des Lake District hin.

Zuletzt probierte ich es in dem Zimmerchen, das dem Wohnzimmer gegenüberlag. Es war eine Mischung aus Hauswirtschaftsraum und Arbeitszimmer. Über meinem Kopf spannten sich Wäscheleinen, die man mit einem kleinen Flaschenzug herunterlassen konnte. Deckenhohe Regale enthielten Werkzeug, Schuhcreme und Bürsten und viele Kartons und Kisten. In einer war Weihnachtsdeko, in einer anderen Ersatzteile für irgendwelche Haushaltsgeräte. Auch hier kam mir nichts vor wie die Überbleibsel aus einem früheren Leben.

Vor einem Fenster, das zum Garten hinausging, stand ein Schreibtisch mit einem altmodischen Drehstuhl. Er war ordentlich aufgeräumt, genau wie das Regal an der Wand daneben. Dünne Heftchen reihten sich darin säuberlich aneinander. Auf den zweiten Blick erkannte ich, dass sie nach Jahren geordnet waren. Tagebücher?

Mit klopfendem Herzen zog ich eins der Hefte heraus. Im ersten Moment war ich enttäuscht, weil es ein bedrucktes Deckblatt hatte, aber dann raste mein Herz von Neuem los. »Jahresbericht der Fell-Pony-Gesellschaft Cumberland 1983« stand da in nüchterner Schrift auf hellrotem Grund. Hastig schlug ich das Heft auf und überflog das Inhaltsverzeichnis.

Da, ganz hinten. Ich blätterte bis zu einer der letzten Seiten, auf der sich Name an Name reihte. Und ungefähr in der Mitte fand ich sie: »Edith Morland, Rydal.«

Langsam ließ ich das Heft sinken. Die Offenställe und Weiden draußen vor dem Haus ... Ich hatte recht gehabt. Dort hatten Ponys gelebt.

Und mit einem Mal – nach all der Faszination, die ich seit Monaten für diese Frau empfand – wurde plötzlich mehr daraus. Ich fühlte mich Edith nahe wie noch nie. Sie hatte die Ponys geliebt, sich für ihr Überleben als Rasse eingesetzt – vielleicht hatte sie sogar welche auf den Fells gehalten. Plötzlich war es mir nicht mehr wichtig herauszufinden, wo sie in ihrer Zeit als junge Frau gewesen war. Das hier war so viel wertvoller. Sie war den Lakes verbunden geblieben, ein Leben lang, und mit ihnen den Tieren, die sie für mich am besten verkörperten.

Ein, zwei der Jahresberichte, mehr brauchte ich nicht. Damit konnte ich weiterforschen und etwas über ihre Zucht herausfinden. Für mich, nicht für die Schule. Mr Biss würde sich hoffentlich damit zufriedengeben, dass sie sich auch über die Young Ladies' Society hinaus engagiert hatte.

Gerade wollte ich mich abwenden, als mein Blick an zwei gerahmten Fotografien hängen blieb. Sie waren schon ein wenig verblasst, aber immer noch gut zu erkennen. Beide zeigten Edith, eine alte, aber rüstige Edith in Gummistiefeln und Wachsjacke. Sie war auf den Fells, wo ihr der Wind die Haare wild um den Kopf blies, einmal zusammen mit einem Mann Mitte fünfzig und einmal mit einem jungen Mädchen mit blonden Locken. Und dieses Mädchen hatte ein Gesicht, das ich unter Tausenden erkannt hätte.

Es war Kit. Bens Mutter.

7

Als ich am Montag nach der Schule auf die Zufahrt der Waverton-Farm einbog, stand das Tor offen, und mitten im Hof parkte ein Land Rover mit Pferdehänger. Ich war ein bisschen früher dran als vereinbart, deswegen lehnte ich das Rad gegen den Zaun und wollte mich gerade auf die Suche nach Grayson machen, als mein Handy vibrierte.

Ich atmete tief ein, als ich den Namen der Absenderin las. Das Foto, das Jette mir diesmal geschickt hatte, zeigte eine riesige Tasse heiße Schokolade mit Schlagsahne und ein Stück Kirsch-Blätterteig-Torte. Sie war in unserem Lieblingscafé und ließ es sich gut gehen. Schön für sie.

»Hallo, Valerie.«

Wie ertappt blickte ich auf und erkannte Graysons Vater. Er stand an der Ecke der Scheune auf einer Leiter und reparierte anscheinend gerade die Dachrinne.

»Hallo, Michael.« Mit langen Schritten lief ich zu ihm. Irgendwie sah das Ganze aus wie eine ziemlich wacklige Angelegenheit. »Kann ich dir helfen?«

Er lachte in sich hinein. »Lass mal, das geht schon. Suchst du Grayson?«

Ich nickte.

»Ally ist vorhin mit Ollie und den Zwillingen weggefahren. Kann sein, dass Grayson auch dabei ist.«

Ich krauste die Nase. »Wir sind verabredet.«

Mit einem Ruck richtete er eine der Halterungen neu aus, auf der die Rinne auflag. Das Metall quietschte laut. »Entschuldige.«

Er deutete Richtung Stall. »Dann treibt er sich sicher irgendwo auf dem Hof rum. Geh ruhig, du kennst dich ja aus.«

Ich lächelte und winkte ihm zu. Ich war gerade mal ein paar Schritte weit gekommen, als Grayson mit einer jungen Frau aus dem Stall trat. Sie führten zwei Fohlen am Halfter.

Grayson nickte mir nur kurz zu, dann half er der Frau, die beiden Ponys sicher auf dem Hänger zu verladen. Etwas bedröppelt blieb ich stehen, bis Grayson sich von den Fohlen verabschiedet und der Frau die Hand geschüttelt hatte. Während sie langsam aus dem Tor rollte, kam er zu mir, und wir schauten dem Gespann wortlos hinterher.

Als es um die Kurve verschwunden war, drückte ich seine Schulter. »Warum hast du denn nichts erzählt?«

Er atmete tief ein und drehte den Kopf zu mir. »Dass ich heute zwei Ponys verkaufe? Was soll das helfen? Es muss eben sein.«

»Ja, aber so ein Tier gehen zu sehen, um das du dich den ganzen Sommer gekümmert hast … Das musst du doch nicht allein machen.«

Beinahe amüsiert sah er mich an. »Das ist die Realität, Valerie. Schon wenn sie auf die Welt kommen, weiß ich, dass ich sie wahrscheinlich nicht behalten werde. Ich kann's mir einfach nicht leisten, mehr als eines über den Winter durchzufüttern.«

Sein Blick glitt zum See, wo Bäume die Aussicht auf Renwick versperrten. Ich war mir ziemlich sicher, was ihm durch den Kopf ging, aber aus Rücksicht auf mich beschwerte er sich nicht darüber, dass Ben jedes Fohlen behalten konnte, das er wollte.

Ich tat so, als hätte ich nichts gemerkt, während wir nebeneinander zum Haus liefen. Er grinste, als er sagte: »Außerdem füllt sich das College-Konto nicht von selbst. Für Bella und Blue hab ich einen guten Preis bekommen. Also, wobei brauchst du meine Hilfe?«

Während wir uns Tee kochten und es uns mit Keksen in der Essnische der Fultons gemütlich machten, erklärte ich ihm, worum es mir ging: »Ich muss doch für das Referat in Geschichte zu Edith Morland recherchieren. Dabei bin ich drauf gestoßen, dass sie Fell-Ponys gezüchtet hat. Da dachte ich, du mit deinem Spezialwissen als Jungzüchter-Champion könntest mir vielleicht helfen.«

Mit plötzlichem Interesse zog Grayson die Jahrbücher zu sich heran, die ich aus Cragwood mitgenommen hatte. »Dann lass mal sehen. 1983. Hui, das ist aber ein paar Jährchen her.«

Während ich an meinem Tee nippte, blätterte er schweigend durch die Hefte.

»Rosgill …«, murmelte er irgendwann. »Bin mir nicht sicher …« Er schob seinen Stuhl zurück und stand auf. »Warte kurz, ich bin gleich wieder da.«

Er tauchte mit seinem Laptop wieder auf. Auf der Seite der Züchtervereinigung gab er Ediths Namen und »Rosgill« ein.

»War das der Herdenname?«, fragte ich.

Grayson nickte. Seine braunen Augen glitzerten vor Jagdeifer. »Ja. Und hier haben wir auch schon was.«

Er drehte den Laptop so, dass ich besser auf das Display sehen konnte. Das Archiv hatte eine Liste an Artikeln ausgespuckt, die meisten als Scans alter Verbandszeitschriften, aber zumindest der neueste war schon damals online erschienen. Er stammte aus dem Jahr 1999. Grayson klickte auf den Link.

»Bei einer Auktion am vergangenen Samstag«, las er vor, »wurde eine Rekordsumme für die Ponys der renommierten Rosgill-Herde erlöst. Der Verkauf war nötig geworden, da es nicht möglich war, die Erben der verstorbenen Besitzerin, Mrs Edith Morland, zu kontaktieren. Trotz mehrerer Appelle aus Mitgliedschaft und Vorstand des Zuchtverbands war ein Komplettverkauf der Herde durch den

Nachlassverwalter abgelehnt worden, sodass die Rosgill-Linie nun als erloschen gilt.«

Ein paar Sekunden starrte ich auf die Buchstaben, als würde sich dahinter ein tieferer Sinn verbergen. »Das ist ja traurig. Sie wollten die Herde erhalten, aber weil es mehr Geld brachte, wurden die Ponys einzeln verkauft?«

Grayson brummte zustimmend und scrollte sich durch die nächsten Einträge. »So was ist auch ein Schlag für den Verband. Mit jeder Zuchtlinie, die verschwindet, verkleinert sich der Genpool. Da geht viel Qualität verloren.«

Ich deutete auf die Trefferliste. »Sind diese Beiträge offen einsehbar? Oder brauche ich einen Zugang, um sie lesen zu können?«

Grayson schüttelte den Kopf. »Die Archivartikel kannst du einfach so abrufen. Aber wenn du das Zuchtverzeichnis durchgehen willst, musst du dich einloggen.«

»Oder du.«

Er schmunzelte. »Oder ich.« Mit ein paar Klicks öffnete er die Datenbank. »Soll ich mal nach der Rosgill-Herde suchen?«

Ich nickte.

Auch jetzt brachte die Anfrage wieder eine Menge Treffer. Ein paar Sekunden lang wirkte Grayson verwirrt, doch dann sagte er: »Das ist ja interessant. Die Rosgill-Linie gab es zweimal.«

»Wie, zweimal?«

Grayson deutete auf eine Reihe von Jahreszahlen. »Schau dir diese Ponys an. Die sind alle viel früher geboren. Zum Teil um 1900.« Er scrollte nach oben. »1948 sind die letzten Fohlen aus der Linie verzeichnet.«

»Bis Edith den Namen wieder aufleben lässt.«

»Genau.«

»Kannst du sehen, wem die Ponys vor 1948 gehört haben?«

Grayson klickte sich erneut durch mehrere Seiten, dann sagte er: »Den Morlands. Anscheinend haben sie ihre Zucht 1948 verkauft.«

»Ediths Eltern.«

Er zuckte mit den Schultern. »Würde ich mal schätzen.«

Nachdenklich schob ich die Kekskrümel neben meiner Tasse zu einem Häufchen zusammen. »Edith geht als junge Frau aus Rydal weg. Anscheinend kümmert es sie jahrzehntelang nicht, was aus ihren Eltern, ihrem Erbe oder ihren Ponys wird. Und dann kommt sie zurück und versucht, die verlorene Zuchtlinie ihrer Familie neu aufzubauen.«

Erwartungsvoll schaute Grayson mich an. »Und was sagt dir das jetzt für deine Forschung?«

Ich lachte ein bisschen verlegen. »Keine Ahnung. Ich glaube nicht, dass Mr Biss das als wissenschaftlichen Durchbruch werten wird.« Mein Blick fiel wieder auf die langen Reihen an Zahlen und Namen. »Aber was ich mich frage, ist: Hatte Edith einen Grund zu gehen? Oder einen zurückzukommen?«

»Was würden wir bloß ohne dich machen?« Beeindruckt betrachtete ich den Stapel Bücher, den Sarah auf dem Sofatisch abgeladen hatte.

Sie zuckte mit den Schultern. »Weiß nicht. Auf den Prinzen warten, der euch wachküsst? Nachdem ihr einem schauderhaften Fluch zum Opfer gefallen seid?«

Es war als Scherz gemeint, trotzdem jagten mir ihre Worte eine Gänsehaut über den Rücken.

Sie merkte es. Betreten streckte sie den Arm aus und drückte meine Schulter. »Tut mir leid, so war das nicht gemeint. Aber irgendwie ist es leichter, mit diesem Irrsinn umzugehen, wenn man Witze drüber reißt.«

»Ich weiß.« Ich lächelte schwach. Galgenhumor überkam Ben

und mich auch in regelmäßigen Abständen, aber während die Sache auf Sarah eine geradezu wissenschaftliche Faszination ausübte, war sie für uns elementarer. Ich wachte regelmäßig schweißgebadet auf, weil ich geträumt hatte, dass der Fluch sich erfüllte. Meine Erinnerung steuerte dazu schreckenerregende Bilder bei, wie Bens lebloser Körper am Fuß eines Felsens lag. In all diesen Albträumen war jeder Versuch, ihn wachzuküssen, sinnlos.

Vom Flur hörten wir Stimmen, keine drei Sekunden später drückte Ben die Tür auf. Er trug ein Tablett, für das wir auf dem Tisch eilig Platz schafften, hinter ihm schüttelten Emmy und Grayson Regentropfen von ihren Jacken.

»Macht die Tür zu«, wies Sarah sie an, »wir haben gerade erst Feuer gemacht.«

Tatsächlich hatte Sarah das Treffen spontan einberufen, sodass Ben keine Zeit gehabt hatte, den Salon zu heizen.

Wir deckten uns mit Tee und Keksen ein, dann setzten wir uns auf dieselben Plätze wie beim letzten Mal und sahen Sarah erwartungsvoll an.

»Guckt nicht so«, sagte sie. »Es gab keinen Durchbruch oder so. Ich dachte nur, dass es sinnvoll wäre, wenn ihr die Basics kennen würdet.« Nach einer bedeutungsvollen Pause fügte sie hinzu: »Damit ihr auch alles gut einordnen könnt, was euch bei eurer Recherche unterkommt.«

Grayson räusperte sich, Emmy zupfte an einem Fingernagel herum und Ben und ich tauschten einen ertappten Blick. Wir hatten fest vorgehabt, Sarahs Material durchzuarbeiten, aber da wir – aus naheliegenden Gründen – so oft wie möglich nach der Herde sahen und nebenher den Schulstoff bewältigen mussten, war das untergegangen. Es half nicht, dass wir beide auf den Höfen mitarbeiteten, auch wenn ich manchmal den Eindruck hatte, dass Ben das nur tat, um Gordon nichts schuldig sein zu müssen. Aber so ähnlich lag die Sache bei mir ja auch.

»Das dachte ich mir.« Sarah zog die Augenbrauen hoch, kommentierte unser verlegenes Schweigen aber nicht weiter. Stattdessen zog sie den Stapel Bücher näher zu sich. »Ich hatte überlegt, eine Präsi zu machen, aber das kam mir dann doch übertrieben vor. Im Notfall müsst ihr eben mitschreiben.«

Als niemand nach Papier und Stift griff, seufzte sie.

»Ich habe mir vergangene Woche mal allgemeines Material zu Flüchen angesehen. Die wissenschaftliche Datenlage ist dünn, wie ihr euch ja wahrscheinlich vorstellen könnt, also musste ich auf esoterische Literatur ausweichen.« Anklagend deutete sie auf Ben. »Du schuldest mir was.«

»Ich weiß.« Seinem Lächeln hätte ich niemals widerstehen können, doch Sarah bedachte ihn mit einem noch strengeren Blick.

»Also«, fuhr sie fort. »Der grundlegendste und wichtigste Aspekt eines Fluchs ist, dass er ausgesprochen wird, wenn eine Schuld nicht gesühnt wird. Mit anderen Worten: Jemandem wird unrecht getan, er erhält aber keine Gerechtigkeit und verflucht denjenigen, der ihm geschadet hat. In diesem Sinn sind Flüche ein Mittel der gesellschaftlich Unterlegenen.«

»Weil Reiche ihre Ansprüche durchsetzen könnten?«, hakte Emmy nach.

Sarah nickte. »Genau. Sie sind viel mächtiger und hätten, zumindest früher, einen Richter leichter dazu gebracht, zu ihren Gunsten zu entscheiden.«

»Hat sich ja nicht viel verändert seitdem«, meinte Grayson mit einem spöttischen Grinsen, vermied es aber, Ben anzusehen.

»Ganz schön undemokratisches Weltbild«, warf ich ein, nicht ohne Grayson einen warnenden Blick zuzuwerfen.

Sarah zuckte mit den Schultern. »Wir sprechen hier über mündlich überlieferte Traditionen, die bis in vorbiblische Zeiten zurückgehen. Das, was wir heute in Märchen lesen, stammt ja auch noch aus Jahrhunderten, in denen die Rechtsprechung die Mächtigen bevorzugte.«

Ben beugte sich vor und stützte die Ellbogen auf die Knie. »Geschichte hin oder her, was in unserem Fall relevant ist, sind zwei Dinge: Der, den der Fluch trifft, ist häufig relativ mächtig, und er hat ein Unrecht begangen.«

»Klingt nach den Aldringhams.« Grayson warf sich eine Erdnuss in den Mund.

»Grayson!«, kam es unisono von Emmy und mir.

»Darauf wollte ich hinaus«, stimmte Ben ihm zu.

Wir guckten ihn alle drei ziemlich verblüfft an, nur Sarah redete ungerührt weiter. »Ja, es passt, dass deine Familie betroffen ist, Ben. Nach allem, was wir wissen, hattet ihr schon immer viel Einfluss in der Gegend. Da liegt es nahe, dass sich einer deiner Vorfahren mal einen Vorteil vor Gericht erschlichen hat.«

Unwillkürlich hob ich die Augenbrauen, aber Ben nahm Sarahs Analyse gelassen hin. »Das heißt, wir sprechen hier von ... ich weiß nicht, wie vielen Jahrhunderten? Zwei? Drei? Oder reden wir vom Mittelalter?«

Langsam stieß ich die Luft aus. Wenn das stimmte – wenn die Lösung des Rätsels tatsächlich bei einem Aldringham im Mittelalter lag –, dann konnten wir Jahre suchen, ohne zu wissen, ob es überhaupt etwas zu finden gab. Schriftliche Aufzeichnungen waren früher schließlich nicht selbstverständlich gewesen, und gerade wenn ein reicher Grundbesitzer etwas zu verbergen hatte, hätte er wohl darauf geachtet, dass niemand Einzelheiten dazu niederschrieb.

Sarahs Blick streifte mich. Selbst sie wirkte ein wenig entmutigt.

»Keine Ahnung. Der Fluch kann zwei Generationen zurückliegen oder zwanzig.« Sie lächelte schmal. »Deine Mum schließe ich jetzt mal aus.«

Ben nickte, doch er wirkte abwesend.

Sarah hatte recht: Von Gordon wussten wir, dass Kit den Fluch auch schon geerbt hatte.

Emmy meldete sich zu Wort. »Dieser Spruch … ›Der Tod und die Ponys, für die Aldringhams sind sie eins.‹« Sie räusperte sich, als hätten sich die Worte in ihrer Kehle verhakt. »Glaubt ihr, da könnten wir ansetzen? Wenn wir in deinem Stammbaum zurückgehen, finden wir vielleicht Hinweise darauf, wie viele deiner Vorfahren durch die Ponys gestorben sind.«

Sie setzte eine bedauernde Miene auf, aber Bens Gesicht blieb unbewegt.

»Klingt, als wäre es der einzige Anhaltspunkt, den wir haben.« Er wirkte müde, also rutschte ich näher und schob meine Hand unter seinen Arm. Während er seine Finger in meine schlang, fragte er: »Was hast du noch, Sarah? Es ist das eine, dass wir herausfinden müssen, wer den Fluch als Erster abbekommen hat und warum …«

»… und wer ihn ausgesprochen hat«, ergänzte ich leise.

Ben neigte den Kopf zu mir. »Das auch, ja. Angenommen, wir finden den Auslöser, wie geht's dann weiter? Was kann ich tun, um den Fluch zu brechen? Oder aufzuheben oder wie immer man das nennt …«

»Geht beides.« Sarah blätterte in ihren Aufzeichnungen. Sie wiegte den Kopf hin und her, als wären ihre Rechercheergebnisse eine Zumutung. »Bei der Frage wird's ungenau. Ihr glaubt nicht, was man im Internet für Schrott findet. Dieser ganze Esoterik-Neuhexenkram … Manche empfehlen, eine schwarze Kerze abzubrennen und den Stummel zu vergraben.«

Sie sah in unsere grinsenden Gesichter.

»Ja, ging mir auch so. Klingt wenig vielversprechend. Du könntest ein Bad nehmen mit irgendwelchen Kräutern, Ben, aber da fand ich die Kerze noch überzeugender.« Sie klappte das Notizbuch mit ihren Aufzeichnungen zu, dass es knallte. »Wenn ihr mich fragt, muss man von der Sühneseite her kommen.«

»Sühne?« Ich rümpfte die Nase. »Du meinst, dieser ganze katholische Unfug mit Schuld, Reue und Vergebung und so?«

»Im Prinzip schon.« Sarah griff sich einen Keks und lehnte sich in ihrem Sessel zurück. »Nur lassen die meisten Autoren Gott aus dem Spiel.« Sie wedelte mit ihrem Keks. »Worauf ich hinauswill, ist, dass Ben einen Ausgleich leisten muss. Das, was sein Vorfahr verbockt hat, muss wiedergutgemacht werden.«

»So einfach ist das?« Grayson runzelte die Stirn. Ich wollte ihm nichts unterstellen, aber er wirkte beinahe enttäuscht.

»Na ja, was heißt einfach? Dafür müssen wir wissen …«

»… was genau mein Vorfahr verbockt hat«, vervollständigte Ben Sarahs Satz.

Zustimmend deutete sie mit dem Keks auf ihn, dann biss sie herzhaft hinein.

»Womit wir wieder am Anfang wären.« Emmy atmete tief ein und ließ ihren Kopf gegen die Sofalehne rollen. »Wenn wir nicht rausfinden, wie sich die Aldringhams diesen Mist eingebrockt haben, können wir gar nichts unternehmen.« Sie drehte das Gesicht in unsere Richtung. »Sorry, Ben.«

Aber was gab es da schon zu entschuldigen? Sie hatte ja leider recht.

»Dad?«

Der Geruch von Zitronengras und Ingwer durchzog die Küche.

Gordon sah vom Schneidebrett auf der Kücheninsel auf und lächelte uns entgegen. »Was gibt's?«

Ich folgte Ben in die Küche und setzte mich neben ihn auf einen der Hocker. Ben griff über die Arbeitsplatte und stibitzte sich eine Zuckerschote aus dem Sieb im Waschbecken. Gerade als er davon abbeißen wollte, fing er meinen Blick auf und hielt sie mir auffordernd hin, aber ich schüttelte den Kopf.

»Warum wir hier sind …«, begann er schließlich, nachdem er gekaut und geschluckt hatte. Einen Moment zögerte er, dann holte er tief Luft. »Also, wir haben Emmy, Grayson und Sarah von dem Fluch erzählt.«

Gordons Lippen wurden schmal. Wortlos nickte er.

Ben wartete einen Moment, aber als keine Frage kam, sagte er: »Sie werden uns helfen, mehr darüber herauszufinden."

Es lag keine Herausforderung in dem Satz, trotzdem schwieg Gordon einen Moment. Ich wusste, dass er von unseren Recherchen nicht viel hielt, nicht nachdem Kit Jahre vergeblich damit zugebracht hatte, den Fluch auf diese Weise zu brechen. Ihm wäre es am liebsten gewesen, Ben hätte sich von der Herde und den Bergen ferngehalten. Aber natürlich wusste er auch, dass er das niemals tun würde.

„Und du denkst, sie nehmen es ernst?« Gordons Blick wanderte prüfend über Bens Gesicht.

Ben grinste humorlos. »Die Tatsache, dass du daran glaubst, fanden sie sehr überzeugend.«

»Verstehe.« Gordon schob das Schneidebrett zur Seite und zog sich einen Hocker heran. »Dann schießt los. Wie kann ich euch helfen? Deswegen seid ihr doch hier, oder?«

Ich konnte richtig spüren, wie sich Ben innerlich wappnete. Die beiden sprachen nicht mehr häufig von Kit, obwohl ich mir ziemlich sicher war, dass Gordon mindestens genauso oft an sie dachte wie Ben. Nach allem, was ich von Bens Mutter wusste, war er ihr sehr ähnlich. Wie oft erinnerte Gordon wohl etwas, was Ben sagte oder tat, an seine verstorbene Frau?

Doch die Aldringhams waren keine Feiglinge. Ben verzog keine Miene, als er fragte: »Wonach hat Mum gesucht? Weißt du noch, wo sie recherchiert oder wen sie gefragt hat? Woran erinnerst du dich?«

Gordon ballte die Hände zu Fäusten. Als er sah, dass mein Blick darauf gefallen war, verschränkte er die Arme. »Ich wünschte, ich hätte Antworten für euch. Aber … die Wahrheit ist, ich habe deine Mutter damit alleingelassen. Ich bin nicht stolz darauf. Ich habe sie immer wieder damit aufgezogen, dass sie sich so in das Thema verbissen hat.« Sein Gesicht war mit einem Mal ganz grau, er sah um fünfzehn Jahre gealtert aus. Er mied unsere Blicke, als er leise anfügte: »Danach war ich schlauer.«

»Aber irgendwas muss dir doch noch einfallen!« Ben war nicht so schnell bereit, mit seinem Vater Mitleid zu haben.

Gordon straffte sich. »Sie hat viel mit Henry Carlton gesprochen. Ein paar Jahre zuvor … ich war gerade an der Uni … da hat Henry noch hier auf Renwick gearbeitet. Offiziell war er Stallmeister, aber vermutlich hat er alles Mögliche gemacht. Die Zeiten, dass die Aldringhams Dutzende Reitpferde gehalten haben, waren da ja schon lang vorbei.«

Mir fielen die Fundamente des alten Stalls ein, der vor hundert Jahren niedergebrannt war, und schauderte.

»Damals hat Kit fast ihre ganze Zucht verloren.«

»Was?« Ben starrte ihn aus großen Augen an. »Was für eine Zucht?«

»Wir haben wirklich nie darüber gesprochen, oder?« Gordons

Stimme verlor sich, doch er kam gleich zurück zum Punkt. Er lächelte schmerzlich. »Du bist nicht der erste Ponyzüchter in der Familie, Ben. Deine Mutter, ihr Großvater und ich weiß nicht, wie viele Generationen zuvor – sie alle haben Ponys auf den Fells gehalten. Die Starling-Zucht war weit über Rosley hinaus berühmt. Deine Mutter meinte immer, die Starling-Ponys würden es mit den besten Blutlinien der Lakes aufnehmen.«

»Aber … aber was ist dann passiert?« Ich konnte beinahe sehen, wie Bens Gedanken rasten. Ich verstand ihn so gut! Seine Mutter war nicht nur eine Reiterin gewesen, sondern genau wie er hatte sie auf den Fells gezüchtet. Wie sehr er sich wünschen musste, sie kennengelernt zu haben!

Möglichst unauffällig rückte ich ein bisschen näher an ihn heran.

Gordons Mund zuckte. »Es muss furchtbar gewesen sein. Sie hat die Herde nach Renwick gebracht und hier haben sie sich bei einem anderen Pferd mit Druse angesteckt. Von mehr als dreißig Ponys blieben nur drei übrig.«

Ich konnte sehen, wie Ben blass wurde. So viele tote Ponys! Es musste Kit das Herz gebrochen haben.

»Du hast nie etwas davon erzählt«, sagte er tonlos.

Gordon nickte. »Diese Familie hat schon so viel verloren.«

Ein paar Sekunden lang konnte ich es fast nicht aushalten. Die beiden starrten sich an, mit Tränen in den Augen, und der Schmerz schien die Küche auszufüllen, beinahe die Wände zu sprengen. Ich drückte mir die Fingernägel in die Handflächen, damit ich nicht zu weinen begann. Mein Mitgefühl nützte ihnen nichts. Aber es gab einen Weg, ihnen zu helfen: Ich würde nicht aufgeben, bis wir diesen verdammten Fluch gebrochen hatten. Ich wollte, dass diese Familie zur Ruhe kam.

»Wo sind die überlebenden Ponys hingekommen?«, fragte ich mit belegter Stimme und räusperte mich. »Hat Kit sie behalten?«

Langsam schweifte Gordons Blick zu mir. »Ja. Eins von ihnen ist mit ihr verunglückt. Die beiden letzten habe ich an Henry verkauft.« Wieder wandte er sich an Ben. »Eins von ihnen war Gracies Mutter.«

Jetzt konnte ich nicht mehr anders. Ich streckte die Hand aus und drückte Bens Arm. Eine Träne rollte über seine Wange, doch er wischte sie nicht weg, sondern nickte. »Danke. Dass du mir das erzählst.«

Er verschränkte seine Hand mit meiner.

»Was ich nicht verstehe …«, meinte er nach einer Weile, »… warum die Ponys?« Er sah Gordon fest an. »Du sagst, der Fluch lautet: ›Der Tod und die Ponys, für die Aldringhams sind sie eins.‹ Aber warum sind Mums Ponys gestorben? Und warum hat es im Sommer beinahe Viv und Ash getroffen? Und nicht nur mich?«

Ich hasste es, wie nüchtern er darüber sprach, dass sein Leben jeden Tag in Gefahr war, doch seine Frage war berechtigt.

Gordon schien sie nicht zu überraschen. »Ich weiß es nicht. Was ich euch auf dem Carrock gesagt habe, war die Wahrheit: Ich weiß so gut wie nichts über den Fluch. Nicht wie er funktioniert, nicht wann er zuschlägt. Ich kann es mir nur so erklären, dass ihr so sehr an euren Pferden hängt, dass jede Gefahr für sie auch zur Gefahr für euch wird.« Ein Ausdruck erschöpfter Resignation glitt über sein Gesicht. »Im August hat nicht viel gefehlt.«

Ben antwortete nicht. Er war tief in seinen Gedanken versunken. Erst nach beinahe einer Minute sah er wieder auf. »Du hast gesagt, du hättest alles verbrannt, was Mum zum Fluch gesammelt hatte. Hatte sie die Papiere in der Bibliothek aufbewahrt?«

Gordon zögerte. »Nein. Sie meinte immer, sie könne nicht nachdenken, wenn jederzeit jemand hereinkommen konnte. Sie hatte sich oben ein Arbeitszimmer eingerichtet.«

»Die Abstellkammer, oder? Die, die immer abgeschlossen ist.« Ben glitt von seinem Hocker. »Kann ich sie sehen?«

»Es gibt nichts mehr zu sehen. Das Zimmer ist leer.« Ben hielt Gordons Blick, bis er nickte. »Meinetwegen. Der Schlüssel liegt im untersten Fach in meinem Schreibtisch. In einer kleinen Metalldose.«

Hand in Hand stiegen wir die Treppe hinauf. Ben führte mich ganz ans Ende des Flurs. Vor der letzten Tür rechts blieb er stehen, dann atmete er ein und schloss auf.

Der angebliche Abstellraum war kein dunkles, enges Kämmerchen. Er war kahl, ja, aber man konnte sehen, dass hier regelmäßig sauber gemacht wurde. Der Teppich hatte Staubsaugerspuren, und als wir näher gingen, konnte ich sehen, dass auf dem dunklen, altmodischen Schreibtisch nur eine ganz dünne Staubschicht lag.

»Ich fasse es nicht, dass ich die Geschichte mit dem Abstellraum geglaubt habe«, murmelte Ben, während wir uns umschauten.

Wenn ich nicht gewusst hätte, wie fieberhaft eine verzweifelte Frau hier drin versucht hatte, ihren Sohn und sich selbst vor einem vorbestimmten Schicksal zu bewahren, hätte ich den Raum sofort geliebt. Ein Fenster ging zum See hinaus, das andere zu dem kleinen Wäldchen, das an den Garten anschloss. Die Wände waren mit einer geschmackvollen naturweißen Tapete mit eisblauen und goldfarbenen Zweigen verkleidet und in einer Ecke stand ein weißer Korbstuhl. Ansonsten war das Zimmer leer.

Draußen dämmerte es, also schalteten wir das Licht an. Selbst im Schein der Glühlampe waren die Spuren von Kits Recherche noch sichtbar. Ben trat nah an die Wand heran und fuhr mit den Fingern einige Wollfäden entlang, die mit Reißnägeln kreuz und quer gespannt waren. Die Notizen, die sie einmal verbunden hatten, waren verschwunden, und einige Fäden hingen lose herab, doch ich konnte mir gut vorstellen, wie es vor Kits Tod ausgesehen haben musste.

»Sie muss Stunden hier verbracht haben«, sagte Ben leise. »Tage vielleicht …«

Ich ließ ihn allein mit seinen Gedanken und wandte mich dem Schreibtisch zu. Vorsichtig öffnete ich eine der Türen und zog eine Schublade heraus. Auch sie war leer, genau wie der Raum.

Beinahe hätte ich gegen die Tür getreten. Was für eine Verschwendung! Hier hätten vielleicht schon so viele Antworten auf uns gewartet und jetzt war alles fort! Ich versuchte, Gordon keinen Vorwurf zu machen, dass er damals nach Kits Tod alles vernichtet hatte, doch es fiel mir schwer.

Um mich von meinen düsteren Grübeleien abzulenken, drehte ich mich zu Ben um und lehnte mich gegen die Tischplatte. »Meinst du, Edith war diejenige, die deiner Mum von dem Fluch erzählt hat?«

Wie in Zeitlupe wandte sich Ben zu mir um. Er schien mit seinen Gedanken ganz weit weg gewesen zu sein, denn er blinzelte. Dann fragte er: »Was?«

»Na ja, wir hatten doch überlegt, woher deine Mum von dem Fluch wusste. Es könnte doch sein, dass Edith ihre Quelle war. Immerhin würde das erklären, warum du erst im Sommer davon erfahren hast.«

»Weil Edith schon so lange tot ist?«

Ich nickte.

Über Bens Gesicht glitt ein eigentümlicher Ausdruck, beinahe so etwas wie Sehnsucht. Mit derselben Miene hatte er das Foto von Kit und Edith betrachtet, das ich ihm aus Cragwood mitgebracht hatte. Ich war mir ziemlich sicher, dass er genau dieses Bild jetzt vor Augen hatte, von dem lachenden blonden Mädchen, das kaum älter war als wir.

Nach einem Moment schärfte sich sein Blick und er sah mich an. »Wenn das stimmt – wenn Mum durch Edith Morland von dem Fluch wusste –, dann müsste er doch mindestens auf die Zwanzigerjahre zurückgehen, oder?«

Mein Herz setzte einen Schlag aus, als ich begriff, was er meinte. »Weil Edith zwischen 1923 und 1961 nicht in Rosley war und in dieser Zeit wahrscheinlich nichts von einem Fluch gehört hätte?« Langsam schüttelte ich den Kopf. »Zumindest könnten wir diese vier Jahrzehnte als Entstehungszeit ausschließen. Zwischen Anfang der Sechziger bis zu Ediths Tod wäre jede Menge Zeit gewesen, einen Fluch auszusprechen.«

Ben schien zu überlegen, dann begann er zu lächeln.

»Mr Biss ist ein ziemlich strenger Lehrer, oder?«

»Äh, geht so.« Worauf wollte er hinaus?

Er kam zu mir und schlang die Arme um mich. »Doch, doch. Richtig streng. Und er legt Wert auf akribische Recherche.«

Ich schmunzelte. Daher wehte also der Wind.

»Deswegen halte ich es für notwendig, dass du noch mal nach Rydal gehst und mehr über Edith herausfindest.« Er ließ mich los und legte seine Hände rechts und links von mir auf die Tischplatte. Sein Gesicht war meinem ganz nah. »Und ich werde dich begleiten.«

8

In der Nacht gab es den ersten richtigen Herbststurm des Jahres. Der Wind fegte durch Ellondale, als hätte er den ganzen Sommer dafür Anlauf genommen. Regen prasselte gegen die Fensterläden und im Kamin knisterten Funken.

Laini lag auf dem Sofa und hatte ein Buch gegen ihren Bauch gelehnt, und auch Silas schien das Wetter nicht weiter zu beunruhigen, also versuchte ich, meine Nervosität abzuschütteln und mich in einen Roman zu vertiefen, den Sarah mir geliehen hatte.

Als ich am nächsten Morgen nach Renwick aufbrach, erkannte ich allerdings, dass mein Eindruck mich nicht getäuscht hatte: Überall waren die Auswirkungen des Sturms zu sehen. Auf Ellonby waren wir glimpflich davongekommen, aber ich sah zerfetzte Planen und demolierte Dächer, mindestens fünf entwurzelte Bäume und in der Nähe des Sees mehr als eine überschwemmte Wiese.

Ben hatte dunkle Ringe unter den Augen, als er mir die Haustür öffnete.

»Hab kaum geschlafen«, erklärte er zwischen zwei Küssen. »Dad und ich waren die halbe Nacht unterwegs und haben geholfen, umgestürzte Bäume von den Straßen zu räumen.«

»Du Armer«, sagte ich und strich ihm über den Rücken. Ich meinte es ernst: Während ich gemütlich in meinem Bett gelegen hatte, war in Rosley Land unter gewesen. »Da wart ihr ja wirklich hart im Nehmen, wenn ihr bei dem Sturm gearbeitet habt.«

Mein schlechtes Gewissen schrumpfte erst, als Ben mich nah an sich zog und frech anblitzte. »Was schlägst du als Belohnung vor?«

Ich schob ihn von mir weg und drängte mich an ihm vorbei ins

Haus. »Ich bin sicher, dass du gestern schon genug gelobt wurdest. Jetzt steht Mathe auf dem Programm.«

Ben lachte leise und folgte mir die Treppe hinauf in sein Zimmer. Ich hatte gerade mein Buch und einen Block auf den Schreibtisch gelegt, als mein Handy piepte.

Emmy hatte geschrieben: »Könnt ihr vorbeikommen? Kino steht unter Wasser.«

»Verdammt.« Ben sah von seinem Smartphone auf, anscheinend hatte er dieselbe Nachricht bekommen. Wir verloren kein unnötiges Wort. Mathe musste warten.

Schon auf dem Weg zur Tür fragte ich: »Meinst du, Charlotte leiht mir ihre Gummistiefel?«

Land unter traf in Rosley leider wortwörtlich zu. Auf dem Weg zum Kino sahen wir an jedem zweiten Haus Menschen, die Wasser aus ihren Wohnungen schöpften oder durchweichte Möbel auf die Straße stellten. Der Gestank, der durch die Gassen zog, erinnerte stark an Kloake.

»Die Kanalisation hat den vielen Regen nicht mehr gepackt«, erklärte Grayson zur Begrüßung. »Der Keller und der kleine Saal sind vollgelaufen. Wir müssen alles rausschmeißen.«

Ben und ich tauschten einen Blick. Mit Allys Kino stand es sowieso nicht zum Besten, wenn sie jetzt generalsanieren musste, sah es schlecht aus.

Aber so weit in die Zukunft wollte hier anscheinend noch niemand denken. Ally hatte die halbe Fulton-Verwandtschaft alarmiert, außerdem waren Emmy und Sarah gekommen, und nach einer Weile tauchten sogar Dhani und Singh auf, obwohl sie im Chippy die halbe Nacht gegen das Wasser angekämpft hatten. Zum Glück hatten sie dort mit Sandsäcken das Schlimmste verhindern können.

Ally bildete mehrere Gruppen und verteilte die nötigen Aufgaben. Ich sah ihr an, wie sehr ihr die Situation zusetzte, doch natürlich hatte sie recht: Je schneller wir das Kino trocken bekamen, desto kleiner wäre der Schaden.

Also schöpften, schaufelten, schleppten wir, bis die untere Etage des Kinos kahl, aber halbwegs trocken war. Die Technik hatte zum Glück nicht viel abbekommen, doch die Sitze waren nicht mehr zu gebrauchen, sodass wir sie abmontierten und auf die Straße schafften. Ally musste sich wegdrehen, als wir die Plüschungeheuer an ihr vorbeiwuchteten.

Gegen Mittag brachte Michael die nächste Fuhre Kaffee, Tee und Wasser und die Zwillinge spendierten Fish and Chips für alle. Das hob die Stimmung ein wenig, aber wir mussten nicht viele Worte darüber verlieren: Das Kino würde für einige Zeit geschlossen bleiben.

Am späten Nachmittag gab es nichts mehr zu tun.

»Schluss jetzt, Leute«, sagte Ally. »Und vielen Dank. Den Rest müssen die Luftentfeuchter übernehmen. Danach sehen wir weiter. Ihr seid natürlich alle zur Wiedereröffnung eingeladen«, fügte sie mit einem etwas wackligen Lächeln hinzu.

Grüppchenweise verabschiedeten sich die Leute, bis nur noch Ally und wir übrig waren.

Ben blickte in die Runde. »Ich weiß nicht, ob euch danach ist, aber wer will, kommt nachher nach Renwick, okay? Ich spendiere Pizza.«

Emmy und Sarah nickten, doch die Zwillinge lehnten bedauernd ab.

»Mum und Dad sperren heute Abend den Laden wieder auf«, erklärte Singh. »Nach dem Schrecken will sicher keiner selbst kochen. Da müssen wir mit ran, sorry.«

»Holen wir nach«, antwortete Ben mit einem Nicken, als sich die beiden winkend verabschiedeten. »Und du?«, fragte er an Grayson gewandt.

Der schüttelte schon den Kopf, als sich Ally einmischte.

»Du gehst«, sagte sie bestimmt. »Heute Abend ist Ruhe angesagt. Morgen ist auch noch ein Tag.«

Grayson atmete tief ein, dann legte er den Arm um sie. »Okay. Aber ich bringe dich jetzt nach Hause. Muss mich sowieso umziehen.« Ally wollte protestieren, doch er drehte sie zur Tür und streckte die Hand nach den Lichtschaltern aus. »Morgen ist auch noch ein Tag«, sagte er fest, und sie presste die Lippen aufeinander, bevor sie nickte.

Gegen sieben stand ich frisch geduscht wieder vor Bens Tür. Er öffnete.

»Du könntest einfach ein paar Klamotten hier deponieren«, meinte er grinsend. »Dann bräuchtest du nicht immer den Umweg nach Ellonby zu machen.«

»Träum weiter«, gab ich zurück, aber unser Geplänkel versandete, als wir uns gegenseitig auf den neuesten Stand brachten.

Vor einer Stunde war auch Gordon nach Hause gekommen und hatte erzählt, dass die größten Schäden beseitigt seien. Es würde dauern, bis alle Häuser getrocknet und alle Dachziegel ersetzt waren, aber zumindest konnten die meisten Leute in ihren eigenen Betten schlafen.

Renwick selbst hatte zum Glück nicht viel abbekommen. Charlotte würde ein paar der Glasscheiben in ihren Gewächshäusern ersetzen müssen, und bei einer Scheune hatte es einige Ziegel vom Dach geweht, die Dellen in den Traktor geschlagen hatten, aber ansonsten waren nur ein paar Gartenmöbel an Stellen aufgetaucht, wo sie nicht hingehörten.

Anscheinend hatte Singh mit seiner Vermutung richtiggelegen, dass die Leute in Rosley nach dem anstrengenden Tag keine Lust hatten zu kochen, denn beim Pizzadienst lachten sie uns nur aus, als wir eine Bestellung aufgeben wollten. Wohl oder übel mussten wir die Küche in Beschlag nehmen und auf die Schnelle Teig und Soße zusammenrühren.

»Ein Glück«, sagte Ben, als er nach längerem Suchen den Kopf aus dem Kühlschrank zog. Triumphierend ließ er zwei Packungen Mozzarella vor meiner Nase baumeln. »Sonst hätten wir Cheddar nehmen müssen.«

Angewidert verzog ich das Gesicht, doch alles in allem war ich zufrieden mit unserer Ausbeute. Während der Teig im warmen Ofen aufging, stapelten wir kleine Häufchen Paprika, Salami, Peperoni, Oliven und Champignons vor uns. Dann rupfte Ben den Käse in Stückchen und ich rollte die Böden aus.

»Bin nicht sicher, ob das reicht«, meinte Ben mit einem sehnsüchtigen Blick auf die beiden Backbleche. »Ein Blech für euch vier zusammen ...«

Ich lachte, aber weil ich schlecht das Nudelholz nach ihm werfen konnte, musste ich mich mit einem Geschirrtuch begnügen. Zu seinem Glück klingelte es genau in diesem Moment an der Haustür.

»Ich geh schon«, brüllte er in den Flur und verschwand Richtung Eingang.

Keine Minute später kam er mit Emmy, Sarah, Grayson und einem Schwall kaltfeuchter Luft zurück.

»Ein Blech komplett ohne Fleisch, bitte«, orderte Sarah zur Begrüßung.

Ich überließ ihr und Emmy das Belegen und stellte mich zu den Jungs, die an der Tür stehen geblieben waren.

»Hey«, sagte ich zu Grayson und schlang die Arme um ihn, was er nach einer Schocksekunde erwiderte. Er sah total erledigt aus, bestimmt war er in ziemlich gedrückter Stimmung von zu Hause aufgebrochen.

»Danke«, murmelte er, bevor er mich von sich wegschob. »Ich hab's den anderen auch schon gesagt. Danke, dass ihr vorhin gekommen seid. Allein hätten wir das nie geschafft. Wir würden jetzt noch den Schlamm auf die Straße schaufeln.«

Ben und ich machten abwehrende Gesten, aber wir kamen gar nicht dazu zu beteuern, dass unsere Hilfe selbstverständlich gewesen war. Emmy und Sarah hatten die Pizzen schon in den heißen Ofen geschoben und drängten uns zur Tür hinaus Richtung Salon. Wir setzten uns auf unsere üblichen Plätze.

Obwohl der Raum farbenfroh wie immer war, wir die Vorhänge zugezogen und im Kamin ein ordentliches Feuer angezündet hatten, kam mir unser angestammter Versammlungsort heute weniger gemütlich vor. Es war, als hätte die Wirklichkeit vorbeigeschaut und etwas von ihrer Kälte und Unerbittlichkeit zurückgelassen. Ich fröstelte. Auch wenn ich es vor den anderen normalerweise vermied, schob ich jetzt einen Arm hinter Bens Rücken und schmiegte mich an ihn. Als würde es ihm genau wie mir gehen, suchte er nicht einmal meinen Blick, sondern legte den Arm um meine Schultern und zog mich näher.

Grayson hatte sich lang auf seinem Sessel ausgestreckt und starrte an die Decke. Das Feuer warf unruhige Schatten auf sein Gesicht und ein paar Minuten ließen wir ihn in Ruhe. Sarah und Emmy berichteten leise von anderen Familien in Rosley. Einige der Namen kannte ich, andere nicht, doch nach und nach gewann ich den Eindruck, dass dieser Herbststurm heftiger ausgefallen war als das, was man in der Gegend um diese Jahreszeit gewohnt war. Schlimmer als bei den Fultons war es aber beinahe nirgends gewesen.

Nach einer Weile klopfte es. Gordon streckte den Kopf zur Tür herein.

»Ich dachte, ich bringe euch euer Abendessen«, meinte er, während er die Tür weiter aufschob und ein großes Holzbrett hereintrug. Mein Magen knurrte laut, als ich den geschmolzenen Käse roch, dann fiel mir der schwärzliche Rand an manchen der Pizzastücke auf.

Emmy und Sarah sahen sich an und stöhnten, doch Gordon lachte.

»Kann passieren, dass man den Wecker in einer fremden Küche nicht findet. Beim nächsten Mal sagt aber besser Bescheid, okay?«

»Im Ernst?« Ben stierte Emmy ungläubig an, so als wäre es eine persönliche Beleidigung, dass sie beinahe seine Pizza hätte verbrennen lassen.

Sie kratzte sich an der Nase. »Du hättest ja auch dran denken können.«

Bevor dieser sinnlose Dialog eskalierte, sprang ich auf die Füße und zog Ben mit mir in die Küche, wo wir Teller, Besteck und Servietten zusammensuchten. Als wir Charlotte und Gordon ebenfalls mit Pizza versorgt und uns je ein großes Stück auf unsere Teller geladen hatten, dachte zum Glück niemand mehr an Schuldzuweisungen. Wir hauten rein und selbst Graysons Lebensgeister schienen wiederzuerwachen.

Tatsächlich sah nach dem Essen alles etwas rosiger aus. Zumindest so lange, bis Grayson von den Schwierigkeiten berichtete, die nun auf seine Familie zukamen. Es war klar gewesen, dass es mit ein bisschen Putzen nicht getan sein würde, aber wie schlimm es wirklich stand, schockierte uns alle.

»Es hängt davon ab, wie schnell und wie viel die Versicherung zahlt«, erklärte er. Er hatte die Beine lang ausgestreckt und balancierte eine Schüssel Chips auf dem Bauch.

»Was hängt davon ab?« Sarah lehnte sich vor und nahm sich von der Schokolade.

Über den Tisch hinweg schaute Grayson sie an. Beinahe kam es mir so vor, als könne er ihren Blick leichter ertragen als Emmys, Bens oder meinen.

»Ob wir verkaufen müssen«, antwortete er knapp.

»Was?« Gleichzeitig setzten wir uns auf, Emmy so ruckartig, dass sie die Hälfte ihrer Tüte Jelly Babies auf den Boden leerte.

Stirnrunzelnd betrachtete Grayson den Inhalt der Chipsschüssel, dann stellte er sie auf den Couchtisch. Kaum merklich schüttelte er den Kopf.

»Das Kino läuft ja schon seit einer Weile schlecht. Mum würde besser damit fahren, zuzusperren und sich einen anderen Job zu suchen. Aber sie hängt eben dran.« Seufzend rieb er sich den Nacken. »Wenn wir jetzt auf dem Schaden sitzen bleiben … Es war kein gutes Jahr auf der Farm. Wir bräuchten einen neuen Traktor und am Haus müsste auch alles Mögliche gemacht werden.«

Verstohlen wanderte sein Blick zu Ben, doch er sah gleich wieder weg.

»Jedenfalls geht nicht beides. Wenn sich das Kino nicht selbst trägt, können wir es nicht behalten.« Er ließ sich in seinem Sessel zurückfallen und atmete aus. »So einfach ist das.«

Auf der kleinen Kommode in der Ecke tickte eine Uhr, die man selten hörte, weil wir meistens quatschten. Doch jetzt vergingen die Sekunden und Minuten, und niemand wusste so recht, was er sagen sollte.

Ich erinnerte mich an ein Gespräch mit Grayson. Es war im Sommer gewesen, am Tag nach der Gartenparty auf Renwick. Meine Ohren wurden warm, als mir der Kuss auf dem Steg einfiel, und kurz war ich dankbar, dass er zwischen Grayson und mir nie wieder

Thema gewesen war. Aber dass ich mich jetzt wirklich unbehaglich fühlte, hatte einen anderen Grund: Schon damals hatte Grayson erzählt, dass es nicht gut stand um das Kino, und ich hatte versprochen, mir etwas einfallen zu lassen, um die Besucherzahlen zu steigern. Nach allem, was in der Folge passiert war – Ben und ich, die Herde, der Unfall, meine Entscheidung, im Lake District zu bleiben, der Fluch –, hatte ich keinen Gedanken mehr darauf verwendet. Doch jetzt sah es so aus, als würde ich Gelegenheit bekommen, mein Versprechen einzulösen.

»Dann müssen wir dafür sorgen, dass es sich trägt.«

Meine Stimme klang sogar noch entschlossener, als ich mich fühlte, und ich merkte, wie sich vier Augenpaare auf mich richteten. Ja, ich war auch erstaunt von meinem plötzlichen Tatendrang, aber ganz ehrlich: Eine Kleinstadt, in der es noch ein Kino gab, das war etwas Besonderes. Es war nichts, was ein banaler Sturm einfach beenden durfte.

»Du hast doch gesagt, dass die Geschäfte schon länger schlecht laufen. Aber warum geht denn niemand mehr ins Kino?«, fragte ich. Ich wartete keine Antwort ab: »Doch nur, weil es zu Hause so gemütlich ist. Weil alle nur noch streamen und so viele Filme zur Auswahl haben, dass sie sich nicht entscheiden können. Was wir tun müssen«, erläuterte ich mit einem aufmunternden Blick in die Runde, »ist, die Leute dazu zu bringen, dass sie die Entscheidung gern abgeben. Wir müssen ihnen etwas bieten, was besser ist, als auf dem Sofa zu lümmeln.« Ich schubste Bens bestrumpfte Füße von der Sitzfläche. »Ein Erlebnis.«

»Wir?«, wiederholte Ben.

»Ein Erlebnis?«, fragte Grayson.

Ich nickte. Allmählich kam ich in Fahrt. »Ja. Klar wird es erst mal Geld kosten, das Kino zu sanieren«, kam ich Graysons Einwand zuvor, »aber wenn es so weit ist, sollten wir den Leuten etwas Besonderes bieten. Deine Mum muss weiter aktuelle Filme zeigen, das ist klar, aber ich finde, wir sollten Mottofilmabende veranstalten.«

»So was gibt's längst«, warf Grayson ein. »Die Sonntagsmatinee und den Filmklub am Dienstag. Damit lockst du niemanden hinter dem Ofen hervor.«

»Dann müssen wir es eben neu aufziehen«, sprang mir Emmy bei. Ihre Augen blitzten.

Ich deutete auf sie. »Genau. Denkt doch nur an Gordons Gartenparty im Sommer. Die Leute haben sich überschlagen mit ihren Outfits, alle wollten dabei sein. Und das hier in Rosley.« Bedeutungsvoll hob ich die Augenbrauen und die anderen grinsten. »Aber das Alhambra ist genauso schön! Stellt euch mal vor, wenn das Foyer nicht braun und ocker wäre, sondern rot und golden! Oder blau und silbern! Es hatte mal Glamour, und nur weil jemand in den Siebzigern keinen Geschmack hatte …«

»Hey, das war mein Onkel«, brummte Grayson leise, und die anderen lachten.

»… heißt das doch nicht, dass es nicht wieder so werden kann! Ich bin dafür, dass wir aus dem Alhambra ein richtiges Filmtheater machen. Wir können mit dem White Swan zusammenarbeiten und Cocktails und Kanapees reichen. Und dann zeigen wir ›Der große Gatsby‹.«

Sarah hatte Feuer gefangen. »Oder wir schenken Tee aus und machen einen ›Stolz und Vorurteil‹-Nachmittag.«

»Oder wir ziehen alle Strapse an und schauen gemeinsam die ›Rocky Horror Picture Show‹.«

Langsam wandte ich den Kopf und sah Ben an. Seine Augen blitzten und wir prusteten gleichzeitig los. Während uns vor Lachen die Tränen kamen, betrachteten Sarah, Emmy und Grayson uns schweigend.

Ben hob die Hand. »Sorry. Ich dachte, ihr findet es witzig. Ich wollte eure Idee gar nicht schlechtreden.«

Emmys Augen wurden schmal. »*Unsere* Idee?«

Er seufzte. »Also gut.« Mit einem Ruck wandte er sich an Grayson. »Wie findest du den Vorschlag?«

Grayson sah uns reihum an. »An den Details sollten wir vielleicht noch arbeiten, aber …« Er begann zu grinsen. »… das kann gut werden. Richtig gut.«

Ohne hinzusehen, streckte ich die flachen Hände aus, und Emmy und Sarah schlugen ein.

»Okay.« Ben schnaufte. »Nicht eure Idee. Unsere. Ich bin dabei.«

9

Die Zeitfenster auf Ellonby waren ja ohnehin eng, weil die Schafe und die andere Farmarbeit diktierten, wann was erledigt wurde. Jetzt aber, als es auf den November zuging und wir alle auf das Baby warteten, nutzten wir buchstäblich jede freie Minute, um den Hof winterfest zu machen.

Laini hatte sich in den Kopf gesetzt, den ehemaligen Kuhstall in einen Laufstall für die Ponys umzubauen. Bisher trieben hier meist die Hühner ihr Unwesen, und Zach hatte den vorderen Teil in eine Werkstatt umfunktioniert, doch Laini spielte mit dem Gedanken, mit ihren Stuten zu züchten. Fohlen würde es dann natürlich erst in eineinhalb Jahren geben, aber wie Silas so schön sagte: Laini war gern vorbereitet.

Also verbrachten wir einen kostbaren Ferientag damit, die alten Holzverschläge herauszureißen und neue Wände für die beiden geräumigen Abfohlboxen einzuziehen. Den größten Teil des Stalls nahm allerdings der Laufbereich ein, der mit einem stabilen Gatter von der Stallgasse abgetrennt wurde und Zugang zum Hof hatte. Im Frühjahr würden wir einen Teil davon einzäunen, sodass die Ponys auf direktem Weg von der Weide in den Stall gelangen konnten.

»Nicht dass sie freiwillig reinkommen würden«, murmelte Ben, als Laini ihren Plan erläuterte.

»Das kommt auf die Menge des Heus an«, antwortete ich trocken.

Beinahe schockiert schaute Ben mich an. »Ihr füttert zu?«

Ich lachte. »Stell dir vor, so eine Wiese gibt einfach nicht so viel her wie ein ganzer Bergrücken. Viel ist es nicht, aber ja, hin und wieder bekommen sie Mineralfutter und im Winter sogar Heu.«

Doch Ben hatte sein Erstaunen überwunden und wirkte so zufrieden mit sich, dass ich ihn nicht besonders sanft anstupste.

»Du bist so ein Ponystreber, es ist unfassbar!«

Grinsend zuckte er mit den Schultern. »Wieso? Haben doch alle die Möglichkeit, ihre Ponys in den Bergen laufen zu lassen. Machen Lainis Eltern ja auch. Die brauchen diesen Schnickschnack auch nicht.«

»Außer wenn eins der Ponys sich verletzt oder krank wird oder wenn alles verschneit ist …«, zählte ich auf.

Ben setzte zu einer Erwiderung an, aber Lainis Stimme wurde lauter. »… auf jeden Fall die Tür verbreitern. Hört ihr beiden eigentlich zu?«

Unter ihrem strengen Blick stellten wir uns unwillkürlich aufrechter hin, auch wenn wir vor unterdrücktem Lachen bebten.

»Klar«, sagte ich knapp, und Ben nickte beflissen.

»Hm«, machte Laini mit hochgezogener Augenbraue und wandte sich halb ab, die Hände in den Rücken gestemmt, und das gab uns den Rest.

»Wirklich, Laini, das Baby hat mal nichts zu lachen«, presste ich hervor, während ich nach Luft schnappte. »Den strengen Blick hast du schon voll drauf.«

Silas und Zach taten ihr Bestes, ihr Grinsen zu verstecken, doch Lainis leicht angesäuerter Gesichtsausdruck wandelte sich zu einem Schmunzeln. »Ich hoffe bloß, er zeigt noch etwas länger Wirkung als bei seiner Tante.« Sie schüttelte den Kopf und deutete auf das Werkzeug, das wir rund um uns herum verstreut hatten. »Räumt hier noch auf und dann kommt ins Haus, ja? Den Rest schaffen Silas und Zach nächste Woche.«

Protestierend folgten ihr die Jungs auf den Hof und ließen Ben und mich allein zurück. Nur Tizzie blieb auf ihrem Beobachtungsposten auf dem Schrank sitzen und leckte sich weiter ausgiebig die Tatzen.

Während ich die kleineren Teile in Kisten warf und größere an ihren Haken an die Wand hängte und Ben den gröbsten Dreck zusammenfegte, sagte er: »Ich wollte dich was fragen.«

Misstrauisch sah ich ihn an. »Frag.«

Ben verzog den Mund, stellte seinen Besen in eine Ecke und wartete, bis ich die letzte Werkzeugkiste in einem Regal verstaut hatte. Dann schlang er die Arme um mich.

Was kam denn jetzt?

»Ich weiß, dass du Bedenken hast und immer noch nicht vergessen kannst, was passiert ist«, begann er, und unwillkürlich hielt ich die Luft an, bis ich es merkte und langsam ausatmete. »Aber du bist ständig von Pferden umgeben, oben auf den Fells mit mir und hier auf dem Hof von Lainis Ponys …« Er lächelte vorsichtig. »Ich dachte, vielleicht ist es an der Zeit, dass du wieder reitest.«

Einen Moment war ich total perplex. Dann begriff ich natürlich, warum Ben so rumeierte. Seit dem Tag im Sommer hatten wir nie wieder darüber gesprochen, warum ich überhaupt zu Silas in den Lake District gekommen war. Aus Ehrgeiz und falsch verstandenem Durchhaltewillen hatte ich beinahe ein Pferd kaputt geritten und war danach wie in eine Schockstarre gefallen. Ich hatte verstanden, dass ich mich im Frühjahr an den Rand meiner Kräfte gebracht hatte, und bemühte mich, so eine Situation nie wieder entstehen zu lassen. Mein zweiter Vorsatz, mich von Pferden fernzuhalten, war im Lauf des vergangenen Sommers dagegen immer mehr zusammengeschrumpft auf die Tatsache, dass ich nicht mehr ritt.

War ich bereit, auch den letzten Rest meiner selbst auferlegten Strafe über Bord zu werfen? Wollte ich es überhaupt?

Wir hatten vielleicht nicht darüber gesprochen, aber nachgedacht hatte ich oft über meine neue Nähe zu Pferden. Ich verbrachte viel mehr Zeit mit ihnen als in Deutschland, doch es war eine Zeit angefüllt mit Ruhe und Zufriedenheit, nicht Termindruck und Stress. Wie wäre es da, diese neue Entspanntheit mit auf den Pferderücken zu nehmen? Mit Ben über die Fells zu streifen, nicht nur neben den Ponys, sondern auf ihnen? Weitere Strecken zurücklegen zu können und neue Ecken der Lakes zu entdecken, Orte, die ich nach all den Monaten noch immer nicht gesehen hatte?

Als ich nichts sagte, änderte sich Bens Lächeln. Sanft strich er mir eine Strähne aus dem Gesicht und lehnte seine Stirn an meine.

»Vergiss es«, flüsterte er. »Es war nur so ein Gedanke. Du weißt selbst, wann du dazu bereit bist.«

Ich schluckte. »Nein. Du hast recht. Ich wünsche mir das. Wirklich.« Langsam lehnte ich mich zurück, um ihm in die Augen zu sehen. »Aber ich weiß nicht, ob ich es kann.«

Etwas blitzte in Bens Blick auf. Mir war nicht ganz klar, ob er sich freute oder stolz war oder ob er etwas ausgeheckt hatte, was mir nur so halb gefallen würde.

Letzteres, wie sich herausstellte.

»Du kannst es«, antwortete er fest. »Aber für den leichteren Einstieg dachte ich an einen geführten Ausritt.«

Ich blinzelte. »Ein geführter Ausritt? Sehe ich aus wie fünf?«

Er lachte. »Gut, deine Eitelkeit übernimmt. Das werte ich als ermutigendes Zeichen.« Gespielt empört boxte ich ihm gegen den Arm, sodass er immer mehr lachen musste, doch dann griff er nach meiner Hand. »Überleg mal: Du sitzt auf dem Pony, ich führe, und du kannst dich einfach nur darauf konzentrieren, wie es sich anfühlt. Du musst keine Entscheidungen treffen, und wenn du merkst, es wird zu viel, steigst du ab. Dann gehen wir spazieren wie sonst auch.«

So wie er es beschrieb, klang es wirklich nicht verkehrt. Er hatte sich jede Menge Gedanken gemacht, das musste ich ihm lassen. Doch er hatte sein Pulver noch nicht komplett verschossen.

»Außerdem«, fuhr er mit einer Stimme wie ein TV-Verkäufer fort, »könnte ich dich zu einem Ort bringen, von dem du möglicherweise nie etwas gehört hast. Gesehen hast du ihn zumindest noch nicht.«

»Woher willst du das wissen?«, fragte ich und ignorierte die gleichzeitig beunruhigende wie wunderschöne Tatsache, dass er quasi meine Gedanken von eben laut ausgesprochen hatte.

Er grinste. »Wenn du dort gewesen wärst, hättest du mir davon erzählt.«

Ich schüttelte den Kopf. »Damit hängst du die Latte ziemlich hoch.«

»Ich weiß.« Er beugte sich vor und drückte mir einen Kuss auf die Nasenspitze. »Also, was sagst du? Gehen wir morgen auf Tour?«

»Morgen schon?«

Ben machte ein missbilligendes Geräusch, weil ich so alarmiert klang, aber ich fasste mich. Er hatte recht, warum sollte ich es aufschieben? Wenn ich mich je wieder auf ein Pferd setzen wollte, dann konnte ich genauso gut morgen damit anfangen.

»In Ordnung«, antwortete ich und erwiderte seinen herausfordernden Blick. »Morgen gehen wir auf Tour.«

Wenn Laini und Silas überrascht waren, dass ich nach dem Frühstück Albie von der Weide holte und putzte, sagten sie nichts dazu. Ich war gerade dabei, seine Hufe auszukratzen, als Ben in der Hofeinfahrt auftauchte. Schwungvoll nahm er die Kurve und lehnte sein Rad gegen die Schuppenwand.

Auch er sagte nichts, sondern beobachtete mich lächelnd, während ich Albies Sattel und das Zaumzeug aus der Sattelkammer holte. Als ich die Schabracke zurechtgezupft hatte und dabei war, mich nach dem Gurt zu bücken, hielt ich inne.

»Ohne, oder?«

Er wusste sofort, was ich meinte. »Liegt ganz bei dir.«

Einatmend trat ich einen Schritt zurück und betrachtete Albie. Er war völlig entspannt, nicht mal seine Ohren zuckten, wenn sich seine Kumpels auf der Weide bemerkbar machten. Anscheinend war er in der Stimmung für ein bisschen Arbeit.

Aber war ich in der Stimmung, mich ohne Sattel auf ihn zu setzen? Ben brauchte ich nicht zu fragen, er traute es mir zu und er hielt es für die bessere Variante. Mehr Kontakt mit dem Pferd, feineres Sitzgefühl ... ich kannte den Text. Aber auch weniger Sicherheit.

Ich schloss die Augen und horchte in mich hinein. War es nicht das, was ich wollte? Die vermeintliche Sicherheit aufzugeben, wieder stärker auf das zu hören, was das Pferd brauchte? Ein Sattel schonte den Pferderücken, klar, aber er war auch eine Sicherheitsvorkehrung. Wer nicht ganz so ausbalanciert saß, konnte sich damit leicht etwas vorgaukeln.

Und das durfte ich nicht mehr. Ich wollte einen klaren Blick, auf mich, auf mein Reiten, auf das Pferd. Peppi war gestürzt, weil ich die Augen verschlossen hatte vor dem, was er und ich brauchten. Wenn ich heute neu anfing, konnte ich es auch gleich richtig machen.

»Okay«, sagte ich und öffnete die Augen.

Bens Lächeln vertiefte sich, und sein Blick hätte fast ausgereicht, dass ich mich auf den nackten Ponyrücken setzte. Doch ich traf diese Entscheidung für mich, nicht für ihn.

Laini war anscheinend nicht so unbeteiligt, wie sie vorgegeben hatte. Sie tauchte in der Haustür auf, stapfte über den Hof und verschwand kurz in der Sattelkammer. Mit einer kleinen dicken Decke und einem Gurt mit Haltegriffen kam sie zurück und drückte sie mir in die Arme. Routiniert nahm sie Albie Sattel und Schabracke ab, legte die Decke auf seinen Rücken und schnallte sie mit dem Gurt fest.

»Damit haben wir früher Voltigieren geübt«, erzählte sie. »Der Galopp ist vielleicht nicht unbedingt eine Stärke der Fells, aber große Voltigiererinnen waren wir auch nicht, wie man sieht.« Sie klopfte auf die gemusterte Sitzfläche. »Fünfzehn Jahre alt und so gut wie neu.«

Jetzt betrachteten mich zwei Augenpaare wohlwollend, und ich hätte wetten können, dass Silas am Küchenfenster klebte und das Geschehen beobachtete. Aber ich schüttelte ihre Erwartungen ab. Wir wollten spazieren reiten, das war alles.

»Danke«, sagte ich also, und Laini winkte mir zu, während sie zurück ins Haus ging.

Nach ein paar letzten Handgriffen waren wir startklar. Ben führte Albie zum Aufsteigblock, ich atmete ein letztes Mal durch. Und dann saß ich oben.

Ich kümmerte mich um gar nichts. Auf den ersten Metern hätte ich das auch gar nicht gekonnt, denn meine Bauch- und Rückenmuskeln benahmen sich, als hätte ich noch nie auf einem Pferd gesessen. Doch allmählich fand ich mein Gleichgewicht. Klar, ein Pony fühlte sich anders an als ein Großpferd, und ein Reitplatz bot längst nicht so viele Bodenunebenheiten wie der Bergpfad, auf dem wir unterwegs waren. Aber ich hatte es geschafft. Ich war aufgestiegen, ohne einen einzigen Gedanken an den Samstag im Mai zu verschwenden.

Und so sollte es bleiben. Ben redete immer wieder leise mit Albie und warnte mich, wenn wir an eine knifflige Stelle kamen, ansonsten ließ er mich in Ruhe. Wärme durchströmte mich. Wie viele andere Jungs hätten versucht, mir Ratschläge zu geben? Ben nicht. Er wusste, ich brauchte keinen Unterricht. Das, was ich suchte, war in mir. Er konnte mir nur helfen, es zu finden.

Also ließ ich mich von Albies Bewegungen in eine Tiefenentspannung schaukeln. Ich blieb ganz bei mir, löste meine verkrampften Muskeln und genoss das Gefühl, wie wir uns immer besser aufeinander einstellten. Und plötzlich merkte ich noch etwas: Ich hatte es vermisst! So schrecklich die Erinnerungen an den Sturz auch waren – nicht nur an den Sturz, an all die strikten Trainingspläne, die gehetzten Aufwärmrunden, den harschen Ton in der Reitbahn –, sie konnten nicht mehr überdecken, was ich jetzt wieder so deutlich spürte: die Freude, die Zufriedenheit, die Dankbarkeit, dass sich dieses starke, sensible Wesen ganz auf mich einließ. Das hatte ich geliebt am Reiten! Und dann waren die Turniermeldungen gekommen und die Ansprüche gestiegen und der Zauber war verblasst.

Das würde mir nicht noch einmal passieren.

Als würde ich aus einem Bann aufwachen, öffnete ich die Augen – und schnappte nach Luft. Keine Spur von verblasstem Zauber hier! Ben führte Albie über eine Hochebene, wo in der Herbstsonne die Farben nur so leuchteten. Das Orangebraun der Farnwedel, das Blau eines kleinen Sees, goldrotes Laub an den vereinzelten Bäumen, das silbergrüne Moos.

Bens Wange hob sich, so als würde er grinsen. Natürlich hatte er meine Überraschung mitbekommen. Es stimmte: Das Hochplateau kannte ich noch nicht.

»Schön hier«, sagte ich leise.

Er drehte sich halb zu mir um und drückte mein Knie. »Mut gehört belohnt«, meinte er.

Der Satz erinnerte mich an einen anderen Tag in der Sonne, auf einem anderen Berg, und ich beugte mich zu ihm und küsste ihn. »Danke«, flüsterte ich. »Du hattest recht. Es war Zeit.«

»Du gehörst hierher, Val«, antwortete er, plötzlich ernst. »Nicht auf einen Springplatz. Da hast du nichts verloren.«

Eine weitere Erinnerung machte sich in meinem Kopf breit, von ihm, auf Gracies Rücken, hoch oben an einem Hang inmitten seiner Ponys. Es war das erste Mal, dass ich ihn gesehen hatte, und eine Sehnsucht, von der ich nicht gewusst hatte, dass ich sie in mir trug, füllte mich bis in die Fingerspitzen aus.

»Ich weiß nicht, wie lange es dauert, bis ich so weit bin«, sagte ich. »Aber ich will, dass wir das gemeinsam machen. Ich will, dass du mir jeden Winkel zeigst. All die Orte, an die du niemanden mitgenommen hast.«

Er hielt Albie an, legte mir eine Hand in den Nacken und zog mich zu sich. Dann küsste er mich, und ich begriff, dass er genauso lange auf diesen Moment gewartet hatte wie ich.

Ich war rundum zufrieden, als Ben Albie weiterführte, und dachte, dass wir am Ende der Hochebene umkehren und nach Hause gehen würden, doch da täuschte ich mich. Denn das Ziel hatten wir noch nicht erreicht.

Was noch spektakulärer sein sollte als das Plateau, wusste ich nicht, aber Ben schüttelte den Kopf, als ich danach fragte. »Geduld.«

Also überließ ich mich wieder Albies gleichmäßigen Bewegungen und beobachtete die Vögel, die an einer Eberesche hingen und die letzten Beeren pflückten. Ihr Knallorange hob sich leuchtend von dem mit Flechten bewachsenen Felsenring ab, in dessen Schutz der Baum wuchs.

Erst als ich fröstelte, merkte ich, dass Wolken aufgezogen waren.

Vor uns im Osten erhoben sich graue Massen, die, kaum dass ich sie entdeckt hatte, die Sonne verdunkelten. Merkwürdig. Normalerweise zogen Wolken von Westen auf.

Auch Ben warf einen Blick in den Himmel, sagte aber nichts.

Ein schmaler, steiler Pfad führte jetzt über einen Hügel, der das östliche Ende der Hochebene zu markieren schien. Ich konzentrierte mich stärker auf Albie, um ihm den Aufstieg so einfach wie möglich zu machen.

»Soll ich absteigen?«, fragte ich leise, doch Ben lachte.

»Quatsch. Der Kerl ist fit und stammt von Lastenponys ab, die bis zu zweihundert Kilo über die Pässe transportiert haben. Dagegen bist du ein Fliegengewicht.«

Wir waren sowieso schon auf dem höchsten Punkt der Kuppe angelangt, und was immer ich hatte antworten wollen, es war in dem Moment vergessen, als ich auf den Talkessel hinunterblickte. Beinahe kreisrund breitete er sich vor uns aus, auf allen Seiten umgeben von teils schroffen, teils sanften Hügeln. Er war von kurzem grünen Gras bewachsen, ansonsten konnte ich nur direkt am Fuß der felsigen Hänge ein paar Büsche und wettergebeugte Bäume erkennen.

Doch die Vegetation war in diesem Moment das Letzte, was mich interessierte. Mein Blick wurde von dem riesigen Monument in der Mitte des Tals angezogen.

Es war ein Steinkreis. Er hatte einen Durchmesser von mindestens dreißig Metern und bestand aus hohen weißen Steinsäulen. Die meisten standen noch aufrecht, aber einige waren umgekippt und brachen das beinahe zu perfekte Ensemble etwas auf.

Ohne dass wir ein Wort gesagt hätten, erreichten wir den Fuß des Hügels. Ich glitt von Albies Rücken, und wir ließen ihn grasen, während wir Seite an Seite auf den Kreis zuliefen.

»Davon hätte ich dir wirklich erzählt«, murmelte ich, und Ben lachte leise.

Aus irgendeinem Grund war es wichtig, nicht zu laut zu sein. Der Himmel war jetzt völlig bedeckt und hier im Tal herrschte Ruhe. Nur der Wind säuselte über das Gras. Kein Tier war zu sehen, wir waren völlig allein.

»Was ist das hier?«, fragte ich, während wir in den Schatten der ersten Steinsäule traten. Sie ragte meterhoch über uns auf.

»Das weiß keiner so recht. Eine Sternwarte oder ein Kultplatz, glauben die meisten.« Bens Blick glitt an einem der Steine nach oben. »Eine Begräbnisstätte ist auch immer mal wieder im Rennen. Aber die meisten hier in der Gegend interessieren sich nicht für wissenschaftliche Erklärungen.« Er drehte sich zu mir um und grinste. »Für sie ist das hier ein Feenkreis.«

Ich trat zwischen zwei Säulen hindurch in den inneren Ring. Wie die Zähne eines Ungeheuers ragten sie in den Himmel, viel weißer, als das Gestein hier in der Gegend im Allgemeinen war. In diesem Moment kam mir der Gedanke nicht abwegig vor, dass Magie geholfen hatte, sie in diese Formation zu bringen.

»Das gefällt dir, oder?« Ben trat hinter mich, legte die Arme um meinen Bauch und drückte mir einen Kuss in den Nacken. »Dass Zauberwesen am Werk waren?«

Ich konnte ein Grinsen nicht verhindern, als ich mich in seiner Umarmung zu ihm umdrehte. »Klingt schon romantischer als ›ein Meilenstein der Technikgeschichte‹.«

»Ihr vom Kontinent.« Ben sah mich gespielt streng an. »Für euch sind Feen niedlich, vielleicht mal ein bisschen launisch.«

»Und ihr Briten wisst es besser?«

»Das kannst du aber mal glauben.« Seine Nasenflügel blähten sich, er musste sich anstrengen, um nicht zu lachen. »Feen sind listig und verschlagen, und sie sind viel mächtiger, als ihr euch vorstellen könnt. Wir sollten sie hier auf ihrem Grund und Boden nicht unterschätzen.«

»Du meinst, sie locken nichts ahnende Wanderer in ihr ewiges Reich?«

Seine Augen blitzten. »Soll vorkommen. Ich persönlich würde nie einem hübschen Mädchen trauen, das ich in den Bergen aufgable.«

Seine Worte klangen spielerisch, doch ich konnte nicht anders, als an eine unserer ersten Begegnungen zu denken. Ben hatte mich eine Weile beobachtet, um herauszufinden, ob ich eine Gefahr für seine Herde darstellte, und als ich ihn endlich entdeckt hatte, hätte er tatsächlich aus einem Märchen stammen können, so unwirklich kam mir unser Zusammentreffen im Nachhinein vor.

»Gilt das auch für hübsche Jungs?« Mein Daumen fuhr die Kontur seiner Wange entlang.

»Meinst du mich?«

Er schmunzelte, als ich eine Augenbraue hob. Langsam senkte er den Kopf. Ich hatte kaum gemerkt, dass ich einen Schritt nach hinten gemacht und ihn mitgezogen hatte. Jetzt fühlte ich die kühle Oberfläche einer Steinsäule in meinem Rücken und schauderte.

»Lass mich überlegen«, sagte er leise, die Lippen nur Millimeter von meinen entfernt. »Seit du dich mit mir eingelassen hast, kommst du nicht mehr von Rosley los. Du bist praktisch besessen von dem Ort. Woher willst du wissen, dass ich dich nicht längst in die Anderwelt mitgenommen habe?«

Seine grünen Augen hielten meinen Blick, und natürlich wusste ich, dass er scherzte, aber als wir uns so ansahen, ging uns beiden die Wahrheit hinter seinen Worten auf. Er hatte mich in eine andere Welt mitgenommen, eine Welt, in der es Flüche und Verwünschungen gab und aus der ich keinen Ausweg fand. Für einen Moment drehte sich alles um mich, und so plötzlich, dass wir beide nach Luft schnappten, zog ich ihn an mich und küsste ihn.

Das hier war die Wirklichkeit, seine Lippen auf meinen, seine Arme um meine Schultern, seine Wärme an meinem Körper. Der Kuss dauerte lang, so lang, dass wir außer Atem kamen, doch gerade lang genug, um mich davon zu überzeugen, dass wir keine Magie für unser glückliches Ende brauchten. Wir brauchten nur uns.

10

Die Herbstferien gingen vorüber, ohne dass wir große Fortschritte mit unseren Recherchen machten. Nach dem Sturm und den Schäden am Kino war der Fluch für die anderen in den Hintergrund getreten, und auch Ben und ich verbrachten die freien Tage lieber bei der Herde, als uns durch uralte Zeitungsartikel zu wühlen. Wir wussten, es war nur eine Atempause.

Großzügigerweise überließen es die anderen Sarah und mir, die Pläne für das Alhambra zu zeichnen. Wir hatten mit Ally gesprochen, und auch wenn ihr Enthusiasmus ein wenig gezwungen wirkte, hatten wir uns an die Arbeit gemacht.

Ich hatte überraschend viel Spaß an der Sache. Sarah war sowieso in ihrem Element – alles, was nur im Entferntesten nach Kreativität roch, stachelte sie zu Höchstleistungen an. Doch es dauerte auch nicht lang, bis ich merkte, dass sich die Scribbles und Skizzen wieder ganz natürlich anfühlten, dass es mir keine Schwierigkeiten mehr bereitete, Proportionen abzuschätzen und mit ein paar Strichen Entwürfe aufs Papier zu bringen. Es war sicher nicht die zweckfreie Kunst, die uns mein Lehrer in Deutschland immer gepredigt hatte, aber gerade weil es einem guten Zweck diente, fühlte es sich richtig an.

»Sehr mondän«, bestätigte Sarah meinen Eindruck, als wir bei unserem dritten Treffen schon recht vorzeigbare Entwürfe vor uns liegen hatten.

Wir saßen in ihrem Zimmer auf dem Boden, hatten ihren kleinen Bruder, der uns unbedingt hatte »helfen« wollen, mit einem Hörspiel, Kopfhörern und Malzeug ruhiggestellt und betrachteten unser Werk.

»Ich muss das im Stehen sehen«, stellte ich fest und sprang auf die Füße. Doch, ja, es war ziemlich genau so geworden, wie ich es mir vorgestellt hatte. Besser sogar, denn Sarah hatte ein unglaublich gutes Gespür für Details.

»Das Klo ist am besten«, meinte sie, und wir mussten lachen.

Trotzdem war etwas dran. Wir hatten die beiden Toiletten im Erdgeschoss in unser Umstyling einbezogen, und das Ergebnis war spektakulär. Die hässlichen beigen Wände sollten dunklen Mustertapeten weichen, das Waschbecken und die Armaturen erneuert und das Lichtkonzept komplett verändert werden. Oder besser: Wenn wir unsere Pläne umsetzen konnten, würde es zum ersten Mal ein Konzept mit direktem und indirektem Licht geben und nicht nur eine grelle Neonröhre an der Decke.

»Ich mag die Bar.«

Wir kreischten beide so laut, dass Jack von seiner Zeichnung aufsah und lässig Dhani zuwinkte, der wie aus dem Nichts neben uns aufgetaucht war.

»Wie kommst du hier rein? Die Treppe knarzt! Wieso haben wir dich nicht gehört?«, brabbelte Sarah ihren Schock weg.

Dhani zuckte mit den Schultern. »Ihr wart so vertieft. Deine Mum hat mich reingelassen.«

Sarah und Dhani waren im selben Kunstkurs und wollten später noch für einen Test lernen, aber wie Sarah gleich feststellte: »Bist du nicht zu früh?«

»Ein bisschen. Wollte mal sehen, was ihr treibt.«

Ob das der wirkliche Grund war oder eher die Tatsache, dass Singh immer häufiger ein Mädchen aus der Elften zu Besuch hatte, wusste ich nicht. Zumindest im Moment spielte es auch keine Rolle.

Ich hakte Dhani unter und zog ihn näher. »Was sagst du? Wird Ally das gefallen?«

»Du meinst wohl eher: Wird es dem Dorf gefallen?«

Nachdenklich wiegte Dhani den Kopf. Seit dem Sommer hatte er seine Haare wachsen lassen und im Licht von Sarahs Nachttischlampe blitzte jetzt ein goldener Ohrring zwischen den dunklen Strähnen auf. Er sah alt aus, vielleicht ein Erbstück seiner Familie aus Indien.

Nach einer langen Pause sagte er: »Ich finde es perfekt. Es ist alles, was das Alhambra ausmacht, es hat Ausstrahlung und Witz und Herz. Wer so einen hochglänzenden Kinotempel will, soll nach Carlisle fahren. Das hier ist das richtige Kino für Rosley.«

Sarah und ich drehten den Kopf. Wir mussten ihn auf eine ziemlich ähnliche Art anstarren, denn Dhani begann zu grinsen.

»Ehre, wem Ehre gebührt. Wenn Ally auch noch eine Alkohollizenz kriegt, zieh ich ein.«

»Du trinkst nicht mal Alkohol«, warf Sarah trocken ein, doch ihre Ohren glühten vor Freude und Stolz.

»Das nicht. Aber der Glamourfaktor ist höher.« Dhani sog geräuschvoll Luft durch die Zähne. »Billig wird das nicht, das wisst ihr, oder?«

Sarahs Schultern senkten sich ein wenig und ich seufzte leise. Das war natürlich ein Punkt. Bisher wusste Ally noch nicht, wie viel die Versicherung zahlen würde, doch genau wie wir wollte sie so schnell wie möglich mit der Renovierung beginnen.

»Könnten wir vielleicht einen Spendenaufruf starten?«, meinte ich nachdenklich. »Ich weiß nicht, ob Ally das recht wäre, aber es gibt bestimmt genug Leute, die für das Alhambra Geld springen lassen würden. Mit so einem Kino sind doch eine Menge Erinnerungen verbunden.«

»Knutschen in der letzten Sitzreihe und so?« Dhani grinste mich an, doch wenn er auf Ben und mich anspielte: Die letzte Sitzreihe im Alhambra war vielleicht der einzige Ort in Rosley, wo wir noch nicht geknutscht hatten. Mit Ausnahme der Kirche.

»Sprichst du aus Erfahrung?«, schoss ich zurück.

Bevor er zu einer Antwort ansetzen konnte, warf Sarah ein: »Er vielleicht nicht, aber ich.«

Jetzt grinste sie, und da mussten wir alle drei so laut lachen, dass Jack seine Kopfhörer absetzte und sich beschwerte: »Leise! Ich verstehe gar nichts.«

Das machte es nicht besser. Wir lehnten uns aneinander, um nicht vor Lachen umzukippen, und als wir uns endlich beruhigten, liefen uns die Tränen über die Wangen.

»Wer? Wann?«, presste Dhani atemlos hervor.

Sarah zuckte mit den Schultern. »Matt in der Achten. Ezra in der Neunten.« Dann änderte sich ihr Lächeln und eine niedliche Röte breitete sich auf ihren Wangen aus. »Und Ayda vorletzte Woche.«

Dhani und ich sahen uns an. Wir machten den Mund auf, dann wieder zu, und schließlich begnügten wir uns damit, die Arme um Sarah zu schlingen und sie zu drücken.

»Beste«, flüsterte Dhani, und dazu konnte ich nur nicken.

»Hey, Kristof.«

»Hallo.«

Kristofs Gesicht lächelte mir vom Display entgegen. Mit seinem dunklen, gestutzten Bart und den grauen Augen wirkte er wie immer viel ernster, als er war, und hatte so gut wie nichts mit Silas gemein. Es war oft vorgekommen, dass die Leute Kristof für meinen leiblichen Vater gehalten hatten statt seinen. Das sagte viel darüber aus, wie er mich behandelte, als Kind schon und auch jetzt noch.

Nach ein paar Sätzen zum allgemeinen Wohlbefinden, hauptsächlich Lainis, fragte ich: »Konntest du dir unsere Pläne ansehen?«

Sein Lächeln vertiefte sich. »Konnte ich. Gute Arbeit, Valerie, wirklich.«

»Echt? Gefällt's dir?« Kristofs Lob bedeutete mir viel. Er war ein hochbezahlter Innenarchitekt, hatte sogar in Hollywood gearbeitet, sowohl an Filmsets als auch in millionenteuren Privatvillen. Ich kannte niemanden, der ein besseres Auge für Design hatte.

»Es ist toll. Sehr eigen, modern, aber mit Gespür für die reiche Geschichte des Kinos. An ein paar Stellen würde ich auf eine etwas klarere Linienführung setzen, aber ansonsten könnte das ein Profi geplant haben.«

»Wow. Danke. Sarah wird sich freuen.« Ich lächelte ihn an. »Schickst du mir deine Anmerkungen durch?«

»Hallo, Schatz!« Mama schob ihre Nase ins Bild und bedachte mich mit einem typischen Mutterblick. »Alles gut bei dir?«

»Alles gut, Mama. Kristof und ich besprechen gerade unsere Pläne fürs Kino, können wir nachher reden? Das ist wichtig.«

Sie zog eine Schnute, dann drückte sie Kristof einen Kuss auf die Wange. »Okay. Aber beeilt euch. Ich muss in zwanzig Minuten weg und will auch noch was von meiner Tochter haben.«

Kristof zwinkerte ihr zu, bevor er sich wieder an mich wandte. »Du hast meine Vorschläge schon im Postfach.«

»Ah, super.« Einen Moment zögerte ich. »Kristof … Wahrscheinlich müssen wir eine Menge Geld auftreiben. Du hast nicht zufällig eine Idee, wie wir günstig an Material kommen?«

Er wirkte verblüfft. »Du hast mir doch von diesem Laden erzählt. Wie hieß der noch? Es waren nur ein paar Buchstaben …«

»Das CoC?« Ich schlug mir die Hand vor die Stirn. »Klar! Ich hab dir noch gesagt, dass es eine richtige Fundgrube für Theaterrequisiten wäre.«

»Eben. Schaut euch mal um, ob ihr da was findet. Und wenn etwas davon euer Budget sprengt, dann finden wir schon eine Lösung.« Er grinste augenzwinkernd. »Mein letzter Kunde hat sich ein Penthouse in Zürich einrichten lassen. Bei dem Honorar ist bestimmt noch eine kleine Prämie für eine aufstrebende Kollegin drin.«

»Sieht Mama das auch so?« Sie hatte immer streng darauf geachtet, dass Silas und ich abgesehen von Geburtstagen und Weihnachten keine größeren Geschenke bekommen hatten. Ich war mir nicht sicher, dass sie einen höheren Geldbetrag gutheißen würde.

»Das lass meine Sorge sein. Es geht hier um eine gute Sache. Dagegen kann deine Mutter nichts haben.«

Ich nickte. »Okay. Wow, danke, Kristof. Kann ich dich anrufen, wenn wir stöbern? Es gibt bestimmt ein paar Stücke, zu denen ich gern deine Meinung hätte.«

»Ich freue mich drauf. Und wenn wir Weihnachten drüben sind, gehen wir ins Kino, und du zeigst mir alles.«

Das klang nach einem guten Plan. Wir verabschiedeten uns, und nach einem kurzen Plausch mit Mama rief ich Sarah an, um ihr von Kristofs Vorschlag zu erzählen.

»Wir sind schon ein bisschen dämlich, oder?«, sprach sie aus, was ich mir vorhin gedacht hatte. »Wann gehen wir shoppen?«

Ich lachte. »Vielleicht sollten wir erst mal nachsehen, was Libby hat. Die letzte Entscheidung liegt ja bei Ally.«

Und ehrlich gesagt war das der einzige Punkt, der mir Bauchschmerzen bereitete.

Doch sie waren unbegründet.

»Ich hab gute Neuigkeiten.« Ein paar Tage später stellte Grayson beim Mittagessen sein Tablett auf den leeren Platz neben Emmy und ließ sich schwer auf den Stuhl fallen. »Kaum zu glauben, aber so was gibt es auch noch.«

Sechs erwartungsvolle Augenpaare blickten ihn an, doch niemand sagte etwas. Wir waren alle mit Kauen beschäftigt. Heute war der erste Donnerstag im Monat, da machte die Küchenchefin Mrs Gorrey ihren legendären vegetarischen Sheperd's Pie.

Grayson blickte einmal in die Runde und schüttelte den Kopf. »Nur nicht zu viel Begeisterung. Aber ich sag es euch auch so: Die Versicherung hat die Zahlung fürs Kino angewiesen. Gestern kam der erste Teilbetrag.« Grinsend sah er erst Sarah, dann mich an. »Und Mum sagt, damit sind eure Pläne durch.«

Jetzt erntete er doch allgemeinen Applaus und triumphierende Rufe, die schnell leiser wurden, als wir merkten, dass wir die Aufmerksamkeit der ganzen Cafeteria auf uns zogen.

Dhani klopfte Sarah auf den Rücken und Emmy und ich tauschten einen verschworenen Blick. Gestern nach der Schule war ich mit zu ihr nach Hause gekommen und wir hatten schon ein bisschen im CoC gestöbert und einige besonders schöne Stücke zur Seite gestellt. Jetzt durften wir ganz offiziell einkaufen gehen.

Ein paar Sekunden konzentrierte sich Grayson ganz auf die Kartoffelkruste auf seinem Pie, dann verkündete er: »Die erste Lagebesprechung ist morgen Abend im Foyer. Mum war gestern so erleichtert, dass sie das Ganze generalstabsmäßig plant. Wer helfen will, soll um halb acht vorbeikommen. Es gibt Popcorn und Nachos.«

Singh reckte nur seinen Daumen in die Höhe, aber Sarah fragte: »Soll ich eine Präsi vorbereiten? Deine Verwandtschaft ist doch sicher neugierig, wie es werden soll.«

Ben und ich versteckten unser Schmunzeln, doch Grayson sah sie ernst an. »Lass mal. So genau müssen sie das nicht wissen. Meine Cousins kümmern sich ums Grobe, fürs Design bist du verantwortlich.«

11

Aufatmend drückte ich die Tür hinter mir ins Schloss und streifte meine Schuhe ab. Ich hatte gerade ein Treffen mit der Referatsgruppe hinter mich gebracht und Chloe war wie üblich anstrengend gewesen. Auch wenn ich noch einen langen Abend vor mir hatte, war ich froh, zu Hause zu sein.

Auf Strümpfen stieg ich die Treppe hinauf, um mich aus der Uniform zu schälen und bequeme Klamotten anzuziehen. Wer sich diese Tradition überlegt hatte, musste Kinder wirklich hassen.

»Hey, Valerie.« Laini lächelte mir durch die offene Schlafzimmertür zu. Sie räumte gerade Wäsche in die Schränke. »Langer Tag?«

Ich nickte. »Bei dir alles gut?«

Sie tätschelte ihren Bauch. »Wir sind in Ordnung.« Mit dem Kinn deutete sie zur Treppe. »In der Küche steht was, was dich bestimmt aufmuntert.«

»Ist Mamas Paket angekommen?«

Laini lachte, als ich mich einmal im Kreis drehte. Ich warf meinen Rucksack auf den Boden, wusch mir die Hände und schlüpfte in Leggings und einen Hoodie, bevor ich die Treppe hinuntersprang. Laini folgte mir etwas langsamer. Kaum war ich im Erdgeschoss, ging die Haustür auf und Silas kam herein. Mein Bruder hatte wirklich einen siebten Sinn für Essen.

»Mach mal Tee«, sagte ich zu ihm. »Oma hat bestimmt was Süßes eingepackt.«

Das Paket stand in der Küche. Es war riesig, da hatte eine Menge Kuchen drin Platz, auch wenn das diesmal nicht die Hauptsache war.

Ich schnappte mir eine Schere aus der Besteckschublade und schnitt das Klebeband auf. Ein würziger Duft stieg mir in die Nase und nacheinander packte ich einen Kasten Rotweinkuchen, ein Apfelbrot und eine Dose meiner geliebten Linzer Schnitten aus. Da konnte ich nicht widerstehen. Ich öffnete sie und naschte ein Stück.

»Auf Oma Ruth ist Verlass«, kommentierte Silas, als er frisch umgezogen zur Tür hereinkam. Mit vollem Mund nickte ich. Wobei das eine ziemlich neue Entwicklung war: Oma hatte erst vor ein paar Jahren mit dem Backen begonnen. Solange sie gearbeitet hatte, hatte sie selten dafür Zeit gefunden. Wie ein Wirbelwind hatte sie ihren Job und ihre vielen Aktivitäten gemanagt. Und auch jetzt glaubte ich, dass sie nur backte, weil ihre Freunde ihr Tempo nicht mithalten konnten und sie sich in den ruhigen Zeiten beschäftigen wollte.

Unter dem Kuchen kamen Berge von Süßigkeiten zum Vorschein, die es in England nicht gab, und ein paar Dinge aus meinem Zimmer, um die ich Mama gebeten hatte. Aber auch sie waren nicht der Grund, warum mein Herz schneller klopfte.

Da waren sie. Ich zögerte, bevor ich über das glatte Material strich. Wie oft hatte ich sie in der Hand gehabt? Wie oft sauber gemacht? Nacheinander nahm ich meine Chaps, die Reitkappe, zwei paar Reitstiefeletten und meine Reithosen heraus und legte sie auf einen Stuhl. Seit Mai hatte ich sie nicht mehr angesehen. Es war Zeit, sie wieder zu tragen.

Während das Wasser anfing zu brodeln, trat Silas hinter mich und drückte meine Schulter. Ich drehte den Kopf und sah zu ihm hoch.

»Ich finde es gut«, sagte er leise, und ich lächelte.

»Ja«, antwortete ich, während ich mich wieder den Klamotten zuwandte. »Ich auch.«

Nach Tee und reichlich Kuchen war es noch hell genug, meine Pläne in die Tat umzusetzen. Zugegeben: Dafür hätte ich nicht unbedingt meine Reitsachen gebraucht, Laini hatte genug Zeug im Schrank, das ich mir hätte leihen können. Aber jetzt, als sich alles an meinen Körper schmiegte wie eine zweite Haut, fühlte es sich gut und richtig an, dass ich auf das Paket gewartet hatte. Zielstrebig führte ich Albie vom Putzplatz zu dem Stück Wiese, das ich mit Zachs Hilfe abgesteckt hatte.

Ja, ich hätte ausreiten können. Ja, von einem ordentlichen Reitplatz war die Wiese meilenweit entfernt, auch wenn sie etwas höher lag und trockener war als die meisten Ecken auf Ellonby. Trotzdem war auch das ein Stück Routine, das mir hoffentlich Sicherheit verlieh.

Albie folgte mir zumindest, ohne mit der Wimper zu zucken. In der vergangenen Woche hatte ich ihn jeden Tag auf meinen vorläufigen Reitplatz gebracht, um ihn an das ungewohnte Terrain zu gewöhnen. Ich hatte ihn so lange am Rand entlanggeführt, bis ein Hufschlag entstanden war, ich hatte ihn longiert, sodass er jetzt wusste, dass auf dem Platz gearbeitet wurde.

Ich hatte alles unternommen, damit das gleich ein Erfolg wurde. Ich wusste nicht, ob ich einen Misserfolg verkraften würde.

Albie schien zu spüren, dass von den nächsten Minuten viel abhing. Aufmerksam richtete er die Ohren abwechselnd auf mich, dann wieder nach vorn auf den Reitplatz. Wir liefen ein paar Runden, während denen ich leise vor mich hin brabbelte – sicherlich mehr zu meiner Beruhigung als zu seiner.

Dann war der Moment da. Ich ließ Albie neben dem Aufsteigblock halten, zog die Steigbügel herunter, prüfte den Sattelgurt, und bevor ich noch überlegen konnte, saß ich auf seinem Rücken. So blieben wir erst mal stehen. Albie war zufrieden mit den beiden Leckerlis, die ich ihm zusteckte, und ich wartete, bis sich mein Körper an den Ausritt mit Ben erinnerte.

Tief atmete ich durch. Ich schmunzelte, als Albie mich mit einem ruhigen Schnauben spiegelte, und merkte, wie sich meine Schultern senkten. Meine Wirbelsäule richtete sich auf und meine Bauchdecke entkrampfte sich. Was jetzt noch an Spannung in meinem Körper war, floss als positive Energie von meinem Kopf durch meine Mitte in meine Zehen.

Es fühlte sich gut an. Gut und richtig.

Ich kraulte Albie unter seiner Mähne, bis er mit seiner Aufmerksamkeit wieder bei mir war. Dann nahm ich die Zügel auf und er spitzte die Ohren. Mein Lächeln kam automatisch.

Und so legten wir los.

Ein paar Minuten schien es Albie zu wundern, dass ich nun eine aktivere Rolle auf seinem Rücken einnahm als in den Bergen, und hin und wieder dauerte es ein bisschen, bis er verstand, was ich von ihm wollte, aber von Anfang an war er mit Spaß bei der Sache. Er war so motiviert, dass ich mehr als einmal laut auflachte, und sein Eifer gab auch mir Schwung.

Es war, als hätte es diesen Sommer voller Zweifel nie gegeben. Ich wusste nicht mehr, wie ich auf dieses Gefühl hatte verzichten können. Alles fühlte sich leicht an, selbst in den Momenten, in denen wir uns missverstanden. Wenn etwas nicht klappte, probierten wir es ein zweites Mal, und mir kam es vor, als würden Albies Bewegungen immer schwungvoller. Fell-Ponys waren berühmt für ihren Trab, aber was er mir hier bot, war beinahe schon Angeberei.

Es dämmerte, als ich beschloss, dass es genug war. Ich gab Albie die Zügel hin und mit zufrieden nickendem Kopf trottete er rund um die Reitbahn. Erst da bemerkte ich, dass wir Zuschauer hatten. Silas stand neben Laini an der Stallecke und ließ gerade das Handy sinken. Grinsend winkte ich ihnen zu und sie winkten zurück und kamen herüber.

»Ein tolles Pony hast du da«, sagte ich, als die beiden in Hörweite waren.

Laini zuckte mit den Schultern. »Ich glaube, so gut wie heute habe ich ihn noch nie laufen sehen. Ich würde sagen, er hat eine tolle Reiterin.«

Auch wenn ich vor ein paar Monaten verächtlich geschnaubt hätte, heute kam mir ihr Lob zutreffend vor. Nicht dass ich besonders schwere Aufgaben geritten wäre – im Gegenteil, wir hatten uns ganz bescheiden mit ein paar grundlegenden Bahnfiguren begnügt –, aber die Art und Weise, wie wir zusammengearbeitet hatten, machte mich stolz. Endlich war wieder Leichtigkeit in mein Reiten zurückgekehrt. Sie war mir abhandengekommen gewesen – nicht erst an dem Samstagmorgen auf Peppi, sondern allmählich, über die Jahre. Sobald es etwas zu erreichen gegeben hatte, war die Freude dem Ehrgeiz gewichen. Was für eine unendliche Verschwendung.

Ich warf Laini eine Kusshand zu und erwiderte ihr Lächeln, dann lenkte ich Albie in die Mitte des Platzes. Er wusste ganz genau, dass die Arbeit nun erledigt war, und streckte den Hals. Schon als ich aus dem Sattel glitt, fing ich an, ihn zu kraulen. Ich hörte auch nicht auf damit, als ich den Gurt lockerte und die Steigbügel überschlug. Albie kräuselte vor Begeisterung die Oberlippe.

»Gut gemacht«, flüsterte ich immer wieder, und selbst wenn er die Worte nicht verstand: Er wusste es genau.

Als ich Schritte hörte, drehte ich den Kopf.

»Laini sagt, ich soll den Sattel holen«, meinte Silas etwas ratlos. »Damit er sich wälzen kann.«

Natürlich hätte ich den Sattel ohne Probleme selbst tragen können, aber dieses Angebot lehnte ich nicht ab. Während er mit dem

Sattel davonstapfte, wartete ich, bis sich Albie hingelegt hatte, dann folgte ich Silas mit dem Zaumzeug.

Monatelang hatte ich gedacht, dass ich den größten Fehler an diesem Samstag im Mai begangen hatte. Aber das war nur der letzte Tropfen in ein Fass gewesen, das ich über Jahre gefüllt hatte. Ich konnte mich nicht erinnern, wo ich die falsche Abzweigung genommen hatte, so schleichend war die Entwicklung vorangeschritten. Auch wenn ich Peppi die Schmerzen und die Panik gern erspart hätte, war ich jetzt beinahe dankbar für unseren Sturz. Ohne ihn wäre ich noch immer so geritten wie zuvor, ohne Gefühl und ohne Freude, und ich wäre in Deutschland einem Ideal nachgejagt, das mich krank gemacht hatte.

Das konnte ich mittlerweile sagen: Als ich in den Lake District gekommen war, war ich krank gewesen, ausgepowert wegen meiner eigenen Ansprüche. Dass ich hier neu anfangen durfte, war das Beste, was mir hatte passieren können.

12

Libby schloss die Tür hinter der letzten Kundin, drehte das Schild in der Scheibe auf »Closed« und wandte sich zu uns um. »Dann legt mal los.«

Wir hatten uns tausendmal bedankt, dass Libby für uns länger im Laden blieb, aber sie meinte, das sei ihr Anteil an der Rettung des Kinos. Abgesehen davon mache sie so viel Umsatz wie sonst in drei Monaten und da könnten wir ruhig bis Mitternacht bleiben.

Es war Samstagabend, die Zwillinge hatten mal wieder Schicht im Chippy, also begannen wir zu fünft zu stöbern. Libby versorgte uns mit Tee und Keksen und schien jeden kleinsten Knopf zu kennen, der sich in einer Schatulle in der Schublade einer Kommode in den Tiefen des CoC versteckte.

Aus allen Ecken kamen immer wieder begeisterte Rufe, wenn jemand von uns einen besonderen Schatz entdeckte. Sarah zog allein los und kümmerte sich um die Ausstattung unserer Edeltoiletten, Emmy und Grayson übernahmen den Kinosaal und Ben und ich waren für das Foyer verantwortlich.

Mit einer skeptisch erhobenen Augenbraue betrachtete er die Liste mit den benötigten Gegenständen und die fertigen Pläne. »Wieso habe ich den Eindruck, dass unsere Liste ungefähr fünfmal so lang ist wie die der anderen?«

»Weil deine Spürnase bestimmt fünfmal so schnell fündig wird.« Ich legte ihm den Arm um die Schultern und drückte ihm einen Kuss auf die Wange. »Na komm. Wir haben die coolsten Sachen. Die komplette Barausstattung zum Beispiel. Und den Kronleuchter. Dafür ist das CoC das Schlaraffenland.«

Für die Barausstattung stimmte das tatsächlich. Selbst Ben hatte nach kurzer Zeit Spaß daran, die Vitrinen nach brauchbaren Gläsern und Karaffen zu durchforsten. Wir hätten wahrscheinlich doppelt so viel mitnehmen können, aber schließlich brauchte Ally spülmaschinenfeste Ausstattung. Mit drei Kisten ließen wir es also bewenden.

Der Kristallkronleuchter, der uns für den Eingangsbereich vorschwebte, war dagegen ein Problem. Libby stellte zwar einige aus, aber selbst hier im CoC wirkten sie eher bescheiden. Für das Foyer brauchten wir etwas viel Größeres.

»Da habe ich nicht das Passende im Laden«, meinte Libby bedauernd, als wir sie darauf ansprachen. »Normalerweise statte ich ja keine Kinos aus. Für die Touristen dürfen die Teile nicht allzu sperrig sein.«

Mit verschränkten Armen ließ Ben den Blick schweifen. »Woher beziehst du die Sachen eigentlich? Gibt es für Trödel einen Großmarkt?«

Libby nickte. »So etwas gibt es schon, aber die meisten Dinge finde ich auf Flohmärkten. Oder in Nachlässen.«

Ben schluckte. Wir hatten zwei, drei Dinge gesehen, die seinem Mentor Henry gehört hatten. Er war im Sommer gestorben und Libby hatte die Haushaltsauflösung übernommen.

Sie hatte den kurzen Moment nicht mitbekommen, denn sie schien zu überlegen. »Georgie könntet ihr fragen.«

Ich horchte auf. »Georgie?«

Libby nickte. »Du weißt ja, dass sie mir hin und wieder ein paar Stücke verkauft, um ihre Rente aufzubessern.« Sie rieb sich über die Nasenwurzel. »Das ist eine komplizierte Geschichte. Sie hat sich lange um eine alte Nachbarin gekümmert. Die beiden standen sich sehr nah, und eigentlich waren alle davon ausgegangen, dass Edith ihr das Haus samt Inventar vermachen würde.«

Überrascht sah ich sie an, aber sie bemerkte meine Verblüffung gar nicht. Anscheinend war ihr die Geschichte damals sehr nahegegangen.

»Edith hat das Haus irgendwelchen Verwandten hinterlassen, die nie Interesse an ihr gezeigt haben. Georgie hat lang versucht, Kontakt mit ihnen aufzunehmen, aber nicht mal die Aussicht auf ein Erbe konnte sie nach Rydal locken. Also ist das Haus immer mehr heruntergekommen.« Libby senkte die Stimme. »Sprecht sie nicht darauf an, aber hin und wieder geht Georgie in das Anwesen und holt etwas Wertvolles heraus, das sie bei mir zu Geld macht. Ich finde das nur gerecht nach allem, was sie für Edith getan hat, aber sie hat Gewissensbisse, weil sie damit die Erben bestiehlt, sagt sie.«

Ben verdrehte kaum merklich die Augen, doch ich konnte verstehen, dass Georgie nicht einfach nehmen wollte, was ihr nicht gehörte. Ich wusste ja, wie bescheiden sie lebte. Wenn sie Ediths Nachlass zu Geld hätte machen wollen, hätte sie es längst getan.

»Aber was hat das mit uns zu tun?«, kam ich auf den Kern des Gesprächs zurück.

Libby nickte. »Ihr könntet Georgie fragen, ob ihr in Ediths Haus nach einem passenden Leuchter suchen dürft. Es dient ja einem guten Zweck. Ich bin sicher, sie würde es schön finden, wenn etwas, was Edith gehört hat, weiter Bestand hat.«

»In Cragwood?« Ich wollte es Libby nicht unbedingt auf die Nase binden, dass ich dort eingebrochen war, aber es kam mir unwahrscheinlich vor, dass es in dem Haus einen Kronleuchter gab. Mir war jedenfalls keiner aufgefallen.

Doch sie lachte. »Aber nein! In Cragwood hat Edith gelebt, als sie nach Rydal zurückkam. Ich meinte Lyndhurst.« Als sie meine Ratlosigkeit bemerkte, erklärte sie: »Das Anwesen der Morlands. Es steht ganz am Ende der Straße von Rydal. Wahrscheinlich ist es von der Straße aus gar nicht mehr zu erkennen, so zugewuchert muss der Garten mittlerweile sein.«

Eine vage Erinnerung regte sich in mir, aber ich konnte sie nicht ganz greifen.

»Gibt's in dem Haus denn überhaupt noch etwas von Wert?«, warf Ben ein. »Waren da nicht längst Leute drin, die … weniger Skrupel hatten als Georgie?«

Libby zögerte. »Ich weiß es nicht, Ben. Es steht schon lange leer, mehr als fünfzig Jahre. Ich glaube, anfangs wäre niemand auf die Idee gekommen, dort einzubrechen, schon allein aus Respekt vor der Familie.« Ihr Ausdruck änderte sich, so als würden ihre Gedanken in weite Ferne schweifen. »Und nach ihrem Tod … Wahrscheinlich war es da längst vergessen.«

Ben brummte zustimmend. »Das glaube ich sofort. Ich habe jedenfalls noch nie was von einem verfallenen Anwesen in Rydal gehört.« Sein Blick glitt hinauf zur Galerie, wo Grayson gerade Tapeten entrollte, damit Emmy sie begutachten konnte. »Und Grayson und ich haben früher jede Mutprobe mitgenommen, die die Gegend zu bieten hatte.«

Libby schmunzelte. »Das habe ich nicht gehört.«

Doch als sie die Treppe hinauflief, um Sarah mit einer Wandleuchte zu helfen, drehte ich mich zu Ben und grinste. »Klingt so, als müsstest du diese Mutprobe mit mir nachholen.«

13

Daraus wurde erst mal nichts. Das Wetter wurde unbeständig und stürmisch, und auch wenn ich es nicht für möglich gehalten hatte, zog das Tempo in der Schule noch einmal an. Der einzige Lichtblick war, dass die Renovierungsarbeiten im Alhambra endlich Fahrt aufnahmen. Wir halfen mit, so gut wir konnten, aber vor allem in den ersten Tagen waren Profis gefragt, also hielt sich unser Beitrag in Grenzen.

Ben war ziemlich unruhig, weil wir die Ponys zu den seltenen Gelegenheiten, an denen wir uns mit Regenausrüstung und wasserfesten Schuhen in die Berge wagten, kaum zu Gesicht bekamen. Vielleicht waren wir ihnen unter unseren raschelnden Kapuzen in Rot und Knallblau einfach zu unheimlich. Um ihn abzulenken, schleppte ich ihn ins Archiv, aber auch dort wartete nichts als falsche Fährten und sinnlose Querverweise auf uns.

Doch auch mir schlug es aufs Gemüt, dass wir überhaupt keine Fortschritte machten. Das Material für mein Edith-Referat war noch immer dürftig, aber schlimmer war, dass der Aldringham-Fluch ein Rätsel blieb. Vielleicht war es ganz gut, dass es tagelang in Strömen regnete, dann blieb Ben bei mir und in Sicherheit.

Irgendwann war aber auch diese Schlechtwetterperiode vorüber. Die Vorhersage versprach ein trockenes Wochenende und so brachen Ben und ich am Samstag morgen nach Rydal auf. Libby hatte uns im Anwesen der Morlands Kronleuchter versprochen – doch mehr noch hoffte ich, endlich etwas über die junge Frau zu erfahren, die Edith einmal gewesen war.

»Sag mal …« Ben befreite sich zum wiederholten Mal von einer Brombeerranke und brummte irgendwelche wüsten Beschimpfungen vor sich hin. »Wenn es stimmt, dass Georgie hier manchmal herkommt, habe ich wirklich keine Ahnung, wie die Frau es in ihrem Alter durch diesen Urwald schafft«, merkte er an, als er zu mir aufschloss.

Da konnte ich ihm nur zustimmen. Wir kämpften uns seit fünf Minuten durch Gestrüpp und viel näher schien das Haus noch nicht gekommen zu sein. Vielleicht erklärte diese Wildnis auch den Widerwillen von Einbrechern, Ediths Hinterlassenschaft zu plündern.

Trotzdem konnte ich mich über das Unkraut nicht ärgern. Nein, ich fühlte Bedauern darüber, dass wir hier durch verdorrte Brennnesseln und hüfthohes Gras wateten. Man erkannte immer noch, dass der Garten einmal wunderschön gewesen war. Riesige Bäume beschatteten Blumenbeete und gepflasterte Wege schlängelten sich zwischen vernachlässigten Sträuchern hindurch. Es hätte viel Zeit und Geduld erfordert, den Garten wieder in einen traumhaften Ort zu verwandeln. Wie schade, dass sich niemand darum kümmerte. Wer wusste schon, was sich hier für Schätze verbargen?

Meine Uroma war auch eine begeisterte Gärtnerin gewesen und sie hatte wertvolle alte Rosensorten gesammelt. Als sie sich nicht mehr um sie kümmern konnte, hatte sie die Stöcke an einen botanischen Garten verschenkt und zum Dank die Ehrenmitgliedschaft im Förderverein erhalten. Jetzt, nach ihrem Tod, stand eine Bank mit ihrem Namen in einer Rosenlaube auf dem Gelände. Vielleicht hatte auch Edith seltene Pflanzen gesammelt. Nun waren sie wohl leider verloren.

Auf den letzten Metern zum Haus ging es leichter. Die Wege waren zwar beinahe von Gras überwuchert, aber immerhin hatte ich nicht mehr das Gefühl, wie Dornröschens Prinz in einer Dornenhecke gelandet zu sein.

Vor dem Haus blieben wir stehen. Auf einmal kam mir unsere Expedition nicht mehr so brillant vor. Efeu wucherte an den Wänden, die Fensterscheiben waren blind, und rechts von uns erkannte ich einen Gebäudeflügel, der beinahe völlig verfallen war. Die Mauern waren rußgeschwärzt, das Dach eingestürzt.

Auch Ben zögerte. »Das ist ja eine richtige Bruchbude.«

Mein Blick glitt die Fassade hinauf. »Nur der hintere Teil. Ich glaube, das Haupthaus ist sicher.«

Ben trat einen Schritt zurück und legte den Kopf in den Nacken. »Das Dach sieht zumindest gut aus.«

Ich nickte. »Dann los.«

Wie schon bei Ediths Wohnhaus stellten wir fest, dass der Eingang abgeschlossen war. Zu dem zweiflügeligen Portal führten bröckelige Steinstufen hinauf, aber so beeindruckend es auch war, so wenig gab es nach, als wir uns mit unserem vollen Gewicht dagegenlehnten. Aber ich hatte ja schon Übung darin, in unbewohnte Häuser einzusteigen.

Auf der Rückseite des Gebäudes fanden wir ein schmales Fenster, das einmal vergittert gewesen war. Das Gitter hing jetzt nur noch halb in der Wand und mit ein bisschen gemeinsamer Kraftanstrengung zerrten wir es zur Seite. Bens Taschenmesser zwischen Rahmen und Fenster zu stemmen und die untere Hälfte des Fensters nach oben zu schieben, war dann nur noch eine Sache von Sekunden.

Mit den Beinen voraus quetschte Ben sich hindurch. Dumpf kam er auf der anderen Seite auf. Ich folgte ihm.

»Mist.«

»Alles klar?« Ben drehte sich zu mir um.

»Ja, bin nur mit dem Rucksack hängen geblieben.« Ich glitt die letzten Zentimeter durch das Fenster und richtete mich auf.

Ben hatte den Kopf in den Nacken gelegt und sah sich schweigend um. Ich konnte es ihm nicht verdenken. Wir waren in einer zweistöckigen Eingangshalle gelandet. Durch ein Bleiglasfenster auf dem Treppenabsatz fiel gedämpftes Licht herein und ließ den Staub, den wir aufgewirbelt hatten, in der Luft tanzen. Es war kühl, aber weniger feucht als befürchtet.

Wenn ich Renwick anfangs beeindruckend gefunden hatte, war Lyndhurst atemberaubend. Das Anwesen war bestimmt doppelt so groß, und selbst in diesem Zustand der Verwahrlosung konnte man noch erahnen, dass es einmal der Stolz seiner Bewohner gewesen war. Wie hatte dieses Haus so verfallen können? Warum gab es niemanden, der sich darum kümmerte?

Vorsichtig gingen wir vorwärts. Unsere Schritte hallten auf dem hellen Fliesenboden, der von schwarzen Ziersteinen durchbrochen wurde. Auf einer Anrichte standen dunkle Stängel in einer Vase. Die Spinnfäden, die von Stiel zu Stiel führten, glänzten matt, aber die Blütenblätter waren am Fuß der Vase längst zu Staub zerfallen. Auf der anderen Seite der Treppe füllten unzählige Bücher hohe dunkle Regale. Es war, als sei das Haus von einem Tag auf den anderen aufgegeben worden. Als hätte die Bewohner ein Unheil überfallen, das keinen Raum ließ für einen Gedanken an die Zukunft.

Ein Fluch, schoss es mir durch den Kopf, und auch wenn ich wusste, dass dieses Anwesen nie im Besitz der Aldringhams gewesen war, konnte ich den Gedanken nicht ganz abschütteln.

Ben deutete nach oben. »Der würde gleich passen«, meinte er leise. Genau wie mich schien ihn die Stimmung zu bedrücken.

Ich war dankbar, dass er mich ablenkte, und sah zur Decke. Dort hing ein zwölfarmiger Kronleuchter aus Messing, stumpf von Staub und Spinnweben, aber tatsächlich genau das, was ich mir fürs Alhambra vorstellte.

»Wird nur schwierig, den abzumontieren«, vermutete ich.

Ben zuckte mit den Schultern, widersprach aber nicht. Die gewölbte Decke war sicher zehn Meter hoch, da mussten wir schon mit einem Kran anrücken, wenn wir den Leuchter nach Rosley verfrachten wollten.

Während wir weitergingen, wunderte ich mich, wie unterschiedlich der Erhaltungszustand der einzelnen Zimmer war. An sich schien das Haus noch halbwegs gut in Schuss zu sein – zumindest würde uns das Dach nicht in der nächsten Sekunde auf den Kopf krachen. Der Salon und ein Raum, der so etwas wie das Wohnzimmer der Familie gewesen zu sein schien, waren zwar staubig und machten einen trostlosen Eindruck, doch die Möbel unter den riesigen weißen Bettlaken wirkten, als würden sie nur ein bisschen Politur oder eine Polsterreinigung brauchen, um gleich wieder benutzt werden zu können. Nur in einem Sessel hatte es sich eine Mäusefamilie bequem gemacht, wenn ich mir das lose Füllmaterial und ein paar verräterische schwarze Krümel so ansah.

Das Speisezimmer auf der gegenüberliegenden Seite der Halle war eine andere Nummer. Hier hatte es einen Wasserschaden gegeben, von der Decke bröckelte der Putz und gab den Blick auf das Gebälk frei. Ben und ich zuckten zurück und hielten uns einen Ärmel vor die Nase. Es stank nach Schimmel, Tisch, Stühle und der sicher einmal sehr teure Teppich waren mit grünen und weißen Flecken überzogen. Schleunigst traten wir den Rückzug an.

»Nach oben?« Ben sah mich an und ich nickte. Bis auf das Speisezimmer schien es nur wenige Schäden an der Bausubstanz zu geben. Die Treppe würde bestimmt halten.

Während wir auf den knarrenden Stufen an dem Bleiglasfenster vorbei in den ersten Stock stiegen, merkte ich, dass wir uns gar nicht mehr nach passenden Utensilien für das Kino umgesehen hatten. Plötzlich kam mir unser Ausflug hierher respektlos vor. Ich verstand zwar immer noch nicht, warum nichts von der Einrichtung geplündert worden war, aber vielleicht hatte jeder, der vor uns hier gewesen war, dasselbe gespürt: dass hier die lange Geschichte einer Familie in Trauer und Verbitterung zu Ende gegangen war. Ich wusste nicht, worauf dieses Haus wartete, doch es schien den Atem anzuhalten. Und das war trotz allem ein aufmunternder Gedanke – dass es irgendwann jemanden geben würde, der es aus seinem Dornröschenschlaf aufweckte.

Im Obergeschoss reihte sich ein Schlafzimmer ans nächste. Auch hier war die Einrichtung herrschaftlicher als auf Renwick. Manche Möbel schienen mindestens zwei Jahrhunderte alt zu sein. Wir mieden den Teil des Hauses, der über dem Speisezimmer lag, und wandten uns stattdessen der Seite zu, die zum Park hinausging und wo die Ausstattung ein wenig freundlicher wirkte. Modern war auch hier nichts, dafür stand das Haus schon zu lange leer. Aber die Farben erschienen mir fröhlicher, die Betten filigraner und die Vorhänge luftiger.

Ich war ein Stück zurückgefallen. Immer wieder blieb ich stehen, denn hier hingen Fotografien an den Wänden, verblichen zwar, dennoch waren sie die ersten Anzeichen, dass hier tatsächlich Menschen gelebt hatten. Vielleicht war es das gewesen, was mich im Erdgeschoss so bedrückt hatte: dass alles wirkte wie Staffage, beinahe wie ein Filmset. Aber nicht wie ein Zuhause.

Durch eine Verbindungstür gelangte ich von einem eleganten, trotz der Vernachlässigung heimeligen Schlafzimmer in einen Raum, der wohl so etwas wie ein privates Wohnzimmer gewesen war. Helle, leichte Polstermöbel gruppierten sich vor einem offenen Kamin und in der Ecke vor dem bodentiefen Fenster stand ein Schreibsekretär. Wie angewachsen blieb ich stehen.

»Ben.« Ich sagte es leise, aber er streckte fast sofort den Kopf durch die offene Tür und sah mich alarmiert an. Beruhigend hob ich die Hand, dann deutete ich auf den Tisch in der Ecke. »Es war hier. Hier wurde das Porträt von Edith Morland gemalt. Das im Pack Horse. Erinnerst du dich?« Mit dem Finger strich ich über die staubige Oberfläche des Schreibtischs und schluckte. »Genau auf diesem Stuhl hat sie gesessen.«

Ich trat ans Fenster und sah hinaus auf den verwilderten Park, doch meine Augen nahmen kaum etwas von dem Ausblick wahr. Plötzlich ergab vieles Sinn.

»Sie war reich, aber all das hier langweilte sie. Deswegen ist das Haus verlassen. Bestimmt haben ihre Eltern immer darauf gewartet, dass sie ihr Erbe antritt, aber sie hat sich geweigert.« Ich drehte mich um. »Vielleicht ist sie sogar deswegen von hier weggegangen. Und als sie schließlich zurückgekommen ist, waren ihre Eltern gestorben und das Haus heruntergekommen.«

Ben schaute skeptisch. »Und das weißt du? Oder denkst du dir das aus?«

Ich grinste. »Sagen wir, es ist eine Theorie. Aber wir können sie testen.« Ich ging zu ihm und nahm seinen Arm. »Georgie weiß bestimmt mehr.«

»Da lasse ich dir den Vortritt.« Ben wand sich aus meinem Griff. »Ich bin nicht so scharf darauf, mich von einer verrückten Alten anpöbeln zu lassen.«

»Ben.« Er hatte den Bericht meiner letzten Begegnung mit Georgie nicht gut aufgenommen. Deswegen hatten wir auch beschlossen, *zuerst* nach einem Kronleuchter zu suchen und *dann* zu fragen, ob wir ihn haben durften.

Achselzuckend lief er zur Tür. »Okay, vielleicht nicht verrückt. Aber alt definitiv. Komm mit. Vielleicht gibt es weiter vorn etwas, was deine Theorie unterstützt.« Ohne meine Antwort abzuwarten, verschwand er in den Gang. Mit einem letzten Blick auf Ediths Schreibtisch folgte ich ihm.

Es gab noch ein zweites privates Wohnzimmer. Es war viel altmodischer als Ediths, aber genauso gut erhalten. Und hier sprang uns unsere Beute förmlich an.

Die Vorhänge waren zugezogen, und in dem schummrigen Licht wirkte es, als habe die Bewohnerin den Raum nur Minuten zuvor verlassen. Ein seidener Morgenmantel lag über der Armlehne eines Sessels und ein Paar Pantoffeln stand säuberlich neben einem Frisiertisch. Es war klar, dass die Frau – Ediths Mutter? – am meisten Zeit auf der gestreiften Chaiselongue verbracht hatte, direkt vor dem Kamin.

Ben lief quer durch das Zimmer und öffnete die Vorhänge. »Der Kasten, oder?«, fragte er.

Ich hatte ihn auch gesehen. Es war eher eine Schatulle, etwas zu groß für Schmuck, aber mit einem feinen goldfarbenen Brokatstoff bezogen. Sie stand auf einem Beistelltisch neben der Liege.

Ich trat näher. Warum unsere Blicke so von ihr angezogen worden waren, konnte ich nicht genau sagen, es wirkte einfach, als hätte die Frau, die hier gewohnt hatte, sie jederzeit griffbereit haben wollen. Der Brokat war an den Kanten der Schatulle glatt und beinahe fadenscheinig, als hätte jemand tausendmal darüber gestrichen.

Ben stellte sich neben mich. »Mach sie auf.«

Vielleicht hätte ich protestieren, einen Spruch machen sollen, von wegen, dass er sich selbst nicht traute, aber die Schatulle zog mich so unwiderstehlich an, dass ich nicht einmal auf die Idee kam. Ich wollte etwas über Edith herausfinden. Also würde ich diese Schatulle öffnen.

Ich ging in die Hocke, streckte die Arme aus und klappte den Deckel vorsichtig nach oben. Bilder stapelten sich darin, Dutzende, vielleicht Hunderte.

Im selben Moment, als Ben es aussprach, erkannte ich es auch: »Das sind Postkarten.«

Ich blickte auf. »Meinst du, die sind von Edith?«

»Da gibt's nur einen Weg, es herauszufinden.« Er griff nach der obersten Karte mit einer aquarellierten Stadtansicht und drehte sie um. »Liebste Mama, wir sind gesund und wohlauf. In zwei Tagen schiffen wir uns in Casablanca ein, um nach Hause zurückzukehren. Ich werde die Wüste vermissen, und ich glaube, Dinnie auch. Bitte grüß Vater. Deine Edith.«

Einen Augenblick starrte ich ihn an, dann riss ich ihm die Karte aus der Hand. Unten rechts stand ganz klein »Marrakesch«. Langsam sah ich auf. »Sie war in Afrika.«

Ben antwortete nicht gleich. Er wühlte in der Kiste herum, bevor er zwei weitere Postkarten hervorzog. Einen Moment betrachtete er sie, dann drehte er sich zu mir und grinste. »Nicht nur in Afrika. Das hier ist die Puszta und das Riga.«

Sprachlos betrachtete ich die weite Ebene auf der einen Karte, über die ein einsamer Reiter galoppierte, und den prächtigen weißen Säulenbau auf der anderen. Dann drehte ich sie um und prüfte, ob sie wirklich von Edith unterschrieben worden waren.

Als ich aufblickte, hatte ich Tränen in den Augen. »Das ist unglaublich«, flüsterte ich.

Ben streckte die Hand aus und strich mir zart über die Wange. Ich wusste selbst nicht, wieso ich plötzlich so sentimental wurde, aber er steckte es gut weg. Nach ein paar Sekunden änderte sich sein Ausdruck, er begann zu grinsen.

»Ich weiß nicht, wie Mr Biss zu Einbrüchen steht«, sagte er, »aber ich vermute, dieser historische Durchbruch ist ihm eine gute Note wert.«

16

Als wir uns durch das Dickicht im Garten geschlagen hatten und wieder auf der Straße standen, warf ich einen Blick in den Himmel. Die Wolken waren dichter geworden, aber es sah nicht nach Regen aus. »Gehen wir noch zu den Ponys?«

Ben klopfte auf meinen Rucksack, in dem ich die Kiste mit den Postkarten verstaut hatte. »Willst du die nicht erst mal nach Hause bringen?«

Ich schüttelte den Kopf. »Lohnt sich nicht, den ganzen Weg zurückzulaufen. So schwer ist sie ja nicht.«

Er nickte. Einen Moment schien er sich zu orientieren und sich den besten Weg zu den Ponys zu überlegen, dann deutete er nach links. »Lass uns da langgehen. Sie sind wahrscheinlich oben am Dunmallock.«

Er hielt mir eine Hand hin, und wir folgten einem schmalen, ausgewaschenen Pfad, der auf einen grasbewachsenen Hügel führte.

»Kann ich dich was fragen?«, begann Ben, als sich unser Atem nach dem Aufstieg beruhigt hatte.

Aus schmalen Augen sah ich ihn an. »Klar.«

Er warf mir einen schnellen Seitenblick zu, so als müsse er meine Stimmung einschätzen. »Warum interessiert sie dich so? Edith Morland?«

Ich konnte fühlen, wie ich rot wurde. Es war nicht so, dass mir Bens Frage peinlich war – oder nur ein bisschen. Eigentlich hatte ich gehofft, ich würde meine Faszination nicht ganz so deutlich zeigen. Aber die Wahrheit war: Je mehr ich über sie herausfand, desto stärker fühlte ich mich ihr verbunden. Die Zeit, in der sie aufgewachsen war, war ganz anders gewesen als unsere – jemand hatte ein Bild von ihr gemalt! In Öl! –, trotzdem bildete ich mir ein, sie zu verstehen. Zumindest die Sehnsucht, die sie getrieben hatte. Denn ich kannte das genaue Gegenteil davon.

»Ist schon gut«, sagte Ben leise, als ich eine Weile nicht geantwortet hatte, doch ich schüttelte den Kopf und blieb stehen.

»Es ist kein Geheimnis. Ich … ich musste nur meine Gedanken ordnen.«

Aufmerksam sah er mich an. Das Gefühl, das dieser Blick in mir auslöste, wärmte meinen Bauch. Es kam mir vor, als würde in diesem Moment nur ich für ihn existieren, als gäbe es auf der ganzen Welt nichts Spannenderes.

Ich drückte seine Hand, bevor ich sagte: »Sie erinnert mich an meine Familie. Wenn es stimmt, dass sie so rastlos gelebt hat, wie wir vermuten, dann war sie genau wie meine Mutter und meine Oma.«

Wie konnte ich es Ben erklären? Seine Vorfahren waren immer nur in Rosley sesshaft gewesen.

»So etwas wie du …« Ich machte eine Geste, die die gesamte Gegend umfasste. »… so was kannte ich nie. Bevor sie Kristof getroffen hat, sind meine Mutter und ich oft umgezogen, und mit meiner Oma hatte ich erst regelmäßig Kontakt, als sie in Rente ging. Wir waren nie ein Haufen, der am selben Ort lebte.«

»Also hattest du nie ein Zuhause?« Ben runzelte die Stirn. Ich konnte sehen, dass er sich bemühte zu verstehen.

»Ein Zuhause schon, aber keine … Heimat.« Ich horchte in mich hinein, ob meine Worte Sinn ergaben. »Für Edith war es andersherum. Das glaube ich zumindest. Sie hatte eine Heimat, aber für sie hat es sich nicht gut angefühlt.«

»Nicht wie ein Zuhause?«

Ich lächelte Ben an. »Ja. Aber sie ist wiedergekommen.« Meine Stimme klang kräftiger, als ich sagte: »Und dann hat sie sich diesen Ort zurückerobert.«

Er hielt meinen Blick sehr lange. Mein Herz klopfte schnell, weil ich so vieles in seinen Augen lesen konnte. Es war, als würde er mir Antworten geben auf Fragen, die ich mich noch nicht zu stellen traute.

Als es im frischen Wind zu kühl wurde, gingen wir weiter. Wir redeten nicht viel, während wir durch schmale Täler und über bewaldete Hügel immer höher auf die Fells gelangten. Die Gegend war neu für mich, und normalerweise hätte ich so viel zu gucken und staunen gehabt, dass kein Raum für Grübeleien geblieben wäre. Aber jetzt drehten sich meine Gedanken um Ben und mich und zum ersten Mal seit langer Zeit hatten die Ponys und der Fluch keinen Platz in meinem Kopf.

Ein Geräusch brachte mich zurück ins Hier und Jetzt. Als ich mich wieder auf unsere Umgebung konzentrierte, merkte ich, dass wir an einem gurgelnden Bach entlangliefen, der über rund geschliffene Steine dem Tal entgegenplätscherte. Ulmen und Eschen beschatteten ihn, und wären wir an einem freundlicheren Tag hier gewesen, hätte ihr Laub in Gold- und Rottönen geleuchtet. Doch selbst das trübe Wetter hatte seinen Reiz. Das Moos duftete und zwischen den Ästen hing der Dunst wie zarte Schleier. Ich ließ die stacheligen Zweige eines Wacholderstrauchs durch meine Finger gleiten und atmete tief ein.

»Warte mal.« Ich bückte mich und fischte etwas aus dem seichten Wasser. Leise lachte ich, als ich den Stein in meiner Handfläche betrachtete. Da hatte ich mich also nicht getäuscht.

Lächelnd öffnete ich Bens Hand und legte den herzförmigen Kiesel hinein. Ich weiß nicht, was ich erwartet hatte, ein schiefes

Grinsen, einen Spruch, mit dem er die Situation auflockerte, bevor er den Stein in die Tasche steckte. Doch er strich mit dem Daumen darüber, ganz zart, und dann zog er mich an sich und küsste mich so innig, dass ich mich an ihm festhalten musste, um nicht zu schwanken. Ich spürte seinen Herzschlag an meiner Brust, kräftig und stetig, fühlte jeden Millimeter, an dem sich unsere Körper berührten, und ich wusste, dass dieses Wäldchen für immer unser Zauberort bleiben würde.

Als wir auf eine abschüssige Wiese hinaustraten, warf ich einen Blick zurück. Leise, so als könne meine Stimme die Magie stören, fragte ich: »Wie heißt der Ort hier?«

Ben drehte den Kopf zu mir und blinzelte. Auch er war tief in dem Moment versunken gewesen.

»Die Bäume da?« Er deutete mit dem Daumen über seine Schulter. »Das ist der Dunmallock. Der Gipfel ist bewaldet, deswegen merkt man gar nicht, dass man einen Hügel hinaufsteigt.«

Jetzt, als er es sagte, erkannte ich es auch: Rund um den Dunmallock fiel das Gelände wieder ab.

Ben lächelte, als er merkte, wie sehr mich die Gegend in ihren Bann zog. »Wir sind zu früh rechts abgebogen, aber wenn du noch ein Stück in diese Richtung weitergehst, findest du Überreste von Steinmauern. Die stammen angeblich von einer Wallanlage aus der Eisenzeit.«

Ich lachte. »Beeindruckend. Wenn es mit der Karriere als Gutsbesitzer nicht klappt, wirst du Fremdenführer.«

Ben verzog das Gesicht. »Gut zu wissen, falls mein Vater mich doch noch enterbt. Ach, das kann er ja gar nicht, haha.«

Grinsend schlang ich ihm den Arm um die Schultern und drückte ihn. Die Gelegenheit nutzte er und zog mich näher. Versonnen legte er die Hand in meinen Nacken und strich sanft über eine Stelle, die mich leise seufzen ließ.

»Woran hast du gedacht?«, fragte ich nach einer Weile, damit ich nicht aus Versehen einschlief.

»Hm?«

»Du warst den ganzen Weg über so schweigsam. Worüber hast du nachgedacht?«

Er lehnte sich ein Stück zurück, damit er mich ansehen konnte. »Nur so Ponykram. Von welchem Hengst ich die Stuten im Frühjahr decken lassen soll. Ob ich alle Jungstuten behalte.« Er runzelte die Stirn. »Und ich glaube, Fella ist trächtig.«

»Was?« Fella war im Sommer über Nacht verschwunden und wir hatten sie kilometerweit von der Herde entfernt in einem Hochtal wiedergefunden. »Bist du sicher?«

Ben zuckte mit den Schultern. »Dafür müsste ich einen Ultraschall machen lassen. Aber mir kommt ihr Verhalten schon seit Wochen verdächtig vor.«

Langsam atmete ich aus. »Na, zumindest ist diese Frage geklärt.«

»Welche?«

Ich schaute ihn an. »Was immer da für ein Hengst auf den Fells unterwegs ist, er ist kein Geist.«

Er schnaubte. »Das stimmt wohl.«

»Der Schuft. Erst schwängert er sie und dann lässt er sie in einem Dornengestrüpp hängen.«

Gespielt bekümmert schüttelte Ben den Kopf. »Ganz und gar nicht gentlemanlike.«

Wir mussten beide lachen.

»Und was machst du jetzt?«

Ben zuckte mit den Schultern. Sein Blick richtete sich auf einen Punkt hinter mir. »Hoffen, dass während der Trächtigkeit alles gut geht, und abwarten, wie sich das Fohlen entwickelt. In die Zucht kann es nicht gehen, es wird ja keine Papiere haben.«

»Eigentlich schade. Wenn wirklich dieser Streuner der Vater ist, hat er bestimmt seine tollen Anlagen vererbt.«

Bens Gesicht verdüsterte sich. »Mag sein. Aber die sind halt trotzdem verschwendet, wenn jemand so rücksichtslos ist, seinen Hengst frei auf den Fells laufen zu lassen.«

Wieder waren wir an einem Punkt angelangt, den wir schon hundertmal diskutiert hatten. Egal, was an der Geschichte um den Geisterhengst von Rosley dran war, der Hengst, der uns im Sommer begegnet war, war aus Fleisch und Blut. Solange wir nicht wussten, ob sein Besitzer ihn wieder eingefangen hatte, ging von ihm eine Gefahr für Bens Herde aus.

Seufzend löste ich mich von Ben. »Also? Du meintest, die Ponys wären am Dunmallock. Wir sind am Dunmallock. Wo sind die Ponys?«

Ben hob eine Augenbraue und fing an zu grinsen. Langsam streckte er den Arm aus. Ich blickte in die Richtung, in die er deutete, und erkannte eine wild zusammengewürfelte Felsformation und … oh.

»Da sind sie.«

Ben nickte gnädig. »Da sind sie.«

Ich rückte meinen Rucksack zurecht und marschierte los. »So eine Ponyherde kann man schon mal übersehen. Es sind ja ziemlich kleine Pferde.«

Ben lachte in sich hinein.

»Außerdem ist das Wetter schlechter geworden. Schau dir die Wolken an. Die Ponys stecken praktisch mit den Köpfen drin.«

»Ja, Val.«

Wahrscheinlich hätte ich noch eine Weile weitergeplappert, aber zum Glück löste sich Gracie aus der Gruppe und kam uns entgegen. Immerhin reichte es noch für ein Grinsen und einen schnellen Kuss, bevor Ben seine Aufmerksamkeit ganz auf die Ponys richtete. Wir vergewisserten uns, dass alle gesund waren, dann verteilte Ben Streicheleinheiten.

Nicht zum ersten Mal fiel mir auf, dass Molly sich dabei zurückhielt. Es kam mir vor, als würde sie seit ihrer Fehlgeburt das muntere Gedränge um Ben scheuen. Raven war längst alt genug, mit ihren eigenen Freundinnen herumzutollen, also wirkte Molly auch jetzt ein wenig isoliert.

Langsam trat ich von Della zurück, die neben mir döste, und lief um die Herde herum auf Molly zu. In respektvoller Entfernung blieb ich stehen und wartete. Mollys Ohr richtete sich auf mich, dann wieder auf die Gruppe, dann blieb es in meine Richtung gedreht. Sie senkte den Kopf ein wenig und leckte sich über die Lippe. Vorsichtig ging ich weiter, hielt aber Abstand. Ich senkte den Blick, lud sie aber zu mir ein. Nun lag es an ihr.

Noch bevor sie den ersten Schritt machte, hörte ich sie seufzen. Der Laut war herzerweichend, und als sie neben mir stehen blieb, musste ich den Kloß in meinem Hals schlucken. Sie war so nah, dass ich sie leicht hätte berühren können, doch ich wartete. Es reichte, dass wir uns gegenseitig Gesellschaft leisteten.

Mollys Atem wurde tiefer und sie blinzelte seltener. Ich versuchte, meine eigenen Atemzüge den ihren anzupassen und jede Anspannung in meinem Körper loszulassen. Meine Aufmerksamkeit lag weich auf ihr, und wäre ich nicht so fokussiert gewesen, hätte ich ihre Einladung übersehen.

Ohne Eile streckte ich den Arm aus und strich mit den Fingerknöcheln über ihren pechschwarzen Hals. Ich rieb eine Stelle hinter ihrem Schulterblatt, was sie wieder mit einem sanften Laut quittierte. Langsam glitt meine Hand zu ihrem Widerrist und unter ihre Mähne. Als sie sich bewegte, hielt ich inne, aber ich war nicht zu schnell gewesen. Sie verlagerte ihr Gewicht so, dass uns nur noch Millimeter trennten.

Das war Freundschaftsangebot genug. Ich lehnte mich an sie und griff auch mit der zweiten Hand unter ihre Mähne. Leise schnaubte sie.

So blieben wir stehen, eingehüllt in einen warmen Kokon aus Nähe und Verbundenheit, zufrieden mit der Gesellschaft der anderen.

Das Wetter war wirklich schlechter geworden.

»Val?«

Schon in Bens Stimme konnte ich hören, dass etwas nicht stimmte. Als ich ihn ansah, hatte er die Stirn gerunzelt, aber ich erkannte es selbst: Innerhalb von Minuten war dichter Nebel aufgezogen. Die Herde ließ sich davon nicht stören, aber für uns war es höchste Zeit, nach Hause zu gehen.

Ich verabschiedete mich von Molly und lief auf Ben zu.

»Ich hab überhaupt nicht mitbekommen, dass es so trüb geworden ist«, sagte ich leise.

Ben schüttelte den Kopf. »Ich auch nicht. Ich hätte besser aufpassen müssen.«

Er griff nach meinem Rucksack, und auch wenn ich normalerweise protestiert hätte, schlüpfte ich ohne Widerspruch aus den Gurten. Es kam nicht oft vor, dass er in den Bergen so beunruhigt wirkte, und wenn er dachte, dass wir schneller vorankamen, wenn er ihn trug, sollte es mir recht sein.

»Wir«, entgegnete ich stattdessen. »*Wir* hätten besser aufpassen sollen.«

Er nickte und nahm meine Hand.

Tatsächlich musste ich mich anstrengen, um mit seinem Tempo mitzuhalten. Eigentlich wäre jetzt Zeit für eine Pause und etwas zu essen gewesen, doch genau wie er wollte ich so schnell wie möglich aus dieser Nebelsuppe heraus.

Ben schlug eine südwestliche Richtung ein – zumindest soweit ich das noch erkennen konnte – und dann war eine Stunde strammes Marschieren angesagt. Wir redeten kaum, sondern versuchten nur, keinen falschen Schritt zu machen und uns bei der schlechten Sicht irgendwie zu orientieren.

Nicht dass ich noch die geringste Ahnung gehabt hätte, wo wir waren.

Ich hatte Ben selten so angespannt erlebt. Seine Hand fühlte sich schwitzig an, und obwohl er sonst immer Rücksicht nahm, wenn ich mich auf Geröll oder rutschigen Steinen unsicher fühlte, hielt er diesmal stur das Tempo hoch. Bald merkte ich, dass meine Beine müde wurden.

»Ich muss was trinken«, sagte ich, als wir mitten auf einem Grat waren.

Ben nickte und nahm den Rucksack ab.

»Sorry …«, begann er mit einem kurzen Blick in mein verschwitztes Gesicht, aber ich hob die Hand.

»Alles okay. Mir gefällt das auch nicht.«

Es gefiel mir überhaupt nicht. Wir hatten schon öfter schlechtes Wetter gehabt, wenn wir in den Bergen unterwegs waren, davon musste man in England einfach ausgehen, doch so etwas hatte ich noch nicht erlebt. Sogar Regen wäre mir lieber gewesen als dieser Nebel. Obwohl wir ziemlich weit oben sein mussten – genau wusste ich es natürlich nicht –, schien es, als würde er immer dichter vom Himmel rollen.

Auch Ben betrachtete die hellgrauen Schwaden ratlos. »Hast du deinen Kompass dabei?«, fragte er, aber er begann schon, im Rucksack zu wühlen.

Ich fasste in eine Seitentasche und zog den Kompass mit einem Handgriff heraus.

»Danke.«

Ich hatte keine Ahnung, was Ben von dem Ding ablas, doch seine Reaktion ließ mein Herz schneller klopfen.

Mit der freien Hand rieb er sich durch die Haare. Sie waren mittlerweile komplett feucht, genau wie meine. »Mist. Wir sind viel zu weit nach Norden gekommen.«

Ruckartig drehte er sich um und starrte in den Nebel, als könne er dort irgendwas erkennen.

»Müssen wir zurück?« Die Aussicht, den halben Grat in die andere Richtung zu laufen und dann das Geröllfeld noch einmal hinter mich zu bringen, ließ meine Stimme ein bisschen wacklig klingen.

Ben lächelte schmal. »Ich glaube nicht. Wenn wir auf der anderen Seite sind, erkenne ich bestimmt etwas wieder. Und vielleicht klart es sogar auf.«

Das war jetzt beinahe zu viel Zweckoptimismus, aber ich war dankbar, dass er mich aufmuntern wollte. Also setzte ich ein Lächeln auf und hielt ihm die Wasserflasche hin.

»Das hoffe ich sehr. Langsam kriege ich nämlich Hunger.«

Es klarte nicht auf, und Ben fand auch nichts, was er wiedererkannte, und das Einzige, was ich zu essen bekam, war ein Müsliriegel im Gehen.

Obwohl es noch mitten am Tag war, kam es mir vor, als würde es schon dunkel werden. Das Gehen wurde zur Qual, die Feuchtigkeit drang mittlerweile durch meine Jacke, und ich hatte längst aufgehört, irgendetwas Sinnvolles beitragen zu wollen. Ich tappte hinter Ben her, zu mehr reichte es nicht.

Wie abweisend die Fells jetzt wirkten! So viele Tage hatten wir hier oben in den Bergen verbracht und plötzlich waren sie wie ein fremder Planet. Ein stummes Niemandsland mit kaum sichtbaren Konturen, verwischt von waberndem Nebel, der jedes Geräusch verschluckte. Als wären wir allein auf der Welt.

Ben vor mir wurde langsamer. Der Grat lag längst hinter uns, die letzten Minuten über eine Wiese waren beinahe erholsam gewesen. Jetzt hielt er immer wieder den Kompass hoch und starrte in den Nebel, der rechts genauso dicht war wie links.

»Was ist?« Ich schloss zu ihm auf und lehnte mich gegen ihn. Ganz in Gedanken drehte er den Kopf und drückte mir einen Kuss auf die Schläfe. Die unbewusste Geste machte drei Stunden ohne Pause wett.

»Hmm«, seufzte er nach einem Moment. »Ich glaube, wir müssen da runter.« Er deutete nach vorn, und ja, direkt vor unseren Füßen fiel das Gelände ab. Aber was nach fünf Metern folgte, blieb der Fantasie überlassen.

»Okay.«

»Schaffst du das?« Er drehte sich zu mir. Mit einem kleinen Lächeln strich er mir eine Strähne hinters Ohr. Ich sah wohl ziemlich mitgenommen aus.

»Was anderes bleibt mir nicht übrig, oder?«

Ben verzog den Mund. »Wir könnten die Bergwacht rufen.«

»Und auf besseres Wetter warten?« Zweifelnd sah ich ihn an. »Die können doch jetzt auch nichts unternehmen. Bei dem Nebel schicken sie bestimmt niemanden los.«

»Wahrscheinlich nicht.«

Also lag es an mir. Traute ich mir den Abstieg zu?

Ich hob das Kinn. »Na komm, lass es uns probieren. Wenn es zu unsicher wird, kehren wir um.«

Unter unseren Sohlen rollten kleine Steine davon, während wir uns, so schnell wir es wagten, den Berg hinuntertasteten. Alles andere wäre halsbrecherisch gewesen – der Nebel schien auf dieser Seite des Hügels noch undurchdringlicher zu sein.

Zu schnell, als dass ich noch hätte reagieren können, kippte unter meinem Fuß ein Stein. Mein Knöchel knickte weg, ich stolperte und fiel schwer gegen Ben. Er hielt dagegen, aber mein Schwung genügte, um uns beide aus dem Gleichgewicht zu bringen. Schwerfällig torkelten wir ein paar Schritte hangabwärts.

»Sorry«, flüsterte ich, aber die zweite Silbe des Wortes ging in einem Grollen unter, das tief aus dem Berg zu kommen schien.

Im nächsten Moment hatte ich das Gefühl, mein Körper würde absacken und meinen Magen drei Meter über mir vergessen. Ich griff nach Bens Arm und spürte, wie er mich an sich zog. Es rumpelte ohrenbetäubend, dann riss es mir die Füße weg, Bens gleich mit, und schon waren wir im freien Fall.

Wir schrien beide auf, aber unsere Stimmen blieben uns im Hals stecken, als wir Staub einatmeten und anfingen zu husten. Wo oben und wo unten war, wusste ich nicht mehr, ich hatte nicht einmal Zeit für Panik. Ich klammerte mich nur an Ben, fühlte seine Hand an meinem Kopf, sein hämmerndes Herz an meiner Brust und wartete auf die Landung. Denn die würde kommen.

Sie kam.

Wie tief wir gefallen waren, wusste ich nicht, doch die Wucht, mit der wir auf dem Boden auftrafen, fühlte sich an, als wären wir aus einem Flugzeug gesprungen. Der Aufprall ließ meine Zähne klappern, dann kippten wir um. Bens Ächzen echote in meinen Ohren, wieder kamen wir ins Rutschen, Schutt und Steine rollten über uns hinweg, blieben liegen und ließen nichts zurück als das Schrillen in meinen Ohren. Es war stockdunkel.

Ein paar Schrecksekunden rührte ich mich nicht. Mein Kopf dröhnte, ich schmeckte Galle, und mehrere Atemzüge lang atmete ich durch den Mund und konzentrierte mich darauf, mich nicht zu übergeben. Dann rappelte ich mich hustend auf. Tastend streckte ich die Arme aus.

»Ben! Bist du in Ordnung?«

Unter meiner Hand bewegte sich etwas und erleichtert robbte ich auf Ben zu. Mit der anderen Hand kramte ich nach meinem Handy. Es steckte in der Innentasche meiner Jacke. Das unbeteiligte Gefühl war verschwunden, ich zitterte und brauchte drei Versuche, um den Bildschirm zu entsperren. Als ich die Taschenlampe anschaltete, schluchzte ich erleichtert auf.

Bens Augen sahen mich an, wenn auch etwas benommen. Er stöhnte, als ich ihm half, sich aufzusetzen. Ich legte das Handy neben mich und tastete seinen Kopf ab.

»Hast du dich verletzt?« Seine Augenbraue war aufgeplatzt, eine dünne Blutspur verschmierte seine Schläfe und Wange, und er verzog das Gesicht, als meine Finger über eine empfindliche Stelle an seinem Hinterkopf glitten, doch ich fand keine weiteren Wunden.

»Ist dir schlecht? Schwindlig?«, fragte ich atemlos. Meine Stimme klang belegt. »Hast du Schmerzen? Wie viele Finger sind das?«

Ich hielt die linke Hand hoch, aber Ben schloss die Augen und schüttelte den Kopf. Dann sah er mich an und fasste nach meinen Schultern.

»Mir geht's gut«, raspelte er. »Hab nur einen Schlag abbekommen, ist gleich vorbei. Wie geht's dir?«

Erleichtert setzte ich mich auf meine Fersen. »Mit mir ist alles in Ordnung.«

Im Schein der Taschenlampe blitzten seine Zähne auf. »Siehst nicht so aus.«

Er drehte sich ein wenig, um an seine Jacke zu kommen, und zog ein Taschentuch heraus, das er unter meine Nase presste. Ich schob seine Hand weg und tupfte über meine Oberlippe. Jetzt erst merkte ich, dass meine Nase blutete.

Von dem blutbefleckten Taschentuch sah ich auf in Bens Gesicht, dann fiel ich ihm um den Hals. »Scheiße«, murmelte ich.

Er lachte in meiner Umarmung. Es klang ziemlich zittrig. »Dem ist nichts hinzuzufügen.«

Ein paar lange Momente blieben wir so sitzen, sicher in der Wärme des anderen, in dem Wissen, dass wir glimpflich davongekommen waren.

Blieb nur, uns umzusehen und den Schaden zu begutachten.

Wir stützten uns gegenseitig, als wir uns auf die Füße stemmten, doch auch wenn wir anfangs etwas wacklig standen, schienen wir im Großen und Ganzen in Ordnung zu sein. Meine Jacke hatte an einer Seite ein Loch, Bens Hand war verschrammt, und er hatte sein Handy verloren, aber wir entdeckten es ein paar Meter von uns entfernt, halb unter losem Geröll versteckt.

Mit der Taschenlampe in meinem Rucksack leuchteten wir aus, wo wir gelandet waren. Vor uns und links erhoben sich behauene Wände, rechts und hinter uns unregelmäßige Steinhaufen. Über uns war nichts als Dunkelheit.

»Was ist das?«, flüsterte ich.

»Ein Tunnel.« Bens Stimme klang ungläubig. »Wir sind in eine Mine gefallen.«

Mit einem Ruck drehte ich den Kopf zu ihm. »Du meinst, in ein Bergwerk? Einen von diesen stillgelegten Stollen?«

Er nickte.

Wahrscheinlich stand mein Mund offen, als ich mich einmal um mich selbst drehte und meine Umgebung betrachtete. In dem künstlichen Licht wirkten die Steinbrocken wie Requisiten, doch wenn wir uns auf einer Bühne befunden hätten, wäre es ein riesengroßes Theater gewesen. Ehrfurcht gebietend ragten die Felsmassen ins schwarze Nichts.

»Aber wie konnte das passieren?«

Ben rieb sich übers Gesicht. »Wahrscheinlich ist ein Nebenschacht eingestürzt.«

Mein Herz begann zu rasen.

»Wir kommen hier nicht raus, oder?«, fragte ich mit einer Stimme, die selbst in meinen Ohren fremd klang.

»Nein. Hier ist alles instabil. Wenn wir versuchen rauszuklettern, werden wir vielleicht erst recht verschüttet.« Ben atmete tief ein und hob sein Handy. »Ich rufe die Bergwacht.«

Zumindest versuchte er es.

»Kein Signal?«

Sein Kiefer spannte sich an. »Nein.«

Ich zog mein Handy aus der Tasche, aber ich hatte genauso wenig Glück.

Den ganzen Tag hatte Ben den Kopf oben gehalten, Verantwortung übernommen, mich kaum sehen lassen, wie er sich fühlte. Jetzt ging ihm die Kraft aus. Er stolperte rückwärts zu einem Felsblock, ließ sich schwer darauf fallen und verbarg sein Gesicht in den Händen. »So ein verdammter Mist. Das kann … Was hab ich mir nur gedacht?«

Ein paar Sekunden betrachtete ich ihn mit zusammengebissenen Zähnen. Ich wollte nichts sagen, nicht in diesem Moment, in dem es garantiert das Falsche gewesen wäre. Doch dann kippte etwas in mir, der Ärger, dass er immerzu dachte, er müsse mich beschützen, verebbte und machte einem wärmeren, sanfteren Gefühl Platz. Ich setzte mich zu ihm und schlang die Arme um ihn.

»Ich bin nicht zerbrechlich, weißt du?«, flüsterte ich. »Nicht zerbrechlicher als du. Wir passen aufeinander auf.«

Die Heftigkeit, mit der er mich an sich zog, presste mir die Luft aus den Lungen. »Aber wenn dir was passiert, Val …«

Er brach ab, doch es genügte. Ich wusste auch so, dass er dasselbe empfand wie ich. Dieselbe Angst.

Ich lehnte mich zurück, sodass ich ihm in die Augen schauen konnte. »Wir passen aufeinander auf«, wiederholte ich. »Es wird gut gehen.«

Ich weigerte mich, an den Moment im August zu denken, als es beinahe nicht mehr gut gegangen war, als Ben gestürzt war und ich zusehen musste. Ich wollte nicht, dass er dasselbe erleben musste, aber das hieß nicht, dass wir in Zukunft jedes Risiko vermeiden konnten. Risiko war etwas, was das Leben hier in den Lakes mit sich brachte, zumindest für Ben und mich. Als ich mich entschieden hatte zu bleiben, hatte ich meinen sicheren, durchgetakteten Alltag in Deutschland aufgegeben. Ich wollte die Freiheit, die mir die Berge boten, die Weite der Fells, die Wildheit der Gipfel. Ich fühlte mich endlich, endlich lebendig und nicht einmal für Ben würde ich diese Freiheit aufgeben. Und ich würde auch nie verlangen, dass er sie für mich aufgab.

Ich glaube, er verstand, was ich dachte. Die Emotionen jagten sich auf seinem Gesicht, doch dann gewann eine die Oberhand, und er beugte sich zu mir und küsste mich, dass mir die Luft wegblieb. Seine Hände wühlten sich durch meine Haare, ich grub die Finger in seine Schultern und zog ihn immer näher zu mir, und wir küssten uns, bis wir außer Atem dasaßen und verharrten und nichts wahrnahmen als den anderen.

Als ich mich zum tausendsten Mal fragte, wie mir je etwas vertrauter werden sollte als Bens Geruch, der Rhythmus seines Herzens, der Griff seiner Hände, stand ich schließlich auf.

»Also abgemacht?«, fragte ich, unerwartet heiser.

Ben runzelte die Stirn.

»Abgemacht, dass wir es gemeinsam durchziehen? Nicht nur das heute? Alles?«

Er nahm meine Hand und drückte sie. »Abgemacht.«

Ich lächelte und sah im Taschenlampenlicht zu, wie seine Augen aufleuchteten. »Gut. Dann los.«

Es gab nur eine Möglichkeit: Wir mussten die Mine durchqueren. Wir waren in eine größere Kammer gestürzt. Auf der einen Seite, dort, wo auch der Geröllhaufen lag, aus dem wir gekrochen waren, wirkte die Statik nicht sehr vertrauenerweckend, Stützstreben aus Stahl standen kreuz und quer, und von der Decke tropfte Wasser in riesige Pfützen.

Wir hielten uns an der gegenüberliegenden Wand, wo verglichen dazu beinahe Ordnung herrschte. Mehrere Stollen führten tiefer in den Berg hinein, aber der breiteste schien auf gleicher Ebene wie die Kammer weiterzugehen. Für den entschieden wir uns.

Schon nach wenigen Metern wurde auch dieser Gang schmaler. An vielen Stellen konnten wir nicht einmal nebeneinandergehen, und immer wieder mussten wir den Kopf einziehen, weil die Decke so niedrig war. Das einzige Licht, das wir uns gönnten, war die Taschenlampe, und ihr Schein warf bizarre Schatten an die grob behauenen Felswände. Beinahe war ich erleichtert, wenn ich mich an schwierigen Stellen auf meine Füße konzentrieren musste, denn dann spielte mir meine Fantasie wenigstens keine Streiche.

Es war kalt hier unten, aber nicht so kalt, wie ich erwartet hätte.

Immer wieder wehte uns aus einem Seitengang frische Luft um die Nase, aber wenn wir versuchten, durch einen dieser Stollen einen Ausgang zu finden, landeten wir in einer Sackgasse. Manchmal versperrte ein Geröllhaufen den Weg, ein anderes Mal kam der Luftzug aus einem Schacht, der hoch über unseren Köpfen ins Nichts führte.

In einer kleinen Nische, die vielleicht einmal als Ablage für Werkzeug gedient hatte, machten wir Pause. Meine Angst war reiner Erschöpfung gewichen, ich war so erledigt, dass ich im Stehen hätte schlafen können. Ohne dass wir ein Wort darüber verloren, teilten wir uns eins der beiden Sandwiches, die wir dabeihatten. Es konnte die ganze Nacht dauern, bis wir einen Weg durch die Mine fanden, und dann würden wir die Energie noch brauchen.

Dass es viel länger dauern konnte als eine Nacht, das sagten wir natürlich erst recht nicht.

»Wie spät ist es?« Ich hatte zwischendrin immer wieder einen Blick auf mein Handy geworfen, um zu sehen, ob ich nicht doch Empfang hatte, deswegen wusste ich genau, dass es schon nach acht war. Aber ich wollte Bens Stimme hören, ganz egal, was er sagte.

»Zehn vor halb neun«, antwortete er nach einem Moment und dann: »Wahrscheinlich sind sie schon unterwegs.«

Um uns zu suchen, ja. Draußen war es längst dunkel und wir waren schon am frühen Morgen in die Berge aufgebrochen. Silas, Laini und die Aldringhams wussten, dass etwas passiert sein musste. Ich gönnte mir den kurzen Luxus und lehnte meinen Kopf an Bens Schulter. Es nutzte ja nichts festzustellen, dass ihre Suche sinnlos war. Im Nebel hatten wir uns verlaufen, und auch wenn ich Silas gesagt hatte, dass wir nach Rydal gehen wollten, konnten wir mittlerweile auf halbem Weg nach Salterbeck sein. Wenn wir nicht selbst einen Ausgang aus der Mine fanden … Ich weigerte mich, den Gedanken zu beenden.

»Was glaubst du, in welchem Bergwerk wir sind?«, fragte ich, auch wenn es keine Rolle spielte.

Ben zuckte mit den Schultern. »Keine Ahnung. Aber es war wahrscheinlich eine Kupfermine.«

Er deutete auf eine Pfütze zu unseren Füßen, in der sich rostbraunes Wasser sammelte.

»Wenn wir hier raus sind, fragen wir Grayson. Der hält in Geschichte ein Referat über den Bergbau in Cumbria.« Leise lachte ich. »Das wäre jetzt nützlicher als die Bedeutung der Ladies' Society für Rosley.«

Ben zog die Mundwinkel nach oben, aber es ging nicht ganz als Lächeln durch.

»Weswegen habt ihr euch eigentlich zerstritten?«, fragte ich aus einem Impuls heraus. Nach all den Monaten, in denen ich die Frage nur gedacht hatte, kam es mir eigenartig vor, sie auszusprechen. Ich hatte warten wollen, bis Ben selbst damit rausrückte, doch mittlerweile glaubte ich, er sah bei dem Thema gar keinen Erklärungsbedarf. Als wären die Dinge genau so, wie die Vorsehung es bestimmt hatte. So als hätte er es nicht selbst in der Hand, wie er sich mit seinem ehemals besten Freund verstand.

»Grayson und ich?« Er zuckte mit den Schultern. »Es war nicht der eine große Knatsch oder so. Irgendwann gingen unsere Interessen immer weiter auseinander. Vielleicht wollte ich auch nicht kapieren, dass er gute Gründe hatte, nicht mehr jeden Nachmittag mit mir in die Berge zu kommen.« Einen Moment schwieg er, dann sah er mich an. »Bei den Fultons war das Geld immer schon knapp. Sobald er konnte, hat sich Grayson etwas dazuverdient. Er hat Zeitungen ausgetragen, Eis verkauft, irgendwann hat er sich das Geschäft mit den Ponywanderungen aufgebaut. Spätestens da hat er erwartet, dass ich ihm helfe.«

Das war so viel Neues auf einmal, dass ich am liebsten nachgehakt hätte, doch ich hielt den Mund.

»Aber ich konnte nicht. Zumindest dachte ich das damals. Es war das Jahr, in dem Henry Herzprobleme bekam. Fran und ihm wuchs die Arbeit auf der Farm über den Kopf, und eine Weile stand es so schlecht, dass er drüber nachdachte, die Ponys zu verkaufen.«

Ich schloss die Augen. Natürlich. Es war um die Herde gegangen.

»Vielleicht hätten wir irgendeinen Kompromiss gefunden, eine Lösung, bei der er sich nicht im Stich gelassen gefühlt hätte, aber …« Er stutzte. »Okay, es gab doch Knatsch. Wir haben uns gestritten, und dabei ergab ein Wort das andere, dass ich überhaupt nicht wüsste, welche Privilegien ich hätte, und so weiter. Ich war sicher auch nicht zimperlich. Am nächsten Tag hätten wir das Ganze mit ein paar Sätzen aus der Welt schaffen können, aber es war Sommer, also sind wir uns aus dem Weg gegangen, statt drüber zu reden. Und dann war Herbst, ich war auf den Fells gewesen, Grayson hatte gearbeitet, und plötzlich erwartete niemand mehr, dass ich bei irgendwas mitmachte.« Er sah mich an. »Bis du gekommen bist.«

Langsam atmete ich aus. »Warst du nicht einsam?«

Er zuckte mit den Schultern. »Nicht wenn ich bei den Ponys war.«

Ich legte meine Hand an seine Wange und betrachtete sein Gesicht, seine Augen, die in dem Schummerlicht der Taschenlampe dunkler wirkten als sonst, die verkrustete Wunde an seiner Augenbraue, den Dreckstreifen quer über seiner Stirn.

»Du musst aufhören, die Dinge mit dir allein auszumachen«, flüsterte ich.

Er lächelte beinahe, als er ebenso leise antwortete: »Wir ziehen es gemeinsam durch.«

»Ganz genau.«

Ich strich mit dem Daumen über seine Schläfe und für einen Moment schloss er die Augen. Dann ging ein Ruck durch ihn und er holte tief Luft.

»Wir sollten weiter«, sagte er, während er mich auf die Füße zog.

Und auch wenn vor uns nichts lag als ein schwarzes Loch, schien das Licht um uns herum ein bisschen heller geworden zu sein.

15

Ein paar Minuten später bewies uns die Mine, dass sie uns bisher nur ihr freundliches Gesicht gezeigt hatte. Wir erreichten eine weitere Kammer, die nicht nur weit in die Höhe reichte, sondern links von uns auch steil abfiel. Unser Pfad führte an der rechten Wand entlang bis zu einer Stelle, die beinahe komplett von Geröll verschüttet war.

»Können wir da drüberklettern?«, fragte ich, nachdem wir uns den Schutthaufen eine Weile angesehen hatten. Er war breit genug, die Gefahr, dass er unter unserem Gewicht komplett ins Rutschen geriet und uns in die Tiefe riss, war gering.

»Wir versuchen es.« Ben lockerte seine Schultern und begann zu klettern. So gut ich konnte, leuchtete ich ihm den Weg, und tatsächlich schaffte er es ohne Probleme, über die Steine auf die andere Seite zu gelangen. Vorsichtig folgte ich ihm, aber ich war langsamer als er, weil ich in der einen Hand die Taschenlampe hielt.

Als er in Reichweite war, nahm er sie mir ab, und ich kam leichter voran. So gut es ging, hielt ich mich an der Felswand und erreichte ohne Schwierigkeiten den höchsten Punkt. Ben hatte sich umgedreht und leuchtete den Gang entlang, der zum Glück weiterzuführen schien.

Dann geschah alles so schnell, dass ich aus reinem Instinkt handelte. Im Halbdunkel erkannte ich nicht, wohin ich meinen Fuß setzte, ein Stein sprang weg, ich verlor das Gleichgewicht und prallte mit dem Rücken gegen die Wand. Ich schlitterte immer weiter, und Ben, der sich mit aufgerissenen Augen zu mir umgedreht hatte, stürzte auf mich zu und packte mich an den Armen. Etwas klonkte. Ich rutschte weiter, dann blieb ich liegen, Kopf voraus, mit den Füßen immer noch auf dem Geröllhaufen, Ben halb auf mir. Und dann merkte ich, dass es dunkel war.

»Bist du in Ordnung? Val, sag was!«

Wie in Zeitlupe rappelte ich mich auf. »Ja. Alles okay«, murmelte ich, auch wenn mein Ellbogen brannte. Aber das war verschmerzbar. »Wo ist die Taschenlampe?«

In der Dunkelheit, einer Dunkelheit, die plötzlich unendlich war und mich in rasender Geschwindigkeit von Ben wegriss, obwohl ich ihn direkt neben mir spürte, hörte ich ein Ratschen. Mein Herz hämmerte in meinen Ohren, sodass ich das Geräusch erst mit Verspätung erkannte. Ben hatte einen Reißverschluss geöffnet. Ein Licht flammte auf und ich sah sein Gesicht. Hektisch blickte er sich um.

»Scheiße. Scheiße!« Er richtete den Lichtkegel auf den Pfad, den Schutthaufen, überallhin, aber nirgends blitzte das Metall der Taschenlampe auf.

Langsam schob ich mich auf die Füße. »Ben. Lass es. Ben!«

»Aber wir brauchen …«

»Das hilft jetzt nichts. Wir haben sie verloren. Wahrscheinlich ist sie da reingerollt.« Mit dem Kinn deutete ich zu dem Abgrund, der auch auf dieser Seite neben dem Pfad klaffte.

Ben kniff die Augen zusammen. Er brauchte es nicht zu sagen: Ohne die Taschenlampe mussten wir mit den Handys weitergehen. Wir konnten nur hoffen, dass die Akkus lange genug durchhielten.

Danach wurde es schwierig. Bisher hatten wir uns gegenseitig aufgemuntert, aber nun wurden die Müdigkeit, die Sorgen, sogar der Hunger zu viel. Unsere Schritte wurden schwerfälliger, ich konnte an nichts anderes denken als daran, wie sehr meine Fußsohlen brannten, und mehr als einmal biss ich mir auf die Lippe, weil ich kurz davor war zu weinen.

Sogar der Weg wurde noch beschwerlicher. Immer wieder gelangten wir an geflutete Kreuzungen, über die nur schmale Balken führten. Manchmal stand das Wasser so hoch, dass es uns in die Schuhe schwappte. Und die ganze Zeit hatten wir keine Ahnung, ob wir überhaupt in die richtige Richtung liefen.

Es war weit nach Mitternacht, als ich sagte: »Ich kann nicht mehr.«

Langsam drehte Ben sich zu mir um. Er sah genauso erledigt aus, wie ich mich fühlte. Er antwortete nicht, sondern nahm meine Hand und zog mich zu einer kleinen, trockenen Nische ein paar Meter weiter. Dort setzten wir uns auf den Boden und er legte den Arm um mich.

»Ich auch nicht«, flüsterte er.

Eine Weile blieben wir so sitzen, ohne uns zu bewegen, aber als die schlimmste Erschöpfung vorbei war, teilten wir uns das zweite Sandwich und tranken ein paar Schlucke Wasser.

»Wir müssen schlafen«, stellte ich fest. »Wenigstens ein paar Stunden.«

Die Aussicht darauf, hier, tief unter der Erde, einzuschlafen, ohne zu wissen, wie es danach weitergehen würde, machte mir eine unbeschreibliche Angst. Doch es war der einzige Weg. Wir hielten uns kaum mehr aufrecht, und wenn einer von uns aus dem Tritt geriet und stürzte, kamen wir vielleicht nie wieder hier heraus.

Ben stellte den Wecker auf dreieinhalb Stunden und schaltete die Taschenlampe aus, aber es dauerte keine Minute, bis er sie wieder anstellte.

»Es geht nicht«, sagte er stockend, und ich wusste genau, was er meinte. Der Lichtkokon war das Einzige, was uns von der Angst trennte, die in der Dunkelheit lauerte. Es fühlte sich an, als wäre er das Einzige, was uns am Leben hielt.

Dreieinhalb Stunden später hatte ich solchen Durst, dass ich am liebsten die Felswand abgeleckt hätte. Bens Akku hatte durchgehalten, aber zur Sicherheit liefen wir mit meiner Handytaschenlampe weiter.

Meine Füße brachten mich um, mir war schlecht vor Hunger, ich hatte bohrende Kopfschmerzen, und jeder Schritt war eine Willensanstrengung, doch zumindest war der Stollen jetzt breit genug, dass wir nebeneinandergehen konnten. Wir redeten nicht, dazu fehlte uns längst die Kraft, aber allein dass Ben da war, machte diese grauenvolle Nacht etwas weniger schrecklich.

»Wie spät?«, krächzte er hin und wieder. Er hatte noch weniger getrunken als ich.

Dann tippte ich das Display an und verkündete den langsamen, langsamen Fortschritt der Nacht.

Kurz nach halb sieben gelangten wir in eine riesige Kammer. Sie war schon fast eine Halle, in einer Ecke standen verrostete Werkzeuge, daneben erkannte ich eine Art Schutzhütte oder Aufenthaltsraum mit Wänden voller Graffiti. Auf der anderen Seite stemmten sich massive Stützpfeiler gegen den Fels. Vor uns aber erstreckte sich ein See.

In dem Moment ging meine Taschenlampe aus.

Ich konnte nur noch wimmern.

Bens Hand fand meinen Ellbogen, dann hörte ich, wie er in seiner Jackentasche rumorte. Plötzlich hielt er inne.

»Val. Da oben.«

Ich wusste nicht, wo »da oben« sein sollte, doch Sekunden später flammte die Taschenlampe an seinem Handy auf. Ich blinzelte, dann schaute ich in die Richtung, in die er zeigte, schräg links vor uns, aber ich erkannte nichts.

Wieder wurde es dunkel. Und ich wäre vor Erleichterung beinahe in die Knie gegangen.

Graues Tageslicht fiel in die Halle. Ich schlang meinen Arm um Ben, und er drückte mich, aber zu mehr waren wir beide nicht in der Lage. Er schaltete die Taschenlampe wieder an und mit dem letzten Funken Energie wateten wir in den See hinein.

Das Wasser war eisig kalt und stand uns nach wenigen Schritten bis zu den Schienbeinen, doch es wurde nicht tiefer. Jetzt weinte ich wirklich. Wie ein kleines Kind klammerte ich mich an Bens Hand, während wir uns Schritt für Schritt der gegenüberliegenden Seite näherten.

Der Gang, durch den das Licht hereinfiel, war so steil, dass wir es wahrscheinlich nicht hinaufgeschafft hätten, aber grobe Stufen führten zu dem niedrigen Ausstieg, die wir praktisch auf allen vieren hinter uns brachten. Wir schoben uns durch eine Öffnung ins Freie, die kaum mehr war als ein Loch zwischen Moos und Farnwedeln.

Und dort blieben wir liegen, auf dem feuchten Boden, halb lachend, halb weinend, dicht nebeneinander und mit verschränkten Händen. Bestimmt wäre so viel zu sagen gewesen, doch mein Kopf war vollkommen leer. Das Einzige, was ich mit absoluter Sicherheit wusste, war: Ohne Ben hätte ich diese Nacht nicht überlebt.

Irgendwann mussten wir aufstehen, weil wir vor Kälte zitterten. Meine Füße waren Eisklumpen und meine Schuhe quietschten mit jedem Schritt. Ich hauchte in meine Handflächen, aber das war natürlich sinnlos.

Trotzdem kam langsam mein Gehirn in Gang. War das möglich? Langsam drehte ich mich im Kreis, doch wohin ich auch blickte, überall herrschte dasselbe Bild: Es war neblig. Genauso neblig wie gestern. Außer ein paar Heidesträuchern und hier und da die Silhouette eines Ginsterbusches konnte ich nichts erkennen.

»Das darf nicht wahr sein.« Ben atmete scharf ein und ich wandte mich zu ihm um.

»Ja! Zwei Tage hintereinander! Wie kann …?« Aber noch während ich redete, begriff ich, dass er nicht das Wetter meinte. Langsam drehte er sein Handy zu mir. Das Display war schwarz.

»Der Akku?«

Resigniert nickte Ben. »Tot.«

Ich legte den Kopf in den Nacken. Wie viel konnte in vierundzwanzig Stunden schiefgehen? Doch ich hatte nicht vor, jetzt klein beizugeben.

»Dann muss es anders gehen.« Ich sah Ben an. »Hast du den Kompass noch? Wenn wir uns nach Osten halten, müssen wir irgendwann an die Straße kommen. Oder in ein Dorf.«

Und so machten wir es. Wir schlugen uns durch riesige Farnfelder, sprangen über Bäche, die den Berg hinunterrauschten, und suchten uns einen Weg über riesige Steinbrocken – bis wir vor einer Felswand landeten. Im Nebel hatte sie kein Ende. Oben, rechts, links, auf allen Seiten nur Fels und weißes Nichts.

Mit einer Energie, die nur noch von Wut gespeist wurde, hieb Ben mit der Faust gegen den Stein. »So geht das nicht zu Ende!«

Doch es war hart, die Zuversicht aufrechtzuerhalten. Zum ersten Mal, seit ich Ben kannte, hatten sich die Berge und das Wetter gegen uns verschworen. Es war, als würde eine geheime Macht gegen uns arbeiten, uns in die Enge treiben und jeden Ausweg nehmen. Weder Ben noch ich wollte es aussprechen, aber was, wenn der Fluch uns eingeholt hatte? Wenn wir in den Bergen umkamen wie Kit vor so vielen Jahren?

Ich lehnte mich mit dem Rücken gegen die Felswand und schloss die Augen. Im selben Moment hörte ich es: ein Klicken auf Stein, irgendwo im Nebel. Ich riss die Augen auf. Ben neben mir war erstarrt. Er hatte das Geräusch auch gehört.

»Hallo?«, fragte ich.

Etwas schnaubte.

Nicht etwas.

Ein Pferd.

Ben hatte sich umgedreht, sodass wir jetzt in dieselbe Richtung blickten. Ein Windhauch strich an der Felswand entlang, in den Nebel hinein, und in dem kurzen Moment, als sich der Dunst in der Brise kräuselte, stand er da. Als würde er auf uns warten.

Es war der Hengst. Der dunkle Hengst, dem ich im Sommer zweimal begegnet war.

Jetzt atmete er hörbar aus, und mit einer geschmeidigen Bewegung, die seine Mähne aufwirbeln ließ, wendete er und lief in den Nebel hinein. Wieder schnaubte er.

Es war eine Aufforderung.

»Komm.« Ich nahm Bens Hand und zog ihn hinter dem Hengst her.

»Was …?«, begann er, aber wir waren an einem Punkt angelangt, an dem Zweifel sinnlos waren. Der Hengst war gekommen, um uns aus dem Nebel zu führen.

Und wir würden ihm folgen.

Trotz meiner Erschöpfung, trotz Kälte, Hunger und einer Angst, die noch immer in meinen Knochen nachhallte, war unsere Wanderung mit dem Hengst voller Zauber. Ich weiß nicht, wie lange wir hinter ihm herliefen. Die Felswand verschwand bald im Nebel, wir erreichten trockenes, offenes Terrain, und auch wenn wir selten mehr von ihm sahen als eine dunkle Silhouette, wussten wir immer, wo der Hengst war. Er passte sein Tempo unserem an, wartete, wenn wir an schwierigen Passagen langsamer wurden, brummelte aufmunternd, wenn wir vor einem Schlammloch oder einem Graben standen.

Immer wieder fing ich Bens Blick auf. Das Staunen in seinen Augen war das gleiche, das ich auch fühlte. Träumten wir? Es spielte keine Rolle. Wir hatten keine Wahl gehabt, als zu vertrauen. Wie wir es immer taten, wenn wir uns unter die Herde mischten oder auf einen Pferderücken setzten.

Allmählich lichtete sich der Nebel. Der Hengst hielt jetzt größeren Abstand, trotzdem erkannte ich mehr von ihm, den hübschen Kopf, einen mächtigen Hals und starke Beine, die seinen muskulösen Körper trugen. War er der Vater von Fellas Fohlen? Jetzt, als ich ihn vor mir hatte, konnte ich mir nicht vorstellen, dass er irgendwo ausgerissen war. Er war wild, jede seiner Bewegungen strotzte vor Selbstvertrauen und Kraft. Wie schon bei unserer ersten Begegnung hätte ich meine Hand verwettet, dass dieses Pferd noch nie eine Box von innen gesehen hatte.

Der Hengst führte uns durch ein Birkenwäldchen, in dem die Feuchtigkeit von den Ästen tropfte, durch einen seichten Fluss und einen heidebewachsenen Hang hinauf. Immer blieb er außer Reichweite, doch ich wäre nicht einmal im Traum darauf gekommen, ihn anfassen zu wollen.

An einer Baumgruppe, die im Schatten einer hohen Felsformation wuchs, schnappte Ben nach Luft.

»Ich weiß wieder, wo wir sind«, flüsterte er.

Als hätte er ihn verstanden, drehte sich der Hengst zu uns um. Wir blieben stehen. Seine Atemzüge klangen ruhig und tief in der Stille. Langsam hob ich die Hand.

Wie zum Gruß schüttelte er den Kopf, dann machte er kehrt

und trabte davon. Sekunden später war es, als hätte der Nebel ihn verschluckt.

Ben und ich hielten uns weiter an der Hand. Wie unter einem Bann starrten wir ihm hinterher, auch noch, als kein Laut und kein Zeichen darauf hindeuteten, dass er je da gewesen war.

Ben war der Erste, der sich bewegte. »Lass uns gehen«, sagte er leise.

»Wohin?«, entgegnete ich und merkte erst gar nicht, wie seltsam diese Frage war. Als könnte ich in einer Welt bleiben, die von der unseren nur durch einen Schritt und tausend Möglichkeiten getrennt war.

»Nach Hause.« Ben lächelte mich an, durch seine Müdigkeit hindurch. »Aber zuerst schauen wir bei einer Freundin von dir vorbei.«

Es stellte sich heraus, dass wir an genau den Ort zurückkehrten, von dem wir aufgebrochen waren. Ein steiler Pfad führte uns die letzten Meter nach Rydal hinunter, und das erste Gebäude, das aus dem Nebel vor uns auftauchte, war das Anwesen der Morlands.

Eine Gänsehaut lief mir über den Rücken und ich blieb stehen. »Was, wenn sie uns gar nicht suchen? Wenn die letzten vierundzwanzig Stunden überhaupt nicht passiert sind?«

Ben legte einen Arm um meine Schultern und zog mich an sich, schmutzig und stinkend, wie ich war.

»Du meinst, wir sind ins Kaninchenloch gefallen?« Leise lachte er. »Ich fürchte, so viel Glück haben nicht mal wir.«

Er behielt recht. Kaum hatten wir an Georgies Haustür geklopft, riss sie sie auf und starrte uns an. Ohne ein Wort ließ sie uns stehen und lief zu einem Tischchen, auf dem ein museumsreifes Schnurtelefon stand, das mir noch nie aufgefallen war.

»Sie sind hier«, sagte sie ohne Umschweife, nachdem sie in nervenaufreibender Langsamkeit die Wählscheibe ein Dutzend Mal gedreht hatte.

Dann legte sie den Hörer auf, deutete auf unsere Schuhe, sagte: »Ausziehen«, und winkte uns endlich, endlich in die Küche.

16

Alles in allem habt ihr richtig viel Pech gehabt.« Nora stand am Kamin im Salon und sah uns nachdenklich an. Sie war Rangerin im Nationalpark und hatte uns bei Georgie abgeholt.

Auch der Rest der versammelten Erwachsenen – Silas, Laini, Gordon, Charlotte und ein Mann von der Bergwacht, um die fünfzig und mit einem eigentümlich betrübten Gesichtsausdruck – war nach unserem ausführlichen Bericht nicht mehr auf Krawall gebürstet. Hin und wieder war eine Stirn gerunzelt worden, wenn ihnen eine Entscheidung, die wir getroffen hatten, zu waghalsig vorgekommen war, aber im Großen und Ganzen, so das einhellige Urteil, hatten wir uns halbwegs verantwortungsbewusst verhalten.

Als wir am frühen Abend immer noch nicht nach Hause gekommen waren und sie uns auch auf dem Handy nicht erreichen konnten, war die große Suchmaschinerie angelaufen. Aber genau wie wir es uns gedacht hatten, hatte der Nebel den Einsatz rund um Rydal Hill unmöglich gemacht. Ben und ich wechselten einen Blick, als der Mann von der Bergwacht erzählte, dass das Wetter auf den Fells südlich von Ellondale viel besser gewesen war.

Niemand sagte etwas dazu, wie die Nacht verlaufen war, doch wenn ich die vier müden Gesichter betrachtete, die uns nicht aus den Augen ließen, hatten Ben und ich von allen vielleicht noch am meisten Schlaf abbekommen.

Der Mann von der Bergwacht atmete geräuschvoll cin und stand auf. »Ihr seid sicher zurück, das ist die Hauptsache. Wenn euch noch etwas einfällt, meldet euch.«

Er faltete eine Landkarte zusammen, auf der wir versucht hatten, den Ort zu bestimmen, wo wir in die Mine eingebrochen waren. In der Gegend um Rydal Hill gab es drei Bergwerke, die infrage kamen, aber auf keines konnten wir uns mit Gewissheit festlegen. In jedem Fall waren wir wohl mindestens dreißig Kilometer weit gelaufen.

Gordon stand ebenfalls auf und schüttelte dem Mann die Hand. »Vielen Dank, Joe, auch an dein Team.«

Joe hob abwehrend die Hand und nickte uns noch einmal zu, während er zur Tür ging. Nora schloss sich ihm an.

»Schlaft euch aus«, sagte sie zum Abschied. »Und beim nächsten Mal habt vielleicht noch ein zusätzliches Auge aufs Wetter.«

Als die Eingangstür ins Schloss fiel, wandte sich Gordon an uns. Er sprach es nicht aus – Silas und Laini ahnten ja nichts von dem Fluch –, doch Ben und ich wussten genau, was ihm durch den Kopf ging.

»Ihr hattet unbeschreibliches Glück, das ist euch bewusst, oder?«, begann er. »Ben, ich habe dir versprochen, dass du dich um die Herde kümmern darfst. Daran halte ich mich. Aber über den Winter heißt das, dass du dich auf den näheren Umkreis um Ellondale beschränkst. Keine Ausflüge mehr auf die höher gelegenen Fells. Ist das klar?«

»Aber was, wenn …?«

»Ist das klar?«

Ich hatte Gordon noch nie so kompromisslos erlebt. Das war der Deal: Entweder Ben akzeptierte ihn oder er durfte nicht mehr zu den Ponys.

Immer wieder presste Ben die Lippen aufeinander, doch er wusste es auch: Gordon würde nicht nachgeben. Was in den letzten vierundzwanzig Stunden passiert war, konnte Zufall gewesen sein, aber niemand von uns glaubte daran. Wir waren dem Fluch entkommen, ein weiteres Mal, und ein weiteres Mal nur knapp. Und deswegen war Gordons Forderung nicht nur verständlich. Sie war auch vernünftig.

Also nickte Ben.

Gordons Schultern senkten sich.

Silas räusperte sich und stand auf. »Wir bringen Valerie jetzt nach Hause. Danke für die Bewirtung, Charlotte.«

»Kann ich nicht …?«, fing ich an, doch den Rest sparte ich mir. Vier Augenpaare sagten mir sehr deutlich, dass ich nicht bleiben konnte.

Ben drückte meine Hand. »Ich melde mich nachher, ja?«

Er begleitete uns zur Tür, und ich tröstete mich damit, dass ich ihn morgen wiedersehen würde.

Geduscht und gegessen hatte ich auf Renwick, jetzt fiel ich wie ein Stein ins Bett und schlief bis früh am nächsten Morgen. Bens versprochene Nachricht war erst ein paar Minuten alt, also war er gestern wohl auch nicht mehr aufgewacht.

Es war Montag, aber wegen einer leichten Dehydrierung waren wir von der Schule befreit. Unsere Verletzungen, ein paar Platz- und Schürfwunden, hatten sich als harmlos herausgestellt, sodass wir die freie Zeit so gut wie möglich nutzen mussten. Sie würde schnell vorbei sein.

Am späten Vormittag hatte Gordon ein Einsehen und brachte Ben nach Ellonby. Wir deckten uns mit Bergen an Essen ein und machten es uns vor dem Fernseher gemütlich, bis gegen Abend Grayson, Emmy und Sarah vor der Haustür standen.

»Krieg ich ein Autogramm?«, fragte Grayson, nachdem Laini die drei zum Wohnzimmer durchgewunken hatte.

Als wir ihn nur anstarrten, grinste er.

»Ihr seid die absoluten Helden! In der Schule erzählen sie, ihr hättet mit nichts als einer Schachtel Streichhölzer die Hallin-Mine durchquert. Morgen heißt es bestimmt, ihr hättet es mit einem Höhlentroll aufgenommen.«

Emmy verdrehte die Augen und ließ sich auf einen Sessel fallen, während Sarah erst mich, dann Ben umarmte.

»Bin ich froh, dass euch nichts passiert ist«, murmelte sie.

Ich lächelte sie an, aber Grayson kam gerade erst in Fahrt. »Wisst ihr, was ihr gemacht habt? Ihr habt dem Fluch ein Schnippchen geschlagen!« Mit der flachen Hand klatschte er auf die Tischplatte, sodass Emmy hektisch die Chips in Sicherheit brachte. »Wenn das kein Zeichen ist! Wir finden was, wie wir ihn brechen, das spüre ich einfach.«

»Du spürst das?« Emmy zog eine Augenbraue hoch und schob sich eine Handvoll Chips in den Mund.

»Ja.« Grayson setzte sich auf den zweiten Sessel und sah zwischen uns hin und her. »Wir zeigen es dem Mistkerl.«

Ein paar Sekunden herrschte Ruhe. Natürlich hatte der Fluch den ganzen Tag wie ein Elefant im Raum gestanden, aber Ben und ich hatten es nicht über uns gebracht, darüber zu reden. Dass Grayson, der bisher so skeptisch gewesen war, plötzlich so viel Enthusiasmus zeigte, war gleichzeitig ermutigend und erschreckend.

Emmy bemerkte unsere Zurückhaltung. »Persönlich finde ich Höhlentrolle ja lahm. Erzählt doch mal, wie es wirklich war, damit wir morgen mit unserem Insiderwissen angeben können.«

Bei unserem Bericht wurde selbst Grayson blass um die Nase. Was immer in der Schule gequatscht wurde, wie knapp es wirklich in manchen Momenten war, wurde ihnen offenbar erst jetzt bewusst.

Als wir die drei nach dem Abendessen verabschiedeten – Laini hatte Lasagne gemacht, und wir hatten viel gelacht –, zog Ben die Küchentür zu, damit Laini und Silas nichts von seinen Worten mitbekamen.

»Ob es wirklich der Fluch war, weiß ich nicht«, flüsterte er verschwörerisch. »Ich weiß nur, dass wir jetzt nicht mehr in die Berge können und die Herde erst recht in Gefahr ist. Und das heißt, wir brauchen endlich einen Durchbruch.«

Sarah nickte entschlossen. »Kommt erst mal wieder auf die Beine. Ich habe da eine Idee … Lasst mich nur machen.«

Wie durch ein Wunder hatte die Kiste mit Edith Morlands Post unser Abenteuer in der Mine überlebt. Als ich am Dienstag meinen Rucksack öffnete, um mein Notfallpaket aufzufüllen, war ich beinahe überrascht, sie zwischen dem Erste-Hilfe-Set und der leeren Wasserflasche zu entdecken. Sie hatte ein paar Flecken abbekommen, und an einer Ecke war der Bezugstoff eingerissen, doch ihr Gewicht in meinen Händen war plötzlich tröstlich. Unser Einbruch in das Morland-Anwesen kam mir nur noch wie eine ferne Erinnerung vor, aber er hatte stattgefunden, und er war Teil eines Lebens gewesen, das mir jetzt, nach den zwanzig Stunden voller Angst und Unsicherheit, wohltuend gewöhnlich vorkam. Vielleicht würden die Eindrücke aus der Mine bald verblassen und unbeschwertere Tage anbrechen.

Gordon hatte heute darauf bestanden, dass Ben auf Renwick blieb, und Laini und Silas waren am Morgen nach Sedgwick gefahren, sodass ich Zeit für mich hatte. Am Donnerstag stand ein Treffen mit meiner Referatsgruppe an, und auch wenn es mich wenig störte, dass ich bisher wenig Konkretes vorzuweisen hatte, war heute vielleicht eine gute Gelegenheit, Neues über Edith Morland zu erfahren. Also setzte ich mich mit der Kiste in meinem Zimmer auf den Boden, öffnete den Deckel und machte mich ans Werk.

Anfangs fühlte es sich unangenehm an, die Schatulle zu durchstöbern, so als würde ich in Sachen wühlen, die mich nichts angingen. Das stimmte ja auch. Zumindest, so beruhigte ich mein Gewissen, handelte es sich um Postkarten und nicht um Briefe. Wer Intimes mitteilen wollte, schrieb keine Karten, oder?

Der Moment, in dem meine Neugier endgültig über meine Skrupel siegte, war, als ich die Idee hatte, die Karten nach Poststempel zu ordnen. Das fühlte sich so wissenschaftlich an, dass ich mir beinahe wie eine Historikerin vorkam und nicht wie eine Schnüfflerin. Nicht auf allen Karten war das Datum noch lesbar, doch nach einer Weile hatte ich fünf Stapel: Ansichtskarten aus den Jahren 1926 bis 1930.

Mein Herz raste. Archimedes in seiner Badewanne konnte nicht aufgeregter gewesen sein.

Für die damalige Zeit war Edith ganz schön rumgekommen. Von Marokko, Lettland und Ungarn wusste ich ja schon, aber jetzt fand ich auch Darstellungen aus der Türkei, dem Jemen und Ägypten. Und lustigerweise mindestens ein Dutzend aus verschiedenen Orten in Österreich.

Nun begann ich doch zu lesen. Auf vielen der Karten war von »C & C« die Rede, die Edith gegenüber außerordentlich großzügig und freundlich waren. Es dauerte ein bisschen, doch dann kapierte ich, dass sie mit der Abkürzung ein Ehepaar namens Spencer meinte, Constance und Cecil. Ich notierte mir die Namen, um später zu sehen, was das Internet zu ihnen ausspuckte. Wenn ich es richtig verstand, nahmen die beiden Edith immer wieder mit auf Reisen. Damit ergaben die exotischen Ziele auch Sinn. Für eine alleinstehende junge Frau wäre es in den Zwanzigern des letzten Jahrhunderts vermutlich nicht so einfach gewesen, quer durch Afrika, Asien und Europa zu reisen.

Der Name, der mit Abstand am häufigsten vorkam, war »Dinnie«. Zuerst verwirrte es mich, dass Edith so viel über ihren oder seinen Gesundheitszustand sprach – mir war nicht ganz klar, ob es sich um eine Frau oder einen Mann handelte –, doch dann ging es um Fortschritte im Sprechen und Lesen und einmal sogar im Reiten, und da begriff ich: Dinnie war ein Kind!

Es war so logisch: Edith hatte als Kindermädchen oder Gouvernante gearbeitet! Natürlich! Sie hatte ja keine Berufsausbildung gehabt, als sie aus Rydal weggegangen war, aber als höhere Tochter hatte sie so am ehesten Geld verdienen können.

Sehr zufrieden mit mir las ich weiter.

Die Karten aus Österreich waren oft von kürzeren Reisen geschrieben worden, und meist ging es dann darum, dass sie nicht länger wegbleiben konnte und in »die Stadt« zurückmusste. Ich legte die österreichischen Karten vor mich hin. Sieben stammten aus kleineren Ortschaften, manchmal nur Almen, je eine aus Innsbruck und Salzburg. Aber vier waren in Wien abgeschickt worden.

War das »die Stadt«? Hatte Edith in den Zwanzigern in Wien gelebt?

Mit pochendem Herzen drehte ich die letzte Karte aus Wien um. Ich konnte kaum glauben, wie aufgeregt ich war, während ich las: »Liebste Mama, ich begreife kaum, dass dies die letzten Zeilen sind, die ich aus Wien sende. Wie werde ich all die lieb gewonnenen Ecken, die Cafés und Parks vermissen. Am meisten meine Spencers! Doch sie versprechen hoch und heilig, uns recht oft in Berlin zu besuchen. Dinnie wäre sonst auch zu untröstlich. Aber wie Walter sagt: Nun beginnt ein neues Leben. Wenn ich ankomme, wartet schon das erste gedruckte Exemplar auf mich, und ich werde es Dir und Papa senden, signiert mit: Eure E. R. Morland.«

Mein Herz raste schneller als nach einem Querfeldeinlauf, als ich mich streckte und meinen Laptop vom Schreibtisch zog. Mit fliegenden Fingern tippte ich den Namen in das Suchfeld ein, aber dann hielt ich inne. Stattdessen öffnete ich eine Seite für antiquarische Bücher. Und als ich dort nach ihr suchte, landete ich nicht einen Treffer, auch nicht zwei oder drei. Ich erhielt siebenunddreißig Treffer für zwölf Titel, die vor hundert Jahren erschienen waren.

Edith R. Morland war nicht nur eine Autorin gewesen. Wenn es nach so langer Zeit noch so viele Exemplare ihrer Bücher gab, dann konnte das nur bedeuten, dass sie Massen davon verkauft hatte. Edith Morland hatte Bestseller geschrieben.

17

Seht euch das an.« Grayson hatte die Tür zum Foyer mit dem Ellbogen aufgestoßen und stellte jetzt einen riesigen Karton auf die Theke.

»Hey!«, tadelte ihn Emmy, die gerade mühsam Kratzer aus der Oberfläche poliert hatte, gab sich aber mit einem entschuldigenden Grinsen zufrieden.

»Was ist das?«, fragte ich mit mäßigem Interesse. Mein Arm steckte bis zur Schulter in einem der Schränke, in denen demnächst die Gläser Platz finden würden, die wir bei Libby ausgesucht hatten. Ich pustete mir eine Haarsträhne aus der Stirn. Irgendetwas klebte in der hintersten Ecke des Fachs und ging selbst mit hartnäckigem Schrubben nicht ab.

»Mum sagt, das sind die ältesten Filmaufnahmen, die wir von Rosley und der Gegend haben. Stammen aus den Zwanzigern.«

Sarah drehte den Kopf zu ihm, und Ben hatte alle Hände voll zu tun, die Leiter, auf der sie stand, um die Vorhangstangen abzustauben, stabil zu halten. »Die sind hundert Jahre alt?«

Grayson nickte. »Wollt ihr sie sehen? Mum spendiert was zu essen und ich …«, er legte sich die Hand auf die Brust, »… kann zufällig mit dem alten Projektor umgehen.«

Ben und ich wechselten einen Blick. Wir hatten vorgehabt, uns die Nacht mit dem Rest von Sarahs Unterlagen zu den Aldringhams um die Ohren zu schlagen, aber ein privater Kinoabend klang ziemlich verlockend. Und nach den vielen Stunden, die wir heute im Alhambra geräumt und geputzt hatten, wären wir wahrscheinlich sowieso eingeschlafen.

»Wir sind dabei«, sagte ich deswegen in dem Moment, als Emmy fragte: »Was gibt's zu essen?«

»Burger vom Pack Horse, wenn ihr wollt«, antwortete Ally statt Grayson, die gerade in der Tür des kleinen Saals auftauchte. »Oder ihr lasst euch Pizza kommen. Macht nur keine Flecken«, fügte sie mit einem Grinsen hinzu.

»Ich muss passen«, nuschelte Sarah, als Ally, begleitet von unserem überschwänglichen Dank, im Treppenhaus verschwunden war. »Ich hab heute noch was vor.«

Vier Augenpaare richteten sich auf sie und sie wurde rot.

»Das geht nicht«, sagte Grayson gespielt ernst. »Es sei denn, es handelt sich um ein Date mit Ayda.« Er grinste breit. »Dann hast du natürlich unseren Segen.«

Die Farbe auf Sarahs Wangen vertiefte sich. Sie schüttelte den Kopf und wandte sich wieder der Vorhangstange zu. »Glaube nicht, dass ich eure Erlaubnis brauche.«

»Bestimmt nicht.« Emmys Blick ruhte noch einen Moment auf Grayson, und ich konnte ihren Ausdruck nicht recht lesen – irgendetwas zwischen Genervtheit und Fassungslosigkeit. »Viel Spaß«, sagte sie dann zu Sarah. »Der Kerl hier gibt dir zwar nicht viel Grund dazu, aber du solltest Ayda mal mitbringen.«

»Das war genau, was ich gebraucht habe.« Ben seufzte schwer und steckte sich die letzten Pommes in den Mund.

Wir brummten zustimmend. Mittlerweile hatten wir das Alhambra für uns, die Lichter waren gedämpft und wir saßen zu viert um einen der kleinen Tische im Foyer.

Emmy ließ den Blick schweifen. »Es nimmt Formen an«, stellte sie zum wahrscheinlich zehnten Mal heute fest. »Ich hätte nie gedacht, dass wir in der kurzen Zeit so viel schaffen würden.«

Ich betrachtete das Malervlies, das überall herumlag, und die Kisten mit Werkzeug in den Ecken. Emmy sah grundsätzlich das Gute, und das liebte ich an ihr, aber in den Wochen bis zur Wiedereröffnung blieb noch eine Menge zu tun.

Als hätte Grayson meine Gedanken gelesen, sagte er: »Bis zum achtzehnten Dezember kann noch viel passieren.« Er wirkte, als würde er sich am liebsten auf einem der Kinosessel zusammenrollen und schlafen, und ich konnte ihm das Gefühl nicht verübeln.

»Bloß gut, dass ihr so eine große Verwandtschaft habt.« Ben grinste, doch er hatte völlig recht. Ohne Graysons viele Cousins und Cousinen wären wir untergegangen. Teppiche verlegen, tapezieren, streichen, neue Sessel montieren und Lampen installieren – für die meisten Arbeiten hatte Ally jemanden gefunden, der Ahnung davon hatte. Wenn wir auf Handwerker hätten zurückgreifen müssen, wären wir im Frühling noch nicht fertig gewesen. Für das, was jetzt noch anstand, würde sich hoffentlich auch jemand finden.

Ein bisschen beneidete ich die Fultons um ihre riesige Familie. Obwohl ich in einer Patchworkfamilie groß geworden war, hatten wir darüber hinaus fast keine Verwandten. Oma Ruth war die einzige auf meiner Seite der Familie, und weil Silas überhaupt keinen Kontakt zu seiner Mutter hatte, gab es nur noch Kristofs Bruder und seinen Vater. Ein ziemlich kläglicher Haufen, wenn ich die Standardgröße von Familien in Rosley so betrachtete.

Aber dann dämmerte mir, dass wir beide, Silas und ich, gerade dabei waren, uns eine neue Familie zu schaffen. Laini und das Baby, Lainis Eltern und Geschwister, Zach, Sarah – und diese drei hier. Sie würden da sein, sollten wir sie je brauchen, und diese Erkenntnis ließ mich die Schale mit meinen letzten Pommes zu Ben schieben. Er grinste und langte zu.

Zehn Minuten später hatten wir uns im kleinen Saal wohnlich eingerichtet. Die Snacks und Getränke standen bereit, das Publikum ebenso, nur unser Filmvorführer kämpfte noch mit der Technik. Kein Wunder – der Projektor schien nicht aus dem letzten, sondern dem vorletzten Jahrhundert zu stammen und gab immer wieder seltsam klackernde Geräusche von sich.

Doch schließlich löschte Grayson das Licht, startete die erste Filmrolle und setzte sich neben Emmy.

Die Bildqualität der Schwarz-Weiß-Streifen war mäßig, die Aufnahme flackerte, und selbst ruhige Szenen waren so körnig, dass ich manchmal drei Sekunden gucken musste, bis ich begriff, was ich sah. Doch das störte nicht. Es waren tatsächlich frühe Filmaufnahmen von Rosley, und wir lachten und johlten, wenn wir Gebäude wiedererkannten, die heute noch standen. Genauso spannend waren die Passagen, die auf den Fells aufgenommen worden waren. Nicht mal Grayson hatte gegen Bens Ortskenntnis eine Chance. Immer wieder ordnete er das Gelände für uns ein, und dann begriff ich verblüfft, woran er diesen Gipfel oder jenes Tal erkannt hatte. Hin und wieder war aber selbst er mit seinem Latein am Ende, auch wenn er sich sicher war, dass die Aufnahmen aus der Gegend rund um Rosley stammen mussten. Er benannte dann irgendeinen Berg im Hintergrund und wirkte unzufrieden, wenn ihm die Stelle unbekannt vorkam. Leider gab es keine Tonspur und es wurden auch keine Texttafeln eingeblendet.

Bei der fünften oder sechsten Rolle änderte sich das. Sie war anscheinend ein paar Jahre jünger als die ersten, die Filmtechnik hatte sich weiterentwickelt, denn die Bilder waren viel schärfer. Auch die Motive änderten sich: Nun standen Menschen im Fokus.

Die Kamera zeigte Farmarbeit und das Markttreiben mitten in Rosley, Stadtratssitzungen und Feste, Jahrmärkte und kirchliche

Feiertage. Hin und wieder gab es jetzt sogar eine Einordnung mit Texttafeln. Auch das Jahr wurde angegeben: 1922.

»Hundert Jahre«, flüsterte Emmy.

Und dann ging es um Ponys. Sofort spürte ich, wie Ben neue Energie ausstrahlte, während er seine Augen nicht von der Leinwand wandte. Es war wirklich interessant: Dargestellt war ein Pferdemarkt, nicht hier in Rosley, sondern einige Meilen östlich in Appleby. Die Bilder zeigten bunt bemalte Tonnenwagen. Anscheinend war dieser Markt ein wichtiger Treffpunkt für Sinti, Roma und irische Traveller. Es gab Verkaufsstände, sogar eine Wahrsagerin, eine landwirtschaftliche Ausstellung, Musikkapellen und Prämierungen von Rindern und Ponys.

»Fulton!«, rief Emmy, als eine Tafel ein Siegerpony und seinen Besitzer vorstellte. »Sag bloß, ihr wart schon immer preisgekrönte Züchter!«

Grayson winkte ab, doch er grinste von einem Ohr zum anderen.

Und dann gab es eine Szene, die anders war. Mit der guten Laune der Marktbesucher war es vorbei, als man im Hintergrund sehen konnte, wie ein junger Mann – älter als neunzehn oder zwanzig konnte er nicht sein – von mindestens drei weiteren zurückgehalten werden musste. Er war ohne jeden Zweifel wütend und schimpfte lauthals. Worüber er sich aufregte, wurde in den nächsten Aufnahmen klar: Ein groß gewachsener, elegant gekleideter Mann führte einen wunderschönen Fell-Hengst durchs Bild. Er versuchte, würdevoll und gleichzeitig demütig zu wirken, aber jeder konnte erkennen, dass er sehr zufrieden mit sich war.

Ben war neben mir erstarrt. Er schien kaum zu atmen. Ich wusste auch, wieso: Dieser Mann hatte zwar dunkle Haare und einen Oberlippenbart, doch er sah aus wie eine ältere Version von Ben.

Und als hätte die Ähnlichkeit nicht schon gereicht, stand auf der folgenden Texttafel: »In einer umstrittenen Entscheidung sprach die Jury Mr Charles Aldringham den Hengst Tarnmoor Stroller zu, nachdem Mr Aldringhams eigener Hengst von Stroller verletzt worden war.«

Nach ein paar weiteren Szenen war die Filmrolle zu Ende, und die Leinwand zeigte nur noch Schwarz, aber niemand von uns rührte sich.

Erst nach langen Minuten sagte Ben: »Das ist es.«

Damit war unser ruhiger Abend vorbei. Vielleicht hatte Ben recht, vielleicht nicht: Zumindest war der Hinweis auf Charles Aldringham der erste brauchbare, den wir seit Wochen gefunden hatten. Bens Familie mochte einigen Dreck am Stecken haben, zu Ponys hatten wir bisher nichts anderes gefunden. Deswegen waren wir nach ein paar Minuten lautstarker Diskussion bereit, Bens Einschätzung zu folgen.

»Sollen wir Sarah anrufen?«, fragte Ben, doch Emmy schüttelte vehement den Kopf.

»Und sie bei ihrem Date stören? Geht's noch?«

Das schien Ben jetzt erst wieder einzufallen, denn er hob nur abwehrend die Hand, aber ich konnte seinen Impuls verstehen. Niemand recherchierte wie Sarah.

Grayson stemmte sich aus seinem Sessel hoch. »Ich werfe den Laptop an. Kann ja nicht so schwer sein, in diesem Zeitungsarchiv was zu finden.«

Eine halbe Stunde später mussten wir uns eingestehen: Wir fanden allerhand, doch nichts zu dem Vorfall auf dem Pferdemarkt.

»Sind wir bescheuert?« Ich klatschte mir mit der flachen Hand gegen die Stirn. »Der Markt war nicht hier in Rosley. Vielleicht hat Appleby eine eigene Zeitung!«

Noch bevor ich den Satz zu Ende gebracht hatte, zog Ben den Laptop zu sich und tippte wie wild los.

Es kostete uns beinahe eine halbe Stunde, um herauszufinden, dass Appleby zu klein war, um je eine eigene Zeitung gehabt zu haben, dass es von der Zeitung in Sedgwick abgedeckt wurde und dass ihr Archiv nur bis 1936 zurückreichte, weil in dem Jahr das Redaktionsgebäude mit allen Dokumenten bis auf die Grundmauern abgebrannt war.

»Verdammter Mist«, fasste Ben unsere Pechsträhne zusammen. Er lehnte sich auf seinem Stuhl zurück und legte den Kopf in den Nacken.

»Mach mal Platz.« Ich schob ihn zur Seite, rief die Seite der Uni Carlisle auf und folgte dem Link zur Bibliothek. »Manchmal archivieren Unibibliotheken Regionalzeitungen, in Deutschland zumindest«, erklärte ich, während ich mich durch das Onlineverzeichnis hangelte. Doch auch hier fand sich nichts.

»Guter Ansatz«, meinte Emmy und probierte es noch in Birmingham, Manchester und Durham, hatte aber genauso wenig Erfolg wie ich.

»Hat sich damals eben niemand in der Stadt dafür interessiert, was hier in der Gegend passiert ist«, brummte Ben.

»Das war wahrscheinlich das Glück deines … Was war er? Dein Ururgroßvater?«, sagte ich spitzer, als ich gewollt hatte. Ben nahm mir meinen Ton nicht übel, sondern nickte nur. »Wenn es jemanden interessiert hätte, wäre er doch sicher nicht damit durchgekommen, oder? Wie kann so etwas überhaupt sein? Dein Pferd verletzt ein anderes und du musst es als Entschädigung hergeben? Welches Gericht trifft so eine Entscheidung?«

Grayson schnaubte. Er verschränkte die Arme und lehnte sich gegen das Regal hinter ihm. »Valerie, manchmal bist du echt naiv.«

Er ließ sich nicht im Geringsten davon stören, dass ich ihm gegen den Arm boxte. »Dieser … wie hieß er? Die haben keinen Namen genannt, oder? … Er hatte vielleicht einfach nicht das Geld, um für die Tierarztkosten und das Schmerzensgeld und was sonst noch alles aufzukommen. Wir wissen ja nicht, wie schwer verletzt Aldringhams Hengst war.«

»Und dann enteignen sie ihn einfach? Gleich an Ort und Stelle?« Mir kam das ziemlich mittelalterlich vor.

Nachdenklich meinte Ben: »Ausgeschlossen ist es nicht. Das ist hundert Jahre her. Wenn Charles die Friedensrichter kannte, war dem anderen wahrscheinlich klar, dass er keine Chance hatte.«

Ich musste ziemlich irritiert dreinschauen, denn Emmy erbarmte sich. »So was habt ihr in Deutschland nicht, oder? Friedensrichter? Das sind keine ausgebildeten Juristen, sondern angesehene Persönlichkeiten, die in Streitfällen Recht sprechen. Eigentlich hat das System einen guten Ruf …«

»… aber eine Hand wäscht die andere«, warf Grayson ein. »Wenn Aussage gegen Aussage steht, ist es bestimmt mehr als einmal passiert, dass einflussreiche Menschen Recht bekommen haben.«

»Kann ja auch sein, dass Charles' Hengst wirklich schlimm verletzt war«, gab Emmy beschwichtigend zu bedenken, aber Ben hatte nicht einmal mit der Wimper gezuckt.

Doch es waren alles nur Spekulationen. Eine Weile schwiegen wir, und zu meiner Schande merkte ich, dass mir immer wieder die Augen zufielen. Es war ein langer, anstrengender Tag gewesen und hier drin war es einfach zu warm. Kein Wunder, dass mein Gehirn auf Sparflamme lief. Ben bedachte mich mit einem kleinen Lächeln und rückte seinen Stuhl näher zu mir, damit ich meinen Kopf an seine Schulter lehnen konnte. Emmys Mund zuckte, aber sie sagte nichts.

Wir fuhren alle auf, als Grayson den Laptop wieder zu sich zog.

»Ich hab's«, behauptete er und tippte drauflos. »Hätte mir gleich einfallen können«, brummelte er vor sich hin, während er sich anscheinend durch mehrere Seiten klickte.

Emmy und ich wechselten einen Blick und widerwillig schälte ich mich aus Bens Arm. Meine Neugier war größer als die Müdigkeit. Ben seufzte und stellte sich neben uns hinter Grayson auf.

»Ist das … das Stutbuch?«, fragte er nach einem Moment, in dem er stirnrunzelnd die Einträge auf dem Display entziffert hatte.

Jetzt, als er es aussprach, erkannte ich es auch.

Grayson nickte. »Ganz genau. Es reicht zurück bis 1881.«

Ben lachte und klopfte Grayson auf die Schulter. »Guter Gedanke. Und du hast da einfach Zugriff?«

»Mit meinen Zugangsdaten von der Züchtervereinigung schon.« Grayson lehnte sich auf seinem Stuhl zurück und zwinkerte mir zu. Die Homepage des Zuchtverbands hatte uns ja schon einmal gute Dienste erwiesen.

Emmy grinste. »Dann haben diese langen Samstage auch mal einen Sinn.«

Grayson zog eine Grimasse, aber er wusste genau wie ich, dass Emmy ihn nur neckte. Sie konnte sich ewig darüber lustig machen, dass er seine Fohlen auf Leistungsschauen vorstellte, und er nahm ihren Spott darüber gutmütig hin. Er wusste, dass sie Respekt vor seinen Erfolgen hatte – immerhin war er einer der besten Jungzüchter Nordenglands.

Ben machte eine ungeduldige Geste. »Komm, ich will nicht die ganze Nacht hier rumstehen. Tarnmoor Stroller hieß der Hengst.«

»Tarnmoor …« Grayson gab den Namen der Zuchtlinie in das Suchfeld ein.

Auf dem Bildschirm erschien: »Keine Ergebnisse.«

Ben setzte schon zu einem Fluch an, doch Grayson hob die Hand. »Das sind die aktuellen Zuchten. Wenn es die Herde nicht mehr gibt, taucht sie hier nicht auf, da muss ich im Archiv suchen.«

Mit ein paar Klicks rief er eine neue Suchmaske auf und tippte den Namen des Hengstes erneut ein. Und tatsächlich hatten wir einen Treffer. Wie auf ein geheimes Kommando lehnten wir uns alle gleichzeitig vor.

»Tarnmoor Stroller«, las Emmy laut. »1910 bis 1923. Züchter: Hugh Tabbins, Bampton.«

»Sagt euch der Name was?«, fragte ich.

Die drei schüttelten den Kopf.

»Soweit ich weiß, gibt es hier in der Gegend keine Tabbins«, meinte Emmy. »Und sicher nicht in Bampton.«

Ich war drei-, viermal in Bampton gewesen, weil Lainis Familie dort lebte. Das Dorf lag ein paar Kilometer nordöstlich von Rosley und bestand nur aus einem Dutzend Häusern und Höfen. Außer Lainis Eltern gab es dort niemanden, der Ponys hielt.

»Also ist die Zuchtlinie verschwunden und die Leute sind weggezogen oder gestorben«, überlegte Ben laut, doch ich hörte nur mit halbem Ohr hin. Der Funke einer Idee war in meinem Kopf aufgeblitzt, aber ich bekam ihn noch nicht zu fassen.

»Kannst du nachsehen, ob diese Tabbins noch andere Herden hatten?«, unterbrach ich Grayson, der gerade irgendwas vom Einwohnermeldeamt erzählte.

Er drehte den Kopf zu mir. »Kann ich schon, aber was bringt das?«

Ich wedelte mit der Hand. Plötzlich schlug mein Herz schneller. »Mach einfach.«

Grayson nickte knapp und drehte sich zum Laptop um, dann klapperten wieder die Tasten.

»Das … gibt's nicht«, stammelte er nach zwei Sekunden.

Ich klopfte ihm so fest auf die Schulter, dass er aufstöhnte. »Hab dich nicht so«, wies ich ihn an. »Ich wusste, da ist was dran.«

Ben schüttelte den Kopf und legte von hinten die Arme um mich. »Sexy und klug«, murmelte er und drückte mir einen Kuss unters Ohr.

»Kann mich mal jemand aufklären?«, fragte Emmy, während sie missbilligend zwischen uns hin und her schaute.

Grayson deutete auf das Display, wo unter dem Familiennamen Tabbins drei Zuchtlinien aufgetaucht waren. »Die drei Herden hier – Tarnmoor, Burneside und Blencarn. Tarnmoor gibt es anscheinend nicht mehr, bei Burneside bin ich mir nicht sicher, aber ich glaube, die Linie wurde runter nach Kendal verkauft. Aber Blencarn …« Er drehte den Kopf zu Emmy. »Die Blencarn-Ponys gehören den Hammonds.«

Emmys Augen weiteten sich, sie sah mich an. »Lainis Familie? Das heißt …« Ihr Blick glitt weiter zu Ben. »… Charles hat damals Lainis Familie über den Tisch gezogen?«

Ben zuckte mit den Schultern. »Ich gehe morgen mal vorbei. Vielleicht erzählen sie es uns.«

18

Obwohl es in der Nacht so spät geworden war, standen wir am nächsten Morgen früh vor dem Haus der Hammonds. Wir hatten nicht riskieren wollen, dass sie wie alle Landwirte schon bei der Arbeit wären und wir sie verpassten. Wir brauchten schnell Antworten.

Durch das Küchenfenster konnten wir sehen, dass wir Glück hatten: Alle vier saßen noch um den Frühstückstisch, Diane, Nick und Florie über je einen Teil der Zeitung gebeugt. Aiden starrte ins Nichts.

Vor der Haustür blieben wir stehen. Ben suchte meinen Blick und ich nickte. Dann klopfte er.

Es dauerte höchstens zwei Sekunden, bis Aiden die Tür aufriss. Er war ein schlaksiger Dreizehnjähriger, und ich war mir sicher, dass wir bei unserem letzten Treffen noch nicht auf Augenhöhe gewesen waren.

»Hey«, begrüßte er uns atemlos. Anscheinend hatte er uns eben doch über den Hof kommen sehen, denn er fragte: »Alles okay mit Laini?«

Dianes Kopf erschien in der Küchentür und ich fing ihren Blick auf. »Ja. Ja, natürlich«, sagte ich schnell. »Wir, ähm … wir haben nur ein paar Fragen. Es geht um die Ponys.«

Aiden schüttelte sich einige Haarfransen aus der Stirn und trat zur Seite, um uns ins Haus zu lassen.

»Sind wir zu früh?«, fragte ich, als ich meine Schuhe neben der Treppe abstreifte.

Diane schüttelte den Kopf. »Nein, kommt rein. Wir sitzen noch beim Frühstück.« Sie wirkte so erleichtert, dass ich prompt ein schlechtes Gewissen bekam. Dass unser Besuch sie alarmieren könnte, daran hatte ich nicht gedacht.

Sie lächelte mich an, als ich an ihr vorbeitrat, und drückte meine Schulter.

»Bennett«, sagte sie und machte eine einladende Geste.

»Ben.« Er nickte ihr zu und folgte mir in die Küche. »Wir stören auch nicht lange.«

Wärme umfing uns, der Geruch nach Toast, Speck und Kaffee. Florie winkte mir schüchtern zu und vermied um jeden Preis, Ben ins Gesicht zu sehen. Ihre Wangen waren ganz rosa. Nick hatte sich von der Bank geschoben, zog mich in eine schnelle Umarmung und hielt Ben die Hand hin.

»Das ist ja eine Überraschung«, stellte er fest, dann bugsierte er uns Richtung Tisch, und kaum hatten wir uns gesetzt, stellte er Teller und Tassen vor uns ab, und Diane schenkte uns Tee ein.

»Greift zu«, ermunterte sie uns, und weil wir nicht gefrühstückt hatten, ließen wir uns das nicht zweimal sagen. Nick briet uns sogar noch Eier und Speck, und nach ein paar Minuten meinte Diane schmunzelnd: »Jetzt gefallt ihr mir schon besser.«

Ben und ich schauten uns an. Ja, vielleicht hatte die kurze Nacht doch Spuren hinterlassen. So ganz frisch sahen wir nicht aus.

Schließlich trugen Florie und Aidan das benutzte Geschirr zur Spüle und ich legte meine Hände um meinen Teebecher.

Ben räusperte sich. »Warum wir hier sind …« Er suchte Dianes Blick. »Wir sind da auf eine Sache in meiner Familiengeschichte gestoßen. Und wir vermuten, dein Großvater hatte etwas damit zu tun.«

Ich hatte den Eindruck, dass Dianes Lippen schmal wurden, so als wisse sie schon, worauf er hinauswollte.

Nick dagegen lachte auf. »Na, ihr macht es ja spannend. Was habt ihr denn ausgegraben?« Im nächsten Moment fiel sein Blick auf seine Frau. Er straffte die Schultern. »Florie, Aidan, geht schon mal raus und fangt mit dem Ausmisten an. Wir kommen gleich nach.«

»Das ist jetzt nicht dein Ernst, oder?« Aidan starrte seinen Vater entrüstet an, doch dass er sich eine Strähne aus dem Gesicht pustete, störte den Eindruck ein wenig.

Florie war schon aufgestanden. Ihr Blick glitt zwischen uns hin und her und sie packte Aidan an der Schulter. »Alles klar. Bis später, Valerie. Ben.«

Er lächelte ihr zu, und sie floh beinahe aus der Küche, den protestierenden Aidan im Schlepptau.

»Also, was ist das für eine Geschichte?« Auffordernd sah Nick Ben an. Täuschte ich mich oder hatte er seinen Stuhl näher an Dianes gerückt?

Bevor Ben antworten konnte, sagte Diane tonlos: »Es geht um Stroller, oder?«

Nick schien der Name nichts zu sagen, aber mir lief eine Gänsehaut über den Rücken. Nach hundert Jahren wusste sie sofort, worüber Ben redete. Als wären die Wunden, die Charles damals geschlagen hatte, nach Generationen noch nicht verheilt.

Ben schluckte, dann nickte er. »Ich … Unsere Quellen sind lückenhaft. Kannst du uns erzählen, was damals passiert ist?«

Diane warf Nick einen kurzen Blick zu. »Das ist alles ewig her. Ich war noch lange nicht geboren, Mum auch nicht. Grandpa hatte gerade die Ponys von seinem Dad übernommen und war drauf und dran, einer der erfolgreichsten Züchter der Gegend zu werden. Stroller war sein Ein und Alles. Der beste Hengst weit und breit. Hat jedes Rennen gewonnen.« Sie sah mich an und lächelte schmal. »Damals gab es an Markttagen noch Trabrennen. Nichts so Schickes mit Champagner und riesigen Hüten wie auf einer Rennbahn. Einfach ein Spaß für die Leute.«

Sie schwieg einen Moment, als müsse sie ihre Gedanken ordnen.

»Grandpa hat nicht viel geredet, aber manchmal, wenn er etwas getrunken hatte, fing er an, von Stroller zu erzählen. Er war nicht ganz einfach, viel temperamentvoller, als Fells meistens sind, aber gerade deswegen war er so ein guter Traber. Er musste immer seine Dominanz beweisen.« Sie griff nach ihrer Kaffeetasse und trank einen Schluck. »An dem Tag damals hatte er wieder ein Rennen gewonnen. Grandpa war gerade dabei, das Preisgeld abzuholen, als plötzlich schrilles Wiehern zu hören war. Er hatte Stroller auf einem Paddock stehen lassen, so einem Provisorium, wie es sie heute auch noch oft auf Märkten gibt. Stroller kannte das, er hatte sein Heu, eigentlich hätte nichts passieren dürfen. Trotzdem rannte Grandpa zurück, so schnell er konnte.« Sie sah Ben an. »Er ahnte, dass etwas passiert war.«

Bens Schultern waren so angespannt, dass ich es unter seinem Pullover erkennen konnte. Ich rückte näher an ihn heran und strich über seinen Rücken.

Diane seufzte. »Wie es zu dem Kampf kommen konnte, wurde nie zweifellos aufgeklärt. Die meisten haben es wahrscheinlich nicht mitbekommen, andere sahen einen Vorteil darin, das zu erzählen, was den Aldringhams nützte.« Wieder suchte sie Bens Blick, diesmal schwankte ihr Ausdruck zwischen Trotz und Bedauern. Ben nickte nur, wie um sie zu bitten weiterzureden. »Letztlich hat wohl eine rossige Stute Strollers Aufmerksamkeit geweckt. Und als einer von Aldringhams Leuten dessen Hengst vor dem Paddock herumgeführt hat, haben sich die beiden gegenseitig so aufgeregt, dass Stroller den Zaun einfach niedergerannt hat. Der andere Hengst hatte keine Chance.«

Nick betrachtete Diane, als habe er von der Geschichte noch nie ein Wort gehört.

Sie starrte in ihren Kaffee, während sie weitererzählte. »Grandpa hätte vielleicht das Schlimmste verhindern können, wenn er Stroller abgedrängt hätte. Aber der Stallbursche hing zwischen den beiden Hengsten fest, sodass Grandpa erst ihn in Sicherheit brachte.« Sie schnaufte. »Das schien keine Auswirkungen auf die spätere Strafe zu haben.«

Bens Rücken fühlte sich an wie ein Brett. Ich stupste ihn an und er atmete langsam aus. Unter dem Tisch hielt er mir die Hand hin und ich nahm sie.

Diane rieb sich die Nasenwurzel und schloss einen Moment die Augen. »Dass er Stroller verloren hat, war ein übler Schlag für Grandpa. Aber das Schlimmste war vielleicht, dass der Hengst danach nicht mal mehr ein Jahr gelebt hat.«

Ben und ich setzten uns kerzengerade hin.

»Was?«, fragte Ben mit kratziger Stimme. »Was ist mit Stroller passiert?«

Diane sah ihm fest in die Augen und der harte Ausdruck darin wurde ein wenig weicher. »Er ist bei einem Brand gestorben.«

Mir wurde kalt. In meiner Erinnerung sah ich Ben und mich zwischen Fundamentsteinen stehen, beinahe überwuchert von üppigem Gras.

»Bei einem Stallbrand?«, krächzte ich.

Diane nickte. »Ja. Es war wohl ein schreckliches Unglück, bei dem die Aldringhams viele Pferde verloren haben.«

Jetzt erst merkte ich, wie heftig Ben meine Hand umklammerte. Genau wie ich dachte er an die »Katastrophennacht von 1923«, wie sie in der Gegend bekannt war. Sie hatte viel Leid über Rosley gebracht. Und anscheinend hatte sie auch Stroller das Leben gekostet.

»Ich …« Ben stockte, dann hob er das Kinn. »Ich würde gern irgendetwas tun, um es wiedergutzumachen. Das, was Charles getan hat.« Er runzelte die Stirn. »Dass er euren Hengst noch nicht einmal beschützt hat.«

Von der Seite lächelte ich ihn an, ganz leicht nur, sodass es wahrscheinlich niemand mitbekam. Das war kein Versuch, den Fluch zu brechen. An den Fluch dachte er in diesem Moment nicht einmal. Es war ein Angebot, das er ernst meinte. Der Versuch, eine Wunde zu schließen, die seit einem Jahrhundert schmerzte.

Diane guckte verdutzt, dann begann sie zu lächeln.

»Das ist lang her, Bennett. Und nichts davon ist deine Schuld. Da draußen …« Sie deutete Richtung Hof, wo Florie gerade zwei bildhübsche Rappen zur Koppel brachte. »… das sind die Ponys der Kinder. Laini und Florence und Aidan führen das Erbe meines Grandpas jetzt fort. Wir passen nur so lange auf sie auf, bis sie bereit sind, ihnen ein Heim zu bieten.« Sie musterte ihn genau. »Es gibt nichts, was du tun müsstest.«

Er wollte widersprechen, aber jetzt drückte ich seine Hand. Er klappte den Mund wieder zu, sah mich an, dann nickte er.

»Trotzdem tut es mir leid«, sagte er zu Diane. »Ich bin mit einer anderen Vorstellung davon aufgewachsen, was es heißt, ein Aldringham zu sein.«

Als wir von den Hammonds aufbrachen, war Ben schweigsam. Wir hätten nach Hause gehen und lernen können, bevor wir nachmittags die anderen auf Renwick trafen, oder im Kino vorbeischauen, ob sie unsere Hilfe benötigten, doch das war nicht, was er brauchte. Die Wolken hingen tief, und der Wind brachte den Geruch nach Regen mit, trotzdem hakte ich mich bei ihm unter und steuerte einen Pfad an, der uns in die Berge bringen würde. Ich hoffte, dass die Herde nicht zu weit hinauf auf die Fells gewandert war. Denn was Ben brauchte, war ein bisschen Ponytherapie.

Wir fanden sie auf einer großen Wiese, die nach Osten hin abfiel und so vor Wind geschützt war. Die Ponys hatten einen Flecken Gras gefunden, der noch grün und frisch wirkte, und ließen es sich schmecken.

Ben steuerte auf sie zu, doch statt ihn zu begrüßen, wichen ihm Viv und Della aus. Er versuchte es ein zweites und ein drittes Mal, dann packte ich ihn am Arm und zog ihn auf ein Schlehendickicht zu, vor dem wir uns auf einen niedrigen, glatten Felsen setzten.

»Was ist los?«, fragte ich und drehte vorsichtig sein Gesicht zu mir.

Ich konnte gar nicht alle Emotionen fassen, die sich darin spiegelten.

Ben presste die Lippen aufeinander und wandte den Blick zu den Ponys. Also ließ ich ihn in Ruhe und wartete, bis er so weit war.

Nach ein paar Minuten richteten sich die Ohren der Ponys immer öfter auf uns. Gracie und Molly verringerten ihren Abstand und die Einjährigen lieferten sich zwischen dem Farnfeld weiter oben am Hang und unserem Felsen ein Rennen. Das alles sagte mir deutlicher, dass Ben sich beruhigt hatte, als die Tatsache, dass sich seine Schultern nach und nach senkten.

Schließlich atmete er hörbar aus und wandte sich zu mir. Mit dem Daumen strich er über meine Wange, zart wie eine Feder. Er sah furchtbar traurig dabei aus, sodass ich seine Hand in meine nahm und sie festhielt.

»Was, wenn ich werde wie sie?«, fragte er heiser. »Was, wenn ich schon so bin?«

Es dauerte zwei, drei Sekunden, bis ich kapierte, wovon er redete.

»Was, wenn du so wirst wie ein paar machtbesessene, verwöhnte, skrupellose Adlige?«, platzte es aus mir heraus, doch es hatte nicht die gewünschte Wirkung.

Vor Schock wurden seine Augen dunkler.

»Du bist nicht wie sie«, flüsterte ich, während ich meine Hände um sein Gesicht legte und meine Stirn an seine lehnte. »Und du wirst auch nie so sein.«

Er fühlte sich stocksteif an, kam mir keinen Millimeter entgegen. »Aber ich passe nicht rein, Val«, widersprach er. »Die Leute halten mich für arrogant, und wer weiß, vielleicht haben sie recht! Vielleicht komme ich mit den anderen nicht klar, weil ich ein Aldringham bin.«

Ich lehnte mich ein bisschen zurück, damit ich ihm in die Augen sehen konnte. »Du kommst mit manchen Leuten nicht klar, weil du dir keine Mühe gibst.« Ich wiegte den Kopf. »Ja, okay, vielleicht bist du hin und wieder arrogant … aber nicht, weil du ein Aldringham bist! Das kommt schon ganz allein von dir.«

»Wenn du mich aufbauen willst, stellst du es falsch an«, beschwerte sich Ben, und ich musste trotz allem lachen.

»Deine Vorfahren sind mit Privilegien aufgewachsen, die wir uns nicht mal vorstellen können«, redete ich weiter und ignorierte seinen skeptischen Blick. »Natürlich dachten sie, es steht ihnen zu, alle nach ihrer Pfeife tanzen zu lassen.« Ich lächelte. »Aber so bist du nicht. Und so ist auch dein Vater nicht. Gordon ist ja wohl der beliebteste Bürger von Rosley.«

Ben schnaubte. »Ich dachte, du wärst mal in einem Debattierklub gewesen. Deine Argumente hauen mich jetzt nicht vom Hocker.«

Ich holte scharf Luft und knuffte ihn in die Seite, aber gleichzeitig musste ich lachen. Erleichtert erkannte ich, dass auch er zu grinsen begann.

Es stimmte, was ich gesagt hatte: Nie im Leben hätte ich Ben mit seinen Vorfahren in einen Topf geworfen. Aber ich konnte es ihm auch nicht verdenken, dass er von dieser neuen Facette eines Aldringham schockiert war. In den letzten Wochen hatten wir so viel über sie gelesen – Edward, Hugo, Charles und wie sie alle hießen – und keiner von ihnen war uns besonders sympathisch gewesen. Mittlerweile kannte ich ihre Geburtsdaten auswendig, ich wusste, wen sie geheiratet und wie viele Kinder sie gehabt hatten. Doch über keinen einzigen von ihnen hatten die Zeitungen mit demselben Wohlwollen geschrieben, mit dem in Rosley über Gordon gesprochen wurde. Oder der Zuneigung, die man im Dorf Kit auch Jahre nach ihrem Tod noch entgegenbrachte.

»Wenn du unbedingt glauben willst, dass unsere Gene solche Auswirkungen auf unser Verhalten haben«, sagte ich deswegen, »dann schau dir deine Eltern an. Gordon hat seine Macken, aber er ist ein guter Mensch. Genau wie Kit sicher ein guter Mensch war. Und das bist du auch.«

Ben schluckte schwer. Als er jetzt die Hand nach mir ausstreckte, fühlte es sich richtig an. Ich lehnte mich an ihn und ließ mich auf seinen Schoß ziehen.

»Und sagst du es mir, wenn ich in den Arschlochmodus schalte?«

Ich beugte mich vor und streifte seinen Mund mit meinen Lippen. »Darauf kannst du Gift nehmen.«

Seine Arme schlangen sich enger um mich, und aus der flüchtigen Berührung wurde ein richtiger Kuss, der dauerte und dauerte, bis ich sicher war, dass ich die dunklen Gedanken aus seinem Kopf vertrieben hatte.

19

Und dann hat er ihn verbrennen lassen«, beendete Ben später im Salon unseren Bericht. Er war so angespannt, dass seine Kieferknochen hervortraten.

»In der Unglücksnacht damals?«, fragte Emmy leise. »Vor hundert Jahren?«

Ben nickte knapp.

Grayson atmete tief ein und rieb sich mit beiden Händen übers Gesicht, Emmy legte den Kopf auf die Sofalehne, aber Sarah starrte abwechselnd Ben und mich an.

»Da schaut man eine halbe Stunde nicht hin«, sagte sie langsam, »und schon habt ihr das Rätsel gelöst.«

Grayson ließ die Hände sinken und begann zu grinsen. »Schätze, das kostet dich deinen Status als Recherche-Queen.«

»Pff.« Sarah zog eine Augenbraue hoch. »Es war reines Glück, dass du diese Filmrollen gefunden hast.«

Graysons Grinsen wurde breiter. »Hätte gedacht, du bist besser gelaunt heute. Dann war das Date wohl nicht so prickelnd.«

Sarah warf einen Weingummi nach ihm. Sogar sie musste lachen, als er ihn tatsächlich mit dem Mund auffing.

Ihre ersten Worte gingen in unserem Johlen und Pfeifen unter, aber dann hob Ben eine Hand und sah sie stirnrunzelnd an. »Was?«

Wir wurden still und Sarah nickte. »Genau. Ganz untätig war ich auch nicht. Ich würde sogar sagen, ich war ziemlich erfolgreich.«

Sie schob die Schüsseln und Tassen auf dem Tisch zur Seite und breitete mehrere Blätter Papier darauf aus. Es waren Schwarz-Weiß-Kopien, im ersten Moment nicht besonders gut leserlich, doch Sarahs überlegenem Gesichtsausdruck nach zu urteilen, hatte auch sie einen Durchbruch erzielt.

»Nur damit das klar ist«, sagte sie mit einem strengen Blick Richtung Ben, »ich erwarte ewige Dankbarkeit und zwanzig Jahre Bezahlung in Form von Schokolade.«

Ben grinste. »Lass erst mal sehen, was du hast.«

Sarah schaute mich an. »Valerie, was dein Ausbeuterfreund nicht zu schätzen weiß, ist, dass ich mich in den letzten Tagen durch die Quellenangaben des kompletten CoC-Buchbestands gewühlt habe.«

»Warum hast du das denn allein gemacht? Ich hätte dir doch geholfen!«

Sarah deutete auf mich, wandte sich aber an Ben. »Siehst du? Sie hat wenigstens Ahnung.«

Ich beugte mich vor. »Lass den mal. Zeig lieber, was du gefunden hast.«

»Nach eurem Unfall …« Ich brauchte einen Augenblick, bis ich kapierte, dass Sarah unseren Sturz in die Mine meinte. Jetzt erinnerte ich mich auch daran, dass sie gesagt hatte, sie wolle eine neue Idee verfolgen. »… war ich in so ziemlich jedem Buchladen und jeder Bibliothek im Umkreis. Es gibt eigentlich nur zwei nennenswerte Sammlungen von Büchern zu übernatürlichen Themen. Eine ist in einem Mittelalterladen in Carlisle, aber die umfangreichere hat das CoC.« Als wäre das ihr Verdienst, schnaubte Emmy und nahm sich einen der Kekse, die Grayson mitgebracht hatte. »Also hab ich mir die Quellenverzeichnisse vorgenommen und verglichen, ob es Standardwerke gibt, auf die die anderen Bücher Bezug nehmen. Ich könnte mich jetzt drüber beschweren, wie viele der Bücher kein Quellenverzeichnis hatten oder wie schlampig andere Angaben waren, aber da euch das nicht interessiert, komme ich zum Punkt.«

»Ich bitte darum«, brummte Ben kaum hörbar neben mir, und ich knuffte ihn in den Oberschenkel.

»Es gibt tatsächlich so was wie einen Ursprungstext, den so gut wie alle von diesen Esoterikschinken zitieren. Er heißt ›Magische Wunderkräfte und Unterweisungen‹ und wurde 1898 zum ersten Mal veröffentlicht. Der Autor oder die Autorin heißt M. O. St. Claire. Niemand weiß, wer hinter dem Namen steckt. Mit ziemlicher Sicherheit ist es ein Pseudonym.«

»Klingt shady.« Emmy krauste die Nase.

Grayson schnaubte leise. »Wie grundsätzlich alles, was wir ausgraben.«

Sarah ignorierte ihn und sah Emmy an. »Absolut. Aber jetzt kommt's. Diese ›Wunderkräfte‹ sind nicht irgendein Hirngespinst. Mal abgesehen vom Thema ist das, soweit ich es auf die Schnelle beurteilen konnte, solide wissenschaftliche Arbeit.« Ben und ich wechselten einen Blick. »St. Claire hat nämlich alles an Zauberbüchern gesammelt, was er oder sie auf den Britischen Inseln und in Nordfrankreich gefunden hat, und den Inhalt ausgewertet.«

Grayson ließ sich tiefer in seinen Sessel sinken und starrte an die Decke. »Wingardium Leviosa.«

»Nicht solche Zauberbücher, Holzkopf.« Die Konturen von Graysons Gesicht verzogen sich, sodass man erkennen konnte, dass er grinste. »Diese Art von Zauberschriften geht zurück bis in die Antike. Nach heutigen wissenschaftlichen Standards ist das natürlich trotzdem Humbug, aber bis weit in die Neuzeit hatten viele Familien solche Bücher, die von Generation zu Generation weitergereicht und immer wieder erweitert wurden.«

»Und darin standen auch Flüche.« Ben ließ Sarah nicht aus den Augen.

Sie nickte. »Und ihre Gegenzauber.«

Bens Mundwinkel zuckten. »Die erste Schokoladenlieferung ist praktisch schon unterwegs.«

Sarah begann zu lächeln. Sie wurde sogar ein bisschen rot und blätterte umständlich in ihren Unterlagen herum. »Ihr wisst, es bleibt dabei – das ist wissenschaftlich alles nicht haltbar. Aber wenn wir davon ausgehen, dass wir es mit einem echten Fluch und damit echter Magie zu tun haben, dann gibt es einen überwältigenden Konsens, was dagegen hilft.«

Ein Holzscheit im Kamin zischte und flackerte auf und wir fuhren zusammen.

Ertappt sahen wir uns an, bevor Emmy anfing zu lachen. »Komm, spuck's aus, bevor noch ein Dämon aus den Flammen hüpft.«

Sarahs Blick wanderte zum Feuer, dann schüttelte sie sich leicht und schaute Ben an. »Du musst die Tat wiedergutmachen, der Geschädigte muss das Opfer annehmen und das Ganze muss mit Blut besiegelt werden. An einem magischen Ort, zu einer magischen Zeit, mit einer neuen Klinge.«

Ben blinzelte. »Und auf Englisch übersetzt bedeutet das … was?«

Sarah ließ sich in ihrem Sessel zurückfallen. »Das ist die Frage. Ich kann nur raten.«

Grayson lachte in sich hinein, doch niemand beachtete ihn.

Ich nahm meine Tasse. »Leute, so schwer kann das nicht sein. Wenn diese Bedingungen auf Volksglauben zurückgehen, dann haben wir sicher schon mal davon gehört. In Filmen oder so. Pack mal deine ›Harry Potter‹-Expertise auf den Tisch, Grayson.«

Ben griff nach der Teekanne und schenkte mir nach. »Du meinst, diese angeblichen Zauber sind ins kollektive Bewusstsein eingegangen? Und tauchen deswegen immer wieder auf?«

»Warum nicht? Wie oft gibt es in Romanen Zauberringe? Oder Zauberstäbe in allen möglichen Formen? Eine magische Zeit zum

Beispiel …« Ich trank einen Schluck. »Das könnte Mitternacht sein. Magischer als die Geisterstunde wird's ja wohl nicht mehr.«

»Aber ein magischer Ort?« Emmy war noch nicht völlig überzeugt. »Keine Ahnung … Könnte das eine Kirche sein? Alte Kirchen wurden früher doch oft auf heidnischen Kultstätten gebaut.«

Ich konnte verstehen, dass ihr die Vorstellung nicht sonderlich behagte, Blut in einer Kirche zu vergießen, egal, ob die Klinge neu war oder gebraucht. Aber ich kam nicht dazu, diesen Gedanken zu teilen, denn Grayson stöhnte auf.

»Bitte sagt mir jetzt nicht, dass wir mitten in der Nacht zum Steinkreis müssen.«

Einen Moment herrschte Ruhe. Eine Gänsehaut zog sich über meine Arme und neben mir richtete Ben sich auf.

Dann sagte Sarah: »Doch. Doch, ich glaube, genau dahin müssen wir.«

Wir rätselten noch beinahe eine Stunde. Manche Vorgaben waren glasklar und leicht umzusetzen – ein neues Messer konnten wir problemlos besorgen –, andere halfen uns nur mäßig weiter. Vor allem über das »mit Blut besiegeln« wollte ich nicht genauer spekulieren, obwohl Ben da nur mit den Schultern zuckte.

»Ein Schnitt in die Handfläche, das wird wohl reichen«, meinte er.

»Denk an die Hand von Wurmschwanz«, war sich Grayson nicht zu schade einzuwerfen.

Doch Ben grinste ihn nur an. »Das werde ich, wenn ich vorhabe, einen bösen Zauberer von den Toten zu erwecken.«

»Jungs«, mahnte Sarah, aber es war zu spät.

Ben und Grayson begannen, sich absurde Details aus Filmen, Büchern und Videospielen um die Ohren zu hauen, dann stimmte

Emmy mit ein, und irgendwann sahen Sarah und ich uns an und gaben auch unseren Senf dazu. Es tat gut, sich über all diesen Zauberkram lustig zu machen. Natürlich wussten wir, wie viel von unserem Erfolg abhing, aber ein Teil von uns – und ganz bestimmt kein kleiner – brauchte die Gewissheit, dass wir immer noch in der normalen Welt lebten. Einer Welt, in der Magie zwischen Buchdeckeln verschwand, wenn sie zu gefährlich wurde.

»Weißt du, was das Problem ist?«, fragte ich Emmy, während die Leute um uns herum redeten, lachten und schon mal ihre Sprechchöre übten. Vor zehn Minuten hatte Nieselregen eingesetzt, aber das schien die wenigsten zu stören.

Emmy schon. »Dass wir hier dekorativ herumstehen, während die Jungs zumindest beim Laufen warm werden?«, brummelte sie und rieb sich die Oberarme. Seit einer halben Stunde beschwerte sie sich, warum die Jungsmannschaft das Benefizspiel absolvierte und wir Mädchen auf den Tribünen standen und sie anfeuerten.

»Im Prinzip verstehe ich, was du meinst, aber willst du dich heute wirklich im Matsch wälzen?« Ich klappte den Kragen meines Mantels hoch und warf einen missmutigen Blick in den Himmel.

Emmy verzog den Mund zu einem kleinen Lächeln. »Das nicht. Deswegen habe ich aus reiner Vorsicht keinen Sportkurs belegt.«

Schnaubend wandte ich mich ab. »Und schon stößt der Feminismus an seine Grenzen.«

»Gar nicht.« Ihre Augen blitzten, als sie mich angrinste. »Ich würde tausendmal lieber dich anfeuern als diese Raufbolde.«

Bei dem altertümlichen Wort musste ich lachen. Ich stupste sie mit dem Ellbogen an. Dass sie mich anfeuern würde, hatte sie im Oktober bei ähnlich widrigen Wetterbedingungen unter Beweis gestellt. Ich hatte den Cross-Country-Coach gebeten, mich nicht ins Wettkampfteam zu stecken – und nach ein bisschen Gedruckse hatte er auch begriffen, wieso –, aber in der ersten Erkältungswelle war ich trotzdem an einem Freitag für ein Querfeldeinrennen eingeteilt gewesen. Es war eine elende Schlammschlacht gewesen, doch Emmy hatte die Stellung gehalten. Genau wie Ben, Grayson und Sarah.

Und heute waren wir bei den Jungs an der Reihe. Der Anlass war ungleich bedeutsamer: Jedes Jahr spielten unsere Schule und die von Rampside um den Eagle's Cup und damit um Ruhm, Ehre und ein Preisgeld von zehntausend Pfund, das einem gemeinnützigen Projekt zugutekam. Emmy hatte erzählt, dass wir in den vergangenen beiden Jahren verloren hatten, umso entschlossener war Coach Macallen, den Pott diesmal zurückzuerobern.

Und deswegen würde ich gleich zusehen, wie sich mein Freund mit zwei Dutzend anderen Jungs im Schlamm wälzte und hoffentlich nicht mehr als ein paar blaue Flecken abbekam. Rugby und ich waren im ersten Trimester noch keine Freunde geworden.

Ich nippte an dem Tee, den ich mir vorhin geholt hatte und der mittlerweile nur noch lauwarm war. »Ich mag ja verweichlicht sein, aber ich fände es okay, wenn gar niemand bei diesem Wetter draußen Sport machen müsste.«

»Stell unsere heiligen britischen Traditionen nicht infrage.«

»Würde ich nie wagen.«

Wir grinsten uns an und blickten gleichzeitig nach oben, als plötzlich aus dem Nieseln ein handfester Schauer wurde. Schützend hielt ich meine Hand über meinen Tee.

»Aber was ich vorhin meinte … das Problem«, ergänzte ich, als Emmy mich verständnislos ansah.

»Mit dem Fluch?«, fragte sie leise.

»Oder damit, wie wir ihn brechen.« Ich beugte mich ein kleines

Stück zu ihr. »Es kann ja sein, dass wir mit unseren Annahmen recht haben. Der Steinkreis um Mitternacht, das Messer und so. Aber die Hammonds werden uns niemals für voll nehmen, wenn wir ihnen sagen, dass sie bei einem Ritual Bens Wiedergutmachung annehmen müssen.«

Wie in Zeitlupe wanderten Emmys Mundwinkel nach oben. Wir wussten beide, dass die Situation nicht lustig war, doch die Vorstellung, dass sich Diane mitten in der Nacht freiwillig in die Hand schnitt und ihr Blut mit Bens vermischte, hatte ihre Komik.

Nachdenklich schaute Emmy aufs Spielfeld hinunter. Um uns war es noch lauter geworden, und nun erkannte ich auch, warum: Die Spieler hatten Aufstellung genommen. Sie waren jetzt schon so durchnässt, dass ihnen die Trikots am Körper klebten, aber Emmy schien das nicht wahrzunehmen. Dafür sah sie viel zu abwesend aus.

»Ben ist der jüngste lebende Aldringham. Der einzige aus seiner Generation«, überlegte sie halblaut. »Vielleicht ist Diane sowieso nicht die Richtige. Vielleicht muss es Bens Entsprechung sein.«

Skeptisch wandte ich meinen Blick von Ben ab und sah sie an. »Wäre das nicht ein bisschen spitzfindig? Wenn wir auch noch die richtige Generation herausfinden müssen, würde das ja bedeuten, dass wir unendlich viele Fehler machen können.«

Emmys grüner Blick legte sich beinahe mitleidig auf mein Gesicht. »Ich fürchte, genauso ist es.«

»Ach Mensch, Em.« Es war komplett irrational, ihr diese Warnung übel zu nehmen, doch die Geschichte mit den Hammonds und Sarahs Fund der »Magischen Wunderkräfte und Unterweisungen« hatten Ben und mir neuen Auftrieb gegeben. Eine Erinnerung daran, dass wir trotz allem im Nebel stocherten, hob nicht gerade meine Stimmung.

Sie ließ sich von meinem vorwurfsvollen Ton nicht stören. »Worauf ich hinauswill, ist: Vielleicht brauchen wir Diane gar nicht. Vielleicht ist Laini sowieso die bessere Lösung.«

Ich starrte sie an. Langsam bogen sich ihre Mundwinkel nach oben.

»Du brauchst nichts zu sagen. Ich weiß, ich bin genial.«

Das durfte gern so stehen bleiben. Ich wusste zwar noch nicht, wie wir Laini dazu bringen würden, uns zu glauben, aber die Chancen dafür standen bei Weitem besser als bei ihrer Mutter.

Dieser Gedanke war so beruhigend, dass ich beinahe anfing, das Spiel, das anscheinend mit einiger Leidenschaft hin und her wogte, mit Begeisterung zu verfolgen.

»Heeeeyyyy! Der Held des Tages!«

Grayson grinste übers ganze Gesicht, als er zweieinhalb Stunden später auf unsere Gruppe zulief und sich feiern ließ. Dhani klatschte ihn ab, dann Singh und Ben.

Ich umarmte Grayson und Singh und wandte mich Ben zu. »Alles in Ordnung?«

Er sah an sich herunter. »Ja, alles noch dran.«

»Und quasi auf Hochglanz poliert.« Seine Haare waren noch feucht von der Dusche, alle Spuren von Dreck und Schlamm beseitigt. Ich trat auf ihn zu und schlang die Arme um ihn. »Hab genau gesehen, dass du zwei Touchdowns gemacht hast«, murmelte ich.

»Versuche erzielt«, verbesserte er mich, zog mich aber enger an sich.

Stirnrunzelnd hob ich den Kopf. »Aber du hast doch Punkte bekommen.«

Langsam begann er zu grinsen. »Mit Rugby-Regeln hast du dich noch nicht viel auseinandergesetzt, oder?«

Ich verdrehte die Augen. »Dieser Kelch ist an mir vorübergegangen.«

Ben lachte leise. »Ist irgendwie süß, wenn du zur Abwechslung mal so ahnungslos bist.«

Ich wollte protestieren, doch seine Hände glitten unter meinem Mantel meine Wirbelsäule hinauf, und ich musste aufpassen, dass ich nicht zu schnurren anfing.

Er sah mir in die Augen und beugte sich ein Stück zu mir, aber Dhani stöhnte laut auf. »Könnt ihr beiden eigentlich nicht mal fünf Minuten die Finger voneinander lassen?«

Ich hielt Bens Blick noch einen Moment, dann drehte ich mich zu den anderen.

»Schwer«, antwortete ich, und Ben lehnte sich lachend an mich. Er drückte mir einen Kuss auf den Scheitel.

»Mum hat gerade das Essen gebracht«, verkündete Singh. »Vielleicht lenkt euch das ja kurzzeitig ab.«

Das tat es wirklich, denn kaum hatte er den Satz beendet, roch ich es: Die Mishras hatten heute das Catering übernommen und ein indisches Buffet geliefert. Es duftete nach Kokosmilch, Knoblauch und Curry, und plötzlich fiel mir der Magen beinahe bis zu den Knien. Ich hatte gar nicht gemerkt, wie ausgehungert ich war.

Wir reihten uns in die Schlange ein, die innerhalb von einer Minute auf zehn Meter angewachsen war. Immer wieder gratulierte jemand Grayson oder klopfte Ben und Dhani auf die Schulter. Ein paar Leute blieben stehen und fachsimpelten über Spielzüge, an die ich mich beim besten Willen nicht erinnerte, ein paar Mädchen winkten Ben zu. Heute Abend bekam aber eindeutig Grayson mehr Aufmerksamkeit, und überhaupt hatte ich nicht das Gefühl, dass Ben die interessierten Blicke bemerkte. Wahrscheinlich trugen auch die körperliche Müdigkeit und die Freude über den Sieg dazu bei, doch ich hatte ihn hier in der Schule noch nie so entspannt erlebt. So zu Hause. Wo er sich sonst immer ein wenig abseits hielt, zufrieden mit seinen eigenen Gedanken und seiner eigenen Agenda, war er heute einer von ihnen.

Das Essen war mein persönliches Highlight des Abends. Klar, der Sieg war wichtig gewesen, aber ich hatte noch nie so gut Indisch gegessen. Schon das Naanbrot war anbetungswürdig.

Anscheinend ging es mir nicht allein so, denn eine Weile wurde es ruhiger in der Cafeteria. Wir schlugen uns den Bauch voll, lachten und unterhielten uns, bis Mrs Goddard auf die kleine Bühne an der Stirnseite des Raums trat und um Ruhe bat. Es folgten ein paar anerkennende Worte, dann rief sie den Coach und das Team zu sich. Ben drückte meine Hand, dann folgte er den anderen auf die Bühne.

»Herzlichen Glückwunsch zum Gewinn des Eagle's Cup 2022!« Mrs Goddard hatte ihren Satz kaum beendet, als die versammelte Schülerschaft in Gebrüll ausbrach. Wir sprangen von den Stühlen, klatschten und wiederholten den Schlachtruf der Mannschaft. Die Jungs standen Arm in Arm auf der Bühne, hatten Mrs Goddard in ihre Mitte genommen und ließen sich feiern.

In meiner Tasche vibrierte mein Handy. Beim ersten Mal ignorierte ich es, aber als es dreißig Sekunden später wieder ansprang, zog ich es heraus und erkannte Silas' Namen auf dem Display. Jetzt erst sah ich, dass er schon drei Nachrichten geschickt hatte.

Ich nahm seinen Anruf an und rief: »Moment, ich gehe schnell raus«, dann gab ich Emmy und Sarah ein Zeichen, dass ich kurz verschwinden würde. Während ich den Seitenausgang ansteuerte, fing ich Bens fragenden Blick auf. Ich zuckte mit den Schultern.

Kaum fiel die Tür hinter mir ins Schloss, war es beinahe still. Ich hob das Handy an mein Ohr. »Sorry, hier wird gefeiert, Silas. Die Jungs haben gewonnen. Was ist los?«

»Valerie …« Als wäre ich gegen eine Glaswand gelaufen, blieb ich stehen. Silas' Stimme klang, als könne er kaum ausreichend Luft durch seine Kehle pressen. »Wir sind im Krankenhaus. Die Kleine kommt. Und es … es gibt Probleme.«

20

Verstanden. Hab dich lieb!«, schob ich noch hinterher, aber Silas hatte schon aufgelegt.

Langsam ließ ich das Handy sinken. Mein Herzschlag dröhnte in meinen Ohren, und einen kurzen Moment musste ich die Hand ausstrecken und mich am Fensterrahmen festhalten, weil mir so schwindlig war. Dann klärten sich meine Gedanken wieder. Als ich den Kopf hob, sah ich in der Scheibe vor mir ein zweites bleiches Gesicht.

Ich drehte mich um. Ben stand mir gegenüber und starrte mich aus riesigen Augen an.

Als würde das irgendetwas erklären, hob ich das Handy. »Das war Silas. Sie … sie sind im Krankenhaus, das Baby kommt. Aber es gibt … Komplikationen.«

Noch während ich redete, stürzte Ben auf mich zu und zog mich an sich. Seine Umarmung fühlte sich ganz anders an als sonst, mein Körper fühlte sich anders an, steif und taub.

Heftig atmend trat Ben einen Schritt zurück und nahm mein Gesicht in die Hände. »Ich rufe meinen Dad an. Wir fahren sofort ins Krankenhaus. Wir …«

»Nein.« Energisch schüttelte ich den Kopf. »Silas will das nicht. Sie sind ja sowieso im Kreißsaal und außerdem ist Diane da und …« Langsam sah ich auf. Den Ausdruck in seinen Augen hatte ich noch nie gesehen, so dunkel und sanft und … entschlossen. Aber gerade konnte ich mir keinen Reim darauf machen. »Wir müssen nach Ellonby. Sie haben alles stehen und liegen lassen. Wir müssen füttern und alles zumachen und …«

Ich wusste nicht, wie ich den Satz beenden sollte, es war auch egal. Ben hatte sein Handy schon am Ohr.

»Dad«, sagte er nach ein paar Sekunden, »kannst du uns abholen? Lainis Baby kommt und wir müssen in Ellonby nach den Tieren sehen … Okay. Bis gleich. Und danke.«

Ben war kurz in die Cafeteria zurückgegangen, um den anderen Bescheid zu geben, doch erst als wir in Gordons Auto saßen, hatte ich wieder das Gefühl, in der Wirklichkeit zu landen. Ich schob die Erinnerung an Silas' Stimme, die Sorge darin, weit von mir weg und konzentrierte mich nur auf die nächste halbe Stunde.

Zu dritt machten wir uns ans Werk. Ich war so dankbar, dass Gordon und Ben einfach anpackten, ohne dass ich groß etwas sagen musste, aber vermutlich wussten sie beide besser als ich, was jetzt getan werden musste.

Wir waren gerade dabei, das Heu für die Ponys vorzubereiten, als mein Handy vibrierte.

»Mama?« Ich erschrak selbst, wie zittrig meine Stimme klang. Wie sehr ich sie jetzt bei mir haben wollte!

»Hallo, mein Schatz. Wie hältst du dich?«

Ich erzählte ihr in wenigen Worten, dass mir Ben und Gordon auf dem Hof halfen und wir danach auf Neuigkeiten warten würden.

»Das ist gut. Ich hätte nicht gewollt, dass du allein bist.« Ich kniff die Augen zusammen, und ich glaube, sie konnte bis nach Deutschland spüren, wie sehr ich sie in diesem Moment gebraucht hätte. »Es kommt alles in Ordnung«, versprach sie mir. »Valerie, Laini ist jung und sie ist stark. Das Baby ist gesund. Die beiden schaffen das.«

»Versprochen?«, flüsterte ich.

»Ganz sicher«, antwortete sie. »Ach, mein Spatz …« Jetzt klang auch sie so, als wollte sie am liebsten weinen. »Wir sprechen nachher noch mal, ja? Macht erst mal, dass ihr ins Warme kommt.«

»Mhm«, stimmte ich ihr wacklig zu. »Drück Kristof von mir.«

»Das mache ich. Hab dich lieb.«

»Hab dich auch lieb.«

Wir legten auf, und ich presste die Lippen aufeinander, um nicht komplett die Fassung zu verlieren, aber da lag Bens Hand auf meiner Schulter, und ich schluchzte auf. Doch es war mir egal, dass ich auf einmal nur noch ein Häufchen Elend war. Ben sah mich nicht zum ersten Mal so und bei Gordon störte es mich komischerweise auch nicht.

Sanft schob Ben mich Richtung Haus. Ich suchte ein paar Sachen für die Nacht zusammen, während Ben alle Türen verriegelte und die Fensterläden schloss. Wenig später waren wir abfahrbereit und ich hatte meinen Heulkrampf überwunden.

Mama hatte es gesagt: Laini und das Baby waren gesund. Und Silas war bei ihnen. Es würde alles gut ausgehen.

Auf Renwick wartete Charlotte schon mit einer Kanne heißer Schokolade, haufenweise Snacks und einer Wolldecke auf mich. Ein paar Minuten gluckten die drei wie ein besorgter Hühnerhaufen um mich herum, aber kurz bevor es anfing, komisch zu werden, fanden wir alle einen Platz um den Couchtisch. Ich kuschelte mich an Ben und scherte mich nicht im Geringsten darum, dass wir das bisher immer vermieden hatten, wenn Gordon und Charlotte dabei waren. Es kam mir aber nicht so vor, als würde es sie stören. Im Gegenteil, sie rückten immer näher zusammen, sodass sie irgendwann beinahe so eng beieinandersaßen wie Ben und ich. Nicht mal das war mir peinlich. Heute waren anscheinend die normalen Anstandsregeln außer Kraft gesetzt.

Nach dem dritten Becher Kakao nahm Gordon ein Päckchen Spielkarten aus einer Schublade. Ben stöhnte auf, doch Gordon verzog keine Miene, als er den Stapel mischte und die Karten austeilte. Er erklärte mir die Regeln. Sie kamen mir bekannt vor – es musste eins der Kartenspiele sein, die ich als kleines Kind mit meiner Uroma gespielt hatte. Obwohl ich schlapp wie zwei Wochen alter Kopfsalat war, griff ich nach meinen Karten und lächelte ihm dankbar zu. Er hatte recht: So war es viel einfacher, sich abzulenken.

Trotzdem spielte ich wie eine absolute Anfängerin. Immer wieder warf Ben mir entsetzte Blicke zu, als würde er eine Seite an mir entdecken, die ihm bisher völlig entgangen war, aber mehr als die Hälfte meiner Aufmerksamkeit hatte ich für die Karten auf dem Tisch nicht übrig. Es war mir auch egal, ob ich Fehler machte. Ich lachte mit den anderen, stopfte Schokolade und Erdnüsse in mich hinein und war einfach dankbar, dass mich diese Leute, die mich erst so kurz kannten, behandelten, als würde ich zu ihnen gehören.

Nach dem fünften Spiel, das ich ebenso verloren hatte wie die vier zuvor, stand Charlotte auf. »Zeit fürs Bett. Und nein, keine Widerrede.« Sie lächelte mich an. »Du lässt dein Handy an, und wenn Silas sich meldet, weckst du uns, und wir fahren dich nach Sedgwick. Es kann noch die ganze Nacht dauern.«

Ich holte ein bisschen wacklig Luft, stemmte mich aber auf die Füße. »In Ordnung.«

Als ich nach den Schüsseln und Tassen greifen wollte, wehrte Gordon ab. »Lass mal. Wir räumen das auf, und ihr geht hoch und seht zu, dass ihr ein bisschen Schlaf abbekommt.«

Ben stand schon neben mir. »Okay. Gute Nacht.«

»Gute Nacht.« Ich folgte ihm zur Tür. »Und danke.«

Während ich neben Ben die Treppe hinaufstieg, merkte ich erst, wie müde ich war. Ich fing seinen Seitenblick auf. Er streckte den Arm aus und strich über meinen Handrücken.

»Morgen früh haben wir bestimmt schon gute Nachrichten. Und dann bist du Tante.«

Bei dem Gedanken musste ich trotz allem lächeln. »Und Silas ist Papa.« Ich schnaubte. »Kaum zu glauben. Vor zwei Jahren hatte er noch Pickel.«

Ben lachte und zog mich die letzten Meter bis zu seinem Zimmer. Er überließ mir das Bad, und als wir eine Viertelstunde später endlich unter seiner Bettdecke lagen, fielen mir schon die Augen zu. Ben zog mich in seine Arme. Trotz meiner Erschöpfung konnte ich spüren, wie angespannt er war, aber ich brachte es nicht mehr über mich, ihn danach zu fragen. Während seine Hand immer wieder über meinen Rücken glitt und er mir Worte zuflüsterte, die ich nicht verstand, schlief ich ein.

Mitten in der Nacht wachte ich auf. Ich hatte geträumt, dass der Akku meines Handys leer gewesen war und Silas hundertmal versucht hatte, mich zu erreichen. Mein Herz pochte heftig und beruhigte sich auch nicht, als ich mich vergewisserte, dass mein Smartphone noch zu einunddreißig Prozent geladen war.

Das reichte nicht bis morgen, oder?

Eine Weile versuchte ich, mir das Gegenteil einzureden, doch dabei wurde ich immer wacher, weil ich versuchte, Ben nicht zu stören. Ruhig atmend lag er neben mir.

Schließlich wurde es mir zu bunt. Durch meinen Kopf spukte ein Schreckensszenario nach dem anderen. So würde ich gar nicht mehr einschlafen können.

Vorsichtig schälte ich mich aus der Decke und kletterte die Leiter hinab.

»Was 'n los?«, fragte Ben, doch ich hatte nicht den Eindruck, dass er vollkommen wach war.

»Muss nur aufs Klo«, flüsterte ich. »Schlaf weiter.«

Brummend drehte er sich um und murmelte noch etwas, was ich nicht verstand. Ich lachte in mich hinein.

Dummerweise hatte ich mein Ladegerät im Erdgeschoss gelassen, also schlich ich die Treppe hinunter und kramte in meinem Rucksack. Verspätet ging mir auf, dass es hier in der Eingangshalle viel heller war, als es das spärliche Mondlicht rechtfertigte, das durch das hohe Fenster hereinfiel. Ich wandte den Kopf und merkte, dass im Flur eine Lampe brannte.

War noch jemand wach?

Vorsichtig stand ich auf und spähte um die Ecke. Genau in diesem Moment trat Gordon aus dem Wohnzimmer und wandte sich Richtung Küche. Er trug noch Hose und Pulli, trotzdem zog ich den Kopf zurück. Auch wenn er mich heute in meinen schwächsten Momenten gesehen hatte, gab es Grenzen der Vertraulichkeit.

Ich wollte mich umdrehen und zurück in Bens Zimmer gehen, doch ich stockte. Gordon war vor der Wand stehen geblieben. Ich erkannte sein Profil, und mein Herz krampfte sich zusammen, als ich den Ausdruck auf seinem Gesicht sah. Unendlich traurig drückte er die Fingerspitzen an seine Lippen und legte sie auf den Rahmen eines Fotos. Die Geste war so sanft, dass mir die Hitze ins Gesicht stieg. Ich glaubte zu wissen, wem diese Zärtlichkeit galt, und ich hatte hier, an diesem Ort, zu dieser Zeit, nichts verloren. Mit angehaltenem Atem stieg ich die Treppe hinauf und bemerkte erst auf dem Absatz die Tränen, die mir über die Wangen liefen.

Am Morgen hielt es mich nicht lang in den Federn. Die Situation mit Gordon kam mir nur noch wie ein Traum vor, und ein Blick auf mein jetzt voll aufgeladenes Handy sagte mir, dass sich weder Silas noch Mama gemeldet hatten. So schnell wie möglich zog ich mich an. Als ich nach einer Katzenwäsche aus dem Bad kam, stand Ben in der Tür seines Zimmers und rieb sich schlaftrunken die Augen. Ich trat auf ihn zu und wollte ihn umarmen, weil er so süß aussah mit seinen verstrubbelten Haaren und dem knitterigen Shirt, doch da hörten wir Stimmen von unten. Zwei Männerstimmen.

Ich rannte beinahe die Treppe hinunter, dann hielt ich abrupt, als ich Silas am Eingang erkannte. Er hatte dunkle Schatten unter den Augen, aber sonst schien er guter Dinge zu sein. Gordon hielt ihm die Tür auf.

Erst schien er ablehnen zu wollen, dann trat er doch über die Schwelle. Als er mich auf der untersten Stufe stehen sah, fing er an zu lächeln. Müde zwar und fürchterlich erschöpft, aber glücklich.

»Guten Morgen, Tante Valerie«, sagte er mit kratziger Stimme. »Willst du deine Nichte kennenlernen?«

Ich hatte geglaubt, dass eine Geburt Anlass für Staunen und feierliche Stille sei, aber die folgenden Stunden gehörten zu den chaotischsten, die ich je erlebt hatte.

Gordon bestand darauf, dass wir frühstückten, bevor Silas mich ins Krankenhaus fuhr, und da Silas sich nur kurz bitten ließ und anschließend reinhaute für drei, vermutete ich, dass er seit gestern Nachmittag nichts mehr gegessen hatte. Danach beglückwünschte ich eine müde, aber vor Stolz strahlende Laini und hatte genau drei Minuten, um die winzige, zerknautschte Matilda zu bewundern, bevor der Hammond-Clan einfiel. Ich bewunderte Lainis Durchhaltevermögen, andererseits konnte eine frischgebackene Mama ja wahrscheinlich nicht oft genug hören, wie süß ihr Baby war. Diane lief zu Höchstform auf und managte den nicht abreißen wollenden

Besucherstrom, sodass mir nichts blieb, als in einer Ecke auf einem Stuhl zu sitzen und hin und wieder die Hand auszustrecken, um über Tillies erstaunlich dicht behaarten Kopf zu streicheln.

Gegen vier wurde es Laini zu bunt. Die Ärztin hatte ihr ein paar Minuten zuvor grünes Licht gegeben, nach Hause zu gehen. Also packte sie Tillie und ihre Tasche, winkte einmal in die Runde und verkündete, dass sie Besuch bis auf Weiteres nur mit Anmeldung empfangen würde. Dann marschierte sie aus dem Zimmer und Silas und ich konnten ihr nur verblüfft folgen.

»Hart im Nehmen, deine Freundin«, flüsterte ich ihm auf dem Flur zu.

Er nickte ergeben und dann wuselten wir hinter Laini her. Silas griff sich die Babyschale, ich Lainis Tasche und zu viert fuhren wir nach Ellonby.

»Nicht dein Ernst, Mann.« Ungläubig betrachtete Silas seine Tochter, die innerhalb von Sekunden auf Bens Arm eingeschlafen war.

Es war Sonntagabend und Laini, Silas und ich hatten vierundzwanzig beinahe schlaflose Stunden hinter uns. Das sah man uns an.

Ben grinste. »Ich glaube, sie mag mich.«

»Glückwunsch zur Beförderung«, brummte Laini und stützte den Kopf auf die Hände. »Du bist ab sofort Babysitter Nummer eins.«

Nun wirkte Ben doch etwas alarmiert. Als er Silas Tillie wieder in die Arme drücken wollten, wehrte der ab.

»Nein, nein, lass sie mal schlafen. Du machst das gut.«

Ich hüstelte und versteckte mein Grinsen hinter meiner Hand. Trotzdem fing ich mir einen bitterbösen Blick von Ben ein.

»Wie wär's, wenn du dich mit ihr eine Weile ins Wohnzimmer setzt, und wir legen uns in der Zwischenzeit hin?«, fragte ich zuckersüß.

Die Panik, die jetzt in seinen Augen stand, brachte Laini zum Lachen. Sie streckte die Arme aus. »Gib schon her, Ben. Diesmal kommst du noch davon.« Ihr Lächeln wurde teuflisch. »Aber wenn sie aufwacht, musst du wieder ran.«

Ben nickte knapp. »Dann leihe ich mir jetzt mal meine Freundin aus.«

Er hielt mir die Hand hin und zog mich zur Tür. Erst in meinem Zimmer blieb er stehen und drehte sich so, dass er mir ins Gesicht sehen konnte.

»Bist du in Ordnung?«

Ich lachte. »Klar! Also, müde … Aber neues Baby, neues Leben. Das gilt anscheinend auch für Tanten.«

Ben brummte mitfühlend und umarmte mich. Genießerisch atmete ich ein und kuschelte mich in seine Arme. Seine Körperwärme machte mich erst recht schläfrig.

»Bleibt das jetzt so?«

Grinsend hob ich den Kopf und sah ihn an. »Zumindest bis sie in die Schule geht.«

»Im Ernst jetzt.«

Ich zuckte mit den Schultern. »Diane meint, in drei Monaten wäre sie aus dem Gröbsten raus.«

»Drei Monate?« Ben wirkte ehrlich schockiert. Dann wandelte sich sein Gesichtsausdruck ins Nachdenkliche. »Unseren Plan können wir dann wohl vergessen.«

Ich drückte ihn. »Erst mal. So wie jetzt bleibt es ja nicht. Ist doch klar, dass Laini gerade an nichts anderes denken kann als an Tillie, aber sobald hier Alltag einkehrt …«

Zweifelnd sah Ben mich an.

»Wirklich! Um die Tiere muss sich Laini auch kümmern, sie hat gar keine Zeit, Tillie ständig zu beglucken. Spätestens dann weihen wir sie ein.« Bens Blick war abgeschweift, also drehte ich seinen Kopf zu mir. »Und in der Zwischenzeit finden wir heraus, was wir noch nicht wissen.«

Seine Mundwinkel bogen sich nach oben. »Sarah, meinst du.«

Ich unterdrückte ein Lachen. »Egal, wer. Aber wenn Laini wieder im Spiel ist, sind wir bereit.«

21

Nach ein paar Tagen konnte ich über meine Naivität nur noch lachen. Der Alltag ging weiter – der Hof, die Tiere, die Schule –, doch alles war anders als zuvor. Häufig war Diane da, und meistens brachte sie jemanden aus der weitläufigen Hammond-Verwandtschaft mit, der Silas auf dem Hof half, sodass ich mich nicht allzu schäbig fühlte, wenn ich für meine Hausaufgaben die Zimmertür hinter mir schloss. Dafür räumte ich auf und staubsaugte, wusch (tonnenweise) Wäsche und übernahm häufiger das Kochen. Selbst dabei drehte sich alles um Tillie: Zwiebeln und Knoblauch waren tabu, Kohl sowieso, und bei allem, was über Salz und Kartoffeln hinausging, fragte ich vorsichtshalber nach.

Ich freute mich auf den Tag, wenn die Kleine sich ausschließlich von Nudeln mit Ketchup ernährte.

Von Tag zu Tag wurde Ben ungeduldiger, auch wenn er sich bemühte, es nicht zu zeigen. Sarah fand tatsächlich noch ein paar interessante Details zu unserem Vorhaben, Ben kaufte im Outdoorladen ein Jagdmesser und Grayson und Emmy baldowerten die geeignetste Strecke zum Steinkreis aus. Sie musste nachts und womöglich bei Schneefall sicher befahrbar sein. Immerhin konnten wir nicht erwarten, dass Laini – sollte sie zustimmen – mitten in der Nacht mit uns über die Fells lief.

Auch für unsere Ausflüge in die Berge blieb weniger Zeit: Mittlerweile war Dezember, und es wurde früh dunkel – viel früher als in Deutschland, wie ich immer wieder verblüfft feststellte. Doch wir waren hier ja auch viele Hundert Kilometer weiter nördlich. Bis in den November hinein hatten wir es nach der Schule hin und wieder geschafft, nach der Herde zu sehen, aber nun blieben Ben und mir für unsere Besuche nur die Wochenenden.

Aus unseren wunderschönen, eleganten Ponys waren schon vor einiger Zeit schlammverkrustete Zotteltiere geworden. Die Pferde in Deutschland hatten nie ein so ausgeprägtes Winterfell gehabt, entweder wurden sie eingedeckt oder geschoren. Dieser Ponypelz, den Gracie und die anderen sich zugelegt hatten, war unwiderstehlich. An trockenen Tagen liebte ich es, meine Finger darin zu vergraben und die Rauheit und Flauschigkeit auszukosten.

Doch auch das Verhalten der Ponys änderte sich. Ben wirkte auf Gracie wie ein Magnet, das war jetzt nicht anders als im Sommer. Zwar gab es Tage, an denen sie so weit in die Berge wanderten, dass wir sie nicht fanden, aber wann immer die Herde in der Nähe war, konnten wir uns darauf verlassen, dass Gracie sie zu uns führte. Zu Ben.

Einige der anderen Stuten hielten mehr Abstand. Im Sommer waren wir beinahe jeden Tag bei ihnen gewesen, sie hatten es nicht anders gekannt. Jetzt, als es vorkam, dass mehr als eine Woche zwischen unseren Besuchen verging, hielten manche Abstand. Das respektierten wir. Ben beobachtete jede von ihnen aufmerksam, besonders Fella, weil sie zum ersten Mal trächtig war, und nur wenn er das Gefühl hatte, dass er sich hier einen Huf oder da einen kleinen Kratzer aus der Nähe ansehen sollte, lud er sie zu sich ein. Er schien vor langer Zeit gelernt zu haben, dass es wenig Sinn hatte zu versuchen, sie einzufangen.

Eine derjenigen, die immer zu uns kamen, war Molly. Insgeheim glaubte ich sogar, dass sie bei mir sein wollte, nicht bei Ben. Meistens ließ ich ihn seine Inspektion allein durchführen, blieb bei ihr und kraulte sie. Die Fehlgeburt hatte sie sicher längst vergessen, doch Körperkontakt brauchte sie noch immer. Wenn an manchen Tagen eine niedrig stehende Sonne zwischen den Wolken hervorblinzelte und die Fells in Gold tauchte, dann kam es vor, dass wir minutenlang nebeneinanderstanden und ich ihr einfach nur meine Gedanken schickte. Ob ihr bewusst war, dass ihr etwas fehlte, konnte ich nicht sagen, aber dass sie mich verstand, daran hegte ich keinen Zweifel. Ihr Atem ging ganz ruhig, ihr Ohr drehte sich immer wieder zu mir, und wenn ich mich an sie lehnte, konnte ich den Frost in ihrer Mähne riechen.

Einmal ertappte ich Ben dabei, wie er uns beobachtete. Der Ausdruck auf seinem Gesicht ließ mich die Hand ausstrecken. Er kam zu mir und stellte sich auf Mollys andere Seite, seine Finger mit meinen verflochten. Es dauerte nicht lang, bis Gracie sich zu uns gesellte, dann Viv und Della, selbst Winnie und Fella. Sogar die Jungtiere waren nicht übermütig, sondern schlossen sich der Herde an, bis wir umringt waren von siebzehn Ponys, die genau wie wir das Sonnenlicht in sich aufnahmen. Es war ein verzauberter Moment, eine Erinnerung daran, dass wir nicht so verschieden waren. Dass wir Wärme und Nähe und Licht brauchten und sonst nicht allzu viel.

»Dann hast du River ausgesucht?«, fragte ich, als wir uns auf den Nachhauseweg machten.

Ben griff nach meiner Hand und strich mit dem Daumen darüber. Sein rechter Mundwinkel hob sich, als er mich ansah. »Das hast du gemerkt, hm?«

Wir waren länger auf dem Fell geblieben, als wir geplant hatten. Jetzt stieg Nebel aus dem Gras auf und über uns spannte sich ein silbervioletter Himmel. Das letzte Tageslicht reichte gerade noch aus, dass wir sahen, wohin wir die Füße setzten.

Ich drückte Bens Hand. »Meinst du nicht, dass es dir schwerer fällt, dich von ihm zu trennen, wenn du dich jetzt so viel mit ihm beschäftigst?«

»Es soll doch ein Opfer sein.« Mein Stirnrunzeln quittierte er mit einem Schulterzucken. »Ich will sicher sein, dass er gut klarkommt bei Laini … bei euch.« Er grinste. »Er wird sich an so viel Neues gewöhnen müssen, die anderen Ponys, die Rangordnung, den Rhythmus, den sie nicht selber bestimmen.« Seine Stimme klang nachdenklich. »Je mehr er übt, auf Menschen zu reagieren, desto einfacher wird es für ihn.«

Eine Welle von Zärtlichkeit schwappte über mich hinweg. Ben hätte River einfach ignorieren, sich beim Ritual umdrehen und nie wieder an ihn denken können. Aber so war er nicht. Was immer in seiner Macht lag, würde er für das Wohlergehen seiner Pferde tun.

»Menschen, hm?«, sagte ich und räusperte mich. »Bin nicht sicher, ob du da zählst.«

Im Dämmerlicht wurden seine Zähne sichtbar. »Was?«, fragte er mit einem Lachen in der Stimme.

Ich blieb stehen und schlang die Arme um ihn. »Manchmal, wenn ich dich mit ihnen da oben sehe, denke ich, Sarah hatte recht. Dass du dich vielleicht am Ende doch in ein Tier verwandelst.« Ich zögerte einen Moment, weil ich herausfinden musste, ob ich mich traute, dann sah ich ihn doch an. Seine Zähne leuchteten noch immer weiß. »In ein zotteliges Winterpony.«

Ich konnte fühlen, dass tief in ihm das Lachen blubberte, aber dann verebbte es plötzlich. Fast heftig legte er die Hände um mein Gesicht.

»Das würde mir keine Angst machen«, flüsterte er nah an meinen Lippen. »Weil ich wüsste, dass du einen Weg findest, mich zurückzuverwandeln.«

Er neigte den Kopf so, dass er meine Wange küssen konnte, und erst da merkte ich, dass ich weinte. Weil ich Angst hatte. Weil ich mir an manchen Tagen – so wie heute – nicht überzeugend genug einreden konnte, dass alles gut werden würde und ich nicht irgendwann wie Gordon an einem Bild vorbeilaufen und einen Kuss auf seinen Rahmen drücken würde.

In diesem Moment wollte ich es ihm sagen, alles, was ich fühlte, aber er küsste mich. Küsste mich so, dass alle Worte schmolzen und ich sie in den Kuss legte. Und ich glaube, er verstand.

Das Wetter schlug um und es wurde grau und trüb. Die Mähnen der Ponys hingen strähnig herunter und genau wie wir schienen sie sich in der feuchten Kälte so wenig wie möglich bewegen zu wollen. In der Schule stand jetzt beinahe täglich ein Test an, sodass ich kaum damit hinterherkam, mich auf jeden vorzubereiten. Selbst Ben schien das Arbeitspensum von seinen Sorgen um die Ponys abzulenken.

Trotzdem kämpfte er immer wieder mit seinem schlechten Gewissen, dass er sich so wenig um die Herde kümmerte. Manchmal stand er am Fenster und starrte hinauf zu den Fells, bevor ihm einfiel, dass ich da war, und er zurück zum Sofa und den Büchern kam. Er hatte es aufgegeben, mich täglich nach Laini zu fragen, weil Tillie noch immer jeden ihrer Gedanken beherrschte, und tat alles, um seine Ungeduld im Zaum zu halten. Gerade waren uns die Hände gebunden, er wusste es, aber es fiel ihm schwer, es zu akzeptieren.

Ausgerechnet Charlotte streute etwas Glitzer auf unsere Dezembertristesse.

»Ich brauche eure Hilfe«, verkündete sie, als Ben und ich uns an einem Samstagabend nach einer langen Lernsession in die Küche schleppten. Sie deckte gerade den Tisch in der Fensternische, während Gordon in einem Topf rührte, aus dem ein verführerischer

Duft herüberwehte. Auf der Kücheninsel stand ein Glas Rotwein, daneben lag eine Stange Weißbrot auf einem Holzbrett.

»Was gibt's?« Ben steuerte den Herd an, zögerte kurz und schnitt stattdessen das Brot in Scheiben.

Ich grinste in mich hinein und griff mir ein paar Servietten, die ich neben den Tellern verteilte. Am liebsten hätte ich Gordon auch gefragt, ob er mich mal probieren ließ. Allein bei dem Gedanken knurrte mein Magen.

»Es geht um Rosetree.« Charlotte sah mich an. »Das ist die Scheune, die wir im Herbst renoviert haben.«

Ben hatte gar nicht erzählt, dass die Scheune neuerdings einen Namen hatte, trotzdem nickte ich. Sie lag ein paar Hundert Meter vom Haupthaus entfernt hinter einem Wäldchen, und Charlotte hatte vor, sie ab dem kommenden Jahr für Hochzeiten und Firmenevents zu vermieten.

»Was ist damit?«, fragte Ben, als er den Brotkorb auf den Tisch stellte und sich neben mich auf die Bank setzte.

»Gordon und ich dachten, wir weihen sie dieses Jahr noch ein.«

»Kriegst du so schnell noch Buchungen rein?«, hakte Ben skeptisch nach. »Obwohl, vielleicht eine Weihnachtsfeier …«

»Genau. *Unsere* Weihnachtsfeier.« Charlotte kam mir für ihre Verhältnisse ziemlich aufgeregt vor. Ihre Augen blitzten und sogar ihre Wangen waren gerötet. Es war nichts übrig von der kühlen Beherrschtheit, die sie sonst oft an den Tag legte. Als weder Ben noch ich etwas sagte, schüttelte sie leicht den Kopf und erklärte: »Wir veranstalten einen Weihnachtsball. Für das Dorf, so wie das Sommerfest. Eine Band, ein Buffet, ein bisschen winterliche Deko … Ich will, dass von vornherein klar ist, dass Rosetree keine exklusive Location sein soll, sondern jederzeit den Leuten aus der Gegend offen steht.«

Der letzte Satz war wieder ganz Charlotte. Resolut stemmte sie die Hände in die Seiten. Ben und ich sahen uns an.

»Ja, gut«, sagte Ben mit einem Schulterzucken. »Aber wofür brauchst du uns dabei?«

Charlotte setzte sich uns gegenüber auf die Bank und grinste. »Ich will eure Meinung hören. Soll es traditionell grün und rot werden? Oder nehmen wir lieber eine zartere Farbpalette? Vielleicht setzen wir uns für die Planung mal zusammen.«

Während Gordon an den Tisch trat und den Topf mit Ragout zwischen uns stellte, tauschten Ben und ich unauffällig einen Blick. Charlotte war so ziemlich die resoluteste Frau, die ich kannte. Warum sie auf unsere Meinung Wert legen sollte, ging mir nicht ein. Dann kam mir ein Gedanke: Emmy hatte mir erzählt, dass Winterbälle auf Renwick Tradition hatten – und dass sie untrennbar mit Kit verbunden waren. Je stärker Charlotte Ben einband, desto geringer war aus ihrer Sicht wahrscheinlich die Gefahr, dass sich Ben gegen das Vorhaben stemmen würde.

Sie lud uns Bandnudeln auf die Teller und betrachtete uns erwartungsvoll.

Ich begann zu lächeln. »Wir sind dabei.«

»Äh, bitte?« Ben stellte meinen Teller ein bisschen zu heftig vor mir ab. »Sollten wir das nicht vielleicht noch besprechen? ›Weihnachtsball‹ klingt mir ein bisschen zu sehr nach schicken Klamotten.«

»Genauso klingt es.« Ich legte ihm einen Arm um den Hals. »Wann soll der Ball stattfinden, Charlotte?«

Sie nahm ihren Teller von Gordon entgegen und zwinkerte mir zu. »Am einundzwanzigsten Dezember. Das ist der letzte Schultag vor Weihnachten. Ich finde, so hart, wie ihr im Moment arbeitet, verdient ihr eine Belohnung.«

Für den Bruchteil einer Sekunde glitt ein überraschter Ausdruck über Bens Gesicht, dann hob er eine Augenbraue. »Mich einen Abend lang in Schale zu werfen, ist jetzt nicht gerade meine Vorstellung einer Belohnung.«

Gordon lachte leise. »Mein Sohn, du hast noch viel zu lernen.«

Ben setzte zu einer Antwort an, dann überlegte er es sich anders und seufzte nur. Resigniert schaute er mich an, dann glitt sein Blick zu Charlotte. »Also gut, meinetwegen. Vielleicht wird es ja gar nicht so schlecht.«

Charlotte und ich sahen uns verschwörerisch an.

Nach einem Moment richtete sich Bens Aufmerksamkeit auf seinen Teller. Er schien erst jetzt zu merken, dass das Essen unglaublich gut roch, und widmete sich mit voller Konzentration der dunklen Soße. Deswegen entging ihm Gordons Blick, der warm und liebevoll auf ihm lag.

Wie viele Entscheidungen hatten zu diesem Moment geführt? Vor ein paar Monaten hatten die beiden kaum ein Wort wechseln können, ohne sich zu streiten, und auch wenn die schwierigen Zeiten Spuren hinterlassen hatten, waren Gordon und Ben entschlossen, einen gemeinsamen Weg zu finden. Die Sicht des anderen zu respektieren. Eine Familie zu sein.

Ganz kurz presste ich meinen Oberschenkel an Bens Bein und erntete einen erstaunten Blick, aber ich lächelte nur in mein Ragout. So viele Entscheidungen … Und die beste war, dass ich in Rosley geblieben war.

22

Am Sonntag holte mich Ben nach dem Frühstück ab. Es war eine muntere Angelegenheit gewesen, weil wir alle vier durchgeschlafen hatten. Tillie quiekte vergnügt in ihrem Tagesbett und strampelte mit den Beinchen, Laini beteiligte sich schon vor der ersten Tasse Kaffee am Gespräch, und Silas' Gesicht wirkte das erste Mal seit Wochen frisch und rosig. Für mich traf ziemlich alles davon zu.

Das fiel auch Ben auf. »Was haben sie dir denn in den Tee getan?«, fragte er, als er hinter mir einen schmalen, steinigen Pfad hinaufkeuchte.

Ich lachte. So voller Energie hatte ich mich lang nicht gefühlt. »Bist wohl außer Form?«

Mitten in einer wegwerfenden Handbewegung hielt er inne. Die Herde hatte seine Aufmerksamkeit auf sich gezogen. Wir waren durch einen schmalen Felsdurchbruch in ein Tal hinausgetreten, und die Ponys hatten sich nur ein paar Hundert Meter von uns entfernt versammelt, als hätten sie auf uns gewartet. Sie standen nah beieinander, und immer wieder schien ein nervöser Schauer durch sie hindurchzugehen, wie ein elektrischer Impuls.

Wir blieben stehen und starrten auf die Herde. Gerade in dem Moment, als ich auf die Idee kam, die Pferde zu zählen, sagte Ben: »Ruby fehlt.«

Ich hielt mich gar nicht damit auf, es zu überprüfen. Wenn er das sagte, stimmte es.

»Also zum Beda Fell?«

Er wandte den Kopf zu mir. Ich wusste, dass er genau wie ich an den Tag im Sommer dachte, als wir Fella auf dem Beda Fell wiedergefunden hatten. Konnte es sein, dass der wilde Hengst auch Ruby von der Herde weggelockt hatte?

»Wenn sie einen Unfall gehabt hätte …« Er rieb sich durch die Haare und ging langsam auf die Ponys zu. Gracie hatte anscheinend nur auf dieses Signal gewartet, denn sie setzte sich in Bewegung. »… dann wären sie doch bei ihr geblieben. Sie wären nicht einfach weitergezogen. Und wir sind meilenweit von der nächsten Straße entfernt.«

Gracie langte bei ihm an, und er begann, sie zu streicheln.

Ich wartete, bis er es aussprach. »Also ja, ich glaube, wir sollten sie auf dem Beda Fell suchen.«

Doch wir entdeckten nichts. Diesmal gab es keine Pferdeäpfel, die uns verrieten, dass wir noch auf dem richtigen Weg waren, kein Pony, das sich in einem Dickicht verheddert hatte. Und vor allem war Winter, und es wurde schneller dunkel, als uns lieb war. Wir mussten umkehren, bevor wir etwas ausgerichtet hatten.

Als endlich die Lichter von Ellonby in der Dunkelheit vor uns auftauchten, atmeten wir auf. Zitternd beschleunigten wir unsere Schritte. Der Geruch nach Toast, der uns im Hausflur empfing, war himmlisch.

Tillies gute Laune hatte offenbar den ganzen Tag angehalten, denn sie krähte begeistert, als Ben in ihr Tagesbett schaute und sie begrüßte. Laini und Silas saßen schon am Tisch und schienen uns anzumerken, dass etwas passiert war.

»Eine der Zweijährigen ist verschwunden«, erklärte Ben, als Silas nachfragte. »Wir haben sie gesucht, aber bisher gibt es keine Spur von ihr.«

»Sie wurde doch wohl nicht gestohlen, oder?« Laini drehte sich auf ihrem Stuhl um und angelte vier geröstete Brotscheiben aus dem

Toaster, aber ihre Anspannung war ihr anzumerken. Jetzt erinnerte ich mich, dass sie mir von einer Diebstahlserie erzählt hatte, die vor ein paar Jahren die Züchter in der Nähe von Kendal in Atem gehalten hatte.

Ben und ich sahen uns an. Auf dem Rückweg hatten wir darüber gesprochen, und da wir gar keine Spur von Ruby gefunden hatten, kam uns ein Diebstahl mittlerweile plausibler vor. Aber welche Diebe begnügten sich mit einem einzigen Pferd? Selbst wenn sie keine Möglichkeit hatten, eine ganze Herde zu transportieren, hätten sie doch sicherlich zumindest ein zweites und drittes Pony mitgenommen. Wenn sie schon dieses Risiko eingingen.

Laini stimmte Ben zu, als er unsere Überlegungen zusammenfasste. »Was hast du jetzt vor?«, fragte sie, als wir eine Weile gedankenverloren auf unserem Brot herumgekaut hatten.

Ben zuckte mit den Schultern. Er wirkte entspannter als den ganzen Tag über, stellte ich erleichtert fest. Tillies Glucksen, Buttertoast und eine große Tasse Tee verfehlten ihre beruhigende Wirkung nie.

»Wir müssen zur Polizei«, antwortete er. »Aber ob sie uns da helfen werden? Beweise haben wir ja nicht.«

Und für jeden, der nicht wusste, wie eine Pferdeherde funktionierte, war es auch viel wahrscheinlicher, dass Ruby weggelaufen oder abgestürzt war. Er sprach es nicht aus, doch das musste er auch nicht. Es war uns allen völlig klar.

Ben lehnte den Kopf an die Wand und starrte an die Decke. »Und ich muss morgen noch mal los. Vielleicht finde ich was, was uns heute in der Dämmerung entgangen ist.«

»Ihr habt diese Woche drei Tests«, warf Laini streng ein, »du kannst nicht einfach die Schule schwänzen.«

Silas und ich verbargen unser Grinsen hinter unseren Teetassen, doch ich konnte sehen, dass sich Bens Mundwinkel nach oben bogen. Seit Tillie auf der Welt war, hatte sich Laini einen ziemlich mütterlichen Ton angewöhnt.

»Was?«, fragte sie scharf, als sie unsere Gesichter bemerkte. »Es ist das letzte Schuljahr. Wenn sich Ruby verlaufen hat, kommt sie ein paar Tage allein klar. Aber deine Noten zählen für deinen Abschluss.«

Ben schaute sie an. »Du hast recht. Um die Noten geht's mir zwar nicht, aber ich hab Dad versprochen, dass ich nicht zu weit in die Berge gehe. Auch bei einem Notfall.«

Sein Kiefer spannte sich an, als würde ihm jetzt erst aufgehen, auf was für einen Deal er sich da eingelassen hatte, doch er wusste auch, dass wir Gordon dankbar sein mussten. Wenn es nach ihm gegangen wäre, würde Ben sein letztes Jahr auf einem Internat absolvieren. Dann hätte er die Herde höchstens am Wochenende besuchen können und auch wir hätten uns kaum gesehen.

Ich legte den Arm um seinen Rücken und lehnte mich an ihn.

Silas räusperte sich. »Zach und ich ziehen morgen los und suchen nach ihr«, bot er an. »Du musst uns nur auf einer Karte einzeichnen, wo wir uns umsehen sollen.«

Dankbar nickte Ben Silas zu und ich lächelte ihn an.

»Das wäre eine Erleichterung, danke. Ich frage Jo … kennst du sie? Dads Verwalterin?« Silas nickte, und Ben fuhr fort: »Vielleicht hat sie Zeit und hilft mit.«

»Was ist mit Nora?«, fragte ich. »Wir könnten sie anrufen. Sie kennt sich in der Gegend aus. Vielleicht ist ihr was aufgefallen.«

Laini deutete mit ihrem Becher auf mich. »Sie sollte sowieso erfahren, was passiert ist. Falls Diebe unterwegs sind, muss sie das wissen. Im Nationalpark gibt es ja noch mehr Ponyherden.« Sie suchte Bens Blick. »Ich stelle Rubys Verschwinden in den Familienchat.

Ein paar meiner nichtsnutzigen Cousins haben morgen bestimmt Zeit.«

Bevor Ben antworten konnte, quäkte Tillie, und ihr Tonfall war gar nicht mehr fröhlich. Laini seufzte. Innerhalb von Sekunden steigerte sich das Quäken in ein empörtes Schreien und dann in ohrenbetäubendes Brüllen.

Laini stand auf, um Tillie im Wohnzimmer zu stillen, Silas ging in den Stall, und als ich mich an der Haustür von Ben verabschiedete, sagte er leise: »Wir müssen mit ihr reden.«

Ich nickte. Den ganzen Tag hatten wir es vermieden, das Thema anzusprechen, trotzdem wusste ich sofort, was er meinte. Auch wenn Rubys Verschwinden Zufall sein konnte, stellten wir uns wie so oft in den letzten Monaten die eine Frage: Hatte der Fluch sie getroffen?

Falls das so war, dann mussten wir handeln. Und das ging nur mit Laini.

Am Abend rief Ben noch einmal an und erzählte, dass Gordon es übernehmen würde, zur Polizei zu gehen. Er klang erleichtert, und ich glaubte auch zu wissen, warum: Wie hätte er den Leuten dort erklären sollen, was ihm die Ponys bedeuteten? Dass nicht einfach ein namenloses Tier aus einer Herde verschwunden war, sondern eine Freundin? Ein Wesen, dessen Vorlieben und Launen Ben in- und auswendig kannte? Es war das eine, wenn ein Farmer ein verschwundenes Schaf meldete – ein Pony gehörte zur Familie.

Mir fiel es schwer, das Gespräch zu beenden, denn ich konnte hören, dass ihm die plötzliche Tatenlosigkeit zu schaffen machte. Den ganzen Tag über waren wir kreuz und quer über die Fells gelaufen, jetzt hatten die Erwachsenen übernommen und er war allein mit seinen Befürchtungen.

»Fella haben wir auch wiedergefunden«, flüsterte ich deswegen in mein Handy, als die Stille zwischen uns zu drückend wurde.

»Ja«, antwortete er und seufzte. »Ich weiß.«

Pflichtschuldig brachten wir am nächsten Tag unseren Mathetest hinter uns, vom Rest des Unterrichtsstoffs aber bekam weder Ben noch ich viel mit. Unsere Gedanken waren in den Bergen, wo Silas, Jo und Zach mit Nick, Diane und vier von Lainis Cousins nach Ruby suchten.

Die Mittagspause verbrachten wir am Telefon, doch weder hatte der Suchtrupp Fortschritte gemacht, noch war Gordons Bericht von der Polizeistation besonders ermutigend. Ob es eine gute Nachricht war oder eine schlechte, dass niemand sonst in der Gegend einen Pferdediebstahl gemeldet hatte, konnten wir nicht sagen.

Ich wusste, dass es Ben zur Herde zog, dafür hätte er nicht so häufig aus dem Fenster sehen müssen, aber bei Schulschluss war es schon dunkel. Sarah, Emmy und Grayson zumindest waren sich einig, was wir jetzt zu tun hatten.

»Ihr müsst sie fragen, ob sie es macht«, drängte Sarah am Ausgang, und Grayson nickte.

»Ist ja nicht so, als ob wir jede Menge Alternativpläne hätten«, stellte er unnötigerweise fest.

Emmy rempelte ihn an, doch seine Botschaft war klar: Wir sollten uns gefälligst beeilen.

Ich wechselte einen Blick mit Ben. Wir hatten nicht vorgehabt, heute schon mit Laini zu sprechen, doch im Grunde hatten die drei recht. Worauf warteten wir?

Ben zog sein Handy aus der Tasche. »In Ordnung. Ich gebe schnell zu Hause Bescheid, dass ich später komme.«

»Laini?« Ich streckte den Kopf durch die Wohnzimmertür. Sie saß auf dem Sofa, hörte einen ihrer schrecklichen True-Crime-Podcasts und legte Babyklamotten zusammen.

»Hey.« Sie lächelte mir entgegen. Dann entdeckte sie Ben, der hinter mir durch die Tür kam, und ihr Ausdruck wurde weicher. »Tut mir leid, dass sie Ruby noch nicht gefunden haben, Ben. Sie versuchen es morgen noch mal.«

Ben nickte. Nebeneinander setzten wir uns Laini gegenüber.

Ihre Augenbrauen wanderten nach oben. »Was ist? Habt ihr was ausgefressen?«

Überrascht lachten wir auf. Das war wieder so ein Mama-Spruch, den ich von Laini noch nicht kannte. Irgendwie schienen die bei der Geburt implementiert zu werden.

Ich schüttelte den Kopf. »Nein.« Mein Blick fiel auf das leere Tagesbett. »Wo ist Tillie?«

Laini deutete nach draußen. »Im Stall. Sie schläft im Kinderwagen. Silas bringt sie nachher mit rein. Also, was ist los?«

Ich beugte mich vor und lehnte die Ellbogen auf die Knie. »Wir wollen dich um einen Gefallen bitten«, fing ich an. »Oder zwei.«

»Aha.« Laini packte die Wäschestapel auf dem Couchtisch in einen Korb und schnappte sich einen zweiten. »Und die wären?«

»Erstens musst du uns versprechen, dass du uns glaubst. Was wir dir gleich erzählen, klingt … fragwürdig, aber es ist alles wahr. Oder so wahr, wie wir es bisher herausgefunden haben.«

Laini runzelte die Stirn. »Und zweitens?«

Ben griff nach ihrer Hand und hielt sie fest. »Und zweitens hoffen wir, dass du ein Geschenk annimmst.«

Ben erzählte. Die Worte flossen müheloser als noch vor einigen Wochen, als wir unser Geheimnis mit Sarah geteilt hatten. Manche Formulierungen erkannte ich wieder, in anderen Fällen hatte er bessere gefunden. Laini wandte kaum einmal die Augen von seinem Gesicht, nur hin und wieder huschten sie zu mir. Anscheinend hatte es diese Geschichte an sich, dass alle versuchten, sich über ihren Wahrheitsgehalt zu vergewissern.

»Wir haben keine Ahnung, ob das den Fluch wirklich brechen wird. Aber es ist die beste Chance, die wir haben.«

»Und ich soll euch dabei helfen, weil …?«

»… weil du die Älteste in der jüngsten Generation der Geschädigten bist.«

»Tillie …« Laini, die abwesend die Tischplatte angestarrt hatte, sah auf und suchte seinen Blick. »Tillie ist die Älteste der jüngsten Generation.«

Ben und ich schauten uns an. Daran hatten wir nicht gedacht.

»Aber Tillie ist nicht in der Lage, meine Familie von der Schuld loszusagen«, antwortete Ben nach einem Moment. »Ich hoffe mal, dass der Fluch da ein Einsehen hat.«

»Puh.« Laini rieb sich über die Stirn.

Eine Weile schwieg sie, und wir gaben ihr Zeit, Bens Worte sacken zu lassen.

Schließlich sah sie auf. »Es tut mir leid, Ben. Wenn das stimmt … wenn mein Urgroßvater schuld ist an dem Unglück, das deine Familie erlebt hat … dann tut es mir leid.«

Ben blinzelte und auch ich war überrascht. So hatten wir es überhaupt noch nicht betrachtet. Bisher war Charles für uns der Übeltäter gewesen. Dass Hugh mit dem Fluch auch viele Unschuldige bestraft und damit Schuld auf sich geladen hatte, war uns noch nicht in den Sinn gekommen.

»Äh, danke.«

Laini lächelte schmal. »Also River, hm? Klingt ja nach einem tollen Burschen.« Sie schwieg wieder. »Ich nehme ihn gern. Aber du bist sicher, dass ich dir nichts für ihn geben darf?«

Ben schüttelte den Kopf. »Das wäre ja das Gegenteil von dem, was wir erreichen wollen.«

Laini schloss einen Moment die Augen. »Okay. Ich bin noch nicht sicher, ob ich das alles glauben kann, aber ich helfe euch.« Sie sah mich an. »Können wir Silas davon erzählen?«

Ich verzog das Gesicht. »Vielleicht danach?«

Sie lachte auf. »Ja, vielleicht hast du recht. Er hätte wahrscheinlich ein paar Takte dazu zu sagen, dass wir uns mitten in der Nacht auf den Fells herumtreiben.«

»Also machen wir es?« Jetzt, da wir eine Antwort hatten, bebte Ben vor unterdrückter Energie. »Dieses Wochenende?«

Laini sah ihn mit einem merkwürdigen Ausdruck an. Dann schüttelte sie den Kopf. »Nicht dieses Wochenende. Ihr braucht eine magische Nacht.«

»Eine magische Nacht?« Verblüfft starrte ich sie an. »Vollmond oder was?«

Um ihren Mund spielte ein Lächeln, als sie sich zu uns beugte. »Viel stärker. Wir machen es an einem der großen Sonnenfeste. Am einundzwanzigsten Dezember. Zur Wintersonnwende.«

23

Am Donnerstag hatten wir endlich wieder alle gemeinsam Mittagspause.

»Peinlich.« Sarah zog sich die Schüssel mit ihrem Nachtisch heran und betrachtete die durchweichten Kekskrümel in der Quarkmasse. »Auf die Sonnwende hätten wir auch selber kommen können.«

Ben brummte.

»Ich finde es ja schon erstaunlich, dass mein Cousinchen auf keltische Mythologie und so Zeug steht.« Grayson hatte seinen Mandarinenquark mit Rekordgeschwindigkeit in sich hineingeschaufelt, und wenn ich nach seinem erwartungsvollen Blick urteilte, spekulierte er darauf, dass sich Sarah von der wenig ansprechenden Optik abschrecken ließ und ihre Portion an ihn abtrat.

Sie enttäuschte ihn.

Emmy schüttelte den Kopf. »Was mich viel mehr wundert, ist, dass sie so schnell bereit war, euch zu glauben.«

Ich nickte. Darüber hatten Ben und ich auch schon gesprochen. »Ich weiß nicht, ob sie es wirklich tut.« Einen Moment schwieg ich. Ben meine Vermutungen zu erzählen, war das eine, aber hier in der Gruppe hatte ich mehr Hemmungen. Schließlich ging es um Lainis Privatsphäre. »Eigentlich glaube ich eher, es ist so was wie eine Rebellion.«

Die anderen schauten fragend.

Ich zuckte mit den Schultern. »Die letzten Wochen waren nicht ganz einfach bei uns, besonders für Laini natürlich. Der ständige Schlafmangel, die Verantwortung … Und manchmal weiß man einfach gar nicht, was Tillie braucht. Laini beklagt sich nicht, aber dass sie rund um die Uhr abrufbereit sein muss – das macht doch was mit einem.«

»Und du denkst, aus diesem Trott will sie ausbrechen? Indem sie das Spiel mitspielt?« Emmy hatte sich nach vorn gebeugt.

Ich nickte. »Für sie fühlt es sich vielleicht einfach wie ein Abenteuer an. Und das würde ich ihr gönnen. Auch wenn ich hoffe, dass es am Ende keine Rolle spielt, ob sie uns glaubt oder nicht, solange wir das Ritual richtig ausführen.«

»Was für ein Ritual?«

Hinter mir war Dhani aufgetaucht. Er quetschte sich zwischen Sarah und mich und sah erwartungsvoll in die Runde. Er schien es nicht zu bemerken, aber die Energie am Tisch änderte sich. Wir hatten die Zwillinge noch immer nicht eingeweiht, und mittlerweile war diese Fluchgeschichte zu einem so großen Geheimnis angewachsen, dass ich mich fragte, wann es unsere Clique sprengen würde.

Auch Singh kam jetzt mit seinem Tablett zu uns, und in dem folgenden Hin-und-her-Gerutsche fiel es nicht auf, dass niemand Dhani antwortete.

Er war auch schon bei einem ganz anderen Thema. »Übrigens: Was zieht ihr an?«

Fünf irritierte Gesichter drehten sich zu ihm. Wir grübelten immer noch über den nächtlichen Steinkreis nach und dachten vermutlich alle an warme Jacken, dicke Mützen und feste Schuhe.

Die Zwillinge bemerkten unsere Ratlosigkeit und tauschten einen Blick.

»Der Winterball?«, sagte Dhani langsam.

»Ach so!«

»Klar, natürlich!«

Unsere offensichtliche Erleichterung zog einen weiteren Zwillingsblick nach sich.

Aber auf Emmy war Verlass. »Ich habe morgen einen Termin bei Roger. Und dich«, sie deutete auf mich, »und dich«, ihr Finger wanderte zu Sarah, »habe ich gleich mit angekündigt.«

»Em, ich habe ein Kleid«, wandte ich ein.

Sie maß mich mit einem kritischen Blick. »Das blaue? Das hattest du schon im Sommer an.«

»Ja, und? Ich hab nicht das Geld, um mir für jede Party ein neues Abendkleid zu kaufen.«

Ihr Mund verzog sich zu einem breiten Grinsen. »Du gehörst jetzt zu den Aldringhams. Das erwarten die Leute von dir.«

Ich verdrehte die Augen, bekam aber trotzdem mit, dass Ben schmunzelte. Meinen scharfen Blick quittierte er nur mit einem unschuldigen Schulterzucken.

»Valeries Kleid ist der Wahnsinn. Ich finde, sie kann es ruhig noch mal anziehen«, kam Sarah mir zu Hilfe.

»Danke.« Ich warf ihr eine Kusshand zu.

Jetzt war es an Emmy, die Augen zu verdrehen. »Modebanausen! Dann komm wenigstens mit, um Sarah und mich zu beraten. So was haben wir schon lange nicht mehr gemacht.«

Da hatte sie recht. Neben den Recherchen über den Fluch, den Renovierungsarbeiten im Kino und unseren regelmäßigen Besuchen bei der Herde blieb nicht viel Zeit, etwas mit den Mädels zu unternehmen.

Ich wechselte einen Blick mit Ben. Am Freitag hatten wir früher Schulschluss, und eigentlich hatten wir vorgehabt, nach Ruby zu suchen. Bisher hatte weder der Suchtrupp noch die Polizei etwas herausgefunden, und wir befürchteten, dass ihr Eifer nicht mehr lang anhielt.

Doch er nickte. Genau wie ich wollte er es sich mit Emmy nicht verscherzen.

Ich seufzte. »Also gut. Aber nur, wenn es wieder Petits Fours gibt.«

Emmy lachte. »Jahreszeitlich würde ich eher auf Punsch und Ingwerkekse tippen, aber vielleicht kann ich ja was drehen.«

Nach der letzten Stunde verabschiedeten wir uns von den anderen, doch ich hielt Ben am Ärmel zurück. Dhanis Grinsen ignorierte ich.

»Und du sagst mir jetzt mal, was los ist«, forderte ich, als die anderen außer Hörweite waren.

Ben mied meinen Blick. »Was meinst du?«

»Ich meine, dass du alle paar Minuten gähnst und in Französisch zweimal eingenickt bist.« Dass er Augenringe hatte und blasser war, als ich es je erlebt hatte, behielt ich für mich. Stattdessen schlang ich die Arme um ihn und seufzte. »Machst du dir solche Sorgen um Ruby, dass du nicht schlafen kannst?«

Er lehnte den Kopf an meinen und atmete tief aus. »Nicht so gut, nein. Aber …« Er räusperte sich. »… ich war diese Woche auch nicht so viel im Bett.«

Langsam lehnte ich mich zurück und hob die Augenbrauen.

Ben wartete, bis vier, fünf jüngere Schüler an uns vorbeigelaufen waren.

»Spuck's aus«, sagte ich, als sie um die Ecke gebogen waren.

»Ich … also, ich war in den letzten Nächten bei der Herde.« Er sah mich durch seine Wimpern an, als könnte dieser Dackelblick meine Fassungslosigkeit mindern.

»Du hast Wache gehalten?«, zischte ich.

Betreten nickte er, doch dann hob er das Kinn. »Ich werde nicht einfach abwarten, bis das nächste Pony verschwindet.«

Ich löste mich von ihm und lief ein paar Schritte von ihm weg. Natürlich, ich hatte gewusst, dass es ihm gegen den Strich ging, nicht bei der Suche helfen zu können. Aber dass er so leichtsinnig sein würde, mitten in der Nacht allein auf die Fells zu gehen, noch dazu bei Temperaturen, die mittlerweile beinahe auf null Grad fielen, war mir nicht in den Sinn gekommen.

Ich drehte mich zu ihm um. »Wusste wenigstens Gordon, wo du warst?«

Ben schaute mich an, als wäre das eine lächerliche Frage. Er sagte nicht mal etwas dazu.

Ich atmete einmal tief durch und versuchte, die aufwallende Wut in den Griff zu kriegen. »Ben, dass sich die Leute Sorgen machen um dich, hat nichts damit zu tun, dass sie dir an den Karren fahren wollen. Oder vielleicht nicht begreifen, wie viel dir die Ponys bedeuten.« Ich war laut geworden und senkte meine Stimme. »Sondern damit, wie viel *du* ihnen bedeutest.«

Ben hielt meinen Blick für einen Moment, dann nickte er. »Das weiß ich. Ich fühle mich nur so verdammt hilflos. Und …« Mit einem schweren Seufzen legte er den Kopf in den Nacken. »… auch wenn Laini vermutlich recht hat – es fühlt sich an wie reine Zeitverschwendung, noch eine Woche zu warten.«

Langsam ging ich zu ihm. Er nahm meine Hand und ich zog sie nicht weg.

»Trotzdem kannst du nachts nicht allein in den Bergen sein. Was, wenn es doch Diebe waren? Wenn sie zurückkommen? Was willst du allein gegen sie ausrichten?«

Ben presste die Lippen aufeinander. Vermutlich hatte er sich diese Fragen auch schon gestellt.

»Versprich mir, dass du heute Nacht zu Hause bleibst und dich ausschläfst.« Er wollte etwas einwenden, aber ich beharrte: »Versprich es mir.«

Ergeben schloss er die Augen. »Ich versprech's.«

»Gut.« Ich klopfte ihm mit der Hand auf die Brust. Als ich seufzte, öffnete er die Augen. »Und ich gehe morgen Klamotten kaufen und danach komme ich zu dir und wir ziehen das gemeinsam durch.« Als er anfing zu lächeln, schob ich hinterher: »Aber für eine Nacht in den Bergen mitten im Winter, bei der ich mir den Hintern abfriere und wahrscheinlich drei Zehen dazu, hab ich echt was gut bei dir.«

Er schlang die Arme um mich und küsste mich auf die Nasenspitze. »Mir fällt sicher was ein, wie ich mich revanchieren kann.«

24

Aus unserer Nachtwanderung in die Berge wurde nichts. Insgeheim war ich erleichtert darüber, auch wenn es mir leidtat, dass Ben mit einer ausgewachsenen Erkältung das Bett hüten musste.

Am Freitag war also genügend Zeit für eine ausgiebige Shoppingtour. Emmy hatte uns für fünf angekündigt, und Roger nahm sich über eine Stunde Zeit für uns, obwohl alle paar Minuten das Glöckchen über der Eingangstür klingelte. Anscheinend war heute halb Rosley unterwegs, um sich für Charlottes Winterball einzukleiden. Die weniger Glücklichen mussten sich mit der Beratung einer etwas übermotivierten Frau um die dreißig begnügen, die hin und wieder bei Roger aushalf.

Als wir zu dritt durch die Tür traten, strahlte er. »Kommt gleich nach hinten durch«, sagte er und rieb sich beinahe die Hände vor Begeisterung.

Er zwinkerte mir zu, als ich die Etagere mit den Petits Fours entdeckte.

»Nur das Beste für unsere Kundschaft«, meinte er leise. »Die sind aus Lebkuchenteig mit Punschcreme, habe ich gehört. Bin gespannt auf deine Meinung.«

Grinsend setzte ich mich auf eines der Sofas und schaute die anderen erwartungsvoll an. Süßkram und nichts zu tun, als meine Meinung abzugeben – so ein Mädelsnachmittag hatte durchaus was für sich.

Emmy machte den Anfang. Die Entscheidung fiel uns leicht: Für sie hatte Roger nämlich genau ein Outfit vorbereitet. Es war ein fliederfarbenes Spitzenkleid mit einem knielangen, gebauschten Rock, das Sarah und mir Pfiffe und begeisterte Rufe entlockte. Die Kundin im vorderen Teil des Ladens ließ vor Schreck einen Kleiderbügel fallen.

Roger wirkte sehr zufrieden. »Und damit du nicht wie ein Baisertörtchen aussiehst, zieh bitte Boots dazu an.«

Emmy grüßte militärisch. »Aye, aye, Sir.«

Er winkte sie zurück in die Umkleide und wandte sich Sarah zu. »Hose oder Rock?«

»Hmm … Hose?«

Als hätte er mit dieser Antwort gerechnet, nickte er und verschwand im Lager. Für Sarah hatte er drei Outfits zur Auswahl, sie entschied sich für einen Zweiteiler in Altrosa mit Marlenehose und einem ziemlich gewagten bauchfreien Oberteil, das durch Fransen am Saum balltauglich wurde.

Lächelnd drehte sie sich vor dem Spiegel. »Das kann ich auch gleich morgen im Alhambra anziehen«, meinte sie.

»Ayda trägt was Dunkelblaues zum Ball, hat sie mir verraten«, flüsterte Emmy mir zu, als Sarah sich umzog. »Ich glaube, das passt ganz gut.«

»Ich kann dich hören, Emmy«, kam es hinter dem Vorhang der Kabine hervor.

»Stimmt trotzdem«, gab Emmy zurück und schob sich genüsslich ein Punsch-Petit-Four in den Mund.

Ich suchte schon meine Sachen zusammen, als Roger mich ins Visier nahm.

»Und nun zu dir.«

Ich schüttelte den Kopf. »Heute nicht. Ich hab Emmy schon gesagt, dass ich mein blaues Kleid anziehe.«

»Welches?« Roger grinste breit.

»Na, das, das du mir … oh.«

Von einer Stange, die halb hinter der Tür zum Lager versteckt war, hatte er ein hellblaues Wunderwerk gezogen. Es war nicht ganz Lily James' Ballkleid aus »Cinderella« – wenn ich es mir genau anschaute, war es schöner.

Ich hielt mir die Hände vors Gesicht. »Wirklich, Roger! Ich habe ein Kleid. Ich brauche kein zweites.«

In Deutschland hatte ich nicht mal eins gebraucht. Wenn Jette noch mit mir geredet hätte, sie hätte mich ausgelacht, weil ich mich hier alle paar Wochen in Schale warf, als gäb's kein Morgen mehr. Aus Partyklamotten hatte ich mir nie etwas gemacht.

Aber das schien sich ja gerade zu ändern.

Vorsichtig spähte ich zwischen meinen Fingern hindurch. Roger, Emmy und Sarah blickten mich immer noch erwartungsvoll bis wissend an.

Seufzend nahm ich die Hände runter und stand auf. Langsam ließ ich den Stoff des Rockes durch meine Finger gleiten. Es waren mehrere duftige Lagen zwischen Eisgrau und Taubenblau, aber das Beste an dem Kleid war das langärmlige Oberteil. Es war ganz schlicht bis auf eine schimmernde Stickerei, die sich von der Taille bis zum Ausschnitt zog.

»Ich kann so was nicht anziehen«, flüsterte ich.

Roger lächelte und hielt mir das Kleid entgegen. »Jetzt ist es nur ein Armvoll Stoff. Probier es an. Die Trägerin macht das Kleid.«

Wieder seufzte ich. Als ich die Hände ausstreckte, brachen Emmy und Sarah in lautes Johlen aus. Wir wussten alle, wie das hier enden würde.

Über Nacht bekam Ben so hohes Fieber, dass ich ihn nicht mal besuchen durfte. Er schien sowieso nur zu schlafen, denn mehr als eine Nachricht am Samstag und Sonntag und zwei am Montag brachte er nicht zustande. Gordon meinte (mehrmals), dass ich mir keine Sorgen machen solle, und nur mit äußerster Zurückhaltung verkniff ich mir den Kommentar, dass das ja genau der Richtige sagte.

»Guck nicht so traurig«, tadelte mich Emmy, als wir am Samstag auf dem Weg zum Alhambra waren. »So viel, wie gerade los ist, kannst du doch unmöglich Zeit haben, ihn zu vermissen.«

Obwohl ich mir sehr wünschte, dass Ben mit uns feiern könnte, musste ich lachen. Ganz falsch lag sie nicht. Es war noch eine Woche bis Weihnachten, und in den kommenden Tagen mussten wir nicht nur Charlottes Weihnachtsball vorbereiten und auf Ellonby alles für den Besuch unserer Eltern herrichten, wir würden hoffentlich auch einen heimtückischen Fluch brechen. Doch trotz all der anstehenden Aufgaben schienen mein Kopf und mein Körper immer noch Kapazitäten zu finden, Sehnsucht nach Ben zu haben.

Doch obwohl er mir fehlte, war die große Wiedereröffnung des Alhambra ein voller Erfolg. Es war, als würden sich die Leute schon für Charlottes Weihnachtsball warm feiern. Es wurde gegessen, getrunken und getanzt – ein Film lief natürlich auch –, und am Ende strahlten alle Fultons mit ihrem nagelneuen Foyer um die Wette.

»Danke«, sagte Grayson immer wieder und umarmte uns, bis es sogar Emmy zu viel wurde. »Danke, danke, danke! Ihr habt für immer freien Eintritt. Ich weiß gar nicht, wie ich das wiedergutmachen soll.«

Zumindest bei mir bekam er bald Gelegenheit, sich zu revanchieren.

Eigentlich hatten Ben und ich vorgehabt, in den Tagen vor dem Ball Albie und Ray auf ihre Rolle in der Sonnwendnacht vorzubereiten. Durch seine dämliche Nachtwacheaktion stand ich jetzt mit zwei Ponys und ohne Hilfe da. Ich entschied, dass es reichen musste, wenn die beiden die Strecke, die sie zum Steinkreis laufen mussten, ein paarmal gesehen hatten, und ging mit ihnen spazieren. Ich hätte reiten können, doch der Gedanke verursachte mir Herzklopfen. Der Reitplatz fühlte sich mittlerweile wie sicheres Terrain an, aber allein auf den Fells unterwegs zu sein, war mehr, als ich mir schon zutraute.

Ben musste bis Mittwoch wieder fit werden. So einfach war das.

Meine größte Sorge galt River. Um ihn drehten sich auch Bens Nachrichten am Dienstag, denn er hatte einen heftigen Streit mit Gordon riskiert, um mir zu helfen. Schließlich hatte die Vernunft (oder Gordons Drohungen) gesiegt und Ben war zu Hause geblieben.

Und ich musste River von der Herde wegbringen.

Diesmal half mir Grayson. Mit dem Quad fuhren wir einen Ballen Heu auf den Fell, und als die Ponys beim Fressen waren, halfterte ich River auf und lockte ihn mit einem Leckerli von den anderen weg. Als er merkte, was passierte, hielt ich sein aufgeregtes Wiehern fast nicht aus.

Zumindest schienen Albie und Ray ihn gleich zu adoptieren, als ich ihn in den Stall auf Moor End führte, wo die drei bis zum nächsten Abend bleiben sollten. Wir hatten überlegt, ob sie in Ellonby besser aufgehoben gewesen wären, aber das hätte bedeutet, nachts noch einige Kilometer weiter durch die Gegend reiten zu müssen. Also hatten wir es den Jungs in Henrys altem Stall gemütlich gemacht und statt Ben verbrachten jetzt Grayson und Emmy die Nacht neben mir in der vierten Box. Ich hätte heulen können vor Dankbarkeit.

Am Mittwoch durfte Ben endlich wieder das Haus verlassen, auch wenn Gordon darauf bestand, dass er sich auf einen Stuhl setzte und dabei zusah, wie wir Charlottes Partyscheune auf Hochglanz polierten. Insgeheim hatte ich Bedenken, ob er bis Mitternacht durchhalten und mit mir zum Steinkreis reiten würde, aber je näher der Abend kam, desto stabiler wirkte er.

»Ich schaffe das«, flüsterte er mir zu, als ich mit einer Kiste Servietten an ihm vorbeiging. Anscheinend hatte ich ihn sehr besorgt angeguckt.

Gegen fünf überließen wir das Spielfeld den Profis, und ich verabschiedete mich, um mich fertig zu machen.

25

»Hey.«

»Hi.« Ich erwiderte Bens angespanntes Lächeln und zwang mich, die Hand von meinem Bauch zu nehmen, damit vielleicht nicht ganz so deutlich auffiel, wie schlecht mir war.

Bis heute war ich felsenfest davon überzeugt gewesen, dass uns der Weihnachtsball die perfekte Tarnung bieten würde: Wer würde sich schon darum kümmern, dass Ben, ich und die anderen mitten in der Nacht verschwanden? Alle würden denken, dass wir anderswo weiterfeierten. Und ganz sicher würde niemand davon ausgehen, dass wir uns die Nacht auf den Fells um die Ohren schlugen.

Aber womit ich nicht gerechnet hatte, war meine Nervosität. Wie sollte ich den ganzen Abend entspannt und fröhlich rüberkommen, wenn es mich jetzt schon jeden Funken Disziplin kostete, nicht vor Aufregung umzukippen?

Da wunderte es mich nicht, dass ich mich an Bens Hand festklammerte wie eine Ertrinkende.

»So, meine Süßen.« Emmy trat auf uns zu und nahm uns an den Armen. Während sie uns den mit Laternen ausgeleuchteten Pfad entlangführte, wisperte sie: »Ich verstehe, dass ihr nervös seid, aber wenn ihr nicht wenigstens so tut, als würdet ihr euch amüsieren, werdet ihr noch deutlich mehr Aufmerksamkeit auf euch ziehen als die von meiner Mum und Libby.«

Möglichst unauffällig schaute ich in die Richtung, in die Emmy gezeigt hatte, und lächelte strahlend, als ich die stirnrunzelnden Blicke der beiden auffing.

»So ist es richtig«, lobte mich Emmy, als ich mich wieder zu ihr wandte. »Für alle unter fünfundzwanzig und alle anderen, die Charlotte nicht leiden können, seid ihr das Paar des Abends. Also benehmt euch entsprechend. Und du.« Sie warf Ben einen kritischen Blick zu. »Schraub dir mal das Stirnrunzeln aus dem Gesicht. Da kriegt man ja Angst.«

Ben klappte der Kinnladen runter, und ich konnte nicht anders, als laut zu lachen.

»Geht doch.« Emmy zwinkerte mir zu. »Dann legt euch mal ins Zeug.«

Und es half. Kaum war sie verschwunden, sah Ben mich an. Ich hatte den Eindruck, dass er mich zum ersten Mal an diesem Abend richtig wahrnahm, denn seine Augen wurden groß. »Roger ist eine verdammt gute gute Fee.«

Wieder musste ich lachen. »Also gefällt's dir?«

Er hob meine Hand an, sodass er mich ein bisschen hin und her drehen konnte. Ich sah an mir herunter. Der Rock schimmerte im sanften Licht der Feuerschalen und raschelte leise.

Als er nicht antwortete, schaute ich ihn an. Sein Blick lag auf meinem Gesicht, und in dem Moment wusste ich auch ohne Worte, was er dachte.

Ich schob ihn von dem hell erleuchteten Pfad weg auf die Wiese und hinter einen Baumstamm, wo wir vor neugierigen Blicken einigermaßen geschützt waren. Dort küsste ich ihn, bevor ich mich an ihn lehnte.

»Emmy hat recht«, sagte ich nach einem Moment. »Es hat keinen Sinn, wenn wir uns die Party verderben lassen. Wir haben drei Stunden, die sollten wir nutzen.«

Ben seufzte schwer. »Du weißt, dass wir keine ruhige Minute haben werden, oder? Jeder wird dich kennenlernen wollen.«

Ich lachte. »Mich kennen doch schon alle.« Ben brummte zweifelnd, aber ich ließ mich nicht von meiner Meinung abbringen. »Im Ernst. Ich bin längst *old news*. Heute geht es um Charlotte und ihre Zauberscheune.«

»Das gefällt mir.« Ben grinste und drehte sich zu Rosetree um. »Das ist wie ›Jack und die Bohnenranke‹. Mit etwas Glück verfrachtet sie sie direkt ins Land der Riesen.«

»Ben!« Gespielt schockiert boxte ich ihm gegen den Arm, aber er hielt meine Hand fest und grinste breiter.

»Keine Sorge, ich werde mich benehmen. Sie hat uns Weihnachtszauber versprochen, also mal sehen, was sie zu bieten hat.«

Wissende Blicke begrüßten uns, als wir uns in die Schlange einreihten, die sich mittlerweile vom Eingang der Scheune bis beinahe zum Tor zog.

Ben deutete in die Äste über uns. »Misteln«, sagte er leichthin, und das brachte alle zum Lachen, überrascht und beinahe unfreiwillig.

Ja, wer hätte geahnt, dass Gordons missmutiger Sohn witzig sein könnte?

In einem hatte Emmy recht gehabt: Wir wurden von allen Seiten unter die Lupe genommen. Ben stand da wie ein Fels in seinem schicken schwarzen Anzug, aber mir war die Aufmerksamkeit unangenehmer, als ich gedacht hatte. Irgendwann erinnerte ich mich an Rogers Worte: *Die Trägerin macht das Kleid.*

Das Kleid … Nein, das Kleid war nicht das Problem. Klar war es auffällig. Es war ein Winterprinzessinnenkleid, wie gemacht für diesen Anlass und diese Umgebung, mit den funkelnden Lichtern in den Baumkronen und der strahlend weiß und blau dekorierten Scheune. Nur ich trug es nicht so, wie es getragen werden sollte.

Also richtete ich mich auf. Ich suchte in mir nach der Freude, die dieser Abend in den Gästen auslöste, suchte nach Leichtigkeit und Wärme und Dankbarkeit. Und als ich sie gefunden hatte, gab ich ihnen den Raum, den sie verdienten, und sie füllten mich aus, füllten dieses Kleid aus, sodass es von einem Moment auf den anderen heller zu schimmern schien.

Drei Stunden.

Für drei Stunden sollte es das passende Kleid für meine Stimmung sein. Die Nacht war erfüllt von Hoffnung, nicht nur auf ein gelungenes Fest, sondern auch auf eine Wendung in unserem Schicksal. Wenn es so etwas gab – eine vorbestimmte Zukunft, die nur mit höchster Anstrengung geändert werden konnte –, dann war diese Nacht perfekt, um ihr eine neue Richtung zu verleihen.

Ich sah Ben an, und sein Blick sagte mir, dass mein Gesicht meine neue Zuversicht widerspiegelte. Seine Augen weiteten sich, seine Lippen öffneten sich leicht, und die Wärme, die von mir zu ihm und von ihm zu mir strömte, war wie ein leuchtendes Band.

Obwohl wir noch am Nachmittag in der Scheune herumgewerkelt hatten, war es, als würden wir ein Wunderland betreten: Sanftes Licht spiegelte sich in Hunderten Gläsern, schneeweiße Wände boten den Hintergrund für silbern geschmückte Weihnachtsbäume, auf glitzernden Etageren, Schalen und Platten türmte sich weihnachtliches Fingerfood. Es war warm, aber auf eine heimelige, gemütliche Weise, und wohin ich schaute, erkannte ich strahlende Gesichter.

Ich drückte Bens Arm und suchte seinen Blick. Was für ein Glück, dieses Fest mit ihm zu erleben. Was für ein Glück, mit ihm zusammen hier zu sein.

Seine grüngoldenen Augen waren unerwartet ernst. Er schlang seinen Arm um meinen Rücken und schob mich vorwärts, hinein in die lachende und plaudernde Menge, und wie beiläufig hob er meine Hand an seine Lippen und küsste sie.

»Bennett Aldringham. Bist du am Ende doch ein Romantiker?«

Er antwortete nicht, aber als er schmunzelnd den Blick abwandte, erkannte ich sogar in der gedämpften Beleuchtung der Scheune, dass seine Ohren rosa angelaufen waren.

Ich steuerte uns durch die Leute zu Gordon und Charlotte, und Ben hatte den Anstand, ein höfliches Lächeln aufzusetzen.

Charlotte war ohne jede Frage die Königin des Balls. Sie sah atemberaubend aus in einem salbeigrünen Kleid mit halb transparentem Oberteil und üppigen Stickereien und nahm huldvoll die Glückwünsche zu ihrem erfolgreichen Launch entgegen. Gordon hielt sich im Hintergrund und schien sich einfach nur für Charlotte zu freuen.

Er sah uns kommen, und seine Augen leuchteten auf, mehr noch als zuvor. Mich beachtete er nicht, sein Blick glitt über Ben, und er war so voller Stolz, dass ich schlucken musste. Wie ich ihm und Ben mehr solche Abende wünschte, wo alle Streitigkeiten in den Hintergrund traten und wir uns einfach freuten, zusammen zu sein!

»Ben.« Bevor Ben reagieren konnte, zog Gordon ihn in eine Umarmung, und nach einer Sekunde erwiderte er sie sogar. Nach einem langen Moment ließ Gordon ihn los, nahm meine Hände und drehte mich hin und her. »Wie schön, dass du da bist, Valerie.«

Ich lächelte ihn an. Wenn ich mich nicht täuschte, dann schwang in diesem Satz mehr mit als nur *heute Abend*, dann steckte ein *für ihn* drin und *immer* und ein *danke*.

Ich antwortete: »Wie schön, dass ich hier sein darf«, aber was ich meinte, war: *bei ihm, bei dieser Familie, mit all ihren Schwierigkeiten, an diesem Ort mit all den Menschen, die mir ein neues Heim gegeben hatten.*

Charlotte wünschte einem Paar um die fünfzig einen schönen Abend und wandte sich nun zu uns.

»Es ist toll geworden, Charlotte«, kam Ben mir zuvor, und drei Gesichter mit ungläubig aufgerissenen Augen starrten ihn an. »Ich hoffe, du hast es dir so vorgestellt.«

Gordon und ich tauschten einen schnellen Blick, und ich erkannte das Schmunzeln, das er in seinen Mundwinkeln verbarg.

Charlotte fasste sich in Rekordzeit. »Danke. Der Stoff hat nicht ganz gereicht, wir mussten uns in letzter Sekunde Bettwäsche vom White Swan leihen, und der Caterer war eine Viertelstunde zu spät. Aber ansonsten bin ich sehr erleichtert.« Sie lächelte vorsichtig und sah von Ben zu mir und wieder zurück. »Ich wünsche euch einen wundervollen Abend.«

Bevor wir antworten konnten, wurden wir vom nächsten Pulk Gäste zur Seite gedrängt und konnten nur winken, bevor uns die Massen verschluckten.

In den ersten Minuten kam es mir unmöglich vor, aber wir fanden Emmy, Grayson und die anderen tatsächlich. Sie hatten sich strategisch geschickt zwischen Büfett und Tanzfläche platziert. Sarah hatte rosa Wangen und hielt Aydas Hand, die wiederum völlig entspannt mit Dhani über die Band lästerte. Emmy und ich wechselten einen Blick. Wenn Sarahs Freundin gut mit uns klarkam, umso besser. Dann mussten wir hoffentlich nicht so oft auf sie verzichten.

Die folgenden Stunden vergingen wie im Flug. Wir lachten, aßen und tanzten und unterhielten uns mit halb Rosley. Ich hatte recht gehabt: Niemand interessierte sich für mich, denn alle waren neugierig auf Ben. Die Ähnlichkeit zwischen ihm und seinem Vater war noch nie so deutlich gewesen, sie waren witzig und charmant und gaben allen das Gefühl, willkommen zu sein.

Gegen elf verschwanden die ersten von uns. Wir hatten vereinbart, nicht alle auf einmal zu gehen, um unnötiges Aufsehen zu vermeiden. Es fehlte gerade noch, dass Gordon fragte, wohin wir wollten. Jede Verzögerung konnte dazu führen, dass unser Plan in letzter Sekunde scheiterte.

Aus dem Augenwinkel sah ich, wie Sarah sich von Ayda verabschiedete, und Emmy und Grayson huschten durch den Hinterausgang, ein paar Minuten nachdem Laini gegangen war. In der Hektik der letzten Tage hatte ich völlig vergessen zu fragen, was sie Silas über unsere Aktion heute Nacht erzählt hatte.

Quer durch den Raum fing ich Bens Blick auf und nickte. Ich drehte mich um und wollte mein leeres Glas auf einen Tisch stellen, als …

»Hallo, Valerie!«

»Mr Biss … ähm, Bissessar! Hallo, das ist ja schön. Haben Sie einen … äh, schönen Abend?«

»Sehr.«

»Wie schön. Dann noch …« Ich versuchte, einen halben Schritt um ihn herum zu machen, doch er drehte sich mit mir mit.

»Valerie, ich wollte dir noch einmal zu eurem gelungenen Referat gratulieren. Ich weiß, es sind Ferien und so weiter, aber …« Er lachte leise. »Eigentlich dachte ich ja, die Ladies' Society wäre das langweiligste Thema. Und dann zaubert ihr so was aus dem Hut! Das war großes Kino.«

»Ähm … vielen Dank.« Ich lächelte. Er hatte uns schon direkt nach der Präsentation gelobt, dass er es jetzt noch einmal ansprach, war nicht selbstverständlich. Nur dass ich im Moment überhaupt keine Zeit dafür hatte …

»Wer hätte gedacht, dass unsere gute Edith Morland auf dem Kontinent zu internationaler Berühmtheit gelangt ist. Das war wirklich ganz saubere Recherche.«

Wieder bedankte ich mich. Hinter Mr Biss' Schulter tauchte Ben auf und hob die Augenbrauen. Ja, toll, ich wusste selber, dass ich mich irgendwie loseisen musste.

»Und das mit der Ponyzucht!« Wieder lachte er. Ein Kellner kam vorbei und Mr Biss nahm sich ein Glas vom Tablett. Ich schüttelte den Kopf, als der Mann mir ebenfalls eins anbot. »Ich selber habe ja keine Ahnung von Pferden, aber ich bin häufig auf Zuchtschauen. Das hat dann natürlich gleich einen Nerv getroffen.«

»Ach, wirklich?« Jetzt war mein Interesse doch geweckt. Den dunklen Anzug trug er in Kombination mit seinen Dreads ja tadellos, aber zwischen all den Tweedträgern konnte ich ihn mir nicht auf Anhieb vorstellen.

»Ja, meine Frau ist Preisrichterin, da schleppt sie mich hin und wieder mit.« Er grinste. »Wehe, du erzählst es ihr, aber mir macht dieses Tamtam ja Spaß. Da vergisst man einen Vormittag lang, dass die Welt andere Probleme hat als einen weißen Fleck auf der Stirn oder der Nase.«

Ich musste lachen. Das war die mit Abstand absurdeste Unterhaltung, die ich je mit einem Lehrer geführt hatte, und zu jeder anderen Zeit hätte ich sehr viel Spaß daran gehabt.

»Mr Bissessar, es tut mir …«

»Ach, da kommt sie ja! Debs, das ist die neue Schülerin, von der ich dir erzählt habe.«

Ich traute mich schon gar nicht mehr, in Bens Richtung zu schauen.

Dr. Bissessar lächelte mich an. »Ich kenne Valerie doch.«

»Hi, Dr. Bissessar.« Sie war die einzige Allgemeinärztin in Rosley, es gab vermutlich in der ganzen Stadt niemanden, den sie nicht kannte. Bevor ich es verhindern konnte, rutschte mir heraus: »Ich höre gerade, Sie sind Preisrichterin bei Zuchtschauen.«

Am liebsten hätte ich mir auf die Zunge gebissen. Was machte ich da?

»Hat Jake das erzählt, ja?« Sie sah ihren Mann an, dann wandte sie sich wieder an mich. »Und ich habe gehört, dass du herausgefunden hast, dass die Rosgill-Linie wiederbelebt wurde. So eine Schande, dass Edith Morlands Erben sie nicht weiterführen wollten.«

»Ähm ...« Möglichst unauffällig wischte ich mir über die Oberlippe. Mittlerweile schwitzte ich richtig. Uns rannte die Zeit davon und ich kam hier einfach nicht weg!

»Was ja nicht viele wissen, ist, dass Ediths Mann John in jungen Jahren auch ein sehr erfolgreicher Züchter war. Ganz tragische Sache. Hast du denn da auch Ambitionen?«

»Wie bitte?«

Neben mir tauchte Ben auf. Er legte einen Arm um mich und setzte sein gewinnendstes Lächeln auf. »Dr. Bissessar, Mr Bissessar, darf ich Valerie kurz entführen? Bitte entschuldigen Sie ...«

Ich lächelte ebenfalls und dann räumten wir uns praktisch mit den Ellbogen den Weg zum Ausgang frei.

»Wie spät ist es?«, flüsterte ich Ben zu.

»Viel zu spät.«

»Verflucht, verflucht, verflucht!«

Hinter mir flatterte mein Kleid im Fahrtwind, und die Kälte biss mir in die Haut, aber ich konnte nicht anhalten, um meinen Mantel zu schließen. Ben fuhr ohne Rücksicht auf Verluste, und auch wenn ich den Weg natürlich allein gefunden hätte, wollte ich nicht zurückfallen.

Nur Sekunden nach ihm bretterte ich über die Steinbrücke, die nach Moor End führte. Wir warfen die Räder in die Wiese vor dem Haus und warteten kurz, bis sich unser Puls beruhigt hatte.

»Geht das mit dem Kleid?«, fragte Ben kurzatmig, und ich zuckte mit den Schultern.

Resolut zog ich den Reißverschluss zu. »Muss.«

Er nickte und schaute auf sein Handy. Wir hatten noch neunundzwanzig Minuten bis Mitternacht. Keine Zeit zum Trödeln.

Als wir unsere nächtliche Aktion geplant hatten, war ich noch davon ausgegangen, dass ich eine Hose tragen würde. Stattdessen rutschte ich jetzt mit dem glatten Stoff des Kleides auf Albies Rücken herum.

Ben warf mir einen alarmierten Blick zu, während wir uns Richtung Süden wandten. »Willst du lieber hierbleiben?«

»Auf keinen Fall.« Ich presste die Kiefer aufeinander und richtete den Blick stur nach vorn. Mir war nicht wohl bei der Sache, das merkte Ben sicher, genauso wie Albie immer wieder die Ohren nach hinten drehte und nervös auf dem Gebiss kaute. Aber nun ging es um alles. Nur weil wir in Eile waren, nur weil ich mir noch nie im Leben so sehr einen Sattel gewünscht hatte, durfte ich jetzt nicht den Plan in Gefahr bringen. Ich konzentrierte mich auf die Wärme, die von Albie ausströmte, und versuchte, das Gute zu sehen.

Denn auch wenn wir spät dran waren, hatten wir Glück: Der Himmel war klar, über uns leuchteten Abertausende Sterne, River folgte Ben und Ray voller Vertrauen und alles in allem kamen wir gut voran.

Es dauerte nicht lang, bis wir die Hochebene erreicht hatten. Ben warf mir einen fragenden Blick über die Schulter zu.

Doch welche Wahl hatten wir denn?

»Mach schon«, wies ich ihn an.

Er trabte an. Wie immer saß er auf dem Pferderücken, als wäre er dort angewachsen, aber meine Gedanken waren noch immer nicht zur Ruhe gekommen. Während ich mir Sorgen machte, ob ich mit dem Kleid gut sitzen können würde, passierte natürlich genau das, was ich befürchtete: Weil ich vor lauter Grübeln den Rhythmus nicht fand, rutschte ich auf Albies Rücken herum wie eine Anfängerin und störte sein Gleichgewicht. Immer wieder riss er den Kopf hoch, und ich merkte, wie mein Puls stieg.

Wir fielen zurück. Ben schien es zu hören, denn er rief mir zu: »Entspann dich, Val. Du kannst das. Du kannst das im Schlaf!«

Doch genau das war es ja: Ich schlief nicht. Ich war hellwach, meine Gedanken rasten, und der Automatismus, der normalerweise eingesetzt hätte, schaltete sich ab.

»Warte nicht auf mich!«, antwortete ich Ben, als ich merkte, dass Ray und River langsamer wurden.

Ben schien einen Moment zu zögern, dann drehte er sich um und suchte meinen Blick. Ich nickte und er trieb Ray stärker an. Die Tritte der Ponys wurden länger und bald hatte sich ihr Abstand zu uns verdoppelt.

Albie gefiel das Ganze überhaupt nicht. Er wollte hinterher, wollte mitten in der Nacht nicht allein zurückbleiben, aber ich hielt ihn an. Es dauerte einen Moment, bis er mich beachtete, bis er sich von meinen Worten und meinen Händen an seinem Widerrist beruhigen ließ. Doch dann atmete er tief aus und drehte die Ohren nach hinten.

»Brav«, flüsterte ich. »Brav.«

Es war ein gutes Zeichen. Albie hatte einen Weg gefunden, mir zu vertrauen, in den widrigsten Umständen, die man sich vorstellen konnte. Und wenn er das schaffte, dann konnte ich das auch.

Ich tat es ihm gleich und atmete tief aus. Ein paar Herzschläge lang schloss ich die Augen und lauschte in die Nacht, auf die kleinen Geräusche direkt in unserer Nähe, auf die Hufschläge der beiden anderen Ponys. Wir hatten auf einer kleinen Anhöhe gehalten, um uns herum fiel das Gelände leicht ab.

Wir mussten ein sonderbares Bild abgeben, Albie und ich. Ein pechschwarzes Pferd vor dem Sternenhimmel und auf seinem Rücken eine Reiterin, deren heller Rock sich im Nachtwind bauschte. Ich lachte leise.

Und dann ließ ich alle Gedanken an unsere Mission hinter mir. Ja, von unserem Erfolg hing nicht nur die Sicherheit von Gracies Herde ab, auch Bens Leben und Gesundheit und seine Zukunft standen auf dem Spiel. Aber im Moment war dieser Schritt zu groß für mich. Gerade war es meine Aufgabe, meine Mitte zu finden und Albie sicher zum Steinkreis und zu seiner kleinen Herde zu bringen.

Ich zerrte an meinem Rock, bis die Stoffmassen locker herabfielen. Jetzt saß ich mit nackten Beinen auf Albies Rücken, und auch wenn die kalte Dezemberluft in meine Unterschenkel biss, waren mein Po und meine Oberschenkel warm. Und ich spürte ihn. Endlich spürte ich Albie so, wie ich es musste, um in mein Gleichgewicht zu kommen.

Vorsichtig ritt ich an, und beinahe sofort schnaubte Albie leise, denn er fühlte es auch: Jetzt war ich da. Jetzt konnte ich ihm einen Teil der Arbeit abnehmen.

Wir trabten an und wie ein schwarzer Blitz trug er mich über den Fell. Ich nahm den Schwung seiner Bewegungen auf, glich die kleinen Rüttler aus, wenn der Boden uneben war. Aber Ben hatte unseren Weg gut gewählt: Wie ein silbernes Band zog sich der Pfad den Hügeln auf der anderen Seite der Hochebene entgegen.

Und plötzlich genoss ich unseren Ritt. Die Geschwindigkeit, der Eifer, den Albie zeigte, die schwindende Lücke zwischen uns und Bens Gruppe – auch wenn ich wusste, dass die Zeit drängte, waren diese Momente kostbar. Ich hatte Angst gehabt vor diesem Teil des

Plans, das verstand ich jetzt, aber ich hatte sie überwunden. Ich hatte den nächsten Schritt zum Heilwerden getan.

Da wir keine Rücksicht auf River nehmen mussten, holten wir unseren Rückstand immer mehr auf, bis wir schließlich an dem Hügelrücken, hinter dem der Steinkreis lag, zu Ben und den beiden Ponys aufschlossen. Ben drehte den Kopf zu mir und lächelte, dann fiel sein Blick auf meine nackten Beine.

»Okay«, meinte er, während seine Augenbrauen nach oben schossen.

»Ja«, gab ich schulterzuckend zurück. »Der Produkttest ist gescheitert. Polyester eignet sich nicht für Reitklamotten.«

Trotz seiner Anspannung lachte er auf, dann hatten wir den Grat erklommen und machten auf der anderen Seite die bleich schimmernden Steine aus. Vier winzige Gestalten drehten sich zu uns um.

Ich streckte die Hand nach Bens Schulter aus. »Viel Glück.«

Er schnaubte. »Und den Beistand sämtlicher Götter, Naturgeister und Kreaturen, die für solchen Hokuspokus zuständig sind.«

»Pst«, machte ich. »Nicht dass sie dich hören.«

Grinsend schüttelte er den Kopf, dann ritten wir an und hielten auf Laini, Emmy, Grayson und Sarah zu.

»Wo bleibt ihr denn?«, fragte Emmy entnervt, als wir in Hörweite waren.

Ben nickte Laini zu, bevor er antwortete: »Wir konnten nicht los.«

»Jetzt aber schnell. Uns bleiben noch vier Minuten.«

Wir saßen ab. Ben drückte Grayson Rays Zügel in die Hand, ich reichte Albies an Emmy weiter. Laini und ich tauschten einen Blick. Sie sah extrem blass aus, das konnte nicht allein am Sternenlicht liegen.

»Danke, dass du das machst«, sagte ich leise, während wir hinter Sarah, Ben und River zwischen den Steinen hindurchtraten und auf die Mitte des Kreises zugingen.

»Hab ich eine Wahl?«, stieß sie zwischen zusammengebissenen Zähnen hervor. »Ich will wirklich nicht verantwortlich sein, wenn sich demnächst ein Pony das Bein vertritt.«

Ich schmunzelte. Dieser »Hokuspokus«, wie Ben ihn genannt hatte, war für Laini eine Herausforderung. Wenn ich sie jetzt gefragt hätte, ob sie an den Fluch glaubte oder nicht, hätte sie vermutlich keine Antwort gehabt. Ich konnte es ihr nicht verdenken. Noch vor wenigen Monaten hätte ich alle ausgelacht, die behauptet hätten, dass so etwas wie ein Fluch tatsächlich existierte. Aber seitdem war so viel geschehen, Schreckliches und Wundersames – konnte ich da wirklich behaupten, es würde nichts Übersinnliches existieren? Ich wusste nicht, was uns an diesen Punkt gebracht hatte, was uns letztlich überzeugt hatte, diesen Schritt zu gehen. Jeder von uns hatte seinen eigenen Moment gehabt, in dem er angefangen hatte, den Gedanken an einen Fluch zuzulassen. Doch wenn unsere Recherchen einen Sinn gehabt hatten, dann wäre die Gefahr in ein paar Minuten vorbei.

Sarah und Ben hatten den Mittelpunkt erreicht und drehten sich zu uns um. Ben drückte mir Rivers Strick in die Hand, dann stellte er sich so, dass er Laini über den Rücken des kleinen Hengstes die Hand reichen konnte.

Ich fröstelte und wuschelte durch Rivers Mähne. Kam es mir nur so vor oder war es noch kälter geworden? Vielleicht standen wir hier auch in einer Senke, die von Natur aus kühler war als die Umgebung.

Aber ich hatte keine Zeit, über mein körperliches Unbehagen nachzudenken. River bemerkte unsere Anspannung, und ich versuchte, ihn zu beruhigen und dazu zu bringen, still stehen zu bleiben.

Währenddessen hatte Sarah keine Zeit verschwendet und mit dem Ritual begonnen. Lainis Hand lag in Bens. Aus dem Augenwinkel nahm ich wahr, dass Sarah den Ordner aufklappte, den sie mitgebracht hatte. Innen lag ein einzelnes Blatt Papier, aber auf der rechten Seite war mit einem Gummiband ein Messer befestigt. Mir entwischte ein kleiner, geschockter Laut.

Natürlich hatte ich gewusst, was wir vorhatten. Doch es jetzt zu sehen – diese archaischen Vorbereitungen zu erleben –, das war erschütternder, als ich gedacht hatte.

»Jetzt«, trug die Nachtluft Graysons Stimme zu uns.

Es war Mitternacht. Es konnte beginnen.

»Sprecht mir nach«, sagte Sarah. »Unrecht wurde getan. Unrecht wurde nicht gesühnt.«

»Unrecht wurde getan. Unrecht wurde nicht gesühnt«, wiederholten Laini und Ben gemeinsam.

Es hätte so albern sein können, wir vier, mit einem zappelnden Pferdchen in unserer Mitte, aber die Stimmen der beiden hallten glockenklar durch den Steinkreis, lauter, als ich erwartet hatte. Ihr Klang stellte die Haare in meinem Nacken auf, selbst River hielt still.

»Dies Unrecht soll nun gesühnt werden«, sprachen sie weiter, ohne auf Sarahs Vorgabe zu warten. Sarah nickte nur.

»Bei meinem Blut«, sagte Ben nun allein, »nimm diesen Hengst als Wiedergutmachung.«

Er reckte das Kinn, als er seine Hand aus Lainis löste und sie Sarah hinhielt. Sarah ritzte mit dem Messer einen Schnitt in den Handballen, der sofort zu bluten begann.

»Bei meinem Blut«, antwortete Laini, »nehme ich diesen Hengst als Wiedergutmachung an.«

Sarah schnitt auch in ihren Handballen, dann drehte sie Lainis Hand um und drückte sie auf Bens. Zwischen den Handflächen quollen zwei dünne Blutspuren hervor, die langsam auf Rivers Rücken tropften.

Der Kleine machte einen Satz, der mich beinahe von den Füßen riss, aber ich bekam sein Halfter zu fassen und zog ihn an mich. Seine Rolle in dieser Nacht war vorüber.

Eine Windbö traf mich so plötzlich, dass ich einen Schritt nach hinten trat, doch das war es nicht, was mich aufblicken ließ. Eine Spannung lag in der Luft, so stark, dass ich meinte, sie beinahe hören zu können. Dann wurde mir mit einem Mal so kalt wie nie zuvor in dieser Nacht.

Rings um uns schienen die Steine zu leuchten. Auf ihnen lag ein grüner Schimmer, kaum sichtbar, dann heller und strahlender. Es dauerte sicher mehrere rasende Herzschläge, bis ich begriff, dass das Leuchten nicht von den Steinen stammte.

Ben, Laini und Sarah, die damit beschäftigt gewesen waren, ihre Wunden zu verarzten und das Messer zu säubern, merkten, dass ich mich nicht mehr rührte. Sie folgten meinem Blick. Ben sog scharf die Luft ein, Laini entfuhr ein kleines »Oh«, und Sarah flüsterte etwas, was ich nicht verstand. Hinter mir näherten sich Schritte, als Emmy und Grayson zu uns stießen.

Und so standen wir unter diesem klaren, eisigen Nachthimmel, in der Mitte eines prähistorischen Steinkreises, sechs Menschen und drei Ponys, und bestaunten das Wunder über uns. In absoluter Stille zog sich ein grünes Band über den schwarzen Himmel, hoch oben, von einer Seite des Horizonts zur anderen. Von ihm gingen Strahlen in Pink und Violett aus, wie Schleier vor den Millionen Sternen. Kein Laut war zu hören, und doch erschienen mir die anmutigen Schleifen und Wirbel wie ein Tanz, der die Musik der Welt erweckte. Es war, als würden die Steine vibrieren, der Boden beben und von irgendwoher ein zartes Klingeln herüberwehen wie Tausende gläserne Glöckchen.

Ich hatte kaum gemerkt, dass Ben an meine Seite getreten war. Jetzt schlangen sich unsere Hände ineinander, und ich fühlte, wie die Hoffnung in ihm pulsierte. Vielleicht war es Zufall, sehr wahrscheinlich sogar – aber was, wenn die Aurora borealis unser Zeichen war? Das Zeichen, das uns anzeigte, dass wir Erfolg gehabt hatten? Dass die Gefahr gebannt war und wir endlich ohne Angst unser Leben führen konnten? Nicht fürchten mussten, dass ein falscher Schritt der letzte wäre, für Ben oder die Ponys?

Irgendwann fühlte ich Bens Blick auf mir. Ich riss mich los von dem Spektakel am Himmel und sah ihn an. In diesem Augenblick, das wurde mir da klar, hatte er jeden Zweifel abgelegt. Der Fluch war seine Wirklichkeit, sosehr sich bisher auch ein Teil von ihm dagegen gewehrt hatte. Und jetzt, als er das zuließ, konnte er auch glauben, dass uns die Nordlichter eine Antwort gaben.

Ich hatte das Gefühl, mein Herz würde brechen. Vielleicht hatte ich nie zuvor begriffen, was die Bedrohung, die der Fluch darstellte, Ben auferlegt hatte. Wie gern hätte ich ihm seine Last abgenommen, einen Teil seiner Verantwortung getragen. Doch der Gedanke war nutzlos. Ben war ein Aldringham. Alles, was ich tun konnte, war, ihm zur Seite zu stehen.

Und das würde ich. Was immer es mich kostete.

Als die Aurora borealis schließlich verblasste, war mehr als eine Stunde vergangen. Ich zitterte, so tief hatte sich die Kälte in meinen Körper gefressen, und Grayson wurde fast wütend, als er darauf bestand, zusammen mit Ben die Ponys zurück nach Moor End zu bringen, sodass ich mit Laini, Emmy und Sarah im Auto fahren konnte.

Aber ich setzte mich durch. Diese Zaubernacht würde ich mir nicht nehmen lassen, Kälte hin oder her.

Als wir uns verabschiedeten, standen wir alle einen Moment unschlüssig herum, dann begann Laini, uns der Reihe nach zu umarmen. Sie hatte recht: Die Ereignisse der Nacht hatten uns zu einer verschworenen Gemeinschaft zusammengeschweißt. Wie auch immer es für uns weitergehen würde, dieses Erlebnis würde bleiben.

Während die vier sich nach Südosten wandten, wo Laini den Honda an der Passstraße geparkt hatte, half Ben mir auf Albies Rücken, dann traten wir den Heimweg an.

Wir gingen es langsam an. Die Ponys waren müde, Ben hing seinen Gedanken nach und ich konnte nicht genug bekommen von der Schönheit rings um mich.

Heute Nacht hatte sich etwas gewandelt. Ab sofort wurden die Tage wieder länger, unmerklich erst, aber hellere Zeiten würden kommen. Und ich wollte glauben, dass das nicht nur für den Lauf der Sonne galt, sondern auch für die Aldringhams.

26

Mir kam es so vor, als wären wir alle, die in der Nordlichtnacht auf dem Fell gewesen waren, danach ungewöhnlich still. Sarah wirkte abwesend, als wir bei Darcie im Book in the Nook die Regale nach letzten Weihnachtsgeschenken durchstöberten. Emmy und Grayson, die sich sonst die Sprüche um die Ohren kloppten, behandelten sich gegenseitig, als seien sie aus Zucker. Ob ihnen das bewusst war, konnte ich nicht sagen, aber ihre plötzliche Sanftheit rührte mich.

Laini stand oft mit Tillie am Fenster und starrte ins blaue Zwielicht, so als wären sie halb in der realen Welt und halb in einem Feenreich, das sich nur für ihre Augen zeigte. Silas betrachtete sie dann und sah mich fragend an, aber ich schüttelte nur den Kopf. Wenn uns in der Nacht auf dem Fell etwas Magisches widerfahren war, dann wollte es uns nicht schaden. Vielleicht schien für kurze Zeit das normale Leben etwas weniger zauberhaft, doch das würde vorübergehen.

Es ging vorüber, und zwar schnell. Ben war daran nicht unschuldig. Ihn schienen die Ereignisse unter dem Nordlicht nicht sanfter gemacht zu haben, im Gegenteil: Er vibrierte vor Energie. Er war wie eine unerschöpfliche Quelle von Tatkraft, Freude und guter Laune und das irritierte die Leute vielleicht am meisten. Nicht einmal die Tatsache, dass Ruby noch immer wie vom Erdboden verschluckt war und auch unsere Suchanfragen in Züchterforen keine Ergebnisse brachten, änderte etwas an seiner Stimmung. In den vielen, vielen Stunden, die wir gemeinsam verbrachten, fühlte ich mich leicht und glücklich, und die Tage bis Weihnachten vergingen in einem Wirbel aus Vorbereitungen, Geheimnissen und übermütigen Küssen.

Am Tag vor Heiligabend hörte ich es an der Haustür klopfen. Ich richtete gerade das Gästezimmer für meine Mutter und Kristof her, aber natürlich spitzte ich die Ohren, als ich Bens Stimme erkannte.

»… Ray heute ausleihen?«, fragte er.

Anscheinend hatte Laini geöffnet. »Klar, mach nur. Wenn du ihn bis zum Frühjahr trainierst, setze ich mich auch mal wieder drauf.«

»Abgemacht.« Ich hörte das Lächeln in Bens Stimme.

»Ich vermute, Valerie und Albie brauchst du auch.« Laini wartete seine Antwort nicht ab, sondern rief: »Valerie! Ben ist da.«

Ich merkte, dass ich immer noch mit Kissen und Bezug in den Händen dastand und in den Flur lauschte. Kopfschüttelnd ließ ich das Bettzeug auf die Matratze fallen und trat hinaus auf den Treppenabsatz.

»Hey«, begrüßte mich Ben, als er mich sah.

Sein Grinsen wurde breiter, je länger ich sein Outfit betrachtete. Er trug Lederstiefel und eine richtige Reithose und in der Hand hielt er eine Kappe.

»Vorgezogenes Weihnachtsgeschenk für meinen Dad«, meinte er mit einer erklärenden Geste. »Ihm ist vor Begeisterung fast das Frühstück aus dem Mund gefallen, als er den Helm gesehen hat.«

Langsam nickte ich. »Und was hast du damit jetzt vor? Ein Fotoshooting für einen Reitsportausstatter?«

Laini lachte leise, aber Ben deutete auf meine Stiefel, die auf einem Abtropfblech an der Eingangstür standen. »Nein. Ich dachte, wir würden das Zeug auch wirklich benutzen.«

Bedauernd hob ich die Schultern. »Kann nicht. Ich bin noch nicht fertig mit dem Gästezimmer und …«

Doch Laini unterbrach mich. »Mach, dass du rauskommst! Die Betten kannst du auch beziehen, wenn es dunkel ist.«

Mein Blick glitt hinter Ben zur Tür hinaus. Sie hatte recht, draußen schien die Sonne. Solche Tage sollte man nicht verschwenden, schon gar nicht im englischen Winter.

Ich warf ihr eine Kusshand zu. »Danke.«

Ben hatte Albie und Ray schon geputzt, als ich endlich warm eingemummelt auf den Hof trat. Wir sattelten in Rekordtempo und dann starteten wir tatsächlich in unseren ersten offiziellen Ausritt.

Immer wieder musste ich einen Blick nach links werfen, weil Ben mir in seiner Reitkluft so ungewohnt vorkam.

Irgendwann merkte er es und lachte. »Keine Sorge, ich hab nicht vor, in Zukunft im Jackett rumzulaufen. Aber ich wollte Dad zeigen, dass ich auch vernünftig sein kann. Das Zeug hängt sowieso im Schrank …«

»… und wir wollen ja nicht, dass es da verrottet.« Schmunzelnd schaute ich nach vorn. »Schon okay. Es steht dir gar nicht mal schlecht.«

Als Ben nicht antwortete und ich den Kopf wieder zu ihm drehte, grinste er. Seine Wangen hatten sich rosa gefärbt, und statt ihn damit aufzuziehen, grinste ich einfach mit.

Wie so oft fragte ich gar nicht, wohin wir unterwegs waren, sondern ließ Ben die Richtung bestimmen. Ich hatte angenommen, dass er die Gelegenheit nutzen würde, die Herde zu besuchen, doch bald erkannte ich, dass er heute ein anderes Ziel ansteuerte. Trotz des Sonnenscheins war es kalt, sodass die Ponys wahrscheinlich in einem der Täler grasten, aber unser Pfad führte uns immer höher hinauf in die Berge.

Albie und Ray schritten fleißig aus und schienen genauso neugierig zu sein wie ich, wohin Ben uns brachte. Tief atmete ich durch und genoss Albies kraftvolle und zugleich geschickte Bewegungen, mit denen er auch knifflige Wegabschnitte meisterte.

»Sind die beiden eigentlich auf den Fells aufgewachsen?«, fragte ich Ben nach einer Weile. Wir hatten nicht viel geredet bisher, ich war viel zu beschäftigt damit gewesen, hinter jeder Biegung neue wunderschöne Ausblicke zu entdecken.

»Albie und Ray?« Ben nickte. »Sie stammen aus der Blencarn-Linie der Hammonds.« Er deutete über seine Schulter. »Die Herde ist meistens in den Tälern nordöstlich von Bampton unterwegs, aber hin und wieder kommt es vor, dass sie nach Ellondale wandern. Vor ein paar Wochen haben wir sie sogar mal gesehen.«

Daran erinnerte ich mich natürlich. Ich streckte die Hand aus und kraulte Albie unter seiner dicken schwarzen Mähne. Wohlig schnaubte er.

»Also ist es kein Wunder, dass die beiden mit dem Gelande so gut zurechtkommen.«

Ben brummte zustimmend. »Die Berge kriegst du nicht raus aus den Ponys.«

Mein Blick blieb an einem Schmutzstreifen auf seiner Jacke hängen, der vor einer halben Stunde noch nicht da gewesen war, und ich schmunzelte. Nicht nur aus den Ponys …

Wieder atmete ich tief durch. Die Luft hatte eine neue Qualität bekommen, etwas Frisches, Kristallenes kitzelte meine Nase. Verblüfft sah ich auf und erkannte, was mir schon längst hätte auffallen müssen. »Liegt da … Schnee?«

Ben zwinkerte nur, denn es war ja offensichtlich: Die Gipfel vor uns glitzerten in der Wintersonne. Während wir weiterritten, entdeckte ich plötzlich überall weiß überzuckerte Stellen, hinter Steinen, in Kuhlen, zwischen Heidesträuchern, und dann führte Ben uns einen letzten steilen Anstieg hinauf, und eine Hochebene breitete sich wie ein Leinentuch vor uns aus. Ich musste die Augen zusammenkneifen, so hell war es auf einmal.

»Das hast du bei Frau Holle extra so bestellt, was?« Ich riss meinen Blick von der Winterlandschaft los und sah Ben an. Er guckte verdutzt, aber ich schüttelte nur den Kopf und lächelte. »Überraschung gelungen.«

Ein paar Sekunden erwiderte er mein Lächeln, dann deutete er mit dem Kinn auf die Schneefläche. »Sollen wir ein bisschen Gas geben?«

Und natürlich nickte ich.

Die ersten Galoppsprünge der Ponys waren noch verhalten, so als wollten sie sich vergewissern, dass das weiße Zeug unter ihren Hufen ungefährlich war. Doch dann kamen sie auf den Geschmack. Ich konnte den Moment fühlen, in dem Albie der Ehrgeiz packte und er aus der Hinterhand anschob. Rechts und links stob Schnee auf, und ich musste mich auf den Untergrund konzentrieren, damit ich keine Unebenheiten oder Hindernisse übersah. Albie war von meiner Vorsicht gar nicht begeistert, er schüttelte den Kopf und versuchte, zu Ray aufzuschließen, der mit Ben schon ein paar Meter voraus war. Doch ich durfte auf keinen Fall riskieren, dass wir in ein Loch tappten und Albie sich die Beine brach. Und ich mir den Hals.

»Ho«, sagte ich immer wieder, als er davonstürmen wollte, möglichst beruhigend, aber nach einer Weile immer genervter. Er war unzufrieden mit mir, das machte er sehr deutlich, doch diesmal konnte ich ihm seinen Willen einfach nicht lassen.

Als Ben den Arm hob, parierte ich Albie zum Schritt durch. Er kaute unruhig auf dem Gebiss, und ich war drauf und dran vorzuschlagen, dass wir nur noch traben sollten, als Ben sich zu uns umdrehte und fragte: »Hast du Spaß, Val?«

»Was?«

»Sag einfach: Hast du Spaß?«

Ich rückte meinen Helm zurecht und wischte mir über die Oberlippe. Mir war ganz schön warm geworden. »Nicht so richtig.«

Ben wendete Ray und ritt so nah an uns heran, dass sich unsere Knie berührten. Wir blieben stehen.

»Du siehst auch nicht so aus«, antwortete er leise.

Ich atmete scharf ein. »Tut mir leid. Es ist nur … Ich kann nicht erkennen, wo wir langreiten, und ich will einfach nicht, dass er sich wehtut …«

»Du hast Angst.«

Die drei Worte fühlten sich an wie ein Hieb in den Magen. Denn sie waren die Wahrheit.

Ich wandte den Blick ab. »Scheint so.«

Ben streckte seine behandschuhten Finger aus und legte sie auf meine. »Mir tut's leid, okay? Das war zu schnell. Wir hätten nicht gleich losgaloppieren sollen, aber nach vorletzter Nacht …« Ich schluckte. Da hatte ich es auch beinahe verbockt. »Wie du es da gerockt hast … Ich dachte, das würde jeden Gedanken an letzten Sommer einfach auslöschen.«

Verblüfft sah ich ihn an. Und dann begann ich zu grinsen. »Ich bin so doof.«

Überrascht riss Ben die Augen auf. »Was? Wieso?«

Lachend klopfte ich Albies Hals, und er schnaubte ein bisschen fragend, so als wäre ihm mein Stimmungsumschwung nicht ganz geheuer.

»Weil …« Ich schüttelte den Kopf. »Ist egal. Komm, noch ein bisschen Pep Talk. Du hast doch noch was auf Lager, oder?«

Ben blinzelte, als wäre er genauso überfordert wie Albie, aber dann grinste er. »Hab ich.« Er drehte Ray um, sodass wir in dieselbe

Richtung schauten. »Vorhin hat es dich beeindruckt, wie gut die beiden mit den Geländebedingungen zurechtgekommen sind.«

»Im Schritt. Und ohne Schnee.«

Ben wirkte, als würde er am liebsten ganz laut seufzen, doch seine Stimme blieb ruhig. »Wie wäre es, wenn du jetzt auch das Vertrauen hättest, Albie einfach machen zu lassen? Er hat vier Beine, er ist dein Gewicht gewohnt und er ist ein verdammtes Fell-Pony.«

Albie hatte ein Ohr zu mir und eins zu Ben gedreht, so als wäre ihm absolut klar, dass wir über ihn redeten. Genau wie Ray schien er nur auf das Signal zu warten, dass es endlich weiterging.

»Das unbedingt laufen will.«

»Ja.«

Ich fühlte in mich hinein. In meinem Bauch ballte sich ein dunkler Wust aus Zweifeln, Erinnerungen und Befürchtungen, der in der glitzernden Helligkeit dieses Wintertags keinen Platz hatte. Wenn wir fliegen wollten, musste ich ihn loslassen.

Ein paar Sekunden drehte ich mein Gesicht in die Sonne, dann nickte ich Ben zu. »Okay.«

Als wäre das das Signal gewesen, sprangen die Ponys in den Galopp. Ich entspannte meine Hände und Schultern, und beinahe im selben Moment merkte ich, wie Albie im Maul nachgab. Und auf einmal stimmte alles. Ich hielt eine sanfte Verbindung, und es war genau, was er wollte. Er nahm mich mit, jeder Galoppsprung wurde weicher, und dann war es, als würde mich das gleißende Licht über dem Fell fluten, jeden Winkel meines Inneren ausleuchten und nichts als Freude und Leichtigkeit zurücklassen.

Wir zogen davon, schneller, freier mit jedem Sprung, und als ich hinter uns Bens Triumphschrei hörte, lachte ich. Albie hielt das Tempo eine Weile, seine Mähne wehte mir ins Gesicht, der Wind trieb mir Tränen in die Augen. Doch dann drehte sich sein linkes

Ohr immer wieder nach hinten und ich ließ ihn langsamer werden. Ben und Ray schlossen zu uns auf, und Bens Blick, als er neben mir auftauchte, brachte mich beinahe aus dem Takt.

Aber nur beinahe.

Denn wir flogen.

Unter einem blauen Himmel flogen wir dahin, zwischen weißen Bergen, und um uns herum flirrten Flocken wie Glitzer in einer Schneekugel. Diesen Moment würde ich für immer aufbewahren, nicht unter einer Kuppel aus Glas, sondern so, dass er atmen und wachsen konnte. Er würde lebendig bleiben, so lebendig, wie ich mich fühlte.

In diesem Augenblick, in dem die Ponys silberne Atemwölkchen auspusteten und Bens und mein Blick sich immer wieder trafen, war nichts übrig von den dunklen Tagen, die hinter uns lagen. Wir hatten um einen neuen Anfang gekämpft und wir hatten gewonnen.

Der Ausritt auf dem Fell war nur eines von vielen Highlights in diesen Tagen. Wir genossen jeden Moment, den wir zusammen verbrachten. Einen Großteil der Dekoration vom Winterball hatten wir ins Haus geschleppt. Für jede Tanne fand sich eine Ecke, die Laternen erhellten noch das finsterste Kämmerchen, die Feuerschalen wiesen den Weg von der Terrasse bis zum See. Es duftete nach Wald und Wachs und Weihnachtsbäckerei und an den Abenden rösteten wir Marshmallows im Kamin. Mal saßen nur Gordon, Charlotte, Ben und ich zusammen, mal kamen Laini und Silas mit Tillie dazu und am Dreiundzwanzigsten waren die ganze Clique und Freunde aus dem Dorf eingeladen.

»Vielleicht solltest du noch mal zum Steinkreis und nachsehen, ob dir die Feen ein Wechselbalg untergejubelt haben«, sagte Emmy zu mir, während wir, eingemummelt in unsere dicksten Mäntel,

Schals und Handschuhe, ein wenig abseits standen und das Treiben auf der Terrasse und am Kiesstrand beobachteten. Gerade ging der meiste Lärm von der Gruppe um Ben und Grayson aus und Ben lachte über das ganze Gesicht.

Ich prustete in die Schlagsahne auf meinem Kakao. Als ich mir die Sahnespritzer aus dem Gesicht gewischt hatte, drehte ich mich zu ihr. »Ihr hattet nur einfach keine Ahnung, wie man mit ihm umgehen muss.«

Emmys Grinsen wurde teuflisch. »Ist ja schön, wenn du weißt, wie man ihn glücklich macht.«

»Boah, Emmy!« Ich boxte sie in den Arm, dass sie drei Schritte zur Seite machte. »Widerlich!«

Sie lachte glockenhell. »Stimmt, widerlich. Ich will mir das wirklich nicht vorstellen.«

»Absolut richtig.« Ich wusste, dass meine Wangen knallrot waren, doch zumindest konnte ich das auf die Kälte schieben. »Er ist ja beinahe dein Bruder.«

Emmy machte ein angewidertes Geräusch. »Wollen wir es mal nicht übertreiben.« Sie schwieg eine Weile, sodass ich schon glaubte, das Thema sei erledigt, aber dann fragte sie: »Also habt ihr noch nicht …?«

»Emmy!« Mein entrüsteter Blick kümmerte sie nicht im Geringsten. Wie hatte ich annehmen können, dass Emmy so schnell lockerließ?

Meine Augen richteten sich auf Ben, wie er da mit Grayson und den Zwillingen, Sarah, Ayda, Zach und Silas in einer Runde stand und lachte. Ich wusste, dass wir viel mehr Freiheiten hatten als die meisten anderen, vor allem deswegen, weil Silas im September klipp und klar gesagt hatte, dass er kein Ersatzvater sein würde und ich deswegen selbst entscheiden müsse, was richtig sei. Er hatte sich daran gehalten. Solange er und Laini wussten, wo ich war, konnte ich kommen und gehen, wann ich wollte. Und nach ihrem Streit im Sommer war Gordon immer noch vorsichtig, was Ben betraf. Sie hatten die Abmachung, dass Ben sich, so gut es ging, von gefährlichen Situationen fernhielt, ansonsten reichte Gordons Toleranz sehr weit. Alles in allem waren wir in einer beneidenswerten Situation.

Doch vielleicht war genau das der Grund, warum es noch nicht passiert war. Wir hatten ganze Nächte durchgeküsst, und oft genug waren unsere Klamotten dabei auf dem Boden gelandet, aber …

»Nein, wir haben noch nicht.«

Emmys Augenbrauen schossen nach oben. »Hm«, machte sie. Sie betrachtete mich eingehend, bis wir beide zu grinsen anfingen und sie sich kopfschüttelnd abwandte. »Wisch dir mal lieber diesen Ausdruck vom Gesicht, sonst werde ich noch neidisch.«

Wieder sagte ich: »Emmy!«, wenn auch diesmal mit einer ganz anderen Betonung. Sie erwiderte meinen Blick nicht mehr, sondern sah Grayson und Ben entgegen, die auf uns zukamen. Ihre Züge wurden immer weicher, und langsam dämmerte mir, dass ich seit einiger Zeit etwas gnadenlos übersehen hatte.

Ich versteckte meine Überraschung wohl nicht allzu gut, denn Ben schaute mich fragend an, aber ich schüttelte nur leicht den Kopf.

»Wir haben einen Auftrag«, verkündete Grayson, der von meiner Stimmung nichts mitzubekommen schien. »Ihr sollt euch fertig machen, in fünf Minuten geht es los!«

»Wohin?«, fragte Emmy, und ihr Blick huschte kurz zu mir, als hätte sie zu viel verraten. Ich lächelte und rückte ein bisschen näher, um ihren Arm zu drücken.

»In die Stadt. Weihnachtslieder singen.«

Damit hatte Grayson Emmys Aufmerksamkeit zu hundert Prozent sicher. »Was? Wieso? Ihr meint, von Haus zu Haus gehen und die Leute rausklingeln?«

Grayson grinste zufrieden. »Das ist der Plan.«

Eine Weile ging es noch hin und her, dass es diese Tradition in Rosley seit Jahrzehnten nicht mehr gebe und es eine Schnapsidee sei, sie aus dem Nichts wiederbeleben zu wollen, doch während Emmy noch zeterte, war die ganze Gesellschaft startklar.

Ich sah Ben an. »Wessen Idee war das?«

Er stellte meinen leeren Kakaobecher auf einen der dekorierten Stehtische und schlang seine Finger durch meine. »Kaum zu glauben, aber Charlottes. Irgendjemand meinte, dass er sich noch erinnern könne, als Kind als Sänger unterwegs gewesen zu sein, und wie schade es sei, dass es das in Rosley nicht mehr gibt. Und Charlotte fand, dass ja jederzeit eine neue Tradition geschaffen werden könnte.«

Hinter ihm tauchten Gordon und Charlotte auf, Arm in Arm. Sie plauderten mit Roger und Nora und strahlten übers ganze Gesicht. Mit ihrem weißen Mantel mit passender Mütze und Muff sah Charlotte aus wie die Heldin eines tschechischen Märchenfilms.

»Ja, ich weiß«, sagte Ben, als sie an uns vorbeigingen.

»Was?«

Er schaute mich reumütig an. »Sie macht ihn glücklich.«

Das war das Netteste, was er je über Charlotte gesagt hatte, und überrascht lachte ich auf. »Kann ja nicht nur einer der Aldringham-Männer Glück in der Liebe haben.«

Statt einen Spruch zu reißen, blickte er mir lang in die Augen, dann lehnte er seine Stirn an meine. »Val …«

»Hey! Wo bleibt ihr?«, brüllte Grayson von der Terrasse, und seufzend lehnte ich mich zurück. Meine Knie wackelten, und ich atmete zittrig, aber zum Glück war Ben an meiner Seite, sodass ich es entgegen meinen Befürchtungen bis nach Rosley schaffte.

Auch wenn ich die Hälfte der Weihnachtslieder, die gesungen wurden, nicht kannte, hatte ich doch den Eindruck, als würde genau das passieren, was Charlotte angekündigt hatte: Eine neue Tradition wurde geboren. Aus beinahe jedem zweiten Haus, an dem wir klingelten, schloss sich uns jemand an, sodass am Ende vierzig oder fünfzig Leute vor dem Pack Horse zu einer spontanen Party landeten. Richard und sein Team hatten alle Hände voll zu tun, die Gruppe mit Getränken zu versorgen, aber ich hörte nicht, dass er sich beschwerte.

Als Laini, Silas und ich wieder auf Ellonby waren, war es beinahe Mitternacht. Tillie schlummerte selig an Silas' Brust, und auch wenn er am nächsten Morgen jammerte, dass es mit Schlaf in der Sekunde vorbei gewesen war, als er sie in ihr Bettchen gelegt hatte, bekam ich von der unruhigen Nacht nichts mit. Ich träumte, dass Emmy und Grayson mich davon abhalten wollten, einen Stein im Steinkreis umzuwerfen. Ich tobte und wütete, und die beiden klammerten sich mit aller Kraft an mich, doch ich wusste, ich musste die Macht des Kreises brechen. Erst gegen Morgen wurden meine Träume sanfter und ich wachte mit einem Gefühl von Geborgenheit auf.

Die Weihnachtstage vergingen wie im Rausch. Am nächsten Tag holten wir Mama und Kristof am Flughafen ab und verbrachten zu siebt einen gemütlichen Heiligabend auf Ellonby. Am Weihnachtstag waren wir alle auf Renwick eingeladen, wo Charlotte für die Vorspeise, Gordon für den Hauptgang und – zu Mamas höchster Zufriedenheit – Ben für den Nachtisch zuständig war.

Am zweiten Feiertag verschwand Kristof frühmorgens in der Küche und ward nicht mehr gesehen, bis gegen Mittag ein Geruch durchs Haus zog, der uns allen das Wasser im Mund zusammenlaufen ließ. Wir hatten das Wohnzimmer komplett umgeräumt und eine Tafel aufgebaut, an der neben den Aldringhams auch noch Lainis Eltern, Florie und Aidan Platz fanden. Bis zum späten Nachmittag schmausten wir Gänsebraten, Rotkohl und Kartoffelknödel, und Ben und ich nutzten jede gemeinsame Sekunde. Mama und Kristof wollten bis kurz vor Silvester bleiben, und auch wenn Tillie einen Großteil ihrer Aufmerksamkeit band, erwarteten sie, dass ich möglichst viel Zeit mit ihnen verbrachte.

An einem Nachmittag gönnten Mama und ich uns einen richtigen High Tea im White Swan. Der Speisesaal wirkte ein bisschen plüschig, aber die großen Fenster und das moderne Geschirr machten den Eindruck wieder wett. Wir schlugen uns den Bauch voll mit Sandwiches und Scones mit Sahne und danach schlenderten wir die Uferpromenade von Whinfell Water entlang.

Die Sonne ging schon unter und im See spiegelte sich der Himmel in orangen und rosaroten Streifen. Im Osten blinkte der erste Stern. Mama hakte sich bei mir unter.

»Kristof hatte recht«, sagte sie.

»Womit?«

Sie warf mir einen schnellen Blick zu und schmunzelte. »Eigentlich hatte ich vor, einen leeren Koffer mitzubringen. Damit ich dich einpacken und wieder mit nach Hause nehmen kann«, erklärte sie augenzwinkernd, als ich sie verständnislos ansah. »Aber ich hätte ihn leer wieder mit nach Deutschland genommen.«

»Ja?« Plötzlich musste ich schlucken.

Mama legte mir den Arm um die Schultern und drückte mich. »Du wirkst so glücklich. Ich hab dich seit Jahren nicht mehr so gesehen.«

Meine Augen wanderten über die Bäume am Ufer hinauf zu den Hügeln. Wenn ich an Deutschland dachte, kam mir alles eintönig und grau vor. Ich konnte mich kaum erinnern, wie mein Leben gewesen war, ein Tag floss in den anderen, und selbst die guten Momente, die Erfolge und Siege, hatten mich nicht genug berührt, um lang in Erinnerung zu bleiben.

Hier war alles anders. Hier leuchtete jeder Tag, und das Leben fühlte sich so frisch an wie die Luft, die von den Bergen herunterwehte. Und genau das hatte Mama gesehen.

»Das bin ich, Mama«, flüsterte ich.

Sie strich mir über die Wange und lächelte. »Ich mag Ben.«

Überrascht lachte ich. »Ich auch.«

»Ich weiß. Aber, Valerie …« Sie zögerte einen Moment, so als müsse sie sich die Worte zurechtlegen. »… mach dich nicht zu sehr von ihm abhängig. Es ist dein Leben. Wir haben dich bleiben lassen, damit du auf eigenen Beinen stehst. Triff deine Entscheidungen nach dem, was für dich am besten ist.«

Ich war einen Schritt zurückgetreten, sodass ihr Arm von meiner Schulter glitt. »Ich bin nicht wegen Ben geblieben.«

Nicht nur wenigstens. Doch das wollte ich jetzt lieber nicht sagen.

Mama lächelte weiter. »Ich weiß. Aber ich sehe auch, wie nah ihr euch seid. Das freut mich für dich, wirklich. Es ist etwas Schönes und Wertvolles. Aber es macht dich verletzlich.«

»Und denkst du, Ben macht es nicht verletzlich?« Das Blut rauschte in meinen Ohren. Was war aus diesem Nachmittag geworden? Gerade hatten wir noch gekichert wie Freundinnen, und jetzt meinte sie, mich vor Ben warnen zu müssen?

»Doch.« Mamas Ausdruck war ernst geworden. »Aber Ben ist nicht mein Sohn. Um *dich* mache ich mir Sorgen.«

Ich starrte ihr ins Gesicht. Was sollte ich ihrer Meinung nach tun? Mich von Ben trennen? Weil sie dachte, mit siebzehn müssten andere Dinge im Vordergrund stehen? Schule, Studium, Erfolg … Darauf hatte ich mich jahrelang konzentriert. Und nichts davon hatte mich glücklich gemacht.

Eine Träne lief mir über die Wange. Wütend wischte ich sie weg. »Tu das nicht, Mama. Verdirb mir das nicht.«

Zögernd trat sie einen Schritt auf mich zu, und als ich nicht zurückwich, legte sie mir die Hände auf die Schultern. »Das will ich nicht. Ich will nur, dass du auf dich aufpasst, wenn ich es nicht kann.«

Dafür war es zu spät, das kapierte ich in diesem Moment. Die Zurückhaltung, die sie gegenüber Ben verlangte, hatte ich vor langer, langer Zeit aufgegeben.

Sie las es mir wohl vom Gesicht ab, denn sie schloss kurz die Augen und nickte. »Ich wünsche euch, dass es so bleibt. Dass ihr glücklich seid. Aber wenn nicht … dann bin ich da.«

Der Wind hatte aufgefrischt und trieb Wolken vom Meer heran. Wir kehrten um und liefen schweigend zurück.

Erst als wir das Ortsschild von Rosley längst hinter uns gelassen hatten und schon fast wieder in Ellonby waren, merkte ich, dass ich wieder frei atmen konnte. Mamas Worte hatten mich aufgewühlt, doch ich wollte nicht, dass sie dachte, ich würde sie ihr übel nehmen.

Also schlang ich meinen Arm durch ihren und sagte leise: »Danke.«

Sie atmete tief ein und zog mich näher an sich.

»Werde einfach nicht schwanger, okay?«, sagte sie einen Moment später.

»Mama!«

Sie grinste, und ich verdrehte die Augen, und dann mussten wir beide so lachen, dass Tizzie, die auf ihrem Lieblingsplatz am Tor saß, uns verstört ansah und Reißaus nahm.

27

Pünktlich an Mamas und Kristofs Rückreisetag schlug das Wetter um. Wir hatten trockene, kalte Tage gehabt, an denen sich immer wieder die Sonne durch die Wolken gekämpft hatte. Jetzt drehte der Wind auf Nordost und das erste Sturmtief des Winters rüttelte an den Fensterläden. Ben und ich hatten vorgehabt, Silvester mit der Clique im Pack Horse zu feiern, weil Dhanis Band dort spielen sollte, aber als der Sturm die ersten abgerissenen Äste über den Hof fegte, wurde mir ein bisschen mulmig. Wir einigten uns darauf, den Abend mit Silas, Laini und ein paar Brettspielen zu verbringen. Ben würde über Nacht bleiben.

Der erste Tag des neuen Jahres wurde nicht besser, im Gegenteil. Mitten in der Nacht hatte es zu regnen begonnen, und gegen Mittag war es so schlimm geworden, dass wahre Sturzfluten vom Himmel kamen. Gracies Herde würde sicher irgendwo einen Unterstand finden, doch Lainis Ponys standen beinahe ungeschützt auf der Weide. Also packten Silas, Ben und ich uns warm ein und stemmten uns gegen den Sturm.

Als die Ponys uns bemerkten, kamen sie zum Gatter gerannt. Sie wirkten nervös und drängten sich gegeneinander, sodass wir zweimal dazwischengehen mussten, als River den Kürzeren zu ziehen drohte. Er war erst seit ein paar Tagen in der Gruppe und das rangniedrigste Tier. Es war klar, dass er in Stresszeiten am meisten abbekam.

Schließlich hatten wir die sechs Ponys sicher in den Stall verfrachtet. Wir streuten frisches Stroh ein, schüttelten einen Ballen Heu auf und sahen zu, bis sie sich einigermaßen eingerichtet hatten. Nach einer Weile trieb uns der Wind, der selbst in diesem stabilen Steinbau durch alle Ritzen pfiff, zurück ins Haus.

Im Lauf des Nachmittags wurde es richtig schlimm. Im Fernsehen und in den Wetter-Apps blinkten die Sturmwarnungen, die Temperatur fiel um fast zehn Grad und mit ihr Bens Stimmung. Das Tageslicht schien gegen die blaugrauen Wolken keine Chance mehr zu haben und gegen fünf wirbelten erste Schneeflocken gegen die Scheiben. Wir dichteten Fenster und Türen ab, so gut es ging, stellten Tillies Bett in eine geschützte Ecke neben dem Kamin und versuchten ansonsten, uns abzulenken. Dass Ben nach Renwick fahren konnte, wie er es vorgehabt hatte, stand außer Frage, also wühlten wir uns durch Silas' exzellente Filmsammlung und wählten eine vierstündige Miniserie aus.

Die Nacht wurde unruhig. Bens Wärme neben mir war tröstlich, aber ich merkte, wie schwer es ihm fiel, liegen zu bleiben. Immer wieder holte er tief Luft, und ich hätte gern etwas gesagt, um ihm seine Sorgen zu nehmen, doch bei dem Heulen des Windes rund ums Haus wäre das blanker Hohn gewesen. Ich machte mir genauso Gedanken. Natürlich waren die Ponys es gewohnt, auf sich selbst gestellt zu sein, aber so ein Blizzard war auch auf den Fells nicht alltäglich. Hoffentlich war Gracie erfahren genug, die Herde zu einem sicheren Ort zu führen, wo der Sturm nicht so sehr wütete und sie sich gegenseitig wärmen konnten. Fell-Ponys waren auch für dieses Wetter geschaffen, das versuchte ich mir einzureden.

Wann ich schließlich einschlief, weiß ich nicht. Bens Hand strich gleichmäßig über meinen Rücken, auf und ab, auf und ab, als würde es ihn genauso beruhigen wie mich, und irgendwann kam nicht einmal mehr das Wüten des Sturms gegen meine Müdigkeit an.

Ich erwachte von der Kälte. Meine Bettdecke war so warm wie

immer, aber mein Unterbewusstsein sagte mir, dass etwas fehlte, also mühte ich mich, meine wirren Träume hinter mir zu lassen.

Neben mir war das Bett leer. Ich setzte mich auf und lauschte, ob ich Ben vielleicht im angrenzenden Badezimmer hörte, doch nach ein paar schlaftrunkenen Sekunden wurde mir klar, dass er schon eine Weile nicht mehr neben mir lag. Die Matratze war längst ausgekühlt.

Ein seltsames Gefühl überkam mich, so als würde mein Magen ein Stück tiefer sacken. Etwas stimmte ganz und gar nicht.

Mein Blick glitt zu dem kleinen Sessel neben meinem Schreibtisch, wo Bens Klamotten gelegen hatten. Ich konnte erkennen, dass sie verschwunden waren, und das sagte meinem langsamen Hirn, dass die Sonne schon aufgegangen sein musste. Wieder horchte ich, diesmal nach draußen. Der Sturm schien sich abgeschwächt zu haben, immerhin.

Ich hatte gerade die Beine aus dem Bett geschwungen, als unten die Haustür so energisch aufgestoßen wurde, dass sie von der Wand abprallte. Schwere Schritte polterten die Treppe herauf, immer mehrere Stufen auf einmal.

Silas klopfte gar nicht erst. Er riss die Tür auf und wirkte überrascht, dass ich schon wach war. Sein Blick glitt zu meinem ansonsten leeren Bett.

»Wo ist Ben?«

Seine Stimme jagte mir einen Schock durch den ganzen Körper. »Ich weiß es nicht. Vielleicht in der Küche?«

»Laini!«, brüllte Silas durch das Haus. »Ist Ben bei dir?«

Die Küchentür ging auf. »Was? Nein, wieso?«

Jetzt war ich auf den Füßen.

Mit dem Daumen deutete Silas über seine Schulter. »Du musst kommen. Es ist … etwas passiert. Wenn Ben nicht bei dir ist …«

Er beendete den Satz nicht. Ich kapierte nicht, was er mir sagen wollte, aber er war schon wieder auf dem Weg zur Treppe. Während ich mich hastig anzog, konnte ich hören, wie er leise mit Laini redete.

Als ich im Erdgeschoss ankam, empfing mich Lainis bestürzter Blick.

»Was? Was ist los? Wieso sagt ihr nichts?«, fragte ich heftiger als beabsichtigt.

Aus Lainis Gesicht war alle Farbe gewichen. »River … Er ist tot.«

Silas erzählte, wie er nach den Ponys gesehen und sofort ihre Unruhe bemerkt hatte, doch ich hörte kaum etwas davon. Selbst der Sturmwind gestern hatte sich nicht so kalt angefühlt wie Lainis Worte. Mein Blick glitt zur Garderobe, wo Bens Schuhe hätten stehen sollen. Sie waren fort.

»War er im Stall?«, fragte ich, während ich in meine Stiefel stieg und in den Mantel schlüpfte. Silas zuckte mit den Schultern, deswegen wurde ich lauter: »Der Schnee! Hast du seine Fußspuren gesehen, als du rübergelaufen bist?«

»Ich hab nicht drauf geachtet. Es war noch zu dunkel …« Silas' Stimme wurde leiser, als ich nach draußen stürmte und mit langen Schritten den Hof überquerte, den Blick auf den Boden gerichtet. Hier, die frischen Spuren, die gehörten zu Silas' Stiefeln, doch da drüben – das war ein zweites Paar Abdrücke! Nicht ganz so klar zu erkennen wie Silas', weil die Konturen vom Schnee schon weichgezeichnet worden waren. Aber dort war eindeutig jemand entlanggelaufen.

Lainis schlimme Neuigkeiten holten mich ein. Plötzlich wurde mir die schreckliche Wahrheit bewusst – ein Pony war tot. Eins von Bens Ponys, so sah er es sicher, auch wenn Laini River in dem Ritual angenommen hatte. Gerade noch rechtzeitig klammerte ich mich an den Rahmen der Stalltür, bevor mir die Knie wegknickten. Silas war mit wenigen Schritten neben mir und legte den Arm um meine Schultern.

»Tu dir das nicht an, Valerie«, sagte er leise.

Aber diese Wahl hatte ich nicht. Ich musste sehen, was Ben gesehen hatte, damit ich wusste, was er plante.

Dabei machte ich mir etwas vor, das wusste ich selbst. Mir war klar, wohin er verschwunden war. Ich richtete die Augen hinauf zu den Gipfeln. Weiß und kahl hoben sie sich vor dem grauen Morgenhimmel ab.

Ich drückte die Tür auf, und sofort schlug mir der Gestank nach Blut entgegen, metallisch und stumpf, und darüber, scharf und durchdringend, der Stress der Ponys. Silas folgte mir, als ich über die Schwelle trat, und irgendwo am Rand meines Bewusstseins hörte ich auch Laini über den Hof laufen. Im Zwielicht blinzelte ich, bis sich meine Augen einigermaßen umgestellt hatten, dann ging ich hinüber zu der Umzäunung des Laufstalls.

Nell und Bee standen ein wenig abseits, aber Penny, Albie und Ray hatten sich um den kleinen schwarzen Körper gruppiert, der halb unter der Heuraufe lag. Immer wieder senkten sie den Kopf, stupsten ihn an, und es strahlte eine Ratlosigkeit von ihnen aus, die ich beinahe mit Händen greifen konnte.

Nur hinsehen konnte ich nicht. Doch ich musste.

»Valerie …«, flüsterte Silas, als ich das Gatter öffnete.

Laini hatte zu uns aufgeschlossen und schlug sich die Hand vor den Mund, doch ich beachtete sie nicht. Ja, River war ihr Pony gewesen. Aber er war mein Freund.

Ich trat durch das Gatter, schloss es wieder, dann wehrte ich Albies und Rays Begrüßung ab. Diesmal war ich nicht ihretwegen gekommen. Ich schob sie zur Seite, drängte auch Penny ein Stück weg und kniete mich neben das Fohlen. Das Stroh raschelte und eins der Ponys schnaubte leise, ansonsten war es still.

So still wie River. Seine dunklen Augen starrten ins Nichts, seine Brust hob sich nicht, seine Beine schienen stocksteif. An seiner Flanke klaffte eine blutige Wunde, ob von einem Biss oder einem Schnitt, wusste ich nicht.

Als ich die Hand ausstreckte und sie ihm auf den Hals legte, konnte ich nicht einmal weinen. Was hatten wir getan? Denn dass dieser sinnlose Tod unsere Schuld war, daran hegte ich keinen Zweifel. River war auf den Fells geboren und aufgewachsen, er kannte keine Wände und Zäune. Was immer in der vergangenen Nacht hier drin geschehen war, was zu seinem Tod geführt hatte – wir trugen die Verantwortung dafür. Wir hatten dieses eine Pony geopfert, um die anderen zu retten. Doch welche Macht auch immer hinter dem Fluch stand, hatte das Opfer abgelehnt.

Jetzt schluchzte ich doch auf. Laini kam und kniete sich neben mich, sie drückte meine Schulter, aber ich bemerkte es kaum. Ich stand auf und hob das Kinn.

»Valerie …«, sagte Silas wieder, doch er wusste genauso gut wie ich, was ich jetzt tun musste. Wem ich helfen musste.

Ben war auf dem Weg in die Berge. Er suchte die Herde. Und ihn trieb eine Angst an: dass wir den Fluch nicht gebrochen hatten, dass Rivers Tod nur einer von vielen war und wir in dieser Nacht mehr als ein Pony verloren hatten.

Wie benommen stürzte ich auf den Hof. Fieberhaft überlegte ich, was ich einpacken musste, worauf ich mich vorbereiten sollte. Ich steckte so tief in meinen Gedanken, dass ich den Land Rover erst bemerkte, als er durchs Tor rollte.

»Guten Morgen, Valerie«, begrüßte mich Gordon durchs offene

Fenster der Fahrertür. »Ich dachte, ich hole meinen Sohn ab, damit du mal wieder …«

Er brach ab. Anscheinend hatte er von meinem Gesicht abgelesen, dass etwas ganz und gar nicht stimmte. Jetzt traten Laini und Silas neben mich.

»Guten Morgen, Gordon«, begann Laini, und ihre Stimme klang so gepresst, dass Gordon bleich wurde.

»Was ist passiert?«, stieß er hervor. »Wo ist er?«

Es quetschte mir das Herz zusammen, wie tief seine Angst um Ben saß.

Mit ein paar Worten schilderte Laini, was geschehen war, und dann ging alles so schnell, dass keiner von uns dreien hinterherkam. Gordon brauchte nicht lang, um zu denselben Schlüssen zu gelangen wie ich. Bevor ich etwas sagen oder tun konnte, legte er den Rückwärtsgang ein und steuerte den Land Rover vom Hof.

»Gordon, warte!«, rief ich, doch er beachtete mich nicht. Er gab Gas und brauste Richtung Moor End davon. Ein paar Schritte lief ich ihm noch hinterher, dann blieb ich stehen und drehte mich um. »Wir müssen etwas tun! Können wir nicht irgendetwas tun?«

Das Babyfon in Lainis Manteltasche rauschte, dann gab es ein Quäken von sich. Entschuldigend zuckte sie mit den Schultern und verschwand im Haus.

»Es kommt alles in Ordnung«, wollte Silas mich beschwichtigen, aber er merkte selbst, wie kläglich dieser Versuch war.

Seit wir im Hof standen, war es wieder kälter geworden, der Wind wirbelte mir die Haare ins Gesicht und blähte seine Jacke. Das nächste Sturmtief rollte heran und zwei Aldringham-Männer waren außer sich vor Sorge auf den Fells unterwegs. Er wusste genau, dass ich mich nicht hinsetzen und Däumchen drehen würde.

Er legte den Kopf in den Nacken und atmete hörbar aus. »Valerie, diesmal nicht. Ich kann dich nicht allein in die Berge gehen lassen. Nicht bei dem Wetter.«

Ich wusste, was ich verlangte, als ich sagte: »Dann komm mit. Laini soll der Bergwacht Bescheid geben. Ich kenne die Strecke, ich weiß, wo wir uns im Notfall unterstellen können.« Einen Moment musste ich die Lippen aufeinanderpressen. »Aber ich kann ihn nicht allein da draußen lassen.«

Silas schloss kurz die Augen. »Laini wird mich umbringen.«

Erleichtert lachte ich auf, auch wenn an der Situation nicht das Geringste lustig war. Laini hatte mit uns beiden ein Hühnchen zu rupfen, wenn wir unseren Willen durchsetzten. Silas trug jetzt Verantwortung, ihm durfte erst recht nichts passieren. Doch das war eine Auseinandersetzung, die er allein ausfechten musste.

Er zog mich mit sich Richtung Eingang. »Zieh dich so warm an wie möglich und pack deine Notfallausrüstung ein. Und wünsch mir Glück«, schob er leise hinterher, als er im Flur Laini mit Tillie auf dem Arm auf uns warten sah.

Aber sie überraschte uns beide. Während wir noch diskutiert hatten, hatte sie Wasser aufgesetzt, das jetzt kochte. Sie wandte sich ab, einen unergründlichen Ausdruck auf dem Gesicht, und während wir an die Küchentür traten, brühte sie Tee auf.

»Man hört jedes Wort, wenn die Haustür offen ist«, meinte sie und deutete hinter sich auf den Tisch, wo sie schon Kekse, Schokolade und eine Wasserflasche bereitgestellt hatte.

In Windeseile machten wir uns fertig. Ich wartete im Hof auf Silas, während er sich von Laini und Tillie verabschiedete. Als er die Eingangsstufen herunterkam, standen ihm Tränen in den Augen.

»Es wird gut gehen«, war es jetzt an mir, Zuversicht zu verbreiten.

Er nickte wortlos, dann marschierten wir los.

28

Schon der Weg durch Ellondale war mühsam. Immerhin hatte der Wind gedreht, er kam von hinten, was uns zum einen schneller machte und uns zum anderen nicht so sehr frieren ließ. Doch der Schnee hatte wieder eingesetzt und fiel in so dicken, weichen Flocken vom Himmel, dass die Haare, die unter meiner Mütze hervorlugten, bald ganz durchnässt waren. Er sammelte sich auf dem ohnehin feuchten Boden, sodass der breite Weg, dem wir folgten, immer matschiger wurde. Zumindest sagten uns die frischen Reifenabdrücke, dass wir Gordon auf der Spur waren.

Ein Stück vor Moor End bog der Wirtschaftsweg mit einem scharfen Knick in die Berge ab. Bald hatten wir die letzten Bäume hinter uns gelassen und der Sturmwind erfasste uns mit voller Wucht.

Silas und ich gingen nah nebeneinander, und obwohl er darauf bestand, dass ich in seinem Windschatten blieb, wurde das Laufen immer beschwerlicher. Sooft es möglich war, rasteten wir in einer Mulde oder hinter einer Mauer, um uns nicht zu früh zu verausgaben. Schnee häufte sich auf unseren Mützen und in unseren Kapuzen, und ich knetete meine Hände, weil meine Finger trotz der warmen Handschuhe taub wurden.

Ich wollte nicht daran denken, mit welcher Ausrüstung Ben unterwegs war – oder ohne welche Ausrüstung. Heute Morgen hatte das Wetter viel harmloser gewirkt, und wahrscheinlich war er so geschockt gewesen, dass er keinen einzigen Gedanken an seine eigene Sicherheit verschwendet hatte.

Ich fluchte laut. Konnte er nicht ein einziges Mal darauf Rücksicht nehmen, was seine Aktionen mit den Leuten anstellten, denen er etwas bedeutete?

Zwischen dem Rand seiner Mütze und seinem Kragen erahnte ich Silas' mitfühlendes Grinsen. »Ganz schön hart, das mit der Liebe, was?«

Ich schnaufte. »Vor allem wenn man sich in so rücksichtslose, idealistische Sturköpfe verliebt.«

Mir fiel die Nacht ein, in der Tillie geboren worden war, und Silas' blutunterlaufene Augen, als er mich am Morgen abgeholt hatte. Wie viel deutlicher ihm die überstandene Sorge anzumerken gewesen war als die stille Freude. Ich wandte mich ab, weil mir Tränen in die Augen schossen. So war die Liebe anscheinend. Nie ganz ohne Schmerz und Angst.

Mittlerweile schneite es so heftig, dass wir die Reifenspuren des Land Rovers nicht mehr erkennen konnten. Das hieß, wo ich bisher noch Gordons Ortskenntnisse als Vergewisserung gehabt hatte, musste ich mich jetzt komplett auf mein eigenes Gespür verlassen. Wir überquerten den Asby Fell in südlicher Richtung, vorbei an einigen Felsformationen, die mir im Sommer so vertraut gewesen waren, die jetzt aber wirkten wie bösartige Kobolde. Im Windschatten eines Wäldchens hielten wir auf das zerklüftete Gebiet zu, das an den Fell anschloss. Ich hatte die Herde hier beim Wald erwartet, doch anscheinend bot selbst er zu wenig Schutz.

»Schau mal.« Silas deutete voraus, wo, halb hinter einem eingeschneiten Dickicht versteckt, der Land Rover parkte. Es schien niemand darin zu sitzen. Hatte Gordon eine Spur von Ben gefunden?

Mein Herz schlug schneller, ich beschleunigte meine Schritte. »Gordon? Gordon, wo bist du? Ben? Ben!«

Ich konnte brüllen, so viel ich wollte, gegen den pfeifenden Wind kam ich nicht an. Das merkte ich, als ich Gordon entdeckte. Er steuerte auf einen Einschnitt in einem Hang zu und schien mich nicht zu hören. Silas hatte ihn auch gesehen. Ohne uns abgesprochen zu haben, rannten wir nun beinahe, gegen den Sturm und den wirbelnden Schnee, mit keuchendem Atem. Gordon verschwand zwischen den Felswänden. Wir liefen weiter.

Auf einmal bemerkte ich etwas Seltsames. Es war, als würde der Boden beben, als hätte etwas tief im Inneren die Welt erschüttert. Ich brauchte unverzeihlich lang, bis ich verstand, was da auf uns zukam.

»Die Herde! Da vorn ist sie!«

Silas kapierte erst nicht, wovon ich redete, dann riss er die Augen auf. Genau wie ich hatte er die Gefahr begriffen, in der Gordon schwebte.

»Gordon!«, brüllten wir nun beide, während wir auf den Felsdurchbruch zustolperten.

Es war eine schmale Schlucht, das erkannte ich, als wir endlich so nah waren, dass Gordon uns hätte hören müssen. Vielleicht hätte er das, wenn nicht in diesem Moment der erste schwarze Kopf aufgetaucht wäre. Gracie bretterte um die Kurve, als wäre sie auf der Flucht. Gleich dahinter kamen Ash und Maddox, dann Viv und dicht gedrängt der Rest der Ponys.

»Gordon! Ben!«, schrie ich wieder, und meine Stimme überschlug sich beinahe vor Panik.

Gracie führte die Herde in einem weiten Bogen an uns vorbei und zurück zu dem Wäldchen, das wir gerade hinter uns gelassen hatten. Ich hatte nicht gezählt, aber es schienen alle Ponys zu sein, alle fünfzehn. In jedem anderen Augenblick wäre ich erleichtert gewesen, doch jetzt trieb mich die Angst voran, zu spät zu kommen, die Frage, was wir finden würden.

Wir fanden Gordon. Als wir den Hang umrundeten und endlich einen guten Blick in die Schlucht hatten, verstand ich erst nicht, was ich sah: Ein schmaler Pfad führte an einem felsigen Bachbett vorbei, rechts und links erhoben sich steile, baumbewachsene Hänge. Trotz der Kälte schäumte das Wasser um die Steine herum und mittendrin bauschte sich etwas Dunkelgrünes.

»Mach, dass das nicht wahr ist«, hörte ich Silas sagen, und endlich begriff ich, was mein Hirn nicht wahrhaben wollte: Das da im Wasser war Gordons grüne Jacke.

Ich merkte gar nicht mehr, dass sich meine Beine bewegten, automatisch setzte sich ein Fuß vor den anderen, brachte mich näher an den Ort, wohin ich auf keinen Fall wollte, wohin ich aber musste. Und zwar schnell.

Silas war schneller. Vor mir gelangte er an die Stelle, wo die Strömung Gordons reglosen Körper immer wieder gegen einen Felsbrocken trieb.

»Er liegt mit dem Gesicht im Wasser«, sagte Silas so ruhig, dass ich ihn ungläubig anstarrte. »Hilf mir.«

Es war, als würde seine Selbstbeherrschung einen Schalter in mir umlegen. Plötzlich war mein Kopf ganz klar, und ich begriff, was ich tun musste.

Während Silas in den Bach watete, langsam und bedacht, um in dem schäumenden Wasser nicht das Gleichgewicht zu verlieren, schaute ich mich um. Direkt neben mir war die Felswand zu steil, aber ein paar Meter weiter schaffte ich es, den Abhang hinaufzuklettern und einen langen Ast zwischen den jungen Bäumen hervorzuzerren. Ich schleppte ihn ans Ufer und streckte ihn in Silas' Richtung, damit er sich daran festhalten konnte.

Mittlerweile hatte er Gordon erreicht. Mit einem Ruck drehte er ihn um. Gordons Augen waren geschlossen, sein Gesicht war kalkweiß, aber ich hatte keine Zeit, deswegen zu erschrecken, weil Silas ihn unter den Schultern fasste und in meine Richtung zerrte.

Es ging zu langsam. Silas rutschte immer wieder ab, in der Strömung war es schwer, selbst das Gleichgewicht zu halten und einen erwachsenen Mann ans Ufer zu wuchten.

Gerade als ich den Reißverschluss meiner Jacke aufzog, platschte etwas neben mir ins Wasser. Nicht etwas. Jemand.

Bens Augen waren starr auf seinen Vater gerichtet. Er sagte kein Wort, sondern packte Gordon von der anderen Seite, sodass sich Silas mit der linken Hand am Ast entlanghangeln konnte. Zu zweit schafften sie es, Gordon aus der Strömung zu ziehen. Ich kniete mich hin und streckte die Arme aus, bis ich ihn am Kragen zu fassen bekam. Gemeinsam zogen und zerrten wir, bis Gordon endlich im zertrampelten Schnee auf dem Pfad lag.

Silas kniete sich neben ihn und schob eine Hand in seine Jacke. Ich hielt die Luft an, bis er sagte: »Ich fühle Puls.«

Das gurgelnde Geräusch, das Ben ausstieß, war der erste Laut, den ich von ihm hörte, seit er neben mir aufgetaucht war. Ich schaute ihn an und streckte die Hand nach ihm aus, aber er nahm mich gar nicht wahr. Er ließ Gordon nicht aus den Augen, so als könne er nicht glauben, was er sah.

Es war schlimm, das erkannten wir auf den ersten Blick. Blut sickerte aus seiner Nase und aus einer Wunde an seiner Stirn und sein Arm lag seltsam verdreht unter ihm.

Doch das war nicht unsere Hauptsorge. Silas hatte sich über ihn gebeugt, jetzt richtete er sich wieder auf. »Er atmet nicht. Valerie, hilf mir, die Jacke aufzumachen.«

Silas zitterte so sehr, dass er mit dem Reißverschluss nicht klarkam. Ich öffnete ihn und schlug die Jacke zurück, dann knöpfte ich Gordons Hemd auf.

»Okay, ich übernehme. Knie dich neben seinen Kopf, und pass auf, dass seine Nase frei ist.«

Bevor ich antworten konnte, schob Ben mich zur Seite.

»Ich mache das«, sagte er mit einer eigentümlich unbeteiligten Stimme.

Ohne die drei aus den Augen zu lassen, zog ich mein Handy aus der Tasche und rief Laini an. Sie ging sofort ran. Mit wenigen Worten erklärte ich, was passiert war.

»Wir sind südlich vom Asby Fell in einer kleinen Schlucht«, sagte ich. »Mit dem Hubschrauber müssten sie uns finden.«

Ich verdrängte den Gedanken an den vergangenen August, als Ben mit dem Heli vom Fell geflogen werden musste.

Laini zögerte. »Hört Ben mit?«, fragte sie leise.

Ich warf Ben einen Seitenblick zu, aber da er nichts wahrzunehmen schien als das Gesicht seines Vaters, stand ich auf und lief ein paar Schritte von den dreien weg.

»Was ist?«

»Die Bergwacht wird nicht kommen, zumindest nicht in den nächsten Stunden.« Laini klang, als würde sie sich am liebsten selbst ins Auto setzen und zu uns fahren. »Im Sturm kann der Hubschrauber nicht starten, und es sind so viele Notrufe eingegangen, dass sie sie nicht bewältigen.«

Ich drehte mich um, sodass ich weder Ben noch Gordon sehen musste. Ein paar Sekunden lang kniff ich die Augen zusammen, dann straffte ich mich. Ich würde die Nerven behalten. Diesmal würde ich nicht nutzlos sein.

Entschlossen setzte ich mich in Bewegung.

»Okay, verstehe.« Meine Gedanken rasten. »Laini, ruf noch mal beim Notruf an. Sag, dass er im Moment nicht atmet und wir nicht wissen, ob sein Kopf verletzt ist. Und wenn sie dann immer noch nicht anrücken, frag, ob wir ihn ins Krankenhaus fahren sollen.«

Laini legte auf.

Mit ein paar letzten Schritten hatte ich den Land Rover erreicht. Zum Glück hatte Gordon nicht abgeschlossen, also öffnete ich den Kofferraum, riss den Erste-Hilfe-Kasten aus seiner Halterung, raffte die Wolldecken zusammen, die hier in den Lakes so gut wie jeder im Auto hatte, und lief, so schnell ich konnte, zurück zu den Jungs.

Ich hatte sie noch nicht erreicht, als ein Ruck durch Gordon ging. Silas hörte mit der Herzdruckmassage auf und half Ben, Gordon zur Seite zu drehen. Ein Schwall Wasser ergoss sich aus seinem Mund und seiner Nase auf den Boden.

Das war ein gutes Zeichen, oder?

Als Silas sagte: »Ja. Ja, auf jeden Fall«, merkte ich erst, dass ich die Frage laut ausgesprochen hatte.

Sie ließen Gordon zurück auf den Rücken gleiten, und als sich seine Brust hob, atmeten wir gleichzeitig auf. Wieder tastete Silas nach dem Puls und diesmal nickte er.

»Okay. Ein bisschen schnell, aber regelmäßig.«

Ich legte eine Decke um ihn, dann ging ich zu Ben und drückte seine Schulter. Sie fühlte sich steinhart an. Auch er schlotterte vor Kälte.

»Wann kommt die Bergwacht?« Ben sprach mechanisch, so als hätte er alle Gefühle ganz tief in sich vergraben.

»Ich warte noch auf Lainis Rückruf.«

Das hatte ich jetzt davon, dass mein Bruder und mein Freund mich so gut kannten: Irgendetwas schien in meiner Stimme mitzuschwingen, denn Silas sah stirnrunzelnd auf und Ben musterte mich lange mit einem ausdruckslosen Blick. Bestimmt durchschaute er die aufgesetzte Zuversicht, aber noch hatten wir kein endgültiges Nein. Noch war mein beruhigendes Lächeln keine Lüge.

Endlich schaute er weg. Ich griff nach der Rettungsdecke und gemeinsam breiteten wir sie über Gordon aus.

Als mein Handy vibrierte, sprang ich auf. Dass ich wieder einige Schritte von ihnen wegging, quittierte Ben mit einem wissenden Nicken. Ich hätte heulen können, doch ich stählte meine Entschlossenheit. Mitleid half uns jetzt nicht weiter.

»Laini?«, sagte ich atemlos.

»Wie geht es Gordon? Ist er ansprechbar?«

»Das nicht, aber er hat Puls und atmet wieder. Wie sieht es aus?«

»Ich habe keine besseren Nachrichten«, meinte sie bedauernd.

»Aber es ist ihnen klar, dass wir vielleicht noch zwei Stunden Tageslicht haben, oder?«, zischte ich ins Handy, auch wenn ich wusste, dass sie nichts für die Situation konnte.

»Ja, Valerie, das wissen alle. Lass mich ausreden.« Ich biss mir auf die Zunge, und Laini fuhr fort: »Ihr sollt selber in der Rettungsstelle anrufen. Sie führen euch Schritt für Schritt durch die Erstversorgung, und wenn ihr ihn einigermaßen stabilisieren könnt, sollt ihr Gordon ins Krankenhaus fahren.«

»In Ordnung. Danke, Laini. Wenn wir mehr wissen, melde ich mich wieder.« Ich wollte das Gespräch beenden, doch da fiel mir etwas ein. »Kannst du Charlotte Bescheid geben? Sie wird sich bestimmt schon fragen, wo Gordon ist.«

»Das mache ich. Passt auf euch auf.«

Einen Moment starrte ich auf die Nummer, die Laini mir schickte, dann gab ich mir einen Ruck. Ich telefonierte immer noch nicht gern mit Leuten, die ich nicht kannte, weil es ohne ein Gesicht schwieriger war, den Akzent zu verstehen, aber diese Zimperlichkeit half jetzt niemandem. Ich holte tief Luft, erklärte der Sanitäterin am anderen Ende der Leitung die Lage, dann reichte ich sie an Ben weiter. Gemeinsam mit ihr entschied er nach ein paar Minuten, dass wir Gordon selbst transportieren würden. Ich betete, dass wir nichts übersehen hatten, was auf schlimmere Verletzungen hätte hindeuten können. Zumindest atmete er weiterhin gleichmäßig.

Dass wir es schafften, Gordon erst auf die Seite, dann auf eine Decke zu rollen und ihn mühsam zum Land Rover zu tragen, erschien mir wie ein Wunder. Wir funktionierten wie Maschinen, die ausführten, was die Frau am Handy uns auftrug. Zum Glück konnte die Rückbank des Land Rovers umgeklappt werden, sodass eine große Ladefläche entstand, auf der Gordon ohne Probleme Platz fand. Ben blieb neben ihm sitzen, um Puls und Atmung zu kontrollieren, und als Silas endlich den Motor startete, begann es schon zu dämmern.

So schnell wie möglich und so vorsichtig wie nötig steuerte er das Auto über den Fell, bis wir endlich den Wirtschaftsweg erreichten.

Ich drehte mich zu Ben um und hielt ihm eine Hand hin. Und ich ließ nicht los, bis wir nach langen, langen vierzig Minuten endlich auf die Zufahrt des Krankenhauses in Sedgwick rollten.

29

In der Notaufnahme schienen sie nach uns Ausschau zu halten, denn kaum bremste Silas vor den selbstöffnenden Türen, rollten drei Leute in grünen Kitteln eine Trage heraus. Silas öffnete den Kofferraum, und dann war klar, dass unser Teil erledigt war. Nicht einmal Ben durfte Gordon in den Behandlungsraum begleiten.

Während Silas den Land Rover zum Parkplatz fuhr, ging ich mit Ben hinter der Trage zum Eingang. Dort im Schatten wartete schon Charlotte. Sie wandte ihre Augen nicht von Gordons blassem Gesicht, und als sie ihn an ihr vorbeischoben, schwankte sie kurz. Ben und ich stürzten auf sie zu und hielten sie fest. Sie schien uns kaum wahrzunehmen.

Wir führten sie in einen Wartebereich, den ich leider zu gut kannte. Ben blieb bei Charlotte sitzen, während ich in der Cafeteria etwas zu trinken besorgte. Ben und Silas hatten Stunden in nassen Klamotten im Freien verbracht, sie mussten sich aufwärmen.

Als ich nach knapp zehn Minuten zurückkam, gab es noch keine Neuigkeiten. Silas hatte sich auf Charlottes andere Seite gesetzt, auch er bekam einen Becher Kaffee, ein Sandwich und einen Schokoladenmuffin. Danach begleitete ich Ben zum Empfang, wo wir einer Angestellten Gordons Daten diktierten.

Als das erledigt war, schien es mit Bens Selbstbeherrschung vorbei zu sein. An einer Ecke schlug er die Hände vors Gesicht und rutschte an der Wand entlang in die Hocke. Ich setzte mich daneben und schlang die Arme um ihn. Er zitterte so heftig, dass ich Angst bekam.

»Ben, du hast einen Schock. Und du bist unterkühlt. Komm, wir suchen eine Ärztin. Jemand soll dir ein Beruhigungsmittel geben. Und ein paar trockene Sachen.«

Ich wollte ihn auf die Beine hieven, aber er blieb stocksteif sitzen. Seine Schluchzer schüttelten ihn, also schlüpfte ich aus meiner Jacke und legte sie ihm um die Schultern. Ich strich über seinen Rücken und seine Haare, weil es das Einzige war, was ich tun konnte, und wartete, bis er sich beruhigte.

Nach langen Minuten war es so weit. Er ließ den Kopf hängen, aber die Tränen waren versiegt. Irgendwo in den Tiefen meines Rucksacks fand ich Taschentücher, die ich ihm hinhielt. Er putzte sich die Nase, doch ansonsten war es, als hätte er alle Energie aufgebraucht.

Schließlich sah er mich an. Er musterte mein Gesicht, jede Linie, jede Kontur, und irgendwann lachte er bitter auf. »Wir hatten unrecht. Von Anfang an. Der Fluch trifft nicht nur die, die als Aldringhams geboren sind.«

»Ben …«

»Nein, es ist wahr. Die ganze Zeit hat er mich gewarnt, dass so etwas passieren könnte. Mir. Nicht ihm!« Er schniefte. Ich wusste nicht, was ich dazu sagen sollte, aber er fuhr fort: »River ist tot. Verblutet wahrscheinlich. Oder vielleicht hatte er während des Sturms zu viel Angst.«

Ben suchte meinen Blick, und er las aus meinem Ausdruck, dass wir River gefunden hatten. Dass das Fohlen überhaupt erst der Grund gewesen war, ihm in die Berge zu folgen. Er nickte und sah weg.

»Ich hätte ihn da rausholen sollen. Ihn nicht einfach liegen lassen. Aber ich hatte so ein schlechtes Gefühl … Wenn der Sturm schon Pferde getötet hatte, die im Stall standen … was war dann mit der Herde?«

Stockend erzählte er, wie er noch im Morgengrauen in die Berge aufgebrochen war, dorthin, wo die Ponys am wahrscheinlichsten Schutz vor dem Wind gesucht hatten. Er hatte sie gefunden, aber sie waren in eine Falle gegangen: Ein Hangrutsch hatte den Pfad blockiert, auf dem sie normalerweise die Schlucht verließen, und überall sonst waren die Hänge zu steil, als dass sie hinausklettern hätten können. Als Gracie die Herde zurück auf den Fell führen wollte, hatten wohl schon entwurzelte Bäume den Ausgang versperrt. Ich wollte mir nicht ausmalen, wie lang sie in der Schlucht gefangen gewesen waren und welche Panik sie gespürt haben mussten.

Den Rest konnte ich mir denken, auch wenn Ben es nicht aussprach: Er hatte die Bäume irgendwie zur Seite geschafft, und als der Weg endlich frei war, waren die Ponys kopflos durch die Lücke gestürmt. Auf dem schmalen Pfad hatte Gordon keine Chance gehabt, ihnen auszuweichen, und ob sie ihn in den Bach geworfen hatten oder er versucht hatte, sich auf einen der Felsen zu retten, und dabei ausgerutscht war, spielte keine Rolle. Was für ein schrecklicher, unglücklicher Zufall, dass Gordon ausgerechnet in diesem Moment an dem Engpass hatte sein müssen!

Doch Ben schien eine andere Sicht auf die Dinge zu haben.

»Es war der Fluch, Val«, flüsterte er. »Das mit River und dass die Herde in der Schlucht eingeschlossen war. Und dann Dad …«

Wieder kamen ihm die Tränen, er legte den Kopf in den Nacken und atmete tief ein.

»Ach, verflucht.« Als er merkte, welches Wort er verwendet hatte, lachte er humorlos auf und drehte das Gesicht zu mir. »Immer wieder hat er mich gewarnt und ich wollte nicht hören. Und jetzt bin ich schuld, wenn …«

Er konnte nicht weiterreden, sondern kniff die Augen zusammen und weinte lautlos. Ich lehnte meinen Kopf an seinen.

»Ben, es war ein Unfall! Du kannst nichts dafür! Gordon hat dich gesucht und du hast die Ponys befreit. Niemand kann etwas dafür, was passiert ist.«

Er drängte die Schluchzer zurück und schüttelte den Kopf. Bevor ich ihm diesen Unsinn ausreden konnte, bog ein Pfleger um die Ecke.

»Bennett Aldringham?«, fragte er.

Mit einem Satz sprang Ben auf die Füße. Ich stemmte mich schwerfällig hoch.

»Kommen Sie bitte mit?«

Er deutete auf den Wartebereich, wo gerade ein Arzt mit Charlotte und Silas sprach. Ben begann zu rennen, ich folgte etwas langsamer.

»… sofort in den OP. Bitte machen Sie sich auf eine längere Wartezeit gefasst. Das ist kein Grund zur Besorgnis, sondern normal bei einem Eingriff dieser Größenordnung.«

»Aber was hat er?«, unterbrach ihn Ben.

Ich sah Silas an, und die Art, wie er die Lippen aufeinanderpresste, gefiel mir gar nicht.

Der Arzt, ein junger Mann nicht viel älter als mein Bruder, erwiderte Bens Blick. »Im Moment gehen wir von einem Schädelbruch aus. Es ist wichtig, den Gehirndruck zu verringern. Danach wissen wir mehr.«

Charlotte schienen die Beine wegzuknicken. Gerade noch rechtzeitig legte Silas einen Arm um sie und bugsierte sie auf ihren Sitz. Der Arzt schob Ben zur Seite, um nach ihrem Handgelenk zu greifen, wahrscheinlich um nach ihrem Puls zu tasten, aber sie wehrte ab.

»Es ist alles in Ordnung. Nur die Aufregung.« Ihre Hand legte sich auf ihren Bauch. »Es geht gleich wieder.«

»Sind Sie schwanger?«, fragte der Arzt leise, und ich fühlte, wie Ben neben mir erstarrte.

»Oh Gott«, entfuhr ihm.

Charlotte antwortete dem Arzt nicht. Sie saß ganz still da, dann hob sie den Kopf und sah Ben bedauernd an. »Ben … Wir wollten es dir in Ruhe sagen …«

Ben unterbrach sie. »Das spielt jetzt keine Rolle. Willst du dich hinlegen?«

Der Arzt stimmte ihm zu und fing an, geschäftig nach einem freien Bett für Charlotte zu fragen, aber wir drei kannten Ben gut genug, um zu wissen, dass seine Gefasstheit nur aufgesetzt war. Charlotte biss sich auf die Lippe und schaute weg. Ich griff nach Bens Arm. Er war steinhart unter meinem Griff. Ben hob das Kinn und trat zwei Schritte von mir weg.

»Ich geh mal an die Luft. Val, du holst mich, wenn sich was tut, ja?« Ich nickte, doch wahrscheinlich sah er es gar nicht, denn seine Augen blieben auf Charlotte gerichtet. »Herzlichen Glückwunsch.«

Ben blieb fast eine halbe Stunde weg. Mir tat das Herz weh, wegen Gordon, wegen Ben, dass er so von seinem Geschwisterchen erfahren musste. Wegen Charlotte, deren Schwangerschaft nun bestimmt mit vielen Sorgen belastet sein würde. Es fiel mir schwer, Ben nicht zu suchen, aber ich verstand, dass er allein sein wollte. Es war zu viel, mit dem er klarkommen musste.

Trotzdem war ich drauf und dran, nach ihm zu sehen, als er den Gang entlang auf uns zulief. Er setzte sich neben mich, und als ich den Arm um ihn legte, lehnte er sich zumindest nicht von mir weg. Ich atmete aus.

So blieben wir sitzen, Stunde um Stunde, meist schweigend, in unsere Gedanken versunken. Hin und wieder meldete sich Laini und bat um ein Update, und Ben führte ein paar Telefonate mit Gordons Verwalterin Jo, aber der Rest der Zeit dehnte sich zäh wie Kaugummi.

Einmal kam eine Schwester vorbei und versuchte, uns zu überreden, nach Hause zu fahren, doch Charlotte und Ben schüttelten nur stumm den Kopf.

Ich winkte Silas zur Seite. »Du solltest fahren. Laini ist sicher froh, wenn du ihr Tillie eine Weile abnimmst.«

»Ich weiß.« Silas seufzte. »Aber ich will euch hier nicht sitzen lassen. Charlotte ist völlig neben der Spur, da sollte sie nicht fahren. Und du und Ben habt keinen Führerschein.«

Was ich in diesem Moment sehr bereute. Es wurde allerhöchste Zeit, endlich Fahrstunden zu nehmen.

Ich schaute zurück zum Wartebereich. »Ich glaube nicht, dass wir hier so schnell wegkommen. Und wenn doch, nehmen wir zur Not ein Taxi.«

Silas schwieg einen Moment. »Was ist mit dir?«, fragte er, als ich ihn ansah. Sein Blick war weich und forschend zugleich. »Du hältst dich gut. Aber du hast heute ganz schön was mitgemacht.«

»Und du nicht?« Ich straffte die Schultern. Wie sollte ich ihm erklären, dass er sich um mich keine Gedanken zu machen brauchte? »Als Ben … den Unfall hatte, hat mein Gehirn völlig abgeschaltet. Ich war zu keinem klaren Gedanken mehr fähig. Damit war niemandem geholfen. Das wird nicht noch mal passieren.«

Silas betrachtete mich ernst. »Du weißt, dass es Erwachsene gibt, oder? Du bist ein Teenager, du darfst die Kontrolle auch mal abgeben. Lass die Erwachsenen ihren Job erledigen.«

»Du meinst jetzt aber nicht dich, oder?«, fragte ich und erntete dafür einen heftigen Knuff gegen den Arm.

Trotz all der geschäftigen Menschen um uns herum, trotz der

wartenden Angehörigen, der Hektik, unserer Anspannung und Bens und Charlottes Elend mussten wir lachen.

Silas zog mich an sich und drückte mir einen Kuss auf die Haare. »Hab dich lieb.« Er seufzte. »Okay, ich verschwinde. Aber meldet euch, wenn ihr was braucht oder sich was tut, ja? Und behalte Ben ein bisschen im Auge.« Sein Blick glitt zu der Bank, wo Ben den Kopf auf die Hände gestützt hatte, dann sah er wieder zu mir. »Ich kann mich noch erinnern, wie Papa mir erzählt hat, dass ich eine kleine Schwester bekommen würde.« Er grinste. »Damals wäre mir ein Leguan lieber gewesen.«

Jetzt war es an mir zu knuffen. »Du wolltest einen Leguan? Lieber als mich?«, fragte ich gespielt beleidigt.

»Ein Chamäleon hätte ich auch genommen. Oder eine Vogelspinne. Damit hätte ich bei meinen Freunden definitiv besser angeben können als mit dir.«

Ich schaute zu Ben und mein Grinsen verblasste. »Ich glaube, die Schwangerschaft ist gerade zweitrangig. Zumindest bis er weiß, was mit Gordon ist.«

Silas besorgte uns noch einmal Getränke und Proviant aus der Cafeteria, dann verabschiedete er sich. Mittlerweile war es nach neun, neue Gesichter tauchten auf, anscheinend begann bald die Nachtschicht. Und noch immer hatten wir keine Nachricht von Gordon.

Die Entwarnung kam kurz vor dem Morgengrauen. Wir waren immer wieder eingenickt, Charlotte hatte sich sogar überreden lassen, zwei, drei Stunden in einem Besucherbett zu schlafen. Selbst Ben, der krampfhaft versucht hatte, sich wach zu halten, waren irgendwann die Augen zugefallen.

Doch dann stand eine übernächtigte Ärztin vor uns, die noch die Abdrücke der OP-Maske im Gesicht hatte, und nickte uns zu. Ben neben mir war angespannt wie eine Bogensehne. Als ich seine Hand nahm, quetschte er meine Finger wie ein Schraubstock, aber ich machte keinen Mucks.

»Ich möchte Ihnen nichts vormachen«, sagte sie nach ein paar einleitenden Worten. »Mr Aldringham hat einige schwerwiegende Verletzungen davongetragen. Im Moment ist sein Zustand stabil, etwaige Komplikationen können aber noch innerhalb der kommenden zweiundsiebzig Stunden auftreten.«

Charlotte unterdrückte einen jämmerlichen Laut und ließ zu, dass Ben ihre Hand nahm.

Die Ärztin warf ihr ein kleines Lächeln zu. »Die gute Nachricht ist, dass sich die Kopfverletzung als weniger gravierend herausgestellt hat, als wir zuerst befürchten mussten.« Ihre nächste Geste ließ sie mir sofort ans Herz wachsen. Sie ging vor Ben in die Hocke und tätschelte sein Knie. »Er ist über den Berg. Mit ein bisschen Glück wird dein Vater wieder ganz gesund.«

Sie nickte erst ihm, dann Charlotte zu, lächelte mich flüchtig an und verschwand hinter einer Tür ein paar Meter den Gang hinunter.

Vielleicht lag es daran, dass beide kaum geschlafen hatten, oder vielleicht hatte ihre gemeinsame Angst mehr zwischen ihnen bewegt, als es die nächsten zwanzig Jahre gekonnt hätten – jedenfalls legte Charlotte den Arm um Ben und zog seinen Kopf an ihre Schulter. Und da ließ er ihn liegen und fing an zu weinen.

Vorsichtig löste ich meine Finger aus seiner Hand. Ich hatte hier gerade nichts verloren, also machte ich mich auf die Suche nach einer ruhigen Ecke, um Silas und Laini Entwarnung zu geben.

30

In den folgenden Tagen kümmerte sich Ben um Gordon und ich mich um die Herde.

Ben und Charlotte wichen kaum einmal von Gordons Seite, bis die kritischen zweiundsiebzig Stunden vorbei waren und keine Gefahr mehr drohte. Gordon schlief viel, und wenn ich mit Ben sprach, konnte ich hören, dass er sich immer noch Vorwürfe machte. Aber die Schmerzen würden abklingen, Gordon würde gesund werden, und dann hoffte ich, dass er Ben ausredete, dass er an dem Unfall schuld war.

Den Ponys ging es gut. Sooft es das Wetter zuließ, wanderte ich in die Berge und suchte sie, und meist ließen sie sich auch blicken. Dann streichelte ich sie und versprach ihnen, dass Ben sie bald wieder besuchen kommen würde, und wir standen gemeinsam da und beobachteten, wie der Wind die Wolken über den Gipfeln auftürmte. Es waren friedliche Tage, auch wenn ich wusste, was Ben durchmachte. Es war, als würde mir die Welt einen Moment des Durchatmens gönnen.

Denn eines war mir klar: Egal, ob Gordons Unfall mit dem Fluch zusammenhing, egal, ob River gestorben war, weil wir seine Bedingungen missverstanden hatten – Ben würde nicht aufgeben. Er würde wieder von vorn beginnen und alles unternehmen, um hinter das Geheimnis des Fluchs zu kommen. Und wenn er so weit war, dann würde ich an seiner Seite sein, genauso wie Grayson, Emmy und Sarah. Wir waren schon so weit gekommen, ich war nicht bereit, mich jetzt geschlagen zu geben. Es musste einen Weg geben, diesen Fluch zu brechen.

River beerdigten wir auf dem Asby Fell, darum hatte mich Ben gebeten. Ganz legal war es vermutlich nicht, dass wir hier ein eineinhalb Meter tiefes Loch aushoben, aber wo sonst sollte der Hengst seine letzte Ruhe finden? Er war ein Pony von den Fells gewesen und so sollte er auch begraben sein.

Ich hatte nicht erwartet, dass Ben zu unserer kleinen Zeremonie auftauchen würde, aber gerade als Silas und ich die ersten Schaufeln Erde auf den zarten Körper gekippt hatten, kam er mit großen Schritten auf uns zu. Laini umarmte ihn, dann nahm er mir den Spaten aus den Händen und erledigte den Rest.

Danach standen wir neben dem kleinen Hügel, das Gesicht nach Osten gewandt, genau wie Rivers Kopf unter unseren Füßen. Es war der erste schöne Tag seit dem Sturm. Die untergehende Sonne färbte den Himmel grau und rosa. Goldenes Winterlicht lag auf den Gipfeln und in den Mulden sammelten sich unsere Gedanken und Wünsche wie blaue Schatten.

Irgendwann streckte Ben den Arm aus, um Lainis Schulter zu drücken. »Es tut mir leid«, sagte er mit einem traurigen Lächeln. »Ein Pony zu verlieren, ist immer schlimm.«

Einen Moment starrte sie ihn nur an, dann trat sie auf ihn zu und zog ihn in ihre Arme. »Sei nicht albern. Er gehörte dir, Papiere hin oder her. Jeden Tag frage ich mich, ob wir besser auf ihn aufpassen hätten können.«

Ben schluckte, dann ging ein Ruck durch seinen Körper. Ich folgte seinem Blick. Vielleicht hatten sie ihn gewittert, vielleicht hatten sie auch einfach seine Nähe gespürt, jedenfalls war plötzlich die Herde da. Wie Märchenpferde standen sie unten am Bach, umhüllt vom Dunst, der aus dem Boden aufstieg, mit einem rötlichen Schimmer in Fell und Mähnen.

Laini hatte Ben losgelassen, und wir sahen zu, wie er zu Gracie und den anderen lief, ohne Eile, und wie sie ihn in ihrer Mitte willkommen hießen. Wie oft hatte ich sie schon so zusammen gesehen? Dutzende Male. Und doch prickelten Tränen in meinen Augen, so schön war das Bild von dem Jungen und seinen wilden Pferden.

Schweigend liefen wir nach Ellonby, wo Diane mit Tillie und dem Abendessen wartete, aber Ben wollte nicht mit hineingehen. Er hielt mich zurück, und als Laini und Silas die Haustür hinter sich geschlossen hatten, zog er mich in seine Arme und drückte mich fest. Zum Abschied küsste er mich, ganz vorsichtig und zart, und ohne noch etwas zu sagen, drehte er sich um und ging davon.

Fröstelnd sah ich ihm nach, bis ihn die silberne Dämmerung eingehüllt hatte, und als ich die drei Stufen zum Eingang hinaufstieg, merkte ich, dass das Gefühl, das an meinem Herzen zog, als wolle es mich ihm hinterherschicken, keine Sehnsucht war. Sondern eine seltsame Art von Unruhe.

31

Was ist denn hier los?« Silas stand in der Tür und beäugte den Tisch, der sich unter Rührei, Speck und Waffeln, selbst gebackenen Brötchen, Obstsalat und frisch gepresstem Orangensaft beinahe bog.

»Nichts«, brummte ich, während ich die Teekanne und zwei Becher Kaffee dazustellte. »Du kannst Laini sagen, dass das Frühstück fertig ist.«

Er zog eine Augenbraue hoch, lehnte sich aber ohne ein weiteres Wort in den Flur und rief: »Laini! Bist du wach?«

Ich verdrehte die Augen. Jetzt war sie es sicher.

Ich hörte, wie die Wohnzimmertür aufging. »Schon seit Stunden, du Grobian. Und sei leise, gerade ist sie eingeschlafen.«

Sie war natürlich Tillie. Ich werkelte seit eineinhalb Stunden in der Küche, und so lange hatte Laini gebraucht, die Kleine zu beruhigen. Immer wieder war sie zwischen der Küche und dem Wohnzimmer hin- und hergelaufen, hatte sie gestillt und getätschelt und ihr gut zugeredet. So süß das Kind war, in Momenten wie diesen schloss ich einen Pakt mit mir selbst, die Babyfrage so lang wie möglich aufzuschieben.

Silas hatte von dem Geplärre nichts mitbekommen, weil er im Stall gewesen war. Frisch umgezogen ließ er sich jetzt auf seinen Stuhl fallen. Laini folgte ihm an den Tisch und stellte seinen Kaffeebecher neben ihren.

»Ähm …« Silas betrachtete die Tasse sehnsüchtig.

»Nein, ich teile nicht«, stellte Laini klar. »Ich brauche das Koffein.«

Obwohl ich nicht in der Stimmung für Wohltaten war – das fürstliche Frühstück diente einzig und allein dem Zweck, mich abzulenken –, griff ich nach einem dritten Becher und füllte ihn mit Kaffee.

»Lebensretterin!«, rief Silas, und Laini und ich machten gleichzeitig: »Schhhh!«

Das schien er lustig zu finden. Er lachte in sich hinein und begann, sich seinen Teller mit Eiern und Speck zu beladen. Das Ganze krönte er mit Waffeln und Sirup.

Ich hatte Silas' Frühstücksgewohnheiten schon immer zum Fürchten gefunden.

Eine Weile aßen wir schweigend und genossen die Ruhe. Abgesehen davon hatte sich der Aufwand gelohnt – ich hatte schon lange nicht mehr so gut gefrühstückt. Das Rezept für die Brötchen hatte mir Ally gegeben. Sie wusste ja immerhin, wie man hungrige Mäuler mit möglichst wenig Aufwand stopfte.

Während die beiden in Rekordgeschwindigkeit die Kaffeekanne leerten, schenkte ich mir Tee ein. Über den Rand der Tasse hinweg schaute ich Silas missbilligend an. »Wie kannst du so gut gelaunt sein? Selbst ich hab heute Nacht kein Auge zugetan, weil Tillie so geweint hat. Wenn ich es nicht besser wüsste, würde ich sagen, du hast Stilldemenz.«

»Ich hab keine Stilldemenz«, empörte sich Laini.

»Sag ich doch«, gab ich zurück und deutete auf Silas.

Silas, der geballten weiblichen Unmut witterte, deutete auf die Teller und Schüsseln vor sich. »Ist das hier ein Back-to-School-Schmaus, oder was ist mit den Vorsätzen passiert, dass wir bis Ostern bescheidener leben?«

Wenn er ablenken wollte, war das das falsche Thema. Trotzdem sagte ich: »Ist nur eine Ausnahme. Ich musste mich ablenken.« Als mich zwei fragende Blicke trafen, seufzte ich. »Hab seit Freitag nichts von Ben gehört.«

Silas begann zu grinsen (manche Menschen lernten ihre Lektionen einfach nicht) und deutete auf mein Handy, das entgegen unserer Abmachung neben mir lag. »Hat er dich blockiert oder was?«

Laini boxte ihm gegen die Schulter, doch ich nahm es gar nicht richtig wahr. Die Frage hatte mich mit der Wucht einer Kanonenkugel getroffen. Es stimmte. Normalerweise sprang sofort die Mailbox an, wenn ich ihn auf dem ausgeschalteten Handy anrief. Doch seit gestern läutete es einmal, bevor der Anruf weitergeleitet wurde.

Konnte Ben wirklich meine Nummer blockiert haben?

Laini hatte auf mich eingeredet, aber ich hatte nichts von dem verstanden, was sie gesagt hatte.

Auch Silas sah mich besorgt an. »Komm, lass dich nicht ärgern. Er ist bestimmt bei Gordon und hat einfach keine Zeit.«

Doch die Worte klangen hohl.

»Sorry, das lässt mir keine Ruhe«, sagte ich, während ich schon von der Bank rutschte. »Ich muss wissen, was los ist.«

Silas wirkte etwas betreten, aber die beiden winkten mir nur zu, als ich mir das Handy griff und in den Flur lief. Noch während ich in meine Stiefel stieg, rief ich Grayson an.

»Sag mal, kannst du mir einen Gefallen tun?«, fragte ich, als er ranging. »Kannst du Ben anrufen und genau darauf achten, was dann passiert?«

»Was?«

»Grayson, ich hab keine Zeit für so was. Mach, was ich dir sage, und achte drauf, wann die Mailbox anspringt. Falls er nicht abnimmt. Und dann ruf mich wieder an. Danke.«

Mit Jacke, Mütze und Schal rannte ich nach draußen und holte

Silas' Rad aus dem Schuppen. Noch während ich die Tür wieder zuzog, klingelte mein Handy.

»Grayson?«

»Es klingelt fünfmal, dann springt die Mailbox an. Ich hab draufgesprochen, dass er sich bei dir melden soll, weil du dich komisch aufführst. Was ist los, Valerie?«

»Witzig.« Mit zugekniffenen Augen lehnte ich mich gegen den Lenker und atmete tief ein. »Irgendwas stimmt nicht, Grayson. Ich fahre jetzt nach Renwick. Melde mich später. Und danke!«

Dass ich vor Kälte zitterte, während ich ins Tal hinuntersauste, lag nicht am Fahrtwind. Es war eine Kälte, die von innen kam. Eine Kälte, die mir ganz deutlich etwas sagte, aber ich weigerte mich hinzuhören. Stattdessen strampelte ich um den See, als wäre eine Meute Hunde hinter mir her, und erreichte Renwick genau in dem Moment, als sich Charlotte in ihr Auto setzen wollte.

Keuchend stieg ich ab. »Guten Morgen … Charlotte«, brachte ich heraus. »Ist Ben da?«

Wie in Zeitlupe blinzelte sie. Wenn ich nicht gewusst hätte, dass Charlotte nahezu unerschütterlich war, hätte ich gesagt, dass sie meine Frage aus der Fassung brachte. Behutsam schloss sie die Autotür und trat einen Schritt auf mich zu.

»Ben ist schon gestern gefahren«, sagte sie. »Hat er dir denn nichts gesagt?«

Die Kälte in mir verfestigte sich zu einem Eisklumpen. Ach was, zu einem Gletscher.

»Gefahren? Wohin?«, krächzte ich.

Charlotte zögerte. »Nach Grayrigg«, antwortete sie schließlich. »Er geht dort ab morgen aufs Internat.«

Unbestimmte Zeiteinheiten später saßen wir nebeneinander auf den Eingangsstufen und ich tauchte langsam wieder aus meiner Erstarrung auf.

»Komm mit rein«, schlug Charlotte zum x-ten Mal vor. »Ich mache uns einen Tee.«

Doch ich schüttelte den Kopf. Bei manchen Dingen half nicht einmal Tee.

»Hat er … hat er denn gar nichts für mich dagelassen?« Selbst eine Maus hätte meine Stimme übertönt.

Charlotte lächelte bedauernd. »Er hat mir nichts gegeben. Aber wenn du willst, sieh doch in seinem Zimmer nach.«

Also tat ich das, verzweifelt, wie ich war. Obwohl, für Verzweiflung musste man etwas fühlen. Und ich fühlte gar nichts, nicht einmal Leere.

Charlotte folgte mir nach oben, aber sie hielt Abstand, also hatte ich einen Moment für mich, um mich in Bens Zimmer umzusehen. Das Bett war gemacht, nichts lag herum, selbst sein Schreibtisch war aufgeräumt. Auch wenn ich mich vor dem Anblick fürchtete, trat ich an seinen Kleiderschrank und öffnete ihn.

Er war halb leer.

Komischerweise war das der Moment, der alles real werden ließ. Sein Geruch schlug mir aus den übrigen Klamotten entgegen, aus seiner Schuluniform, seinen Outdoor-Klamotten, allem, was er nun nicht mehr brauchte. Aber diese leeren Kleiderbügel und Fächer, sie sagten mir, dass er fort war.

Wo er es mir hätte sagen müssen.

Mit voller Wucht trat ich gegen die Schranktür, sodass sie gleich wieder aufsprang.

Ich warf Charlotte einen schnellen Blick zu. »Sorry.«

Sie reagierte nicht mal, sondern betrachtete mich nur bedauernd.

Das Mitleid in ihren Augen war mehr, als ich ertragen konnte. Ich wandte mich ab und ging zum Schreibtisch.

Nichts. Auch hier gab es nichts, keinen Zettel, keinen Brief, nichts, was für mich bestimmt war.

Kein. Einziges. Beschissenes. Wort.

Mein Blick fiel auf den Fuß seiner Schreibtischlampe. Dort war ein unregelmäßiger dunklerer Fleck, ein Abdruck im Staub, wo bis gestern der Herzstein vom Dunmallock gelegen hatte. Ich starrte auf den Fleck, versuchte, ihm einen Sinn zu geben. Hatte er den Stein weggeworfen? Oder ihn mitgenommen?

Ich erinnerte mich an Freitagabend. Wie er mich gehalten hatte. Wie meine Sinne mich gewarnt hatten und ich zu blind gewesen war, es zu kapieren: Er hatte sich verabschiedet.

Mit einem Ruck drehte ich mich um. »War er noch auf den Fells, bevor er gefahren ist?«

Charlotte nickte, dann legte sie den Kopf schief. »Zumindest war er noch unterwegs gestern. Ich dachte …« Schwach deutete sie auf mich.

Sie hatte gedacht, er sei bei mir gewesen.

»Danke, Charlotte.« Mit ein paar schnellen Schritten war ich an ihr vorbei. »Tut mir leid, dass ich dich aufgehalten habe. Bitte grüß Gordon von mir.«

Ich wartete nicht auf ihre Antwort. Die Treppe rannte ich hinunter, dann war ich aus der Haustür, hob das Rad auf und trat in die Pedale.

Von der Herde hatte er sich verabschiedet. Ich schüttelte den Kopf, während Rosley an mir vorbeiflog und ich darüber nachdachte, was nun gewonnen war. Er hatte getan, was sein Vater wollte. Die Herde war auf den Fells, vielleicht war sie nun sicher. Und vielleicht war er sicher, weit weg von den Bergen, ohne die Herde, ohne die Fells, die ihm so viel bedeuteten. Vielleicht war es das, was ich mir in all den Monaten für ihn hätte wünschen sollen, ihn sicher zu wissen, trotz allem, was es ihn kostete, aber ich war zu selbstsüchtig gewesen.

Ich bog nach Ellondale ab, raste an Ellonby vorbei, bis ich kurz vor Moor End an die Abzweigung nach Fairview kam. Dort ließ ich das Rad liegen. Der Pfad war steil, es würde mich nur behindern, wenn ich es mitnahm.

Unerbittlich trieb ich mich selbst an, den Berg hinauf, bis zu dem Wanderweg und weiter, wo sich hinter der sanften Biegung die Wiese erstreckte. Der Wasserfall, der Teich, die Bäume und Büsche – selbst jetzt, im tiefsten Winter, strahlten sie etwas Zauberhaftes aus, wie eine Märchenwelt, die nur schlief und auf die Magie der Frühlingssonne wartete.

Und da stand er. Der Schäferwagen, unsere Festung gegen die Welt. Vielleicht hatte er es nicht für nötig befunden, mir eine Nachricht zu hinterlassen. Aber wenn doch … dann fand ich sie hier.

Hastig tastete ich nach dem Schlüssel, fand ihn, steckte ihn ins Schloss und sperrte auf. Weil die Fensterläden zugeklappt waren, war es dunkel im Inneren, dunkel und kalt, doch als würde der Umschlag selbst inmitten der weißen Einrichtung leuchten, entdeckte ich ihn sofort. Ben hatte ihn gegen meine blaue Tasse gelehnt.

Auf der Vorderseite standen nur drei Buchstaben: »Val.«

Keine Unterstreichung. Kein Herz, kein x.

Aber ich hatte nichts davon erwartet.

Ich streckte einen zitternden Arm aus. Jetzt, als ich ihn gefunden hatte, war mir nicht mehr klar, ob ich wissen wollte, was in dem Brief stand. Beinahe scheute ich mich, ihn anzufassen. Doch dann gab ich mir einen Ruck. Es war besser, wenn ich das Unvermeidliche hinter mich brachte, statt mich ewig mit den unbeantworteten Fragen zu quälen, die in meinem Kopf Amok liefen.

Ich nahm den Brief mit nach draußen. Die Bank, auf der wir so oft gesessen hatten, war trocken, sodass ich mich darauf fallen ließ. Behutsam nahm ich den Briefbogen aus dem Kuvert.

»Val«, stand da. »Mein Vater hatte recht. Es gibt nur einen Weg, den Fluch aufzuheben. Ich muss mich von der Herde und den Fells fernhalten. Bitte versuch nicht, mich zu erreichen. Ich weiß, was ich tue.«

An diesem Punkt fiel es mir schwer weiterzulesen, weil mir schlecht war, vor Wut, vor Mitgefühl, vor Verzweiflung, doch ganz unten stand noch ein Satz. Die Schrift war noch wackliger als im Rest des Briefes, aber als ich blinzelte, konnte ich sie trotz meiner Tränen entziffern.

»Es war schön mit dir. Ben.«

Mit einem gurgelnden Geräusch, halb Schluchzen, halb Schrei, sprang ich auf.

Es war schön mit dir?

So fasste er unsere Zeit zusammen? So leicht machte er es sich, es zu beenden?

Ich taumelte auf der Wiese herum, den Brief zerknüllt in meiner Hand, den Kopf im Nacken, um die Tränen am Fließen zu hindern. Was dachte er sich? War das alles, was ich verdiente? Meine Wut explodierte rot glühend in meinem Bauch, wie Lava, und füllte jeden Winkel meines Bewusstseins, bis sie erstarrte und nur Kälte zurückließ. Und da, endlich, formte sich frostig und klar der einzig wichtige Gedanke:

Er hatte nicht mit mir Schluss gemacht.

Er hatte mich verlassen.

Mit einem Mal hatte ich das Gefühl zu fallen. Ich ging in die

Knie, und da hockte ich, wiegte mich vor und zurück, bis der Schock nachließ. Dann stand ich auf, schniefte und lachte durch meine Tränen hindurch. Es klang bitter.

Weil es nichts mehr zu tun gab, schloss ich die Tür des Schäferwagens ab und wandte mich Richtung Ellondale.

Das war es also. Das Ende meiner Liebesgeschichte. Kein *bis ans Ende ihrer Tage*. Und schon gar kein *glücklich*. Alles, was ich bekam, waren Erinnerungen an Momente, bei denen ich mich von nun an fragen würde, ob sie nur mir so viel bedeutet hatten.

Als mir der Pfad den ersten Blick auf Ellondale erlaubte, brach die Sonne durch die Wolken. Ein paar dünne Strahlen nur, aber hell genug, um den Hang auf der gegenüberliegenden Seite des Tals zum Funkeln zu bringen. Wie schwarze Juwelen verteilte sich Gracies Herde in einem Bett aus rotbraunem Farn.

Wie schön das aussah. Inmitten des Wintergraus hielten die Fells leuchtende Farben bereit. Das konnte mir Ben nicht nehmen. Niemals würde ich diese Berge weniger lieben, wie traurig ich auch sein mochte, sie würden immer voller Wunder für mich sein.

Ich straffte die Schultern. In seinem Brief hatte er nichts davon geschrieben. Nach allem anderen wäre ihm das wohl zu schäbig vorgekommen. Aber er kannte mich gut genug, um zu wissen, dass er es nicht aussprechen musste. Ich würde seine Aufgabe übernehmen. Von nun an war ich die Hüterin der Herde.

Und als ich mich abwandte und nach Hause ging, kam mir ein Gedanke. Er war versöhnlicher, als ich es in dem Moment ertragen konnte, und am liebsten hätte ich ihn sofort mit meinen Zweifeln erstickt, doch sein Echo hallte in mir nach und besänftigte den Schmerz, der meine Glieder schwer wie Blei machte: Vielleicht war das sein Geschenk an mich, eine kleine Gnade, die mich durch die nächsten Tage, Wochen, Monate bringen würde. Ich würde eine

Aufgabe haben, Verantwortung tragen und gebraucht werden. Es würde nicht genug sein, aber es würde einen kleinen Teil der Leere füllen, die er zurückließ.

Einatmend hob ich den Kopf und blickte hinüber zu Gracies Herde. Bens wilde Pferde. *Meine* wilden Pferde. Sie waren noch da, auch wenn so vieles andere mit Ben verschwunden war. Und ich würde alles geben, damit es so blieb.

Schon als ganz kleines Mädchen ließ Theresa Czerny keine Gelegenheit aus, in die Nähe eines Pferdes zu kommen. Richtig reiten lernen durfte sie aber erst mit zwölf, also überbrückte sie die Zeit damit, jedes Pferdebuch zu lesen, das ihr in die Finger fiel. Inzwischen ist sie schon eine Weile erwachsen und kann in den Reitstall, wann immer sie will – und das Beste ist: Sie darf jetzt sogar Pferdebücher schreiben!

Komm mit nach Eldenau!

ISBN 978-3-7348-5414-9

ISBN 978-3-7348-5415-6

ISBN 978-3-7348-5416-3

ISBN 978-3-7348-5417-0

Wind, Meer und Weite – für Frida gibt es nichts Schöneres, als mit ihrem Pony Liv durch die Wellen zu galoppieren. Sie kann einfach nicht verstehen, was Jannis daran findet, sein Pferd jedes Wochenende auf Turnieren über Hindernisse zu jagen. Jannis belächelt Frida dafür, dass sie so gar keinen Ehrgeiz hat beim Reiten – er und seine Stute Dari sind ein Topteam auf dem Springplatz. Doch dann beginnt Dari, sich zu verändern, und Jannis stellt fest, dass ausgerechnet Frida einen echten Draht zu seiner Stute hat. Gemeinsam versuchen sie, Dari zu helfen. Als auch noch die Wildpferde von Eldenau in Gefahr geraten und andere Pferde verschwinden, sind Jannis und Frida mehr denn je gefragt.

Natürlich magellan®

FSC
www.fsc.org
MIX
Papier | Fördert gute Waldnutzung
FSC® C083411

Wir pflanzen Bäume
Für unsere Umwelt
www.magellanverlag.de

Hergestellt in Deutschland
CO_2-Ersparnis durch kurze Lieferwege
Gedruckt auf FSC®-zertifiziertem Papier
Lösungsmittelfreier Klebstoff
Drucklack auf Wasserbasis
Farben auf Pflanzenölbasis

Weitere Infos gibt es hier:

www.magellanverlag.de/natürlich

1. Auflage 2023

Text: Theresa Czerny
Dieses Werk wurde vermittelt
durch die Michael Meller Literary Agency GmbH, München
Umschlaggestaltung: Christian Keller
unter der Verwendung von Motiven von shutterstock:
Sk Elena / Studio77 FX vector / Yumeee / MagicPics
ISBN 978-3-7348-5067-7
Druck: CPI, Leck

www.magellanverlag.de